« Par le mot, l'image et la couleur, Jeffrey Overstreet a produit une œuvre d'art. De la première à la dernière page, il est certain que ce roman fantastique original attirera les lecteurs. *Les couleurs d'Auralia* scintille. »

— Janet Lee Carey, auteure primée de
Dragon's Keep et de *The Beast of Noor*

« Le premier roman fantastique de Jeffrey Overstreet, *Les couleurs d'Auralia*, et la cape de merveilles de son héroïne prennent leur puissance à partir d'une vision de l'art qui est aurorale, espérant le retour de la beauté, et cela est destiné à rendre au monde l'esprit et le mystère. Le livre atteint ses objectifs par la création d'un univers riche et complexe et une série d'événements dramatiques et explosifs. »

— Marly Youmans, auteure d'*Ingledove* et de
The Curse of the Raven Mocker

« Dans *Les couleurs d'Auralia*, Overstreet élargit magistralement les frontières de l'imagination. Alors que tant d'auteurs sacrifient la caractérisation pour l'intrigue ou remplacent l'étrangeté par la substance, Overstreet ne fait ni l'un ni l'autre. Ses personnages sont richement créés, mais toujours manifestement humains et, par conséquent, habitables. C'est une histoire délirante et complexe, un roman fantastique explosif, qui se déroule à plein régime. Attachez vos ceintures. »

— Gina Ochsner, auteure de
People I wanted to Be et de *The Necessary Grace to Fall*

« Feu John Gardner disait qu'une bonne histoire devrait se dérouler comme un rêve frappant et continu. Avec *Les couleurs d'Auralia*, Jeffrey Overstreet a tout simplement créé une telle histoire, laquelle laissera les lecteurs disposés à rêver encore avec lui. »

— John Wilson, directeur de la publication, *Books & Culture*

« Jeffrey Overstreet entremêle le mythe et la réalité, l'espoir et la perte dans la trame de son récit, et il lie *La fibre rouge* d'une façon théâtrale, cataclysmique. »

— Kathy Tyers, auteure de
The Firebird Trilogy et de *Shivering World*

« Bienvenue au pays des créatures fantastiques et de l'Escroc de minuit. Bienvenue dans une histoire remplie de belles satisfactions littéraires et d'une distribution de personnages tour à tour répugnants et hilarants, charmants et mystérieux. Il est rare que l'on assiste à la naissance d'un classique, mais *Les couleurs d'Auralia* est un livre qui propose ce genre de narration. Un vrai délice à de nombreux égards. »

— Clint Kelly, auteur de
Sensations Series : Scent, Echo et *Delicacy*

« Dans ce nouveau roman fantastique, *Les couleurs d'Auralia*, Jeff Overstreet rassemble une grande distribution de personnages et une histoire fascinante dans le cadre d'un monde à la fois imaginatif et saisissant — un monde fantastique au sens à la fois ancien et moderne de ce mot. Les lecteurs seront captivés par ce qui arrive tant aux personnages du conte (chacun d'entre eux) qu'au domaine d'Abascar lui-même, et ne voudront pas refermer ce livre. »

— Matthew Dickerson, coauteur de
From Homer to Harry Potter : A Handbook on Myth and Fantasy et de *Ents, Elves, and Eriador : The Environmental Vision of J.R.R. Tolkien.*

Les couleurs d'Auralia

ROMAN

LES COULEURS D'AURALIA

ROMAN

Jeffrey Overstreet

Traduit de l'anglais par
Marie-Hélène Therrien

Originally published in English under the title:
Auralia's Colors by Jeffrey Overstreet
Copyright © 2007 by Jeffrey Overstreet
Map Copyright © 2007 by Rachel Beatty
Cover Design: Kristopher K. Orr
Cover Photo: Magnus Creative
Auralia's Cloak: Susi Hubbs
Published by WaterBrook Press
an imprint of The Crown Publishing Group
a division of Random House, Inc.
12265 Oracle Boulevard, Suite 200
Colorado Springs, Colorado 80921 USA
Published in association with
the literary agency of Alive Communications Inc., 7680 Goddard Street,
Suite 200, Colorado Springs, CO 80920 www.alivecommunications.com
<http://www.alivecommunications.com/>

International rights contracted through: Gospel Literature International
P.O. Box 4060, Ontario, California 91761-1003 USA

This translation published by arrangement with
WaterBrook Press, an imprint of The Crown Publishing Group,
a division of Random House, Inc.

French edition © 2011 Editions AdA, Inc.

Éditions AdA Inc.
1385, boul. Lionel-Boulet
Varennes, Québec, Canada, J3X 1P7
Téléphone : 450-929-0296
Télécopieur : 450-929-0220
www.ada-inc.com
info@ada-inc.com

Diffusion
Canada :   Éditions AdA Inc.
France :   D.G. Diffusion
                 Z.I. des Bogues
                 31750 Escalquens — France
                 Téléphone : 05.61.00.09.99
Suisse :   Transat — 23.42.77.40
Belgique :   D.G. Diffusion — 05.61.00.09.99

Éditeur : François Doucet
Traduction : Marie-Hélène Therrien
Révision linguistique : Féminin pluriel
Correction d'épreuves : Nancy Coulombe, Suzanne Turcotte
Montage de la couverture : Tho Quan
Mise en pages : Sébastien Michaud
ISBN papier 978-2-89667-320-9
ISBN numérique 978-2-89683-220-0
Première impression : 2011
Dépôt légal : 2011
Bibliothèque et Archives nationales du Québec
Bibliothèque Nationale du Canada

Imprimé au Canada

Participation de la SODEC.
Nous reconnaissons l'aide financière du gouvernement du Canada par l'entremise du Programme d'aide au développement de l'industrie de l'édition (PADIÉ) pour nos activités d'édition.
Gouvernement du Québec — Programme de crédit d'impôt pour l'édition de livres — Gestion SODEC.

Catalogage avant publication de Bibliothèque et Archives nationales du Québec et Bibliothèque et Archives Canada

Overstreet, Jeffrey

    Les couleurs d'Auralia
    Traduction de : Auralia's colors.
    Pour les jeunes de 12 ans et plus.
    ISBN 978-2-89667-320-9

    I. Therrien, Marie-Hélène, 1968-   . II. Titre.

PZ23.O93Co 2011   j813'.6   C2011-941168-7

Pour Anne

dont la poésie éveille les oreilles de mes oreilles
et ouvre les yeux de mes yeux

Table des matières

REMERCIEMENTS

Tant de personnes ont contribué à l'accomplissement de mon rêve de toujours. Si je les remerciais toutes par écrit, ce serait un livre en soi.

Par-dessus tout, je remercie Anne, ma meilleure auditrice, mon éditrice préférée, et une poète dont les notes de journal m'enchantent.

Je remercie mes parents, Larry et Lois Overstreet, qui ont consacré du temps, des prières et des ressources à mon écriture. Je remercie également mon frère Jason, qui m'a patiemment écouté lire mes premières tentatives de narration quand nous étions très jeunes.

J'ai une très grande dette de reconnaissance envers les nombreux enseignants et professeurs qui m'ont encouragé et ont manifesté une telle patience, particulièrement Michael Demkowicz, David Robinson, Luke Reinsma et Rose Reynoldson.

Je suis aussi reconnaissant envers Linda Wagner et les membres de son cercle d'écriture de science-fiction et de fantastique — Beth Harris, John et Margaret Sampson Edgell, et Peyton Burkhart —, qui ont critiqué les premières ébauches de cette histoire ; envers mes collègues de Seattle Pacific, qui ont supporté mon état de zombie pendant les derniers mois ; envers Wayne Proctor et Fritz Liedtke, qui ont émis des suggestions en cours de route ; et particulièrement envers Danny Walter, dont les questions perspicaces ont inspiré plusieurs années de révisions.

Alors que j'écrivais, je pensais à ce projet comme une note de remerciement personnelle envers J.R.R. Tolkien pour *Le seigneur des anneaux*, Richard Adams pour *Les garennes de Watership Down*, Stephen R. Lawhead pour *Le cycle de*

Pendragon, Michael Ende pour *Momo*, Mervyn Peake pour sa trilogie *Gormenghast*, Mark Helprin pour *Conte d'hiver*, Guy Gavriel Kay pour *La Mosaïque de Sarance* et Patricia McKillip pour *Le Livre d'Atrix Wolfe*. J'espère remercier personnellement chaque écrivain, ici ou dans l'au-delà.

Et finalement, mes remerciements à ceux qui ont donné la chance à Auralia de trouver un auditoire : Marsha Marks et son téléphone magique ; mes agents, Don Pape, qui a cru en Auralia, et Lee Hough, qui a donné de si bons conseils ; Shannon Hill, Carol Bartley, et l'équipe de WaterBrook qui se sont consacrés au projet avec perspicacité et avec une attention méticuleuse ; et Kristopher Orr, dont l'illustration de la couverture me coupe le souffle.

Bien sûr, ceux-ci ont tous été tissés dans la création d'un Grand Artiste, et j'espère avoir saisi dans ces pages une vision fugitive de sa gloire, pour le louer.

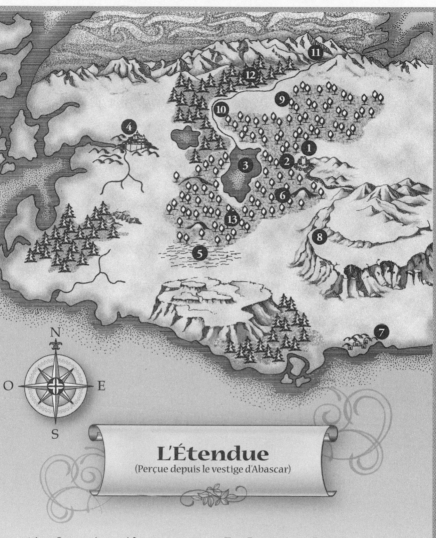

L'Étendue

(Perçue depuis le vestige d'Abascar)

1

DE VIEUX VOLEURS
FONT UNE DÉCOUVERTE

Auralia était étendue, immobile comme la mort, comme une poupée abandonnée, dans un enchevêtrement bourgogne de joncs et de ronces sur la rive d'une courbe de la rivière Throanscall, quand elle fut découverte par un vieil homme qui ne connaissait pas son nom.

Elle n'avait aucune cicatrice, aucun os fracturé, seulement une tache de terre d'un noir d'encre. Avec satisfaction, elle roucoula, murmura et bredouilla, apprenant le langage de la rivière, et fixa la danse orageuse du ciel nocturne — des nuages pourpres, agités, bordés de rouge sang. Le vieil homme devina qu'elle attendait et écoutait la personne, ou quoi que ce soit d'autre, qui l'avait abandonnée à cet endroit.

Les instants enfiévrés de sa découverte brûlaient dans la mémoire du vieil homme. Pendant les années qui avaient suivi, il les avait retenus et transformés dans son esprit, à la manière d'un explorateur qui réfléchit sur les reliques qu'il a trouvées au milieu des ruines. Mais le mystère était resté obstinément opaque. Peu importe le nombre de fois où il avait exagéré l'histoire pour impressionner ses auditeurs au coin du feu — « J'ai plongé dans cette rivière déchaînée et je l'ai saisie par l'orteil ! » « J'ai repoussé cette rivière affamée avec mon bâton de cueilleur juste à temps ! » — il n'avait trouvé aucun indice au sujet de ses origines, aucune réponse par rapport au pourquoi et au comment.

Les Cueilleurs, la maison Abascar, l'Étendue — le monde entier pourrait avoir été différent s'il l'avait laissée là, avec l'eau de la rivière coulant de ses cheveux. « La fille de la rivière », ce fut le nom que finirent par lui donner les Cueilleurs jusqu'à ce qu'elle devienne assez vieille pour les reprendre. Sans la fille de la rivière, les quatre maisons de l'Étendue auraient pu se détériorer à cause de leurs ennuis. Mais, tout de même, certains disent que, sans la fille de la rivière, ces ennuis ne seraient peut-être jamais survenus du tout.

◈

C'est de cette façon que l'éclair avait frappé.

Un grabuge de corneilles attira l'attention de Krawg alors qu'il cherchait à tâtons des baies profondément enfouies sous les ronces. Lui et Warney, le conspirateur avec qui il avait été surpris en train de voler, il y avait de cela tant d'années, suaient pour payer leurs dettes sociétales à la maison Abascar. La journée avait été longue, mais Krawg avait le moral à la hausse. Aucun officier n'était venu pour évaluer leur travail et les réprimander. Pas encore. Fatigués de faire de gros efforts pour atteindre les pommes de la fin de l'été, au sommet des branches des arbres anciens, ils avaient déposé leur bâton de cueilleur et s'étaient tournés pour effeuiller les buissons d'impatientes et recevoir un trognon de pomme jeté par la Throanscall.

Warney était préoccupé, essayant de se dégager de ses manches et de ses jambières remplies d'épines. C'est pourquoi Krawg sourit, laissa tomber son sac de récolte et s'éloigna à pas de loup pour chercher la cause de la cacophonie des oiseaux. Il espérait les trouver en train de regarder un animal blessé, peut-être un daim aux larges ramures qu'il pourrait achever et présenter aux officiers de service. Ce serait un prix suffisamment élevé pour mériter la préparation dans les cuisines du roi Cal-marcus. Une telle découverte permettrait à Krawg de s'approcher un peu plus de la grâce du roi et d'un pardon.

— Zut, regarde-moi ça ?

Krawg fléchit ses doigts noueux. Les vieux bougons à plumes battaient des ailes au-dessus du bord de la rivière, leur regard fixé sur une agitation dans l'herbe.

— Allons, tiens bon ! cria son ami encore plus décharné. Qu'as-tu trouvé là ? Attends-moi !

Les brindilles craquèrent et le tissu se déchira, mais Warney n'avança pas.

— Allons, parle, pourquoi ces oiseaux poussent-ils des cris rauques, là-haut ? Est-ce que les hommes-bêtes s'en viennent pour nous tuer ?

— Cesse d'avoir la trouille, poule mouillée, grogna Krawg, et il expira par les narines. Il n'y aura pas de bêtes féroces ici pendant l'après-midi.

— Qu'est-ce que c'est, dans ce cas ? Des marchands ?

— Il n'y a pas de marchands.

— Est-ce un essaim d'abeilles ?

— Non.

— Un ours-crocs ? Des vers-chimères de rivière ? Des porcs-épics ?

— Je ne pense pas.

— Un jeune gamin qui s'est faufilé derrière nous ? Allez ! Qu'est-ce qui les rend si furieux ?

Suivant sa nature, Krawg lui rétorqua un mensonge.

— Ils ne font que se disputer à propos d'une saleté de poisson puant qu'ils ont sorti des bas-fonds.

L'eau souterraine se refermait sur ses pieds alors qu'il se dirigeait vers la rive à travers les roseaux. De plus en plus perturbées par la manière dont Krawg traquait leur cible, les corneilles descendirent vers la branche d'un cotonnier incliné et le bombardèrent d'insultes.

Alors que Krawg ratissait les herbes pour obtenir une réponse, Warney apparut enfin entre les arbres, de l'inquiétude transparaissant de son œil valide, et brandit le long bâton de cueilleur à pinces qu'il avait utilisé toute la journée pour faire tomber les pommes des branches les plus hautes comme si c'était une lance de chasse. Warney semblait à peine plus gros qu'un squelette enveloppé de chair flasque et d'un manteau de toile rêche.

— À propos de quoi piquent-ils une crise, maintenant, s'ils sont partis et ont mangé leur prise ?

Le nez en forme de bec de vautour de Krawg tressauta au milieu de quelques poils indisciplinés qui poussaient là où une moustache se faisait encore attendre. Il se pencha vers l'avant, inquiet, et vit non pas un tas d'arêtes, mais deux minuscules mains roses levées en l'air.

— Un des poissons a des mains ! dit Warney avec surprise.

— La ferme ! Ce n'est pas un tas de poissons.

Krawg saisit le canif dans sa poche.

— Peu importe ce que c'est, c'est inoffensif, j'en suis sûr.

Warney regarda de nouveau vers les bois.

— N'oublie pas de surveiller tu sais qui. Les officiers de service vont nous traîner en prison, pieds et poings liés, s'ils nous surprennent en train de toucher autre chose que leurs fruits. Ils vont bientôt amener leurs lézards puants ici. Allons, viens, il y a une jolie mûre, juste ici. Tu ne veux pas que les officiers nous suspendent aux cintres, n'est-ce pas ?

— Par la terrifiante forêt Cragavar, de toutes les espèces de merveilles que j'ai vues de ma vie… Regarde !

Le Cueilleur le plus courageux fit basculer vers l'arrière le capuchon qu'il avait sur sa tête chauve et se pencha pour examiner l'enfant.

Warney resta où il était.

— Krawg, tu me fais encore taire. Qu'est-ce que c'est, mon vieux ?

— Ce n'est qu'un bébé qui rampe et marche à quatre pattes.

Krawg massa la graisse sous son menton.

— Miséricorde, Warney, regarde-la.

— C'est une fille ? Comment le sais-tu ?

— Eh bien, comment penses-tu que je le sais ?

Krawg tendit les mains vers l'enfant, puis se ravisa.

— Warney, cela doit vouloir dire quelque chose. Toi et moi... la trouvant.

Il scruta les espaces situés entre les arbres, des deux bords de la rivière enveloppée de brume, et vérifia que les seuls témoins étaient les corneilles et un branle-queue, qui était accroché à l'envers au tronc d'un bouleau.

Warney entra en pataugeant dans les bas-fonds de la rivière et donna de petits coups à la terre submergée avec son bâton de cueilleur, avant chaque pas. Les herbes aquatiques chuchotaient en s'enroulant autour de ses chevilles.

L'enfant se convulsa deux fois. Elle cracha des gouttelettes d'eau. Et elle émit ensuite un son qui aurait pu être un rire.

— Voilà qui est étrange.

Krawg désigna d'un geste la minuscule tête de l'enfant.

— Elle a les cheveux bruns et argentés. Je dirais qu'elle a vu au moins deux saisons. Elle est probablement née avant ce gel intense que nous avons eu, il y a quelque temps.

— Ouais, j'dois admettre que je suis d'accord avec toi sur ce point.

L'œil de Warney était blanc comme un œuf de moineau dans les ombres de son capuchon.

— Et elle n'est pas la progéniture de ces hommes-bêtes. Tout en elle semble indiquer que c'est un bon bébé et non pas le croisement maudit entre une personne et une créature. Il semble aussi qu'elle ait été nourrie et qu'on ait veillé sur elle… eh bien, jusqu'à ce qu'elle ait été jetée dans la rivière, je suppose.

— J'dois admettre que je suis d'accord avec toi sur ce point.

Warney se penchait maintenant sur l'enfant, se balançant comme un épouvantail dans le vent.

— Elle a été mieux nourrie que n'importe lequel d'entre nous, les Cueilleurs… ou les corneilles, à cet égard.

Les corneilles étaient silencieuses, observant, grattant leurs orteils acérés.

Krawg s'agenouilla, se grattant lui aussi les orteils, poussant du bout du doigt les endroits jaunes, ce qui voulait dire qu'il réfléchissait sérieusement.

— Nous sommes trop à l'est de la maison Bel Amica pour qu'elle appartienne à ces gens fiers et avides. Mais comment pourrait-elle être de notre bonne maison Abascar ? Les gens d'Abascar quittent les murs de la maison seulement si le roi Cal-marcus leur dit de le faire. Ils ont trop peur des hommes-bêtes… ces jours-ci.

— J'dois admettre que je suis d'accord avec toi sur ce point.

— Dois-tu toujours être d'accord avec moi sur ce point ?

Krawg saisit le bâton des mains de Warney et matraqua sa tête encapuchonnée. Warney bondit pour s'éloigner, gronda et montra les dents. Krawg rejeta le bâton et se leva comme un ours-crocs répondant au défi d'un rat. Warney, comme un rat réalisant qu'il a réveillé un ours-crocs, repartit en courant vers les bois silencieux.

— Maintenant, ne t'avise pas de me laisser ici avec cette orpheline, cria Krawg, ou j'arracherai ce bandeau de ton œil mort !

— As-tu pensé…

Warney s'interrompit, se tourna et se prit la tête entre les mains, comme s'il essayait d'étirer son esprit pour accueillir une pensée importante. Est-ce qu'il t'est venu à l'esprit que... Penses-tu...

— Parle, espèce de crapule longiligne !

— Sacrée peau d'asticot, Krawg ! Et si c'était une Enfant du Nord ?

Krawg recula d'un pas en trébuchant et plissa les yeux en regardant l'enfant.

Le branle-queue, les corneilles et même la rivière semblèrent se calmer à la question de Warney.

Mais Krawg rejeta finalement toute inquiétude.

— Ne me balance pas des trucs pareils, Warney. Tu as mangé trop de ragoût de Yawny, et tu prends tes rêves pour des réalités. Seuls les fous pensent que les Enfants du Nord sont réels. Une telle chose n'existe pas.

Ils observèrent les mains du bébé sculpter des formes en l'air.

— Et de toute façon, continua Krawg, jetant un coup d'œil en direction du nord, là où le ciel s'empourprait au-dessus des montagnes accidentées du mur Interdit, tout le monde sait que les Enfants du Nord sont plus grands et s'enveloppent dans des couvertures.

Tout près, des branches craquèrent avec des échos sonores alors que quelque chose se déplaçait dans les bois.

— Empare-toi d'une arme, siffla Warney, je sens des hommes-bêtes qui rôdent !

— J'en doute, dit Krawg, mais il plia les genoux et se baissa dans l'herbe.

— Des officiers de service, alors !

Au cas où leurs surveillants auraient été, en fait, en train de les chercher, Krawg cria :

— Nous ferions mieux de retourner où nous étions, Warney ! Je ne vois vraiment pas de baies par ici.

Il souleva le bâton de cueilleur de Warney et marcha au pas pour rejoindre son ami entre les arbres.

Mais Warney semblait figé, comme si la fille avait lancé une corde et pris sa cheville au piège.

— Tu sais ce qu'ils disent. Si un homme laisse une bonne action non accomplie, les Enfants du Nord viendront en rampant la nuit et l'entraîneront dans la malédiction de...

— Je n'ai pas peur de toi, vieux, murmura Krawg. Maintenant, silence, avant que quelqu'un t'entende !

La fille, consciente qu'elle était seule de nouveau, commença à murmurer, comme si elle parlait à quelqu'un qu'ils ne pouvaient pas voir. Les Cueilleurs l'observèrent frapper dans ses mains minuscules.

Une corneille s'envola du cotonnier et fit un grand cercle au-dessus du lit de l'enfant.

— Ils veulent cette viande fraîche, observa Krawg.

Warney hocha la tête.

— J'dois admettre que je suis d'accord avec toi...

Sa bouche se ferma violemment et il fit une grimace.

Krawg laissa échapper un soupir las, fit un geste méprisant à l'intention des oiseaux et retourna s'agenouiller près du bébé.

Warney bondit pour observer par-dessus l'épaule de Krawg.

— Dans quoi est-elle étendue ? Ce n'est pas une doline.

— Non, quelqu'un a creusé ce trou de ses mains.

— Pas de ses mains, non. Regarde, Krawg... de ses orteils. Cette Enfant du Nord est étendue dans une empreinte de pied !

Warney afficha un sourire victorieux.

— J'dois admettre que je ne suis pas d'accord avec toi sur ce point !

L'enfant était devenue calme et immobile. Et c'était ce dont Krawg allait se souvenir pour le reste de sa vie agitée

— le moment où les yeux de l'enfant réunirent les teintes brûlantes du coucher de soleil et étincelèrent d'un élément qu'il n'avait jamais vu ; la façon dont elle reposait, comme si elle était poussée à se rendre par une voix qu'elle seule pouvait entendre ; la manière dont il serra la mâchoire, prit sa décision.

Une vague de vent transporta quelques feuilles lentes, une douche de samares tourbillonnantes provenant des violettiers, des araignées accrochées à leurs filaments nouvellement tissés et un soupçon de musique lointaine — le *Vers du début de soirée* chanté par le veilleur de la maison Abascar pour marquer le crépuscule.

— Oh, nos dos sont liés, maintenant. Ils nous enchaîneront à l'envers à coup sûr. Il est tard, et nous devons nécessairement être portés disparus.

L'œil de Warney roula pour se fixer sur la luminosité décroissante du soleil.

— Livrons le bébé au premier officier que nous voyons et peut-être...

— Que penses-tu qu'un officier de service voit, quand il nous regarde, Warney ? Je suis l'Escroc de minuit et tu es le Bandit borgne ! Ils diront que nous avons enlevé ce bébé de quelque part. Nous avons déjà été punis pour notre vol. Ils nous ont fait vivre à l'extérieur des murs en tant que Cueilleurs, et il n'y a qu'un échelon inférieur à cela : les donjons.

Krawg jeta le bâton de cueilleur — splatch ! — contre le sol humide.

— Je ne peux pas la leur remettre, mais je ne peux pas la laisser ici non plus. Si je le fais, un officier rappliquera et la piétinera jusqu'à l'enfoncer dans le sol. Nous devons l'emmener. Et la cacher.

— Sacrée peau d'asticot !

Warney frissonna.

— Toi, moi et une Enfant du Nord et tout !

Un vacarme éclata, exactement au sud du marais. Tout d'abord vint un hurlement à trois tons, que les Cueilleurs reconnurent comme la complainte d'un vawn, un des coursiers reptiliens des officiers de service. Vint ensuite le vacarme de fougères écrasées et d'arbres secoués. C'était certainement un officier qui venait pour évaluer leur progrès.

Krawg se plia bien bas et souleva l'enfant nue par les bras.

— Elle est inoffensive. Elle ne m'a pas jeté de sort. Elle ne m'a pas attiré dans la noirceur. Elle n'est pas une Enfant du Nord ! Une telle chose n'existe pas.

— Eh bien, dépêchons-nous, alors, dit Warney, souriant malgré la peur.

Quelques minutes plus tard, Krawg et Warney atteignaient l'abri au toit de chaume et aux murs de boue tordus situé dans les bois, juste à côté de la limite de la maison Abascar. Les plus aimables des Cueilleurs s'occuperaient des besoins de la fille de la rivière et la protégeraient de la race dangereuse.

Warney porta vivement une main sur sa bouche, retenant un rire.

— Cela ne te rappelle-t-il pas des souvenirs, Krawg ? Se sauver avec un trésor comme ça ?

— Warney, répondit Krawg, nous n'avons jamais, jamais transporté un trésor comme ça.

Krawg et Warney ne furent pas punis pour avoir ramené l'enfant. Mais ils furent « suspendus aux cintres », attachés par les chevilles un jour complet, déversant les gouttières ordurières de leur vocabulaire, quand on découvrit qu'ils étaient rentrés sans leur bâton de cueilleur attribué.

Pendant ce temps, au bord de la rivière, de l'eau suinta du sol dans l'empreinte, se transforma en boue et se solidifia. Une brume s'éleva, plana au-dessus de l'endroit, puis s'étira en lambeaux, car il n'y avait pas de vent pour la transporter. Cela resterait un mystère et un souvenir pour les trois hommes qui l'avaient trouvée là — les deux Cueilleurs inquiets et un autre.

Peu de temps après que Krawg et Warney se furent enfuis avec l'enfant, un cavalier solitaire apparut entre les arbres et aperçut cette empreinte humide dans l'herbe.

Le jeune cavalier, petit et enthousiaste, descendit de sa monture et examina le contour au moment même où il commençait à s'effacer. Il prit un galet dans la terre et en toucha la surface du bout des doigts, où une magie terne s'estompait. La couleur de la pierre produisait de la chaleur, et elle avait ramolli pour devenir de l'argile à son contact.

Ressentant la magie, les corneilles perchées sur la branche du cotonnier crièrent et se dispersèrent.

Le garçon grava une marque dans la pierre, aussi semblable aux contours de l'empreinte qu'il le pouvait — une sculpture, un équivalent.

Puis, il marcha près de la rive pendant quelque temps, examinant le sol. Quand le vawn renifla impatiemment, il se retourna et monta de nouveau sur la selle ornée. Le coursier bipède tapa du pied, heureux de s'éloigner de l'eau et de se diriger vers les arbres.

Personne n'entendit parler de la visite du cavalier près de la rivière. Personne ne vit la trace de sa découverte, qu'il garda comme l'indice d'une énigme. Et il enferma soigneusement ses questions, de peur de tourmenter les tempêtes volatiles dans le cœur de son père, le roi.

2

LE CONCERT DE COUTURE

L'enfant devint comme les brindilles et les feuilles d'automne brûlées, des doigts fins et impressionnants saisissant les glands et les graines comme s'ils étaient des bijoux volés. Ses cheveux tombaient emmêlés, argentés et bruns comme l'écorce des pommiers. Son sourire scellait des secrets. Chaque jour, elle faisait un voyage hâtif pour voir le monde autant qu'elle le pouvait et pour récolter une petite galerie de souvenirs.

Les Cueilleurs voyaient ses voyages dans ses yeux, car partout où elle allait, ils absorbaient les couleurs. Elle assimilait le spectre complet de la forêt — les plumes vertes des faisans, les lilas sauvages violets, la fourrure rousse des ruées-éclair et les pissenlits jaune soleil et blanc. Quand elle apparaissait parmi les ouvriers grincheux et à moitié réveillés, le matin, ses yeux brillaient comme des émeraudes, encerclés de rouge, vestiges du lever du soleil. Ils réfléchissaient parfois cette lumière vers la fin de l'après-midi.

À la fin de la journée, quand tous les autres tombaient, elle restait assidue, butinant dans les offrandes que la forêt présentait, remarquant les parfums et les motifs. Du bout des doigts, elle traçait les nervures des feuilles ardentes de l'automne, en forme d'éventail — ses trophées préférés. Une fois, elle avait dispersé devant elle, comme les pièces d'un jeu de hasard, une ménagerie d'os blancs comme la craie, une prune violette parfaite, la dent noire cassée d'un homme-bête et un nid abandonné, rempli de plumes rares et brillantes d'un oiseau vert.

— Comment sais-tu où trouver toutes ces choses ? avaient demandé des orphelins surexcités.

Elle avait haussé les épaules et partagé leur perplexité, disant qu'elle était tombée par hasard sur ses surprises pendant qu'elle poursuivait quelque chose qu'elle ne semblait jamais pouvoir saisir.

Tout comme elle rassemblait des souvenirs que d'autres auraient laissé passer, elle recueillait dans sa mémoire les détails de tout ce qu'elle expérimentait. Un nid perché dans le creux de la branche d'un arbre attirait son œil avide ; des fragments de coquille d'œuf scintillant sur les racines, quelques jours plus tard, la plongeaient dans un silence méditatif. Sur un canevas de pierre, elle pouvait esquisser une carte des arbres qui empiétaient sur la maison Abascar au nord, à l'ouest et au sud — la magnifique forêt Cragavar. La précision de sa carte s'avéra utile aux Cueilleurs, à tel point que, lorsque Yawny, le cuisinier, perdit sa cuillère ou quand Meddles, le tisserand, égara une aiguille, ils s'assurèrent d'en discuter quand elle était suffisamment proche pour entendre.

La connaissance approfondie des tunnels, des escaliers de pierre, des échelles de lierre pour monter aux arbres, des criques dissimulées et des réservoirs enfouis l'aida à rester cachée quand elle était lasse de la compagnie. Les plus fins traqueurs du clan des Cueilleurs finirent par refuser de la chercher. Elle revenait en riant, se précipitant dans les camps et décourageant leurs réprimandes avec de simples surprises, qui les émerveillaient et les faisaient désirer encore plus sa présence.

Elle était insaisissable et spontanée comme un oiseau, tantôt chassant un petit chat en haut d'un arbre, tantôt entrant par la fenêtre d'un étranger pour le déranger avec une énigme, tantôt fouillant à travers une pile de feuilles, à la recherche de la plus belle, et tantôt s'échappant soudainement par un passage à travers les mûres sauvages qu'elle seule pouvait voir. Mais un feu crépitant et une histoire, cela pouvait la convaincre de rester pendant quelque temps.

Lors des rares occasions où elle parlait — elle avait ce langage abrupt, commun parmi ces Cueilleurs qui dédaignaient l'éducation et manquaient de patience pour l'éloquence —, les questions s'enchaînaient les unes après les autres, spontanées. Les Cueilleurs essayaient de satisfaire chaque demande. Mais la nuit, ils se levaient de leur couche et marchaient à pas mesurés, répétant tranquillement ses questions, jusqu'à ce qu'ils deviennent soupçonneux par rapport à ses raisons de les poser. « Elle ne veut pas vraiment apprendre quoi que ce soit », disaient-ils. « Elle veut seulement nous rappeler tout ce que nous ne savons pas. »

Elle répétait souvent certaines questions :

— Où étais-je avant d'être trouvée ? Qu'y a-t-il au-delà des montagnes sombres, au nord ? Cette grosse, grosse ombre dans mes rêves…, pourquoi ne puis-je pas la trouver, quand je suis éveillée ? Pourquoi est-ce que je l'appelle « le Gardien » ? Comment se fait-il que les autres enfants rêvent du Gardien, eux aussi ? Pourquoi les adultes ne rêvent-ils pas du Gardien ?

Alors qu'elle déconcertait les Cueilleurs, l'un d'eux jetait un coup d'œil à un autre et marmonnait :

— Ce sont des questions gênantes, ma fille. Personne ne connaît ces réponses.

Quand elle les posait de nouveau, comme si elle espérait une réponse différente, ils la chassaient. Et tandis qu'elle s'éloignait d'un pas lourd pour faire sa prochaine bêtise, elle murmurait des questions d'un autre genre, auxquelles tout le monde pouvait répondre, mais dont personne n'avait envie de parler :

— Pourquoi les quatre maisons doivent-elles avoir des murs ? Pourquoi les gens des quatre maisons ne se rendent-ils pas visite ? Pourquoi le palais de la maison Abascar est-il si beau, tandis que le reste de la maison est terne ?

Alors que les femmes cueilleuses expliquaient combien il était crucial pour la fille de la rivière de « trouver son chemin », d'attirer l'attention d'un homme et de montrer clairement sa valeur à ceux qui observaient, elle tendit brusquement le menton.

— Pourquoi est-ce comme ça, et qui a déterminé cela ?

Quand les hommes expliquèrent les rites du Privilège, le rituel par lequel on pouvait accorder une nouvelle vie à un orphelin ou à un Cueilleur à l'intérieur des murs puissants d'Abascar, elle demanda :

— Comment se fait-il que ce soit comme ça, et qui a déterminé cela ?

Quand ils décrivirent les règlements auxquels elle devrait se soumettre une fois qu'elle aurait passé ces tests cérémoniels, elle demanda en pleurnichant :

— Pourquoi est-ce comme ça ?

Quand ils recommandèrent qu'elle prodigue ses dons aux Cueilleurs privilégiés pour acheter leur affection et obtenir une rencontre avec la garde, elle répondit :

— Pourquoi est-ce que ce doit être comme ça, et qui a déterminé cela ?

Elle prenait un air renfrogné en écoutant les réponses qui échouaient à lui plaire, mais elle les entendait tout de même. Si ses aînés répondaient avec un « hum » ou une répartie tranchante, ils trouvaient bientôt des cailloux dans leur soupe, des brindilles épineuses sous leurs couvertures, ou des coquilles d'escargot dans leur cocotte.

Cependant, la fille de la rivière apprenait en observant de près les Cueilleurs. Elle développait rapidement de nouvelles connaissances, du tissage à la construction, en passant par la prise d'oiseaux et de poissons, simplement en observant à partir des branches maîtresses au-dessus ou à partir de la lisière d'une clairière. Elle les suivait parfois en bas des sentiers de la forêt, les imitant comme un minuscule clown, et semblait chercher un signe qui lui montrerait le rôle qu'elle devrait jouer.

Ces recherches continuaient alors qu'elle écoutait les leçons quotidiennes des femmes qui avaient des opinions aussi corrosives que leurs visages ridés et burinés, avec des théories aussi variées que les crimes qu'elles avaient dû payer.

Elles lui parlaient des éléments. Des animaux. De la myriade de collines, de vallées et de ruisseaux. Et surtout des bois et de leurs arbres colorés, certains sans risque et certains pleins de danger. Des personnes qui peuplaient la vaste Étendue. De la grande rivière Throanscall qui faisait couler les fontes de la montagne en été, vers le sud, à partir du mur Interdit, au plus profond de la forêt. Du cœur brisé de la forêt — les ruines de la maison empoisonnée Cent Regus.

Savait-elle qu'on disait que l'eau provenant de la source de la rivière Throanscall rendait un esprit fou? Qu'en hiver, des dérives de glace importantes descendaient le long de ses courants comme des bateaux vêtus de brouillard? Que des fleurs qui avaient poussé dans les bois profonds, si elles étaient consommées, pouvaient peupler la vision de cauchemars? Qu'il y avait des rivières souterraines, qui se ruaient et mugissaient à travers des tunnels noirs comme la nuit, où de sombres créatures gémissaient et se cachaient de la lumière?

Elles lui parlaient des quatre maisons. La maison Bel Amica, sur la côte ouest, où la Throanscall se déversait dans une anse et la mer, où les gens vivaient dans l'opulence et avaient des manières étranges, avec des cérémonies honorant les esprits de la lune. La maison Cent Regus, jadis une culture sophistiquée dans un labyrinthe tentaculaire, comme une ruche, faite d'argile et de pierre, où des personnes respectables avaient touché la magie et s'étaient transformées en hommes-bêtes affamés qui attaquaient tout ce qui bougeait. La maison Jenta des terres chaudes et stériles du sud, où de calmes habitations troglodytiques cachaient les simples rituels d'habitants dépossédés et encapuchonnés.

Et leur maison Abascar, son histoire d'exploitation minière et de récolte, ses rois braves et ses reines formidables. Abascar, lui affirmaient-elles, donnait la force et la sécurité à ceux qui obéissaient aux lois du roi Cal-marcus et vivaient à l'intérieur de ses murs de pierre. La maison Abascar, la meilleure maison de tout le pays, disaient-elles. La maison Abascar, de laquelle elles avaient été rejetées pour leurs crimes, condamnées à travailler dans le danger et le temps rude, dans l'espoir de regagner leurs privilèges.

En contrepartie, la fille de la rivière leur raconta des rêves fantastiques — le plus souvent le rêve de cette ombre, le Gardien, qui la traquait à travers les arbres.

— Prends garde aux ombres, fille de la rivière! l'avertirent-elles. Les hommes-bêtes te traquent, leurs griffes sorties et prêtes!

— Non, non, non, je ne rêve jamais de monstres, insista-t-elle. La créature est douce et me garde en bas, près de la rivière Throanscall, ou au bord du lac Profond.

Elles caressèrent sa tête aux cheveux bruns et argentés et expliquèrent que tous les enfants rêvent d'une telle créature. Qu'un jour, elle deviendrait trop grande pour ces cauchemars idiots, tout comme cela leur était arrivé. Que toutes ces balivernes au sujet du Gardien s'effaceraient.

Mais la fille de la rivière nia que ses rêves étaient des cauchemars ou qu'ils étaient idiots.

— Comment puis-je voir quelque chose, dans mon sommeil, que je n'ai jamais vu éveillée ? demanda-t-elle. Et comment se fait-il que d'autres l'aient vu ici, eux aussi ?

Quand elles eurent le dos tourné, elle dessina les contours du Gardien sur leurs murs.

✦

Pendant ces quelques premières années, l'enfant avait été appelée la fille de la rivière, grâce à Krawg et à Warney, qui l'adoraient comme de fiers grands-pères. Mais un soir, la vieille dame Wenjee, dont les propos étaient aussi brutaux que son humeur, décida de donner un nom convenable à l'orpheline la plus originale des Cueilleurs.

La fille de la rivière s'assit dans un cercle, avec des femmes, à l'intérieur d'une hutte couverte de chaume. Tandis qu'un simple feu réchauffait leurs mailles, leurs aiguilles, leurs bobines de fil et leurs commérages, elle entreprit de rapiécer deux bas gris, usés, que Wenjee lui avait accordés comme s'ils étaient un héritage précieux. Les murs d'herbes séchées fermement tissées retenaient le son de leurs chuchotements.

Mais Wenjee ne savait rien des chuchotements. Sa voix était adaptée à sa masse volumineuse.

— Tu sais, mon enfant, dit Wenjee, pressant le visage rond de la fille de la rivière entre ses mains potelées, tu dois être lasse d'entendre cent surnoms différents. Il est temps qu'on te donne un nom convenable. Alors, puisque c'est moi que tu aimes le plus, je suis celle qui se rapproche le plus de ta maman.

Elle sourit en dévoilant une collection de dents gâtées et déclara :

— Je vais donc t'appeler... Prinny !

Les yeux de la fille de la rivière se vidèrent de leur couleur. Elle serait restée bouche bée, si Wenjee ne l'avait pas retenue dans une étreinte écrasante.

— Pourquoi, demandes-tu ? Parce que ma maman m'a appelée « Princesse », quand j'étais petite.

— Petite ? se moqua une autre voix. Wenjee n'a jamais vraiment été petite, en vérité.

— C'était à l'époque où Har-baron, le père manchot de Cal-marcus, était roi. Maman pensait que je grandirais, que je rencontrerais le prince et que je me marierais vraiment dans le palais. Maman était aussi intelligente qu'un derrière de mouton. S'il n'y avait pas six couches de terre entre elle et moi, aujourd'hui, je la giflerais pour son papotage. Parce que le jeune prince Cal-marcus ne m'a jamais choisie. Oh non. Il a choisi quelqu'un d'autre.

— Il a trouvé quelqu'un d'autre ! railla Lezeeka dans son coin, assise à l'extérieur du cercle parce qu'elle aimait bouder. Le prince Cal-marcus a trouvé Jaralaine, la fille de ce marchand. Elle était la seule survivante de l'attaque d'un homme-bête. Le père et la mère taillés en pièces. Le frère et les sœurs tués, remplis de flèches. Jaralaine est devenue une enfant en colère. Une méchante orpheline.

— Chut ! fit dans un murmure brusque Mulla Gee, qui défaisait des brindilles d'herbes sèches pour les transformer en fils plus étroits. C'est l'histoire de Wenjee pour le récit.

— De toute façon, hurla la conteuse en forme de tonneau, le prince Cal-marcus et Har-baron étaient tous deux désireux de choisir sa fiancée.

Les femmes commencèrent à coudre plus vite, fixant les flammes de manière hébétée.

— Quel jour ce fut, quand Cal-marcus chevaucha son vawn, dans toutes ses couleurs splendides, entouré de ses jeunes et beaux amis. Il est allé directement... Il est allé directement... vers...

La voix de Wenjee tremblota et devint un couinement. Ses yeux devinrent fuyants. Elle s'affaissa lentement, et sa poigne se desserra. La fille de la rivière retira la tête de la main de la femme, ouvrit et ferma la bouche pour s'assurer que son articulation fonctionnait toujours.

— Cal-marcus est allé directement vers cette coquine orpheline. Une fille avec des cheveux comme du feu et de l'or. Une fille qui ne m'avait jamais dit un mot, bon ou mauvais!

— Nous savions toutes que Jaralaine avait couru après Cal-marcus, marmonna Lezeeka. Une bête à tête de cochon, cette fille! Ne faites jamais confiance à un marchand. Ce n'est peut-être pas un homme-bête qui a tué sa famille. Ou peut-être avait-elle tellement honte de maman et de papa qu'un sombre jour, elle les lui a laissés.

La fille de la rivière articula silencieusement le nom «Jaralaine», assimilant prudemment le récit. C'était toujours une énigme, de discerner le vrai dans la pagaille des souvenirs embrouillés, entachés, d'une Cueilleuse. L'histoire attira son attention. Elle la reconnut, d'une manière ou d'une autre, comme étant vraie.

— Les cheveux comme du feu et de l'or, murmura-t-elle, enroulant une mèche de ses propres cheveux entre le pouce et l'index, se demandant pourquoi ils étaient à la fois bruns comme la terre et argentés comme les cheveux d'une vieille femme.

— Oui, oui, Jaralaine, marmonna Mulla Gee à travers les brins d'herbe qu'elle tenait entre ses dents serrées. Jaralaine a voulu être reine à partir du jour où elle a été trouvée. Trouvée dans la nature, comme Prinny, ici.

La fille de la rivière prit un air renfrogné en entendant le nom, détournant son regard vers les flammes. Elle prit les bas et les noua ensemble.

— Sa maman et son papa ne vendaient jamais beaucoup de choses, murmura Lezeeka de son coin sombre. Ces personnes étaient à moitié mortes de faim et misérables, distribuant des marchandises d'Abascar aux personnes des autres maisons et ramenant leurs achats au roi.

Wenjee semblait se désintéresser de toutes celles qui se joignaient au récit. Tandis qu'elles croyaient que c'était un chœur, elle était dans une représentation en solo, revivant les scènes de l'histoire, quelque part au plus profond de sa tête colossale.

— Cal-marcus a pris la main de Jaralaine. Il lui a murmuré quelque chose à l'oreille, et je…

Sa voix s'était maintenant oubliée elle-même, chancelait et planait comme le vent à travers un espace restreint.

— Si jamais il s'avérait qu'elle est toujours en vie, je la chercherais, et je…

— Tu la giflerais? demanda Mulla Gee.

— Jusqu'aux montagnes et au-delà! C'était une sorcière, vous dis-je! S'enfuyant toujours en secret, cachant toujours des choses. Complotant pour déterminer comment elle nous éclipserait toutes. Si vous aviez vu le scandale à l'intérieur des murs. Le prince Cal-marcus avait fait une demande en mariage à une orpheline de la forêt sauvage! Pas à une demoiselle de la maison. Pas à une fille de la cour. Pas à la fille d'un monsieur ceci ou d'un officier cela, mais à la fille d'un marchand assassiné. Et à une faiseuse de bêtises, en plus.

Wenjee inspira profondément, ce qui attira vers elle la fumée du feu, et un soupir empli d'un chagrin infini l'envoya flotter contre le mur du fond.

— Mais il l'a choisie, elle. C'était ainsi. Et Jaralaine est allée dans le château. Ne m'as plus jamais parlé.

— Wenjee, enfin, dit Mulla Gee, tu viens de dire que Jaralaine ne t'avait jamais parlé.

La conteuse enchaîna sans s'interrompre.

— C'était bien avant que Cal-marcus soit notre roi, et ne devienne tout revêche à cause de Jaralaine. Tout d'abord, elle l'ensorcela pour que ses désirs à elle deviennent des lois. Puis, elle disparut. Et alors, cela arriva. Le roi retrouva la raison et déclara qu'il avait fait une erreur monstrueuse. Il mit sa bague sur la table — c'est ce que font les rois, Prinny, quand ils font une proclamation — et décréta que tous les pères et mères de la maison Abascar choisiraient les femmes pour leurs fils, parce que les fils ne savent pas au juste dans quoi ils s'embarquent, et ils ne peuvent pas bien choisir pour eux-mêmes. Si tu me le demandes, le vieux Cal-marcus n'a eu que ce qu'il méritait, ce vieux coq se mariant avec une harpie comme elle.

— C'étaient ses cheveux, soupira Hildy la triste. Tous feu et or.

— Non, cette silhouette qu'elle avait. Elle se sous-alimentait, grogna Lezeeka.

— Sacrée peau d'asticot! marmonna Mulla Gee. Les secrets étaient les instruments de négociation de Jaralaine. Elle l'a ensorcelé, dis-je. Il n'a jamais semblé être tout à fait la même personne après l'avoir récupérée dans la forêt.

La discussion — appelée «cris rauques de cinglées» par les hommes cueilleurs — avait commencé. Toutes les vieilles femmes hurlaient en même temps tandis que personne n'écoutait un mot. Sauf la fille de la rivière.

— La maison Bel Amica, à l'ouest. C'est là où Jaralaine errait. Ce sont des gens bizarres, les Bel Amicains.

— Certains disent que les Enfants du Nord ont traîné les cadavres des parents de Jaralaine au nord. Et quand ils l'ont fait, ils ont pris son cœur avec eux et l'ont laissée à moitié folle dans les bois.

— Les Enfants du Nord n'existent pas! Ce ne sont que des mensonges et des histoires!

— De vraies histoires! Les Enfants du Nord hurlent dans le noir depuis que les grands-mères de nos grands-mères ont perdu leurs dents de lait.

— Ce n'est pas là que je veux en venir! cria Wenjee, paniquant en se rendant compte qu'elle perdait leur attention. Cessez de parler des rumeurs et des on-dit. Il s'agit de l'histoire! J'essaie d'expliquer quelque chose à Prinny.

Les cris rauques de cinglées cessèrent, mais la couture fébrile continua.

Après que son regard furieux eut fait sa tournée complète de réprimandes, Wenjee se retourna vers la fille et affûta son chagrin jusqu'à ce qu'il soit dur comme l'acier.

— Petite Prinny, je veux que tu rencontres le fils du roi Cal-marcus ker Har-baron — celui qu'ils appellent le prince Cal-raven ker Cal-marcus — et que tu te maries avec lui, tout comme maman le voulait pour moi. Si le fils suit le père, Cal-raven se prendra d'affection pour une fille de la forêt sauvage. Mais quand tu auras un contact visuel avec le prince, rappelle-toi qui t'a nommée. Rappelle-toi qui t'a prédit que tu serais reine. Alors, peut-être que j'aurai ma chambre dans le palais, après tout. Tout le monde sait que je la mérite.

La fille de la rivière inclina la tête pour éviter le regard de Wenjee, les poings serrés autour des bas.

— Tu es jeune, mais tu as une étincelle, vraiment, et de l'esprit. Je veux que tu gagnes ton entrée à l'intérieur des murs. Quand tu seras assez vieille pour les rites du Privilège, passe ces tests. Apprends à être une personne obéissante. Et impressionne les éclaireurs du roi Cal-marcus. Je veux que tu deviennes bonne et utile. Pas comme ces orphelines qui ratent leur chance. Et sûrement pas comme celles d'entre nous qui ont été stupides dans leur jeunesse et doivent travailler pour rembourser tout cela. Tu vaux mieux que d'être seulement une mère qui fait des bébés pour un fripon ou un voyou. Alors, je te nomme Prinny, car tu seras une princesse, ou je cracherai dans le breuvage!

Wenjee était tellement fière de son discours presque inintelligible qu'elle grossit encore un peu, ce qui effraya les femmes à proximité.

Les couturières gardèrent le silence pendant quelque temps, chacune imaginant des choses provenant du sombre pays de la rumeur, rêvant de jours révolus. Le concert de couture était terminé.

La fille de la rivière se leva, balaya du revers de la main des petits morceaux de fil sur sa jupe, et ouvrit les mains. Les bas tombèrent sur le sol, et celles qui le remarquèrent furent étonnées de découvrir à quel point ils avaient changé.

— J'ai déjà un nom, dit-elle catégoriquement. Et c'est Auralia.

Pour ponctuer sa déclaration, elle prit les bas éclatants et les agita en l'air, par-dessus sa tête, comme des drapeaux, des étendards rouges et or, couleurs qu'ils auraient pu absorber du feu.

Les doigts de Wenjee se contractèrent en poings.

— Mais…, qui t'a nommée comme ça?

— Et comment, murmura Mulla Gee, as-tu changé la couleur de ces bas?

— Auralia est mon nom, dit-elle résolument.

— Mais…, que signifie Auralia? demanda Lezeeka avec un sourire méprisant.

Auralia se mit à rire.

— Personne ne le sait, pas encore!

Lezeeka se leva et mit son nez courbé dans la lueur du feu.

— Personne n'a la permission d'inventer son propre nom.

— Je ne l'ai pas fait.

— Eh bien, de qui l'as-tu obtenu, alors?

— Et comment as-tu changé la couleur de ces bas ? demanda Mulla Gee, se levant d'un bond.

Auralia fit un sourire discret.

— Je n'ai pas besoin d'épouser quelque prince que ce soit. Je n'ai pas besoin de me tracasser avec les gens du roi. J'ai des choses à faire. Des pistes à suivre. Et tant de choses que je dois encore voir.

Ses yeux étaient sombres, pétillants. Elle sauta à travers la poussière, rabattit les portes de toile et dansa dans la nuit. C'était comme si elle avait retrouvé ses pieds, et alors elle courut, et il n'y eut plus de maternage.

Après cela, Wenjee essaya de persuader les autres d'accepter le nom qu'elle avait choisi pour la fille : Prinny. Mais tout le monde l'appela Auralia. Auralia était son nom véritable. Qu'elles connaissaient toutes, comme si c'était un secret dont elles venaient seulement de se souvenir.

3

UN PANIER DE PIERRES BLEUES

C'était une heure pour la ruse. Le soleil du soir, jetant un coup d'œil à travers un déploiement de nuages, diffusait des motifs de lumière et d'ombre toujours changeants à travers les arbres. Quand le vent se précipitait sur un lac immense et gelé, les branches nues grattaient les unes contre les autres, comme pour se réchauffer ; la glace tombait dans un cliquetis et la neige, dans un chœur de murmures et d'éclaboussements. Un cavalier pouvait passer comme une ombre à travers cette étendue sauvage.

Le capitaine Ark-robin avait attendu cette opportunité. Lui et son vawn cuirassé étaient immobiles, silencieux, cachés dans les ronces, écoutant.

Tap.

Le capitaine agrippa plus fermement les rênes.

Tap.

Des morceaux de coquille se brisaient peut-être sous les coups de bec d'un cassenoix. Mais ce pouvait également être les mâchoires d'un homme-bête, anxieux, peu importe où il se trouvait, à l'affût.

Ici, à une heure de marche des huttes les plus éloignées des Cueilleurs, Ark-robin avait trouvé une piste d'empreintes inconnues à travers la neige, sous le vieil arbre. Les petites traces étaient encore bien visibles. Récentes. Étrangement, les empreintes erratiques d'un énorme ours-crocs suivaient le même chemin. Le calme signifiait peut-être que l'ours avait attrapé sa proie.

Ark-robin sourit, se rappelant comment, quand il n'était qu'un garçon, il avait pratiqué le pistage — tout d'abord sa mère, pendant ses commissions, puis un vawn, sur les routes d'Abascar, et plus tard un chat-huile sauvage, près du camp des Cueilleurs. Alors que ses talents de chasse augmentaient, il rêva de servir dans les rangs du roi Har-baron.

Le monde avait changé quand la royauté de la Maison Abascar était passée du père d'Har-baron à Har-baron et ensuite à son fils Cal-marcus. Les soldats qu'Ark-robin admirait dans sa jeunesse, et dont les aventures remplissaient les rouleaux des bibliothèques du roi, avaient mené des batailles à travers l'Étendue, résistant à la magie pernicieuse et puissante de la maison Cent Regus. Aujourd'hui, les soldats d'Abascar avaient échangé la discipline énergique de la guerre contre une routine de surveillance ennuyeuse. Cal-marcus régnait sur un royaume bien défendu, avec des soldats pour patrouiller aux frontières, surveiller les routes de commerce vers les maisons Bel Amica et Jenta, protéger les récoltes et contrôler le travail des Cueilleurs. Piéger et tuer les hommes-bêtes prédateurs et ce qui restait du peuple perturbé et féroce de la maison Cent Regus étaient les choses qui s'approchaient le plus de la guerre et qu'Ark-robin avait toujours aimées en tant que soldat.

Que deviendra le monde, quand le roi Cal-marcus transmettra son pouvoir au prince Cal-raven?

Ark-robin écrasa un moustique sur son oreille.

Quels devoirs pathétiques abrutiront les vies des futurs soldats d'Abascar?

Tap.

Une étoile filante bleue passa comme un éclair devant lui. Une pierre ou une gemme tomba du haut des tentacules de l'arbre. Elle atterrit dans un panier suspendu, à hauteur d'épaule, à une vigne entortillée.

L'éclaireuse d'Ark-robin avait murmuré quand elle lui avait parlé d'un intrus officieux. Elle avait murmuré, parce qu'aucune éclaireuse de la maison Abascar ne voulait admettre qu'on avait été plus futé qu'elle, surtout s'il s'agissait d'un enfant. Une jeune fille. Une fautrice de troubles qui échappait aux officiers de service en les conduisant au cœur des bois.

— Je soupçonne, avait dit l'éclaireuse, qu'elle est la source des produits de contrebande que nous avons récemment saisis chez les Cueilleurs. Une voleuse, peut-être, dérobant des objets à la maison Bel Amica, concluant des affaires avec ses marchandises volées.

Ark-robin jura de la trouver lui-même, cette fille que les Cueilleurs protégeaient, et décida de la meilleure manière de traiter avec elle. Ce n'était en rien pareil aux aventures des défenseurs de la célèbre maison du roi Har-baron, mais c'était plus intéressant que son inventaire quotidien des tours de garde et des espions.

Un goret renifla sous un buisson, puis émit un joyeux et profond soupir. Ark-robin se détendit. Les gorets fuyaient à l'approche de créatures plus féroces — les vers-chimères, les ours ou les hommes-bêtes — et laissaient derrière eux une odeur qui pouvait plonger une ville dans la tourmente. Mais ici, l'air était assez pur pour qu'un vieil homme retrouve de nouveau la jeunesse.

Il retira son casque, le polit avec sa manchette jusqu'à ce que son reflet flou soit net, puis peigna sa barbe avec ses doigts et pratiqua un air menaçant d'autorité et d'intimidation. Remettant son casque avec soin, il enfonça les talons dans les côtés du vawn.

La monture cuirassée partit en trombe à travers le chiendent et se débarrassa des filaments épineux qui l'accrochaient, râlant et toussant dans une rafale de neige. Ark-robin passa devant l'arbre, prenant le prétexte d'une grande poursuite, puis s'arrêta net et retourna où le panier était accroché.

— Des vers-chimères sauvages de la colline du promontoire ! cria-t-il.

D'un rapide coup d'épée, il sectionna la corde qui retenait le panier et l'attrapa avec sa main ouverte.

— Quelle fortune j'ai trouvée ! dit-il à l'intention de quiconque pouvait bien être — et était probablement — à l'écoute.

Il ne se risqua pas à jeter un coup d'œil vers le haut.

— D'où proviennent de telles pierres ? Je suis sous le charme.

À ce moment-là, il entendit un rire lointain, comme les cris flottants d'un siffleux.

— Ma fille sera vraiment contente. À moins que, peut-être — maintenant, il regardait à gauche et à droite, dans un geste exagéré —, ces pierres appartiennent déjà à quelqu'un.

Encore plus de rires. Des amas de neige et des feuilles mortes humides chutèrent. Il leva les yeux.

Perchée au sommet d'une haute branche, elle était là, plissant les yeux, souriant, mais prudente.

— Je suis vraiment désolé, mais j'ai bien peur d'avoir coupé l'attache de votre panier !

Il lui fit un signe, retirant de nouveau son casque pour qu'il puisse paraître plus amical.

— Descends ici. Je te le redonnerai.

Elle commença à descendre à la manière d'un branle-queue affamé s'approchant d'un homme lui proposant du pain, évaluant chaque branche, s'arrêtant, réfléchissant.

— Tu n'as rien à craindre. Il est de mon devoir de protéger ceux qui vivent dans ces bois, puisque la forêt Cragavar appartient au roi Cal-marcus. Je suis capitaine de la garde d'Abascar et stratège en chef pour les armées du roi. Et je dois dire que je ne t'ai jamais vue parmi les orphelins auxquels les Cueilleurs se sont fait ordonner de donner refuge.

Il souleva le panier comme un plateau de desserts.

— Tu sembles plus juste, plus amicale qu'ils ne le sont. Tu me rappelles ma propre fille.

C'était un mensonge, mais un mensonge stratégique. Il voulait avoir l'air sûr et rassurant, pour l'attirer plus près. Il pouvait maintenant la voir clairement, une orpheline étrange et inquiète, dépenaillée comme un pinson après une bataille avec des corneilles, les vêtements en lambeaux et crottés, des cheveux bruns et argentés chatoyant comme du lichen doux et pendant. Jeune, peut-être huit ans, mais ses traits étaient déjà beaux, lumineux, inquisiteurs.

Également fascinée, la fille examinait son uniforme élaboré et le vawn, dont les écailles brillaient d'un vert tirant sur le jaune, dont les yeux étaient petits comme de la monnaie, et qui possédait une queue qui se terminait par une lourde massue pointue.

— Je vais surprendre quelques Cueilleurs avec ces pierres, dit-elle. Je vais les cacher dans leurs bottes.

Elle en sortit une de sa poche et la lança dans son gant — *clap*.

— Mais apportez celle-ci à votre dame.

Il la tourna lentement. Elle projetait de minuscules éclats de lumière, comme des diamants, tout autour de la clairière. Il était aussi déconcerté par sa beauté que par sa gaillarde collectionneuse.

— Des oiseaux cwaubas, capitaine. Ils transportent les pierres en les prenant quelque part, au loin. Du nord, je pense. Les oiseaux cwaubas sont solitaires, et ils se fatiguent à crier pour que les autres les rejoignent. C'est pourquoi ils mettent une pierre au creux d'une branche où le soleil la fera étinceler. La couleur remplace leurs cris. C'est un peu comme la façon dont les femmes des Cueilleurs s'habillent pour

séduire les hommes, ou la façon dont les hommes se pavanent pour impressionner les dames. C'est faire, en quelque
sorte, un genre de promesse. Aimez-vous grimper aux
arbres ?

— Je suppose que tu utiliseras certaines d'entre elles
pour appâter un beau jeune Cueilleur…, n'est-ce pas ? Si
j'avais un garçon, devrais-je le prévenir de prendre garde à
toi ?

Elle fit la grimace.

— Non, non, non. Vieil homme insensé. Je suis trop
petite, trop exubérante. Les dames cueilleuses disent que les
garçons veulent de bonnes filles des gens de la maison, à
l'intérieur des murs.

— Elles disent cela, vraiment ? Je suis sûr qu'il y a des
garçons, chez les Cueilleurs, qui aimeraient se marier avec
ma fille, Stricia, si cela voulait dire qu'ils pourraient vivre
sous la protection de la maison Abascar à nouveau. Stricia
est belle, et elle récolte tous les honneurs parce qu'elle assimile très bien l'instruction. Elle aura des soupirants qui
feront la queue à la porte d'ici quelques années. Tu pourrais
jouir de la même attention, si tu méritais d'entrer dans la
maison Abascar. Depuis combien de temps es-tu dans notre
forêt ?

— Huit étés, disent-ils.

Ark-robin fronça les sourcils.

— Tu dis que les oiseaux cwaubas transportent ces
pierres à partir du nord ? Tu y es allée ? Dans le nord ? Tu
peux me dire une chose ou deux à son sujet ?

Il éperonna son vawn autour de l'arbre, essayant de la
garder en vue alors qu'elle l'escaladait.

— Je ne me rappelle pas y être allée. Mais je peux le voir,
quand je dors. J'y étais peut-être quand j'étais trop petite
pour m'en souvenir…

— Tu as entendu les histoires, sans doute — que les personnes des quatre maisons sont venues dans l'Étendue pour fuir une vie de cauchemar, dans le nord. J'ai vu certaines des régions sauvages et indomptées qui sont là-bas. Personne ne peut survivre, dans ces montagnes. C'est un monde gelé. Des dangers de toutes sortes. Tu devrais être heureuse de vivre près de la maison Abascar. Les officiers de service patrouillent toujours.

Ark-robin glissa en bas du vawn et commença à marcher lentement autour de l'arbre.

— Les officiers de service ne prennent pas soin des orphelins.

La fille semblait triste.

— Ils ne font que leur donner de vilains noms. Ce sont les Cueilleurs qui enseignent aux orphelins, les nourrissent et les nettoient.

— Les Cueilleurs prennent soin des orphelins parce qu'ils veulent mériter un pardon, pas parce qu'ils sont bons. Tu penses qu'ils sont de bons professeurs ? Est-ce pour cette raison que tu leur apportes tes petits trésors ? Tu te sens en sécurité parmi les voleurs, les brutes et les menteurs, vraiment ?

Elle pencha la tête.

— Je n'ai jamais rencontré quelqu'un qui n'était pas un voleur ou un menteur, de temps en temps. Les Cueilleurs sont seulement les gens qui se sont fait prendre.

Ark-robin commença à perdre son ton amical.

— Tu parles comme s'ils n'étaient que des gens ordinaires, mais les Cueilleurs sont de vulgaires contrevenants à la loi d'Abascar — virés pour avoir propagé la dissension, la bagarre, le cambriolage. Certains défient la Proclamation des couleurs, portant des couleurs qui sont interdites à tous, sauf aux gens des rangs les plus élevés. Ils manquent de respect envers la royauté. Tout comme toi, quand tu donnes à ces escrocs d'aussi belles babioles. Des trésors comme ça devraient être donnés au roi.

Il avait enfin trouvé une façon d'en venir au fait.

— Les oiseaux cwaubas peuvent bien laisser des pierres brillantes dans les arbres, mais ils ne laissent pas de vêtements extravagants comme ceux que nous avons trouvés cachés sous les huttes des Cueilleurs. Si nous attrapons la personne qui a donné aux Cueilleurs des trésors comme ceux-là, il y aura une réprimande.

Il leva le bras vers les branches les plus basses et frappa sur le tronc de l'arbre.

— Pourquoi ne laisses-tu pas simplement tomber ce petit nombre de pierres dans le panier, et je dirai au roi que tu lui envoies un cadeau? Qui sait? Il pourrait décider de te témoigner sa gratitude. Il pourrait y avoir une place et une tâche pour toi, à l'intérieur des murs d'Abascar. Je vais m'assurer qu'il se souviendra de ta gentillesse quand viendra le temps, pour toi, d'être testée selon les rites du Privilège.

— Sortez de ma forêt!

Vive comme un chat, la fille bondit plus haut, jusqu'à ce qu'elle ne soit plus qu'une silhouette à travers les branches.

— Sortez de ma forêt. Je ne ferai pas partie des gens de la maison.

— Oh, bien sûr que tu en feras partie…, Auralia!

Quand Ark-robin prononça le nom de la fille, elle resta bouche bée, et il éclata d'un rire fort et fier.

— Tu nous rejoindras d'ici quelques courtes années. Ces choses que nous trouvons dans les camps — certains Cueilleurs disent qu'elles viennent de toi. «C'est la faute d'Auralia», disent-ils. Ne t'ont-ils pas parlé des rites?

— Oh oui.

Auralia se rendit à l'arrière de l'arbre et souleva un autre panier rempli de pierres.

— Les Cueilleurs qui ont été bons se font pardonner. Et les orphelins, quand ils ont seize ans, sont invités à vivre à l'intérieur des murs, s'ils montrent au roi ce qu'ils peuvent faire.

— Pas seulement au roi! Tu te trouveras en face de toute la maison Abascar, Auralia, parce que les gens risquent beaucoup en laissant quelqu'un comme toi à l'intérieur. Tu leur montreras à quoi tu peux servir, et le roi décidera de ta valeur pour la maison.

— Je connais beaucoup de Cueilleurs qui ne sont pas utiles pour le roi, mais ils ont néanmoins de la valeur, peu importe ce qu'il en dit. Et pourquoi pense-t-il que nous devons être à l'intérieur des murs, pour être heureux? Les gens de la maison ont toujours un air renfrogné et ils ronchonnent, quand je les vois. C'est probablement parce que les choses sont vraiment plus colorées, à l'extérieur.

— Es-tu en train de me dire que tu ne souhaites pas retourner à l'endroit d'où tu viens?

— Ha!

Auralia plia les genoux, se laissa tomber vers l'arrière et se balança à l'envers sur la branche. Ses yeux montraient des secrets extravagants.

— Je ne suis pas venue d'Abascar.

Voyant son visage plus clairement, Ark-robin retint un halètement. Elle venait, assurément, d'un endroit lointain. Ce n'était pas seulement sa peau, même si elle était plus sombre que celle des Cueilleurs avec leur peau rougie, endurcie par les intempéries. C'était sa concentration, une perception aiguë de toutes choses. Elle lisait dans ses pensées.

Il reconnut son malaise, quelque chose qu'il avait éprouvé seulement deux fois auparavant. Une fois, il l'avait ressenti pendant qu'il se trouvait en présence de la reine d'Abascar. La deuxième fois, il avait couru à travers une maison en flammes, et il avait vu des choses invisibles, sur le seuil de la mort — des choses qu'il ne mentionnerait jamais à personne.

— Tu viens bien d'Abascar. Tu ne veux tout simplement pas jouer selon ses règles.

Il savait que son sourire n'était pas convaincant.

— Dis-moi comment tu es devenue orpheline.

Toujours à l'envers, Auralia saisit une branche plus basse, déplia les jambes et bascula plus près de lui. Ses orteils pendaient juste au-dessus de la tête du capitaine, et elle les tapotait légèrement au sommet de son casque. Puis, elle lâcha la branche et, légère comme l'air, bondit et atterrit, une fois de plus hors de portée, sur une autre branche noire et tordue. Délogées par sa présence, des cascades de feuilles d'un vert tirant sur le rouge, un vestige de l'automne, tournoyèrent lentement vers le bas, autour du géant renfrogné.

— Vous ont-ils dit que je suis orpheline ?

— Si tu n'es pas orpheline, tu dois donc avoir une famille. Et si ta famille vit au-delà d'Abascar, tu es donc une intruse. Et si tu es une intruse, il est de mon devoir de t'empêcher, désormais, de t'introduire ici illégalement. Tu dois quitter cette forêt ou vivre ouvertement parmi les Cueilleurs et venir dans notre maison à seize ans. Pendant les huit prochains étés, tu pourrais envisager de faire de la mosaïque. Ou de réparer des toits. Mais je te recommanderais d'envisager de tisser pour le roi. Ces choses que nous confisquons dans les huttes des Cueilleurs montrent que tu as un don particulier. Et quand tu viendras pour les rites, apporte au roi un signe de ta promesse, une exaltation d'Abascar. Il te mettra à l'ouvrage. Tu rencontreras peut-être ma fille. Stricia pourrait t'apprendre une chose ou deux sur ce que cela signifie d'être respectable.

— Je ne vais pas rejoindre les gens de la maison. Je ne veux pas renoncer aux sentiers pour prendre des routes. Et à la forêt pour des murs. Et aux cavernes pour les huttes des gens de la maison. Et aux couleurs pour… pour ça.

Elle fit un geste en direction de la maison.

— Les Cueilleurs blâment cette méchante reine qui a disparu. Elle a enlevé toutes les couleurs des gens de la maison.

— Ils t'ont raconté cette histoire? On ne peut pas faire confiance aux voleurs et aux intrigants.

— Vous voulez dire les Cueilleurs? Ou la reine?

Ark-robin plissa les yeux.

— C'était une proclamation royale, pas un caprice, qui a conçu les couleurs pour les privilégiés. Nous verrons à quel point tu t'intéresses à ta forêt colorée, quand cet ours-crocs finira par te rattraper.

Le capitaine remonta en selle.

— Tu regretteras peut-être de ne pas avoir suivi mes conseils.

Le front d'Auralia se rida.

— Aucun ours-crocs ne me pourchasse.

— Je suis un traqueur, Auralia, se vanta le capitaine, montrant du doigt les traces de l'ours sur le sol. Mais tu n'es certainement pas aussi aveugle.

— Oh, cet ours-crocs. Nous ne faisions que jouer. Je le pourchassais. Il s'est fatigué et avait besoin de repos. Alors, j'ai pensé grimper à l'arbre.

Elle désigna d'un geste les arbres juste au-dessus de son épaule.

— Il semble qu'il ait retrouvé ses forces.

Sur la neige, entre l'arbre et le capitaine, la grande ombre étroite d'Ark-robin sur sa monture fut soudain éclipsée par une obscurité plus profonde.

Ark-robin se tourna et vit la teinte rouge de la fourrure de l'ours-crocs au moment même où son vawn se cabrait de terreur. Un instant plus tard, il était couché, face contre terre, la bouche pleine de neige boueuse, les pierres bleues éparpillées autour de la tête. La voix d'Auralia retentit avec surprise, puis — croirait-il plus tard, quand il reconstituerait le souvenir — elle lui fit peut-être même une réprimande. La douleur irradia à travers ses épaules. Sa chute avait rouvert une vieille blessure. Il entendit un sifflement et un rugissement furieux et se prépara à l'attaque de griffes tranchantes comme des lames de rasoir.

Au lieu de cela, la clairière devint silencieuse.

Son vawn, grognant nerveusement, arpentait la base de l'arbre. L'ours était parti. Tout comme Auralia.

❧

Sur la route longue et sinueuse menant vers les portes d'entrée, le capitaine Ark-robin se chercha des excuses. Il devrait expliquer les griffures sur son visage et la blessure qui — il le savait d'expérience — prendrait des semaines à guérir.

Alors que son vawn le transportait à travers une clairière, une volée d'étourneaux apparut et réclama, à cor et à cri, la tombée de la nuit. Des milliers de petits oiseaux noirs se rassemblaient lors de chaque crépuscule, une grande marée ailée aussi sûrement que la lune qui se lève. Certains les appelaient les «coursiers de la nuit», car c'était comme s'ils attiraient la nuit au-dessus de la forêt, la tirant avec des laisses invisibles.

Ark-robin observa leur migration jusqu'à ce qu'ils disparaissent au-dessus de la dernière partie de la forêt entre lui et les portes d'Abascar. D'une main, il tenait les rênes, et de l'autre, il tenait le panier rempli des pierres d'Auralia, qui, s'étonnait-il, luisaient encore en réfléchissant la lumière du jour.

Un veilleur d'Abascar fit retentir le *Vers du soir*, mettant un effort supplémentaire pour souhaiter aux gens de la maison un sommeil paisible malgré la pluie prochaine. Ark-robin éleva la voix pour chanter, espérant chasser les souvenirs qu'Auralia avait libérés. Les souvenirs d'une autre fille espiègle des étendues sauvages. Des souvenirs d'une autre nuit, lors de laquelle la maison Abascar avait été trompée. Sa voix s'affaiblit, lorsqu'il se souvint qu'il y avait eu un chant de tempête, ce soir-là également, il y avait longtemps.

La tour du roi dominait, maintenant une silhouette, la mince courbe de la lune comme une barre brillante au-dessus de l'astre.

Ark-robin frissonna. Des souvenirs de la reine Jaralaine l'envahirent.

4

LA FILLE DU MARCHAND

Se laissant emporter par ses souvenirs, le capitaine Ark-robin se rappela comment cette nuit capitale, il y avait tant d'années, avait tout changé à Abascar.

Cela avait commencé avec quelqu'un qui s'acharnait sur la porte pendant qu'il était étendu, en train d'observer sa femme, Say-ressa. Des heures comme celles-ci, quand cette guérisseuse fatiguée pouvait se détourner des malades et des souffrants et trouver un moment de paix, étaient rares. Il aurait ignoré le visiteur simplement pour laisser Say-ressa dormir. Mais ce n'était pas seulement un visiteur. Ce devait être — le mur tremblant, le loquet se détachant du chambranle — une convocation royale.

À contrecœur, il croisa le regard hautain du convocateur et apprit que sa présence était requise dans la tour du roi.

Il rejoignit Tar-brona à l'extrémité de l'avenue, à l'extérieur du logement d'Ark-robin. À cette époque, Tar-brona était capitaine de la garde. Il avait les cheveux gris et était petit, mais il était endurci comme du cartilage, inébranlable dans son obéissance à Cal-marcus et étrangement prescient quand il était question des intentions du roi. Par conséquent, Ark-robin fut perturbé d'apprendre que Tar-brona ne savait rien de la raison de leur convocation.

Ils avancèrent ensemble calmement, avec hâte, arrivant au moment précis où les veilleurs de la maison chantaient le *Vers de minuit*. Un couplet supplémentaire — un avertissement de tempête — ne faisant qu'augmenter son sentiment d'appréhension.

À l'intérieur du palais, à l'entrée de la bibliothèque du foyer du roi, une double garde les fit entrer et ferma ensuite les portes fermement derrière eux.

Ce n'est pas Cal-marcus qu'ils y trouvèrent.

Un rayon de lune perçait à travers la grande fenêtre à une extrémité de la chambre étroite. Un souffle de vent entra et glissa le long du plancher.

Personne ne se trouvait à la table des cartes. Et personne ne faisait les cent pas dans la pièce ni ne réfléchissait sur des manuscrits de la bibliothèque volumineuse. Il y avait seulement le petit Cal-raven dans sa chemise de nuit blanche, assis sur le plancher devant un mur d'étagères, qui se parlait doucement à lui-même. Sous lui, déroulée, se trouvait une grande carte de l'Étendue. Les petites mains de Cal-raven déplaçaient des personnages de pierre sur le parchemin comme s'il jouait à un jeu de stratégie. Il leva furtivement les yeux vers le défenseur et le capitaine, cligna des yeux.

— Une des pièces a disparu. Savez-vous où elle est?

Les hommes échangèrent un coup d'œil inquiet, puis secouèrent la tête et haussèrent les épaules.

— Mes excuses, jeune prince, dit Tar-brona.

Cela sembla leur valoir son mépris, puisqu'il soupira solennellement et dit, avec la mélancolie familière de son père :

— Je suppose qu'il me revient de résoudre ce mystère.

Le capitaine Tar-brona s'éclaircit la gorge.

— Le prince n'est jamais éveillé aussi tard. Et où sont les gardes qui lui sont assignés pendant que sa mère est partie?

Les portes d'Abascar s'étaient ouvertes pour le départ de la reine Jaralaine, huit jours plus tôt, tandis que les célébrations fastueuses qu'elle organisait pour chacune de ses décisions résonnaient dans les cours intérieures. Jaralaine avait même surpris le roi avec son annonce — elle espérait voir une autre maison, Bel Amica, par elle-même.

Ce n'était pas par caractère. Depuis que Cal-marcus avait découvert pour la première fois Jaralaine errant dans l'étendue sauvage, l'esprit de cette dernière s'était fixé sur tout ce qu'elle ne possédait pas. En tant que fille de marchands, elle avait été pauvre, impuissante. En tant que reine, avec personne à Abascar pour lui refuser une demande, elle s'inquiétait de la réputation d'Abascar ailleurs dans l'Étendue, préoccupée par le fait que son peuple et son pouvoir ne puissent être comparés à d'autres.

Exaspérée par des comptes-rendus mentionnant que la maison Bel Amica était devenue un lieu de merveilles et d'inventions, Jaralaine s'était enfermée dans ses quartiers jusqu'à ce que son mari consente à ce voyage. La décadence de Bel Amica était célèbre. Et ce n'était un secret pour personne que les Bel Amicains avaient beaucoup accompli par la mer — Ark-robin avait entendu des témoins décrire des bateaux revenant des territoires bel amicains établis sur des îles lointaines. Quand le roi céda aux exigences de Jaralaine, elle envoya des messagers à Bel Amica annonçant sa visite. Puis, elle s'enfuit avec les ambassadeurs d'Abascar, transportant des coffres de pierres précieuses, déterminée à mesurer la richesse et l'ambition de Bel Amica et de faire étalage du meilleur d'Abascar.

Le roi Cal-marcus était resté chez lui, étant un homme insomniaque et nerveux.

Ark-robin était venu au palais en s'attendant à trouver le roi usant les tapis de la bibliothèque, occupant son esprit avec les visions légendaires du passé d'Abascar. Les assignations qui arrivaient aussi tard pendant la nuit étaient d'ordinaire des signes avant-coureurs de problèmes. Le seul ennui, ici, était la recherche par le jeune prince d'un jouet disparu.

Dans la lueur de la cheminée, la chaise à dossier élevé du roi projetait une ombre frémissante à travers la pièce. Une bouteille d'hajka ouverte reposait sur le plancher. Ark-robin tressaillit. L'hajka était une menace pour la santé du roi, contre laquelle aucun soldat ne pouvait le défendre. Il savait que Tar-brona arriverait à la même conclusion — qu'un sale caractère s'était emparé du roi fatigué.

« La reine, pensa Ark-robin. Est-ce que quelque chose est arrivé à Jaralaine, à Bel Amica ? »

Vint ensuite la deuxième surprise de la soirée. Ce ne fut pas le roi Cal-marcus qui se leva de la chaise, mais bien la reine Jaralaine.

Elle causa aux hommes une frayeur intense. Ils se levèrent, encombrés de couches de peaux, de cuir et de métal — le costume du devoir, pas l'armure de guerre — tandis que Jaralaine portait une chemise de nuit soyeuse. Pieds nus, elle s'approcha d'eux comme elle le faisait toujours — délicatement, comme quelqu'un qui se méfie d'un serpent, en marchant sur la pointe des pieds dans des herbes hautes. Des cascades de boucles d'or, flottant comme les branches des saules pleureurs, tombaient sur ses épaules. Ce n'étaient pas les atours officiels, et il n'était pas convenable qu'elle apparaisse ainsi devant un homme autre que son mari. Ark-robin craignit de ne pouvoir détacher son regard de Jaralaine, de ne pouvoir cacher son enchantement ou contrôler ses pensées.

Si le roi devait arriver soudainement, la conversation serait vraiment embarrassante.

Tar-brona s'agenouilla dans une obéissance nerveuse, exprimant son étonnement de la trouver ici, déjà revenue de Bel Amica, et se demandant à voix haute pourquoi il n'y avait pas eu d'annonce ou de réception.

Jaralaine les rassura chaleureusement. Un mot lui avait été envoyé, par un faucon messager, qui annonçait que

Cal-marcus était malade et qu'elle devait revenir à la maison. Le roi s'était retiré pour se mettre au lit, assisté d'une infirmière.

Ses paroles étaient préparées, marquées de cet accent quelque peu revêche des gens de la forêt. Et elle passait si promptement d'un sujet à l'autre qu'ils ne pensèrent pas à se demander qui pouvait avoir envoyé un faucon messager pour la rappeler, à leur insu et sans leur consentement.

Mais il y pensait maintenant, rétrospectivement, et avec du recul, il la voyait maintenant bien plus clairement.

Les rumeurs sur les origines de Jaralaine variaient entre scandaleuses et impossibles. Dans la version du roi, il l'avait trouvée en voyageant. Lorsqu'il était jeune prince, il préférait voyager rapidement à cheval à découvert plutôt que prendre des vawns à travers la forêt dense et sombre. Les vawns étaient pour les ouvriers et les soldats ; les chevaux étaient pour les aventuriers et les hommes fortunés. Lors d'une aventure solitaire, il avait assouvi sa curiosité en se dirigeant vers le nord. Sa découverte l'avait enchanté et, pendant des heures, il s'était dissimulé pour l'observer laver un panier de pommes dans la rivière Throanscall, jusqu'à ce qu'elle se glisse dans l'eau pour se baigner, chantant des chansons qui lui brisèrent le cœur.

Quand il l'approcha, elle lui dit qu'elle était la fille de marchands qui n'étaient assermentés à aucune maison. Elle s'était promenée pendant des jours, luttant pour rester en vie, se déplaçant lentement vers le sud en direction d'Abascar. Ses pensées étaient floues, serpentant entre la vérité, qui était sanglante et terrible, et une illusion, dans laquelle elle était certaine que sa famille était simplement partie en voyage et l'avait oubliée. Ils reviendraient sûrement, dit-elle à Cal-marcus, mais elle serait heureuse que quelqu'un veille sur elle pendant qu'elle attendait là dans l'étendue sauvage.

Elle se réjouit de l'attention toute particulière qu'il lui portait, de sa hâte à l'aider afin de trouver de la nourriture et de sa connaissance des herbes médicinales. Il gagna sa confiance.

Quand la nuit arriva et qu'il constata que sa famille n'était pas revenue, Cal-marcus emmena Jaralaine pour qu'elle reste parmi les orphelins qui avaient été confiés aux soins des Cueilleurs. Personne ne vint la réclamer, mais elle semblait si ravie des fréquentes visites du prince qu'elle n'eut jamais de peine. Il lui rendit souvent visite, supposant sottement qu'il pourrait le faire sans être aperçu.

Un jour, Cal-marcus l'avait emmenée faire de l'équitation sur le meilleur cheval de son père, pour revoir le lieu de leur première conversation. Quand elle revit l'endroit, elle se blottit dans le creux de ses bras et se mit à pleurer. Les souvenirs qu'elle avait tenus à distance lui étaient revenus. Et ainsi, il apprit la vérité.

Elle avait cueilli des fruits qui étaient sur les branches les plus hautes de quelques pommiers, était revenue plus tard et avait trouvé le chariot volé, les corps des membres de sa famille éparpillés en morceaux près de la rivière. Seule devant cette effroyable scène, elle avait essayé de se noyer, mais avait échoué, se réveillant sur les rives de la Throanscall, loin au sud de la terre maudite. Son père, sa mère, son frère, même ses sœurs les plus vieilles, qui l'avaient tourmentée pendant son enfance, et toutes les maigres ressources qu'ils avaient cachées dans leur chariot couvert de peaux — tout cela avait disparu.

Rempli d'un zèle adolescent, Cal-marcus jura de traîner les tueurs dans les donjons d'Abascar pour qu'ils soient torturés à mort, serment qui fit briller d'un feu avide les yeux de Jaralaine. À cette époque, les hommes-bêtes n'avaient pas encore assombri les terres au nord d'Abascar. Le sang de ces marchands avait été répandu par des mains humaines. Les plus grandes sources d'inquiétude des marchands, au nord, à part les menaces de maladie et le mauvais temps, étaient les animaux sauvages, les vers-chimères de la rivière… et un autre danger. Cal-marcus planifia sa vengeance envers les pilleurs des clans des voleurs des bois.

Il organiserait une campagne, avec la bénédiction de son père, pour ratisser la forêt au nord d'Abascar et éliminer ces clans qui s'adonnaient au maraudage. Puis, il demanderait à Jaralaine de l'épouser. Quand elle deviendrait sa promise, on lui garantirait une nouvelle vie d'honneur et de respect. Elle ne manquerait de rien. Il scella sa promesse avec une bague, qui avait été taillée par son bon ami Scharr ben Fray, un mage vieillissant avec des talents de joaillerie inégalés. La bague montrerait clairement à tous qu'elle devait être traitée avec respect.

Deux ans plus tard, au grand déplaisir du roi Har-brona, Cal-marcus épousa Jaralaine.

Cal-marcus fut accueilli comme un héros assuré de transformer la maison, quand il hérita de la couronne. Le côté romantique de son histoire fit aimer Jaralaine des gens. De nouvelles chansons furent écrites pour les cordes, et un conte épique rejoignit les légendes d'Abascar. Du moins pendant un certain temps.

Même si Jaralaine était dure, solitaire et accablée de chagrin, les gens semblaient partager le zèle de Cal-marcus pour lui accorder un nouveau départ. Certaines personnes de la maison voyaient en elle un reflet des pertes dont elles avaient souffert pendant les guerres avec les sauvages de Cent Regus. En se consacrant à son bonheur, elles pouvaient rétablir leurs esprits marqués.

Mais l'amour de la maison Abascar pour la reine ne durerait pas. Les gens avaient vu ce qu'ils espéraient voir, pas l'esprit vengeur boudant la journée et marchant sur la pointe des pieds, avec méfiance, à travers les couloirs du palais, la nuit.

Les marchands étaient connus pour leur langue bien effilée, et les paroles de Jaralaine laissaient des cicatrices. Les marchands ambulants qui l'avaient élevée n'étaient attachés à aucune maison. Leur vie au-delà des murs les avait endurcis, les avait transformés, et ils se battaient âprement pour le moindre fragment de profit, se faisant rarement respecter. Pour les marchands, l'art de l'éloquence trompeuse était une question de survie, et ils pouvaient, en échange d'un salaire, établir des contrats compliqués et cultiver le commerce entre les maisons. Jaralaine, c'était évident, avait appris comment marchander, comment faire paraître raisonnable un vol. À l'intérieur de la maison, une couronne dans ses boucles, elle s'était emparée du pouvoir que son prince offrait et, grâce à son éloquence persuasive et envoûtante, en avait pris encore plus.

Quand Cal-marcus monta sur le trône, Jaralaine s'assura qu'il démit de leurs fonctions tous les conseillers de son père qui l'avaient considérée défavorablement. Elle insista en disant que son mari n'avait pas besoin de conseils, hormis les siens. Il en vint à accepter, et certains supposèrent qu'elle l'avait ensorcelé avec des potions provenant d'un jardin qu'elle cultivait dans la cour privée du château.

Prenant ses aises avec une vitesse folle, elle volait les ressources qui, jadis, avaient nourri tout ce qu'il y avait autour d'elle et, cependant, restait avide.

La nuit du retour de Jaralaine d'une aussi courte visite à la maison Bel Amica, il sembla improbable à Ark-robin qu'elle se soit précipitée à la maison seulement pour surveiller les infirmières du roi. La reine ne semblait pas du tout s'inquiéter pour Cal-marcus. Elle était vive comme jamais, les éblouissant jusqu'à les laisser sans voix.

Derrière elle, les étincelles pétillantes de ce qui avait été une grande flambée se repliaient dans le bois noirci pour lancer des regards noirs et crépiter, irritables et défaillantes. «Comme le roi», pensa Ark-robin.

— Comment pourrions-nous atténuer la souffrance de notre seigneur?

Il y avait une note d'agitation dans le ton du capitaine Tar-brona, assurant à Ark-robin qu'il n'était pas le seul à soupçonner les ennuis.

— Vous pouvez atténuer sa souffrance en faisant confiance à sa reine pour exprimer ses vœux.

Jaralaine marcha vers la table de chêne, une partie du tronc d'un arbre fort de deux mille ans avant qu'il ait été renversé par un éclair.

— La route m'a fatiguée — la hâte, l'inquiétude, les hommes-bêtes. Et je suis affolée par tout ce que j'ai vu. Alors, je ne vous retiendrai pas longtemps.

Quand elle parla de nouveau, sa voix était plus basse, et elle les exhorta à jurer le secret.

— Je vous assure, murmura-t-elle, que ces paroles sont pour ceux qui peuvent voir, au-delà du fardeau d'une lourde tâche, la récolte que cela produira.

— Nous n'avons jamais manqué de répondre à l'ambition du roi, lui assura Tar-brona. Si c'est une récolte qu'il veut, nous mettrons l'épaule à la roue.

Elle le surprit avec un sourire lent et secret.

Les événements qui suivirent s'estomperaient bientôt dans les courants du temps et de la rumeur. Mais ce sourire et ce que Jaralaine fit pour mettre en marche ces événements resteraient gravés dans la mémoire d'Ark-robin.

— Abascar, commença-t-elle, n'est pas comme elle le devrait. C'est ce que j'ai appris pendant ma visite à Bel Amica. La maladie de Cal-marcus est arrivée juste à temps, puisque je voulais à tout prix être libérée de leur condescendance.

Elle se plaignit en affirmant que les Bel Amicains méprisaient Abascar, qu'ils se demandaient pourquoi une maison aussi petite et pitoyable devrait conserver le contrôle de tant de terres fertiles et de mines si profondes et enrichissantes. Elle désigna d'un geste une carte étendue sur la table et expliqua comment Bel Amica avait l'intention de se développer et d'englober des îles dans la mer de l'ouest, et comment ses gens avaient également l'intention d'aller au nord, créant des dangers là-bas, et au sud, vers la maison Jenta. Bien sûr, les Bel Amicains ne parleraient jamais de plans pour avancer vers l'est. Mais qui oserait nier que cela pourrait devenir une menace tangible ? L'expansion vers l'est donnerait à Bel Amica le contrôle de plusieurs des routes de commerce, et Bel Amica empiéterait sur les frontières d'Abascar.

Ark-robin ressentit un accès d'ardeur à l'idée que la guerre pourrait se préparer. Le jour viendrait-il enfin où les guerriers d'Abascar chevaucheraient avec force ? Est-ce que ses hommes testeraient leur entraînement contre autre chose que des hommes-bêtes ? Est-ce que la promesse des talents du capitaine Tar-brona en tant que stratège serait enfin tenue ?

Tar-brona objecta.

— Bel Amica ne nous veut aucun mal. Ils nous doivent toujours de la gratitude pour tout ce que nous avons fait, pour la façon dont Cal-marcus a nettoyé les terres sauvages des pilleurs.

— Capitaine, comment pouvez-vous être sûr qu'ils n'entraînent pas une foule de soldats sur ces îles ? Pourquoi les forges de Bel Amica brûlent-elles pendant que quelques soldats inexpérimentés décorent leurs murs ? Je vous le dis, le jour approche où nous ne connaîtrons plus nos voisins de l'ouest ou ce qu'ils complotent. Mais il y a plus de choses que je dois signaler.

Elle plaça la main sur la carte de la vaste forêt Cragavar, entre Abascar et les rivages occidentaux.

— Il y a une autre menace. Et celle-ci ne concerne pas les épées ou les lances. Elle concerne la séduction et la tricherie. Comme vous le savez, des soldats qui ont été portés disparus des tours de signal, dans la forêt. Et les Cueilleurs ont déserté leurs postes, ne revenant jamais. J'ai entendu des noms familiers dans les rues de Bel Amica. J'ai vu des visages étrangement familiers. Certains d'entre eux riaient, quand j'avais le dos tourné. Les déserteurs d'Abascar rejoignent l'étreinte d'exultation malveillante de Bel Amica, attirés par les rumeurs d'une vie glorieuse au bord de la mer.

— Vous savez cela ?

Tar-brona plissa les yeux.

— J'étais fille de marchands, siffla Jaralaine. J'ai reconnu leur ton : du dédain, du mépris, de la dérision. La tribu gloutonne de la reine Thesere se croit immensément supérieure. Et comment pourrais-je argumenter, avec tout ce que j'ai vu ? Nous sommes humiliés, capitaine. Au lieu de se sentir en sécurité, les gens de notre maison en sont venus à se sentir trompés et démunis. Si les gens d'Abascar commencent à rêver à la maison Bel Amica, ils en viendront à nous en vouloir. Si Bel Amica prospère, leurs exhibitions éhontées pour les esprits invisibles de la lune doivent certainement être plus qu'une comédie ! C'est ce que décidera notre peuple. Abascar ne s'est pas débarrassée de superstitions idiotes depuis longtemps, et le vent pourrait facilement tourner.

Dites-moi, désirez-vous les cérémonies, les costumes bizarres, les sacrifices et les rituels de maquillage qui accompagnent une telle folie?

Elle marcha à grands pas devant son fils pour prendre avec les deux mains des rouleaux sur les étagères.

— J'ai lu les histoires de la maison Abascar. Elle a toujours été petite, la risée de Bel Amica et de Jenta. Mais les jours les plus heureux de la maison Abascar furent ceux où les gens s'unirent pour surmonter une menace. De quoi mon mari s'enorgueillit-il? Des jours de discipline, quand les gens travaillaient pour suivre une instruction royale afin de survivre à la menace de Cent Regus. Les gens d'Abascar sont devenus paresseux. Rien ne les menace, c'est pourquoi leur unité et leur concentration s'affaiblissent.

La reine lança les rouleaux sur le sol.

— Ils tiennent la sécurité de ces murs pour acquise. Mais de nouvelles menaces grandissent, et il est temps qu'Abascar s'unisse et se renforce de nouveau. Nous devons donner un rêve à nos gens. Nous rendrons toutes choses nouvelles à Abascar.

Le jeune prince, distrait de son jeu, leva pensivement les yeux vers les étagères pendant que le vent taquinait les rubans qui attachaient les rouleaux.

Tout plan pour révolutionner une maison exigerait des sacrifices difficiles. Jaralaine insista sur ce point. Mais négliger la faiblesse d'Abascar, voilà qui coûterait davantage.

Elle avança et se tint entre eux, les mains posées comme de doux oiseaux sur leurs épaules. Les gens de la maison, expliqua-t-elle, auraient besoin de chefs pour les inspirer, d'un palais débordant de gloire, et de motivation pour alimenter le feu d'Abascar.

Tar-brona commença à insinuer que les rumeurs au sujet des déserteurs n'étaient pas fondées et que les hommes-bêtes étaient encore connus pour éloigner les victimes. Mais le regard fixe de Jaralaine l'incita à se taire.

Rougissant, elle retourna autour de la table.

— Je veux entendre parler de Bel Amicains désertant cette gonflée de reine Thesere pour chercher les splendeurs de la maison Abascar. Je veux que les philosophes de la maison Jenta parlent de l'avenir d'Abascar avec des murmures respectueux et nous apportent des cadeaux pour s'attirer nos bonnes grâces. Si les quatre maisons proviennent toutes d'une même grande source, comme nos histoires nous le disent, Abascar a tous les droits de se déclarer égale aux autres. Nous pourrions être le joyau de l'Étendue. Les guerres contre les gens de Cent Regus sont terminées. Bel Amica doit encore se développer. Et Jenta est préoccupée par sa méditation tranquille. La maison Abascar saisira sa chance de prospérer. Nous transformerons ce que nous avons pour susciter l'envie du pays.

— Comment cette transformation sera-t-elle accomplie ? demanda Ark-robin, puisque Tar-brona semblait stupéfait par les paroles de la reine. Nous sommes une plus petite maison que Bel Amica. Pour être leur égale, nous devrions...

— Ce n'est pas une question de population, soupira-t-elle. C'est une question de distinction. De gloire. Quand les gens parlent d'une maison, de quoi parlent-ils en premier lieu ? Du palais. C'est par là que nous allons commencer. Les gens vont refaçonner le palais jusqu'à ce qu'il fasse l'envie du pays.

— Les gens de la maison rénoveront le palais ?

Tar-brona semblait profondément méfiant.

— Ils feront de cet endroit une merveille, affirma la reine avec un sourire qui leur fit comprendre que bien des choses étaient déjà décidées. Vous voulez savoir comment nous obtiendrons un tel dévouement ? De la motivation ?

C'est alors qu'elle annonça l'impensable.

— Le roi m'a demandé de superviser une période de festivités et de changement pendant laquelle les gens de la maison s'uniront pour la transformation de la maison. Nous appellerons le premier chapitre de cette histoire grandiose « l'hivernage d'Abascar ».

Pendant cette période d'hivernage, expliqua-t-elle, les gens réorienteraient tous leur travail et mettraient à profit tous leurs talents vers des tâches préparées pour eux par les concepteurs du palais. Ils construiraient un meilleur palais, l'embelliraient.

Mais pourquoi « l'hivernage d'Abascar » ? Son jardin secret dans la cour l'avait inspirée. Il lui parlait chaque jour, révélant un plan.

En signe d'engagement et d'unité, toutes les personnes d'Abascar résidant entre le palais et les murs porteraient des vêtements communs — une garde-robe de noir, de brun, de gris et de blanc, les couleurs de l'Étendue en hiver.

— Les gens d'Abascar abandonneront leurs couleurs, leur métier, leur tissage, leur prime, les trésors qui se cachent dans leur maison... tout servira à embellir les couloirs du palais.

Et que deviendraient les soldats ? Les officiers d'Abascar maintiendraient l'ordre dans les rues, visiteraient les maisons, inventorieraient les effets personnels et surveilleraient les efforts. Ils noteraient ceux qui servent sans se plaindre et promettraient des récompenses à ceux qui se dévouent ouvertement au plan de la reine.

Tar-brona et Ark-robin devaient diriger le calcul des richesses d'Abascar, des vêtements au bétail, des bâtiments aux peignes et aux oreillers. Le roi et la reine inviteraient ensuite les gens à offrir leurs meilleurs effets personnels comme un tribut. Tous ceux qui donneraient volontiers gagneraient l'approbation, recevraient des badges de diverses couleurs pour signifier la force de leur dévouement et toucheraient une juste mesure de pierres précieuses des mines abondantes d'Abascar. Ces pierres, ils pourraient les échanger pour augmenter leurs privilèges pendant la deuxième saison de la transformation d'Abascar.

Les armées d'Abascar transporteraient cet ensemble de choses de première qualité vers les sous-sols des donjons dans une procession qui inciterait à la fête. Tout ce qui serait jugé beau et excellent ornerait le palais et servirait à glorifier le roi. D'autres objets seraient défaits pour récupérer la matière première et réintégrés dans des inventions plus belles.

— De cette façon, le palais appartiendra tant aux personnes de la maison qu'à leur roi et à leur reine, dit Jaralaine.

— Et... quand le palais attirera l'attention, de l'autre côté de l'Étendue ? s'entendit murmurer Ark-robin. Quand il brillera comme le soleil, qu'arrivera-t-il alors ?

Imaginant le changement, l'assemblage de couleurs comme un feu de joie au centre d'Abascar, il ne pensa pas à poser les questions qui le harcèleraient plus tard, à propos de ce qu'il en coûterait aux gens de la maison.

Quand cela serait accompli, poursuivit Jaralaine, le roi déclarerait le commencement de la deuxième saison, qu'ils appelleraient « le printemps d'Abascar ». Au commencement de ce printemps, les gens de la maison seraient chargés de façonner un nouveau monde pour eux-mêmes, avec une conception et une invention surpassant tout ce qui est connu.

— Pendant le printemps d'Abascar, la couleur et la splendeur reviendront dans les rues d'Abascar, comme si elles se déversaient du palais, se réjouit Jaralaine.

La liberté des couleurs serait rendue aux personnes de la maison Abascar selon les contributions qu'elles auraient faites. Des capes distingueraient leur rang. Un honneur aussi visible obligerait au dévouement envers leur maison.

Le capitaine de la garde ne fut pas facilement convaincu. Il demanda comment les gens seraient persuadés de céder ce qu'ils avaient. La reine affirma que les gens d'Abascar seraient fiers et loyaux. Ceux qui se montreraient contre la Proclamation des couleurs seraient considérés comme des dissidents gênants, en grande partie responsables du fait qu'Abascar ait sombré dans l'indifférence.

Quand Tar-brona essaya de camoufler un rire indigné par une toux, Jaralaine répondit sans amusement.

— Défiez-vous l'autorité de votre roi ?

La reine d'Abascar laissa tomber la lourde bague carrée du roi sur le centre de la table.

— Ou m'accusez-vous de voler cette bague pour l'utiliser pendant que mon mari est trop malade pour m'arrêter ?

Aussitôt, le rire de Tar-brona disparut — et avec lui, toutes ses couleurs.

— Envisagez d'autres possibilités, capitaine. Je suis peut-être une bonne épouse, livrant un message pour son seigneur bien-aimé.

— Alors, soupira Tar-brona, le roi Cal-marcus planifie de faire une proclamation royale ?

— C'est la raison pour laquelle vous avez été convoqués. Vous êtes les témoins, et je parle maintenant au nom de Cal-marcus.

Jaralaine se mit debout, droite et grande, une main levée, la lueur du feu remplissant son vêtement de lumière et donnant l'impression qu'émanait d'elle un pouvoir divin.

— Par proclamation du roi, je déclare que demain, au lever du soleil, sera le premier jour de l'hivernage d'Abascar.

C'est à ce moment que les étagères de parchemins étaient tombées, jetant les histoires sur le plancher.

Cal-raven, grimpant doucement sur les étagères comme sur une échelle, certain que la figurine manquante avait été placée hors d'atteinte, les avait renversées, et il tomba dans une cavalcade de journaux.

Jaralaine courut à côté de lui, faisant jaillir des paroles de réconfort, mais le garçon ne pleurait pas. Il se leva, repoussant les parchemins d'un coup de pied, furieux, tenant une figurine.

— Regarde, maman, cria-t-il. Regarde! Quelqu'un a essayé de cacher le Gardien!

Il se dirigea vers la table des cartes et, imitant la présentation de la bague de sa mère, déposa la figurine de pierre. Elle représentait une grosse créature avec une tête de cheval, des ailes et une queue d'alligator.

— Quelqu'un a essayé de me la prendre.

La reine afficha son sourire effervescent en guise d'excuse aux soldats.

— Le petit prince a cet âge, vous savez. Il voit des fantômes, des monstres, des aventures partout.

Elle s'agenouilla et mit un bras autour de son fils.

— Cal-raven, tu reconnais le capitaine Tar-brona, n'est-ce pas? Il a organisé des patrouilles pendant plusieurs années, des falaises de Barnashum au lac Profond, jusqu'au mur Interdit. Et tu sais quoi? Il n'a jamais vu le Gardien.

Tar-brona n'écoutait pas. Ses yeux étaient fixés sur la carte d'Abascar. Ark-robin pouvait voir que le capitaine avait déjà l'esprit ailleurs, imaginant le chaos qui allait suivre.

— Et voici aussi Ark-robin, le défenseur de notre maison, qui est chargé d'entraîner les soldats pour nous protéger du danger. Penses-tu qu'un animal aussi gros et dangereux pourrait se soustraire à sa vue?

Ark-robin croisa le regard inquisiteur du garçon. Cal-raven était maintenant complètement revenu de ses voyages imaginaires, réalisant l'étrange compagnie de cette rencontre de minuit. Ark-robin sentit que le prince l'évaluait, le jugeait.

— Ils n'ont jamais vu le Gardien, conclut le garçon, parce qu'ils ne l'ont jamais vraiment cherché.

Ark-robin se promit, et pas pour la première fois, qu'il ne laisserait jamais aucun de ses fils imaginer de telles fantaisies. C'est-à-dire, si Say-ressa lui donnait jamais un fils.

L'enfant cria soudain, déstabilisé par une voix sourde provenant du couloir. Il se libéra de l'étreinte de sa mère, courant vers les portes closes de la chambre. Avant que la reine puisse le réprimander, il les ouvrit pour révéler Scharr ben Fray, le vieil ami du roi, l'artisan qui travaillait la pierre, habillé des lourdes robes d'un philosophe de la maison Jenta. Le vieil homme entra comme s'il poursuivait un cambrioleur.

— J'arrive tout juste du chevet du roi. Et je dois...

Il s'arrêta, contemplant la vision spectaculaire du plancher jonché de parchemins, et montra du doigt, avec incrédulité, la table où l'anneau était posé sur la carte comme la pièce triomphante qui restait après un jeu de stratégie.

— Je vois qu'il y a une bague sur la table.

Scharr ben Fray garda la tête dissimulée sous son capuchon profond, pour que personne ne puisse voir son expression, mais sa voix était lasse et teintée d'amertume.

— J'ai façonné cette bague pour le roi. Elle représente le discernement, pas les décisions irréfléchies et la folie. Ne le trahissez pas, Jaralaine. N'enlevez pas à la bague sa signification, ou vous ruinerez celle que vous portez également.

— C'est une affaire privée entre le roi, moi-même, le capitaine et le défenseur, siffla la reine.

Les épaules du mage s'effondrèrent.

— La soif qui dirige cette affaire ne sera pas étanchée, Jaralaine. Demandez à n'importe quel voleur emprisonné dans les donjons d'Abascar. Plus vous nourrissez de tels appétits, plus le fossé s'agrandit, jusqu'à ce que vous vous effondriez en vous-même.

Le vieil homme partit ensuite et ferma les portes derrière lui, prenant Cal-raven avec lui.

❧

À partir de ce jour, la vie d'Ark-robin serait divisée en deux pour toujours : avant et après la Proclamation des couleurs.

Cela l'écœurait de se rappeler qu'il avait été convaincu et, pire, ému par la promesse de la reine Jaralaine, qui disait que les gens d'Abascar profiteraient de la vague de grandeur et d'extravagance. Sa voix avait été comme celle d'une diseuse de bonne aventure, lançant un enchantement, faisant apparaître des possibilités. Il était pantelant devant l'énormité de la vision.

Plus tard, il se sentit frustré, affolé de constater à quel point la reine avait menti. Elle se glissait par des portes cachées et des tunnels à chaque déclaration, tendant des pièges à quiconque protestait. Ce qui avait été présenté comme une tentative pour glorifier la maison Abascar n'était qu'une tactique pour assouvir la jalousie et l'avidité infinies de Jaralaine.

Pour obtenir des faveurs et des privilèges, des volontaires embarquaient des trésors de famille. Ils sortaient de leurs gonds des portes ornementales. Ils arrachaient de même des volets peints à la main et les plaçaient dans des brouettes. Ils roulaient et emportaient sur leur épaule de superbes tapis faits à la main, comme des arbres tombés. Ils attachaient des vêtements colorés dans des paquets et les remplaçaient par des uniformes d'une banalité suffocante.

Ark-robin se tenait prêt pendant que ses soldats suivaient les instructions. Le défenseur fronçait les sourcils comme une des victimes, même s'il agissait comme un chef du roi — de la reine — contre ses voisins, contre sa propre famille. Son lit subirait un hiver, assurément.

La plupart des gens de la maison coopéraient à contre-cœur, puisque le roi et la reine avaient offert l'assurance de la reconnaissance et du remboursement.

Mais pas tout le monde. Un vieux tisserand, refusant de tisser pour le palais, tomba raide mort tandis que les soldats ouvraient un mur pour soutirer l'immense métier à tisser qu'il avait construit à l'intérieur. Une autre, une honnête artisane qui fabriquait de la mosaïque, bloqua l'entrée de son atelier pour l'inventaire ; quand ils la punirent, en enlevant ses travaux des murs, l'informant que par la suite elle ferait ce qu'ils prescrivaient, elle saisit un instrument pour casser la pierre et se jeta vers l'avant, la pointe aiguisée du dispositif achevant de lui déchirer le cœur sous les yeux de ses voisins horrifiés et des hommes de main en colère. (Furieux, le roi Cal-marcus, avec la reine à ses côtés, chassa le jeune frère de l'artisane pour l'envoyer chez les Cueilleurs, où il serait élevé avec les autres orphelins.) Les parents forcèrent leurs enfants à se départir de chevaux précieux, de leur chien préféré et même d'un porc assez large, alors que le meilleur bétail était conduit dans les écuries royales, les niches et les enclos.

Les terrassiers et les constructeurs agrandirent l'entrepôt souterrain pour engloutir un millier de charretées de dorure et de paillettes, de soieries et de satins. Les ouvriers peinèrent sous la surveillance des soldats pour construire, tisser et remplacer des choses colorées par des équivalents scrupuleusement ternes et simples.

Le palais surgissait au-dessus de tout cela, les trompettistes s'alignant sur ses murs et les drapeaux d'Abascar flottant devant chaque fenêtre, chaque tour de guet et chaque cime. Pour certains, le spectacle et les bruits étaient festifs. Mais d'autres, surtout ceux qui avaient cédé le peu qu'ils avaient à offrir, murmuraient que le palais ressemblait surtout à un voleur en train de pavoiser.

Le printemps ne vint jamais. Les gens de la maison s'habituèrent à leurs vêtements unis, sacrifiant la couleur et l'invention à leur roi, espérant le jour où de tels sacrifices leur rapporteraient une gloire durable. Une communauté de coopération devint une maison de controverse, une famille contre une autre dans la lutte pour gagner des honneurs et des opportunités.

Une fois que la reine eut cultivé un vaste jardin de vêtements, de bijoux et de marchandises, son dévouement pour la gestion de la maison disparut. Elle passait des journées entières à parcourir les couloirs du palais, imaginant de nouvelles idées, que ce soit des murales pour les grandes salles ou des meubles pour la chambre de Cal-raven. La nuit, elle se levait, agitée, et explorait les couloirs de l'entrepôt, parlant seule (ou, disaient certains, se vantant à ses sœurs assassinées), touchant tout ce qui avait été rassemblé, sélectionnant ce qu'elle aimait transporter avec elle. Elle griffonnait des listes pour cataloguer ses trésors, et un an plus tard, elle le faisait encore, jusqu'à ce que finalement même cela finisse par être inintéressant pour elle.

Quand la santé de la reine commença à décliner, l'inventaire fut tranquillement enveloppé de poussière. Les contenus de l'entrepôt furent abandonnés, ensevelis, mais jamais oubliés. Quand Jaralaine exprima de nouveaux souhaits pour la maison et que le roi assiégé refusa d'accéder à sa requête, elle commença à s'éloigner de lui.

Ce qui se passa entre eux pendant ces derniers jours ensemble était une histoire que le roi ne raconterait jamais. Mais tout le monde connaissait son avant-dernier chapitre. La reine abandonna ses trésors, un soir, y compris son précieux jardin. Elle s'enfuit dans la forêt et disparut, inspirant une centaine d'histoires sur quelle terrible fin l'attendait là-bas.

Elle laissa le roi en ruines.

Et le jeune Cal-raven, orphelin.

Ark-robin passa les doigts à travers les pierres bleues du panier d'Auralia. Ce faisant, il s'interrogea sur l'étrange tamis de sa mémoire, qui avait attrapé et conservé si peu de jours d'une telle importance. Hier s'effaçait déjà. Mais il pouvait encore se rappeler les détails intimes de la journée où il avait épousé la demoiselle Say-ressa — des nuages aux allures de pavés, la brûlure de nouveaux tatouages sur ses mains, la lourdeur du rideau de la tente de mariage. Il pouvait même se rappeler le jour où il l'avait vue pour la première fois, quand elle avait guéri son épaule blessée. La mort de Tar-brona, cela aussi était un souvenir vif dans sa mémoire, puisque certains l'avaient soupçonné d'avoir joué un rôle dans le décès du capitaine, même si le roi n'avait vu aucune raison d'enquêter. Plus tard, le même jour, la promotion soudaine d'Ark-robin pour devenir le nouveau capitaine de la garde — il se souvenait du roi plaçant le heaume sur sa tête, mais rien de plus.

Cependant, de tous ces souvenirs vifs, les convocations de Jaralaine étaient ce dont il pouvait se souvenir le plus clairement. Il se rappelait le détail complexe de la lourde bague sur la table du roi alors que la reine proclamait l'hivernage. Son parfum séduisant flottait toujours. Et pour toute sa colère envers les machinations perverses de la reine, il ressentait encore une étincelle de plaisir en la revoyant arpenter la bibliothèque, dans une robe que seul son mari aurait dû voir.

— Qu'est-ce qui ne va pas, capitaine ?

La voix brisa sa rêverie. Il tira brusquement les rênes, le vawn s'arrêtant net, et cria lorsque le mouvement soudain mit à rude épreuve le muscle blessé de son épaule. Il laissa de nouveau le panier tomber, les pierres bleues se renversant dans l'herbe.

Le prince Cal-raven, qui avait maintenant seize ans, était vêtu d'une robe de conseiller royal. Comme toujours, il était formidablement calme. Il se trouvait entre deux arbres éclairés par les rayons de lune, à gauche de la piste, mâchant tranquillement de la canne à sucre.

— Vous avez l'air d'être assis sur la pointe d'une flèche.

— Je notais simplement le retard des choses, mon seigneur.

«C'est un garçon tellement idiot, pensa Ark-robin. Encore en train de se faufiler à l'extérieur des murs pendant que les autres se préparent à dormir ? J'élèverais différemment mon propre fils. Si j'avais un fils.»

— Vraiment. Il est tard... pour des gens qui grimpent aux arbres, en tout cas.

Cal-raven s'agenouilla et prit une poignée de pierres.

— Il n'y a pas beaucoup de gens qui connaissent le trésor de l'oiseau cwauba, capitaine. Maman m'a appris comment trouver des pierres comme ça. Je n'ai rien vu de semblable depuis des années. Père sera vraiment surpris.

Ark-robin les remit immédiatement avec un signe de la main. Sa femme ne verrait jamais ces pierres exquises. Il ne serait pas bon d'argumenter avec le prince.

— Oui, bien sûr, vous n'avez même pas besoin de le demander. Je les remettrai pour vous, capitaine. Elles éloigneront peut-être, pendant quelques instants, la mauvaise humeur de mon père.

Ark-robin ne contredisait jamais le prince, même si chaque fois qu'ils se rencontraient, son aversion envers le garçon augmentait.

— Je vais vous confier un secret, répondit-il, momentanément inspiré par la colère.

Il pourrait se venger de Jaralaine même en son absence. Il pourrait punir son fils.

— J'ai pris ces pierres à une étrange fille qui vit librement dans la forêt.

— Une étrange fille qui vit librement?

— Les Cueilleurs l'appellent Auralia. Elle affirme qu'elle n'est pas d'Abascar. Elle refuse d'accepter la protection de la maison. Ce ne sera pas facile du tout de l'attraper et de l'amener pour une formation convenable.

— Où puis-je la trouver?

Ark-robin sourit.

— Oh, vous ne la trouverez pas... à moins qu'elle le permette.

Il y avait quelque chose d'agréable dans cette situation. L'hameçon était lancé. Et Cal-raven, reflétant l'arrogance de sa mère et la curiosité de son père, y mordrait. Que penserait le roi de cette situation, observant ses propres erreurs se dérouler devant lui?

— Ne vous dérangez pas avec une sauvage comme elle, Cal-raven, continua-t-il, sachant que l'avertissement ne ferait qu'alimenter l'intrigue. Les personnes libres de la forêt peuvent vous entraîner dans une drôle de poursuite.

— Vous alerterez les patrouilles, bien sûr, dit Cal-raven avec un sourire en coin. Si elle est assez intelligente pour trouver un nid secret de cwaubas, quel danger courons-nous!

— Après ma réprimande, il est probable qu'elle s'en aille déranger une autre maison. C'est vraiment une honte. Elle sera vraiment une beauté, un jour.

Ark-robin serra davantage les rênes. Cette conversation était risquée, idiote et poussée par une rancune que Cal-raven n'avait pas inspirée. Les conséquences d'une telle intrusion pourraient bien l'emporter sur la satisfaction superficielle qu'elle pourrait apporter.

Est-ce que le garçon marcherait dans les pas de son père et tomberait sous le charme d'un esprit des bois importun?

— Puisse le roi être encouragé par les pierres précieuses que je lui ai apportées. Je suis sûr qu'elles seront gardées en lieu sûr…, dans un endroit où personne d'autre ne peut les voir.

Il risqua un ultimatum en refusant un salut approprié, puis éperonna son vawn, maudissant son tempérament impulsif.

Il jeta un coup d'œil par-dessus son épaule une fois de plus, espérant voir le prince oublier leur échange et s'en aller. Mais Cal-raven restait immobile, perdu dans ses pensées, regardant fixement la forêt, de la lumière bleue dans les mains, alors que les étourneaux attiraient l'obscurité sur Abascar.

5

LE GALOPIN

Sept hivers étendirent et approfondirent les fêlures dans les murs de la maison Abascar, et le roi assigna des ouvriers pour les réparer avec du mortier et de la pierre nouvelle. À l'intérieur, les gens ronchonnaient de voir tant d'efforts investis dans une façade, quand si peu d'attention était accordée à leurs propres plaintes. Un mur ne pouvait pas défendre leurs maisons contre la neige, la pluie et le vent.

Pour permettre aux gens de la maison de comprendre, le roi Cal-marcus encourageait ses officiers à partager les détails de leurs patrouilles avec eux. Les preuves de l'activité d'un homme-bête, assez près de la maison, étaient faciles à trouver et des gens craintifs étaient des gens obéissants, s'efforçant de s'assurer que le roi ait envie de les protéger.

Et si les gens n'aimaient pas le voir accorder son attention aux murs, ils auraient certainement désapprouvé sa dernière intention, s'ils l'avaient apprise. Le roi avait ordonné aux mineurs de l'entrepôt souterrain d'entreprendre une nouvelle mission : ouvrir un tunnel vers le nord jusqu'à la rivière Throanscall. Ce tunnel détournerait l'eau vers l'entrepôt souterrain, alimenterait de nouveaux moteurs d'industrie, accélérerait leur exploitation minière et plus encore. C'était une idée grandiose, et c'était la sienne. C'était une façon de commencer une ère nouvelle à Abascar, une ère qui détournerait l'attention des gens du souvenir de la reine Jaralaine.

Mais il savait que les gens de la maison étaient tellement absorbés par tout ce qui dérangeait leur confort immédiat qu'ils n'avaient pas de vision, de compréhension de ce que deviendrait la maison Abascar. Non, la vérité ne les servirait pas encore. La menace familière des hommes-bêtes restait sa meilleure arme de persuasion pour faire taire leurs plaintes.

Les hommes-bêtes ne représentaient pas les seules peurs qui hantaient les conversations et faisaient se froncer les sourcils, à Abascar. Alors que les commerçants en visite déployaient leurs épices, fromages, viandes séchées, jouets mécaniques, couverts, potions, poudres, savons et tissages ternes, ils faisaient également circuler des comptes-rendus annonçant que quelque chose d'imposant et de mystérieux avait troublé les eaux du lac Profond. L'un d'eux racontait que le fantôme était descendu avec fracas par le nord, pendant la nuit, comme si un morceau du colossal mur Interdit s'était fait pousser des jambes et était venu chasser avec une marmaille d'Enfants du Nord.

Les fils et les filles haletaient et demandaient s'il pouvait ne pas représenter un danger, mais peut-être que le Gardien, le protecteur dans leurs rêves, viendrait dans leur monde éveillé, finalement ? Les parents se moquaient et disaient que, si quelque chose était sorti en rampant de ces montagnes, ce n'était certainement pas un ami. La résurgence de superstitions depuis longtemps réprimées les mécontentait. Cela incluait une rumeur séculaire affirmant que, si un voyageur parlait des Enfants du Nord, quelqu'un, à proximité, disparaîtrait sans laisser de trace peu après.

❧

Alors que les feuilles mortes devenaient plus foncées et pourrissaient, le sang de l'Étendue commença à geler. Les

Cueilleurs s'activaient plus intensément sous les branches des vignes scandens, enlevant les toiles d'araignées-prunes et saisissant les réserves de fruits d'hiver que les araignées avaient stockées.

Leur vol faisait peu de mal. Les araignées-prunes passaient leur été à creuser des entrepôts pour la nourriture et, après avoir enfoncé les fruits et les noix dans ces terriers, elles les surveillaient, armées de leurs dents venimeuses, à l'automne. Mais l'hiver engourdissait leurs souvenirs, et elles passaient les mois les plus froids à se faufiler lentement dans le sol de la forêt, cherchant sans réfléchir leurs festins durement gagnés. Ce que les Cueilleurs avaient pris leur manquerait à peine.

Et ce fut donc un après-midi, alors que les ouvriers sentaient l'heure tardive dans la douleur de leur dos, qu'Ersela, la Cueilleuse chargée de la surveillance des hommes-bêtes, reconnut le pas titubant de quelqu'un qui approchait. Elle s'exclama avec soulagement :

— Quelqu'un ferait mieux de garder Radegan, car voici le galopin !

Le baril ambulant — on aurait dit un tonnelet de bois avec des jambes — se traîna maladroitement au milieu d'eux et s'assit avec le plop ! d'un bidon vide. Le petit garçon qui transportait le baril apparut, un visage timide, aux joues rouges, sous sa frange ébouriffée de cheveux brun doré. Il enfonça les bras jusqu'aux coudes dans les poches d'une lourde cape suffisamment grande pour un garçon de deux fois sa taille.

Les râteaux atterrirent en piles, en claquant avec un bruit métallique, et les pelles furent fourrées dans la boue. Les Cueilleurs se serrèrent les uns contre les autres, faisant claquer leurs lèvres, souriant avec des sourires d'enfants sur le point de faire des bêtises.

— Qu'as-tu obtenu pour nous, cette fois, mon garçon ? J'espère qu'il y a du rhum ou du calvados !

— Du vin de mûres me conviendrait. Ça rafraîchit.

— C'est assurément la saison du cidre de poire !

Le garçon baissa les yeux jusqu'au bas de sa cape, qui lui dissimulait les pieds.

— Remplissez le baril, s'il vous plaît, murmura-t-il humblement.

— Nous mettrons des pommes dans ce seau quand je le dirai, dit Radegan, une brute musclée et mal rasée, qui travaillait torse nu et en fanfaronnant par n'importe quel temps.

Il donna un coup de coude au géant qui travaillait à côté de lui comme un garde du corps — Haggard, l'homme aux larges épaules, dont les grands yeux fous regardaient subrepticement à travers un masque de cheveux blonds.

— Premièrement, poursuivit Radegan, tu peux nous remettre le contenu de ta cachette, ou nous le prendrons nous-mêmes !

Lui et Haggard rassemblaient tous les pouvoirs d'intimidation. Ils formaient une paire redoutable, ce jeune voleur, tristement célèbre, et le monstre silencieux qui le suivait partout. Le vol de Radegan lui avait valu un surnom, le Renard, en plus de dix ans de dur labeur. Le caractère d'Haggard l'avait accablé de six ans du même travail. En enlevant les racines du sol aride de la vie des Cueilleurs, Radegan et Haggard n'avaient fait pousser que plus d'épines.

— Radegan, tu connais l'ordre des choses.

La Cueilleuse, maternelle et patiente, qui aidait à garder les humeurs calmes, Nella Bye, était élégante, instruite et avait de meilleures manières que la plupart d'entre eux.

— Le simple fait que le garçon ait déjà risqué son travail pour nous gratifier d'un breuvage ne veut pas dire qu'il le fera à chaque fois. N'abusez pas de lui.

— Je ne veux pas me plaindre du garçon, échappa Krawg. Mais Haggard a raison. Alors que notre récolte d'hier réchauffe les ventres rebondis de Cal-marcus et des heureuses personnes de la maison, le mien veut du feu.

Il y eut une approbation chaleureuse de la foule, et le galopin traîna les pieds plus près du baril, comme s'il avait pu sauter à l'intérieur pour y trouver refuge.

— Remplissez le baril, s'il vous plaît, murmura-t-il. Vous avez trouvé tant de pommes, ici. Ça ne prendra qu'une minute. Les officiers de service viendront et l'embarqueront bientôt.

Le saisissant par le col de la cape, Haggard éleva le minuscule nez du garçon jusqu'à sa propre barbe hérissée.

— Tu essaies de nous faire peur en nous parlant des officiers de service ?

Radegan enchaîna avec un sourire méprisant :

— Haggard va mettre quelque chose dans le baril, d'accord. Quelque chose qui a environ la taille d'un garçon.

Alors qu'Haggard saisissait la cape du garçon, le petit visage effrayé disparut. Le garçon se libéra de son vêtement trop grand pour lui et atterrit sur le sol, portant seulement une tunique brune froissée. Haggard cligna des yeux en regardant la cape vide dans ses mains. Radegan s'avança rapidement pour chercher dans les poches les petites bouteilles de soulagement qu'ils avaient espéré que le garçon apporterait.

Aussi surprenant qu'un nouveau ruisseau coulant le long d'un sentier sec, un chant traversa les arbres. Chanter n'était pas étrange, parmi les Cueilleurs. Mais c'était le mauvais chant pour le moment, et il calma l'émeute provoquée par le galopin. Radegan s'éloigna de la cape, trébuchant presque sur le garçon.

— C'est le *Vers de la nuit profonde*, dit Krawg, contrarié. Mais... nous ne sommes qu'en début de soirée! Qui chante cela?

Tous les yeux se tournèrent vers deux bouleaux qui étaient arqués comme une porte. À la base d'un des arbres se trouvaient des ronces de chardon et de vignes qui s'épanouissaient. Les feuilles remuèrent et bruissèrent, et soudain les spectateurs discernèrent une robe aux angles étranges et maladroits, parcheminée avec des feuilles translucides vert profond et pourpres, cousues ensemble avec des frondes de grandes herbes aquatiques sorties de la rivière avoisinante. Les contours de cette silhouette étaient flous, comme de la peinture étalée, se mêlant avec les couleurs de la toile de fond sauvage de la forêt.

Les Cueilleurs reconnurent le visage intelligent de la silhouette, et des murmures de rires et de malaise se répandirent. Mais on aurait dit que le galopin avait vu un fantôme.

Auralia était encore petite, même si elle était maintenant avec eux depuis quinze ans. Contrastant avec les riches couleurs de sa robe, ses cheveux bruns et argentés luisaient comme le bord d'un nuage de tempête essayant d'étouffer le soleil.

Krawg, qui saluait généralement Auralia avec un cri et une accolade, fut nerveux d'avoir parlé durement à portée de voix de la fille. Il couvrit la rougeur qui lui montait aux joues et se faufila doucement derrière les autres, dans la foule.

Auralia regarda silencieusement autour d'elle, puis sourit, comme si elle résolvait une énigme. Elle ramassa le lien de cordage au sommet d'un sac de récolte informe, qui était deux fois plus grand qu'elle, le traîna vers le baril, en défit le lien, et souleva une poignée de pommes vertes et de prunes violettes. Elle se leva sur la pointe des pieds, les poussa sur le bord du baril et elles tombèrent avec des bruits sourds sur le lit de paille au fond.

Nella Bye lança un regard furieux à Radegan, ses yeux d'un bleu glacial étant la seule force assez dévastatrice pour figer le cambrioleur coquin où il se trouvait. Puis elle s'avança pour aider Auralia.

Les premiers flocons de neige de la saison tombaient timidement à travers les branches tandis qu'Auralia et Nella Bye murmuraient ensemble et remplissaient le baril, tandis que le galopin était hypnotisé par cette étrange apparition habillée de pourpre et de vert, tandis que les appels des corbeaux retentissaient à partir de l'est, résonnaient dans le ciel, et s'affaiblissaient à l'ouest.

Dès l'instant où elle arriva, le galopin essaya de rassembler ses esprits. Quand Auralia parla, sa voix murmurait à son oreille, peu importe où elle se trouvait.

Alors quand elle s'approcha de lui, il se sentit vulnérable et honteux. Il tira sur sa lourde cape, espérant pouvoir disparaître à l'intérieur.

— Les dernières pommes de l'année sont toujours les plus sucrées. Ne trouves-tu pas, galopin ? C'est difficile d'être patient et de les laisser mûrir jusqu'à ce qu'elles soient aussi pourpres, mais si tu le fais… Regarde combien ils en ont cueilli !

Elle inspira l'air par le nez, comme si elle respirait un encens âcre.

— Ils les ont remuées et, maintenant, toute la forêt sent le vin. Le roi sera enchanté de savoir combien les gens ont travaillé fort, n'est-ce pas ?

— Oui ! acquiesça le garçon, malgré lui.

— Les Cueilleurs entretiennent toute la maison.

— En effet.

Même Haggard et Radegan commencèrent à aider. Radegan fit entrer un sac de pommes dans le baril et regarda Auralia avec méfiance, comme si elle le narguait. Mais il était évident pour le galopin qu'elle était aussi innocente qu'elle en avait l'air.

Elle s'assit sur le sol près de lui. À travers le blanc grandissant de la neige qui tombait, il la vit briller d'affection pour cette équipe d'âmes débraillées.

— Tu vois, lui, c'est Krawg.

Elle désigna le vieil homme qui passait en face d'eux avec une brassée de poires sauvages.

— Il m'a trouvée près de la rivière. Je l'aime tellement. Et j'ai fabriqué cette écharpe jaune qu'il porte. Krawg! Tu ferais mieux de rentrer cette écharpe dans ta cape, avant que les officiers de service arrivent et qu'ils t'étranglent avec!

Krawg se cacha derrière le gros Yawny, puis jeta de nouveau un coup d'œil autour de l'homme massif et son visage se fendit de son célèbre sourire aux dents brunes et de travers.

Les yeux d'Auralia étaient aussi écarquillés que possible quand elle se pencha près du garçon, sourit brillamment et fit un clin d'œil comme une conspiratrice.

— J'aimerais pouvoir te suivre furtivement et commencer une autre maison. Ces gens sont bien plus agréables que les gens de la maison, ne penses-tu pas?

Le galopin hocha la tête. Quand elle disait quelque chose, il se rendait compte qu'il voulait acquiescer.

Il fourra le bras dans son manteau et sortit d'une poche secrète une petite fiole transparente remplie d'un breuvage aussi bleu qu'un ciel d'été.

— C'est la bière douce préférée du roi, murmura-t-il. Ne dis à personne que je t'ai donné cela. Il l'appelle le Sommet de la montagne. Et crois-moi…, on ne veut pas l'avaler d'une seule traite.

Elle accepta la fiole avec des doigts si prudents et fermes que cela aurait pu être un bijou précieux.

— C'est comme si quelqu'un avait fait fondre une pierre d'oiseau cwauba.

Elle le regarda avec un intérêt renouvelé.

— Tu ne fais pas partie des gens de la maison, n'est-ce pas ? Tu es trop poli pour être l'un d'eux !

Il sentit le bout des doigts d'Auralia sur son front, à l'endroit même où se trouvait la cicatrice de souris au-dessus de son œil droit.

— Tes yeux n'ont pas de cils. Et tu n'as pas de sourcils.

Elle baissa la voix.

— As-tu été dans un feu ?

Il se détourna.

— Je devrais vraiment y aller.

Mais elle ne rit pas comme le faisaient les autres.

— C'est une magnifique couleur, ta cicatrice, dit-elle. Comme du vin de prune. Comme si ton nom était écrit exactement à l'endroit où tout le monde peut le voir.

Sa bouche fit un « O » rond et il se leva, serrant sa cape.

— Mon nom ?

Il ne comprit pas ce qui lui arrivait, pourquoi son cœur s'ouvrit à ce moment-là, pourquoi les larmes lui piquèrent les yeux. Elle avait ouvert quelque chose en lui. Les questions montaient comme de l'eau dans un puits, et il savait que s'il ne s'enfuyait pas, elles se répandraient hors de lui.

C'est pourquoi il fut assez surpris quand Auralia se leva, vite et droite, la tête inclinée de travers, comme un oiseau. Elle devint tout à fait immobile, observant l'agitation des Cueilleurs.

Quand son front se plissa et qu'elle haleta, il ressentit une sensation qui ressemblait à de minuscules épingles appuyées contre son cou. Il voulut lui demander ce qui n'allait pas, mais son souffle se coinça dans sa gorge. Elle leva la main.

— Chut!

Nella Bye remarqua le changement soudain d'Auralia. Elle aussi, elle se tourna, contemplant les arbres, tressaillant d'appréhension. Comme une proie après qu'un prédateur ailé passe dans le ciel, elle renifla l'air deux fois.

— Pourquoi Ersela n'est-elle pas de retour pour faire la surveillance?

— Les hommes-bêtes! cria Auralia. Ils arrivent! Retournez aux huttes!

— Zut, viens vite, Auralia! Pourquoi penses-tu...

Warney interrompit sa protestation et tourna les talons, son œil valide fixant le sud-ouest, suivant la trace du cri perçant et inégal de quelqu'un éprouvant une douleur soudaine et terrible.

— Les hommes-bêtes! hurla Haggard, les premiers mots qu'il disait de toute la journée.

Il saisit une lourde branche du grand tronc d'un arbre brisé par une tempête.

— Ils ont attrapé Groaney! rugit Radegan. Ce péquenaud s'est trop éloigné du site de récolte!

Haggard arracha la branche et la brandit comme une arme.

— Retournez chez vous! Rentrez! hurla-t-il comme un ours aux autres Cueilleurs. Partez, mangeurs de pourriture! Rentrez dans vos trous! Allez, vite, maintenant! Haggard va donner une leçon aux bêtes!

Le galopin ne pouvait pas bouger, paralysé par un déferlement de souvenirs.

Il avait déjà été pris dans une foule de gens de la maison conduits comme un troupeau de moutons. Cette bande de bûcherons avait abandonné son éventaire de gros arbres au son de cornes d'avertissement éloignées. Il n'avait vu aucun homme-bête. Mais cette nuit, au fond de sa petite tanière près des brasseries de l'entrepôt souterrain, en avait été une sombre et sans sommeil. La proximité d'une telle sauvagerie lui avait donné l'impression que son monde était plus fragile. Il n'avait jamais été plus reconnaissant de résider parmi les privilégiés, à l'intérieur des hauts murs de pierre d'Abascar.

Mais, maintenant, il était à découvert, loin de la sécurité. Il n'y avait personne pour encadrer les Cueilleurs qui s'éparpillaient, personne pour leur indiquer les meilleurs sentiers, personne pour les armer. La menace était proche, et le meurtre aussi — il pouvait entendre les sons de la mort qui avaient incité Auralia à se précipiter dans la clairière. Les murs d'Abascar étaient à une bonne heure de distance.

Auralia poussa les Cueilleurs.

— Partez, partez, partez maintenant !

Certains attrapèrent leurs outils. D'autres bondirent comme des lapins — et quelques-uns comme des créatures bien moins gracieuses — dans les broussailles, dans l'espoir qu'ils se dirigeaient dans la bonne direction. Le courage d'Haggard s'était consumé comme une feuille morte et il courait maintenant pêle-mêle. Krawg et Warney s'arrêtèrent pour prendre soin d'Auralia. Mais avec les deux mains, elle saisit la branche abandonnée et menaça de donner aux deux hommes une raclée à la mesure d'Haggard.

Quand elle se tourna et vit le galopin paralysé par la peur, Auralia laissa tomber la massue et se précipita vers lui.

— Tu es trop petit et trop lent. Tu vas avoir besoin d'aide.

Elle s'accroupit, souleva son étrange cape d'extérieur verte par-dessus sa tête et la lança rapidement au-dessus du galopin.

— S'ils s'approchent, cache-toi dans les buissons sous cette cape. Ils passeront à côté de toi sans t'apercevoir.

— Mais…

Il enfonça la tête dans le capuchon, la cape se déposa autour de ses épaules, et il put voir de nouveau. Elle était légère comme l'air, bien que trop grande. Mais il ne regardait pas son nouveau déguisement. Il regardait fixement Auralia.

À l'abri de son camouflage, Auralia était vêtue d'un enchevêtrement cacophonique de couleurs. Elle avait cousu ensemble de l'or et des verts si vifs et brillants qu'on aurait dit que l'air avait défait ses coutures et avait éclaté, l'été atteignant l'hiver. Ses souliers étaient faits de mousse, attachée autour de ses pieds avec des roseaux rouges.

Il aurait continué de la regarder fixement, mais un autre cri perçant — un cri qui se termina par une note effrayante — lui fit battre violemment le cœur. Il était sûr qu'il était maintenant trop tard pour rencontrer celui qu'Haggard avait appelé Groaney.

— Es-tu certaine que je serai en sécurité ? demanda-t-il à Auralia.

— C'est de cette façon que j'observe les hommes-bêtes sans être vue. Maintenant, penche-toi bien bas dans les buissons. Ne laisse pas voir tes pieds. Tire le capuchon sur ton visage.

Auralia appuya sur sa tête et ses épaules et lui donna un coup de pied pour le bousculer. Le gel s'était installé dans ses os, et il était difficile de courir. Il poussa ses mains vers l'avant et descendit dans une dépression où la pluie avait coulé sous un arbre tombé, puis il se coucha, immobile.

Au début, il pensa qu'il entendait une lourde roche rouler à travers des pierres déchiquetées. Puis il sut — c'était le grognement d'un homme-bête. Il courut le risque de jeter un coup d'œil en dessous du pli de son capuchon.

Engloutie dans l'abondante chute de neige, Auralia se trouvait dans la clairière aussi inoffensive et resplendissante qu'un tournesol.

Une ombre imposante se trouvait à la lisière de la clairière. De la vapeur s'élevait de ses épaules hérissées, qui étaient aussi larges que celles d'un taureau. Ses yeux étaient ceux d'un homme dans une colère noire, mais sa mâchoire barbue, bordée de dents jaunes, était celle d'un rongeur. Des veines bleues et saillantes palpitaient le long de son cuir chevelu lisse et rose et de sa gorge jaune. Des épaules à la taille, il ressemblait à un ours-crocs brun, excepté ces énormes mains humaines. Dans un poing pourvu de griffes, il tenait fermement une massue avec deux dents de métal pointues qui dégoulinaient de sang dans la neige inégale.

Le garçon avait entendu des histoires d'hommes-bêtes, entendu que chacun possédait des déformations uniques, leur physionomie corrompue s'entremêlant à celles d'autres bêtes. C'était donc vrai. L'image lui reviendrait dans des cauchemars — ses propres ongles se transformeraient en griffes noircies, ses pieds s'étendant en sabots noirs, ses dents s'aiguisant, sa peau s'amincissant pour devenir translucide, son corps se recroquevillant lentement vers l'avant.

La bête sembla momentanément décontenancée par le costume éblouissant de sa proie. Puis, ses lèvres roses s'écartèrent pour laisser place à un mur de crocs. Il éclata d'un rire crépitant et creusa deux ornières dans le sol avec les dents de son arme.

Auralia dévisagea le monstre à son tour et prononça quelque chose qui ressemblait à une incantation silencieuse.

Une toux, comme une question, s'échappa des lèvres de l'homme-bête. Il laissa tomber la massue, se tapota la tête, fermant les doigts autour de la tige d'une flèche maintenant plantée profondément entre ses yeux.

La mâchoire de la créature s'affaissa. Elle regarda de gauche à droite. Et ses genoux cédèrent ensuite. Elle s'effondra sur la massue pointue, qui fit éclater ses poumons avec un râle gargouillant.

Secouant la tête, six vawns géants bondirent au-dessus de l'arbre tombé et du garçon dissimulé. Ils sifflèrent et piaffèrent sur le sol refroidi par la neige et leurs cavaliers cuirassés crièrent avec confiance, encerclant le cadavre de l'homme-bête, qui dégageait de la vapeur. Un des soldats, grand et à la barbe rousse, tira une autre flèche dans le dos de l'homme-bête. La créature fut secouée d'un spasme, puis s'immobilisa.

Le galopin ressentit une vague de soulagement quand il reconnut l'un d'eux par sa stature et son épée dégainée — le capitaine Ark-robin —, mais il ne cria pas ni ne souleva son capuchon. Malgré la force célèbre du capitaine, son comportement changeant perturbait toujours le garçon.

Les hommes échangèrent des paroles étouffées, leur attention attirée par la jeune femme brillamment costumée parmi eux. Sa peur ne le quitta pas, mais elle se transforma. Est-ce qu'Auralia aurait survécu à l'attaque d'un homme-bête uniquement pour être battue par des soldats d'Abascar?

Ark-robin se mit soudain à rire et éperonna son vawn pour s'approcher.

— Encore toi? Alors, est-ce que c'est ce que tu fais, quand tu éveilles un nid d'hommes-bêtes? Tu les conduis ici, pour tuer les Cueilleurs d'Abascar? Je devrais te faire entrer de force pour te questionner.

Auralia ne broncha pas, quand le museau du vawn la bouscula.

— Qui est-ce? demanda l'archer à la barbe rousse, qui avait déjà ajusté une autre flèche à son arc en prévision d'une autre menace.

Ark-robin hésita.

— Une intruse. Quelqu'un que j'aurais dû fourrer dans un sac et jeter dans la Throanscall quand je l'ai trouvée en train de voler quelque chose de notre forêt.

Le capitaine plissa les yeux et s'adressa à Auralia.

— Veux-tu te présenter à Tabor Jan ? Il connaît peut-être ton nom. Il a entendu parler de la petite tisseuse insolente qui apporte aux Cueilleurs des choses interdites. Et il te reverra, bien assez tôt. Si mon décompte est exact, il reste environ cent jours avant ton test pour les rites du Privilège.

Un autre cavalier surgit entre Ark-robin et Tabor Jan. Le galopin haleta, reconnaissant le symbole jaune blasonné sur le bouclier du soldat.

— Retourne à la maison, Cal-raven, dit Ark-robin. Ce n'est pas un travail convenable pour un prince. Nous examinerons les alentours pour trouver d'autres hommes-bêtes. Ce Cueilleur mourant a fait un tel bruit qu'il pourrait en avoir attiré d'autres.

— Est-ce la fille ? murmura le prince Cal-raven. Est-ce que c'est celle que j'ai essayé pendant si longtemps d'attraper ?

Auralia leur fit face avec le même empressement qu'elle avait manifesté envers l'homme-bête.

— Je t'ai cherchée, jeune femme, poursuivit Cal-raven, au grand agacement d'Ark-robin. Pourquoi me fuis-tu toujours ?

Auralia regarda ses souliers, qui étaient gelés sur le sol glacial.

— C'est extraordinaire, ce que tu portes, dit le prince. Illégal, mais magnifique. Comment fabriques-tu des couleurs aussi fantastiques ?

— Je ne les fabrique pas, dit-elle, et le galopin se demanda si le prince pouvait l'entendre. Et elles ne sont pas difficiles à trouver.

Le prince hocha la tête.

— Ark-robin m'a dit que tu causerais des difficultés. Mais je n'en ai pas encore fini avec toi. Je te retrouverai, quand cette affaire dangereuse avec les hommes-bêtes sera terminée.

Il fit tourner son vawn, s'approcha pour taper l'épaule de l'archer en guise de félicitations, et tous les cavaliers, sauf Ark-robin, foncèrent entre les arbres.

Auralia recula pour éviter le sang de l'homme-bête, qui se répandait comme du sirop sur le sol gelé.

Ark-robin remua le doigt comme un professeur renfrogné.

— Que penserais-tu de venir vivre avec nous, à l'intérieur des murs, maintenant? Penses-tu que tu pourrais renoncer à cette folie afin de jouir d'une protection? Nous ne venons pas toujours au secours.

— Il y a des dangers qui sont pires que les hommes-bêtes, répondit-elle doucement. En plus, j'aurais été en sécurité. J'ai déjà demandé de l'aide par moi-même.

— Ha! Ton ami l'ours-crocs, je suppose.

Ark-robin provoqua son vawn pour caracoler autour d'elle, soulevant une tempête de terre et de neige fondue.

— C'est dit comme un vrai Enfant du Nord, le pays d'où rien de bon ne peut venir.

— Je n'ai jamais dit que j'étais une Enfant du Nord, rétorqua-t-elle avec une pointe de menace dans la voix. Je vous ai seulement dit que je me souvenais d'y avoir été.

— Tu projettes une ombre comme le reste d'entre nous, bien sûr. Mais tu es allée à l'endroit d'où proviennent les ennuis et tu les portes donc en toi. Reprends-les, dis-je.

Il pointa son épée vers le nord.

— Va-t'en.

— Vous parlez comme si vous aviez vu un Enfant du Nord, dit Auralia avec une intensité soudaine.

Ark-robin prit un air renfrogné, cracha et capitula, partant en vitesse, la seule preuve de son passage étant quelques branches qui se balançaient.

Auralia s'agenouilla devant l'homme-bête tombé. Elle peigna les enchevêtrements de sa barbe d'un brun profond, puis tira brusquement quelques mèches et les cacha dans une de ses poches. Libérant l'énorme massue à dents de l'homme-bête, en tirant avec les deux mains, elle se retourna ensuite, sourit dans la direction du galopin, et franchit la porte de bouleaux par laquelle elle était arrivée.

Le galopin pensa l'appeler, pour lui dire de reprendre sa cape, mais quelque chose entre son esprit et sa voix resta paralysé. Ses pensées éparpillées se remirent en ordre dans la tranquillité lasse de la clairière. Ses mains, qui avaient été appuyées contre la fièvre de son visage, se libérèrent et saisirent des flocons de neige qui tombaient du ciel. La neige fondait à cet endroit, formant un petit miroir. Il observa le reflet à peine visible et hésitant de sa cicatrice. Elle avait dit qu'elle était belle.

Un tremblement. Une pluie de feuilles enneigées. Même la terre, semblait-il, frissonnait devant ce qui avait eu lieu.

Puis, cela trembla de nouveau.

Le galopin regarda intensément entre les arbres.

— De l'aide par elle-même, dit-il à son reflet frémissant. Elle a demandé de l'aide par elle-même.

Lorsqu'un troisième bruit de pas, tonitruant, secoua le sol, il s'enfuit, incapable de faire de la place à un autre mystère. Pas aujourd'hui.

6

LA CONVOCATRICE ET L'ÉTRANGER

Un vawn émergea du brouillard, la tête haute comme un conquérant. Chaque pas résonant laissait l'empreinte de sa signature sur le sol — trois orteils reptiliens en avant et une énorme griffe en arrière. Un grondement de déplaisir s'éleva du ventre cuirassé d'or, en haut de l'arc bleu-vert de sa gorge, pour exploser en trois voix à partir de ses narines. Quand elle s'avança en trébuchant dans un sentier de boue, la créature enfonça sa gueule sans bouche dans la soupe boueuse et resta à cet endroit, la face à moitié enterrée, aspirant la terre visqueuse dans sa gueule. Les dents et les langues enfouies profondément travaillaient bruyamment, séparant les feuilles, l'eau, la terre et la pierre.

Pendant ce temps, sa cavalière était assise fièrement, comme un geai, vêtue d'un bleu tout aussi royal dans sa longue veste d'uniforme. La tenue annonçait que celle qui la portait avait une certaine importance, mais que ce n'était pas un soldat — la conception du haut col était certainement peu pratique. Il lui fallut un certain effort pour qu'elle examine les bois autour d'elle.

Elle retira le masque complexe, noir, tatoué et renifla l'air, puis protégea de nouveau son visage contre le froid. Comme tous les convocateurs royaux, elle dépendait de ce masque saisissant et sévère — une relique des jours du roi Gere-baron — pour une forte première impression.

Au doux fumet du bois de pommier brûlant, elle tourna brusquement vers le sud. Ses éperons piquaient la couture douce entre l'armure naturelle du ventre d'or du vawn et la chair verte et coriace de son dos. La tête de la monture fit un bond vers le haut. Les narines propulsèrent des flots de boue pour dégager la voie aux voix geignardes. Un coup de fouet de sa queue renversa un arbre, à droite, brisa un buisson, à gauche. Puis elle se résigna à reprendre sa lourde marche vers l'avant et se dirigea à l'extérieur du carré d'arbres pour entrer dans une clairière bien cachée.

Un faible murmure s'éleva, diminua et s'arrêta complètement. Un feu s'était transformé en une montagne de fumée rouge et noire si chaude que le cercle des Cueilleurs autour du feu gardait ses distances pour éviter de voir roussir leurs capes en loques.

La convocatrice scruta les visages baissés, les corps prosternés, les têtes inclinées et les étranges saluts spontanés comme autant de tentatives ridicules pour paraître bien élevés et coopératifs.

N'étant pas d'humeur à prolonger sa tâche, elle s'éclaircit la voix, retira de nouveau le masque de peau de ses lèvres et sortit de sa cape un parchemin blanc, attaché avec un ruban pourpre. Elle cassa net le fil rouge avec un petit coup de l'ongle courbé de son pouce et lut rapidement et d'une voix monotone.

— Krawg. Brown Jelter. Ambaul. Warney. Echo-hawk. Joshoram. Nella Bye. Ces gens sont reconnus par leurs officiers de service attitrés. Pour leurs efforts admirables dans leurs tâches quotidiennes. Et ils sont recommandés au roi. Pour obtenir une résidence rénovée et les bonnes grâces de la maison.

Elle parlait d'une manière mécanique, hésitante, fragmentant chaque déclaration.

— Pour mériter cette opportunité, ils doivent paraître. Devant le roi d'ici six jours. Portant un signe de leur gage de service. Et la nature de leurs qualifications pour le travail. Le roi entendra le cas de chaque criminel. Et il déterminera honnêtement s'ils restent à l'intérieur de la protection des murs. Ou s'ils retournent dans la nature pour une autre saison.

— Quoi ? fit une voix insistante.

Un jeune homme lugubre, large de poitrine, fit un pas vers l'avant.

— Vous avez dit mon nom, n'est-ce pas ? Vous avez certainement mentionné « Radegan » dans ces noms.

L'officière sourit.

— Ce nom n'apparaît pas sur cette liste. Reculez.

Le visage de Radegan — même dans la lueur vermillon de la montagne ardente — pâlit jusqu'à paraître d'un blanc terreux.

— Mais vous avez dit que je…

L'officière poursuivit. Elle regardait fixement l'espace au-dessus de la tête de chaque individu, comme si le fait de regarder de telles personnes lui ferait perdre le fil de ses pensées.

— Et ces orphelins. Enfants majeurs. Pour être passés en revue… incluent… Auralia.

L'assemblée haleta à l'unisson. Krawg agita la main pour faire cesser les sanglots de Warney.

— Convocatrice, dit-il, il n'y a pas d'Auralia. Pas pour les rites du Privilège.

— Son nom. Est sur la liste. Elle sera présente.

Krawg secoua la tête.

— Elle a disparu, officière.

— Trouvez-la.

— Nous ne l'avons pas vue depuis plusieurs jours. Elle a probablement été attrapée par un homme-bête. Ou elle a trébuché dans un trou. Ou un arbre est tombé sur elle. Ou elle a été emportée par un vent du diable. Ou elle a filé en douce pour entrer dans une autre maison.

— Personne connaissant la maison Abascar, rugit la convocatrice, ne penserait à vivre dans une autre maison.

— Vrai, ajouta Krawg.

Elle pouvait le voir penser aussi vite qu'il le pouvait.

— Mais Auralia n'a jamais su à quoi ressemble Abascar, à l'intérieur des murs. Elle ne sait pas ce qu'elle manque. Et vous ne voudriez pas l'enfermer à l'intérieur, de toute façon.

Il se donna un petit coup à la tempe avec le pouce.

— Elle n'est pas bien dans la tête, vous savez. C'est un signe de son affliction, le fait qu'elle se soit enfuie comme ça.

Les Cueilleurs gardaient la tête inclinée, s'associant visiblement à la fiction désespérée de Krawg. La convocatrice n'avait jamais vu un effort aussi concerté pour la défier. Elle aurait aussi bien pu venir apporter des nouvelles d'une peine de mort.

— Nous enverrons un inquisiteur. Pour enquêter sur la disparition d'Auralia. Soyez prêts pour lui, quand il viendra. Il s'attendra à des réponses.

Elle nomma le reste des orphelins qui seraient appelés devant le roi. Mais les Cueilleurs semblaient distraits, mal à l'aise.

Qui était cette fille qu'ils vénéraient autant ? Où était-elle ? Et comment avait-elle déjoué toutes les tentatives des officiers de service pour l'appréhender ?

Radegan, pendant ce temps, persistait dans ses demandes.

— Mon nom est sur la liste, vous le savez ! grogna-t-il.

Il s'avança entre les Cueilleurs et le vawn, faisant un discours étouffé et personnel.

— Ne faites pas semblant non plus d'avoir oublié ce que j'ai fait pour mériter qu'il y apparaisse. Tout cela était votre idée, les choses que j'ai faites pour obtenir cette chance. Je… je vous ai dépannée. Tout comme vous l'avez demandé. Et vous m'avez promis de demander un pardon rapide. Vous me devez cela.

— Vous ne pouvez nier, voleur, que votre... votre aide... était plus enthousiaste et gratifiante pour nous, dit-elle en riant. Mais vous nous avez si bien servis qu'il semble que nous ayons besoin de votre collaboration quelque temps encore, avant que nous soyons disposés à vous renvoyer à Abascar.

— Comment savez-vous que je ne perdrai pas patience et...

La convocatrice tira sur les rênes, mais la tête du vawn s'était enfoncée complètement sous la boue, en quête de nourriture. La cavalière sentit que son calme et sa politesse allaient lui échapper. Elle tira brusquement les brides de cuir, et le vawn sortit d'un coup sec la tête de la terre, projetant du sable, des pierres et de la peinture sur Radegan et l'officière dans une bourbe dégoûtante. À tout autre moment, cela aurait eu pour conséquence de provoquer des sons désespérés de la part des Cueilleurs essayant d'étouffer des rires à la vue d'une personnalité aussi offensée. Mais un silence mortel persista tandis qu'ils regardaient fixement les braises du feu.

Les trois voix du vawn se plaignirent, dissonantes, et il partit en se traînant d'un pas lourd entre les arbres, tandis que sa cavalière, couverte de boue, fomentait des châtiments pour la bête odieuse.

❧

Le sol humide venait à peine de se fermer sur les empreintes profondes du vawn quand les premiers courants du vent de la nuit froide chassèrent les cendres dans une danse tourbillonnante, au-dessus des charbons du feu. Les Cueilleurs s'approchèrent tous d'un pas plus près des braises, resserrant leur cercle, et commençant à émettre leurs frustrations. Bien que ce qui se passa ensuite fût aussi proche que possible d'une tradition de Cueilleur — faire suivre la visite d'un officier par une plainte intéressée —, il n'y avait cette fois qu'un seul nom sur leurs lèvres.

— Auralia n'est pas faite pour les gens de la maison.

— Elle ne survivrait jamais à l'intérieur. Pourquoi, aujourd'hui, a-t-elle chanté le *Vers du matin*, à partir du sommet de la dent de pierre, à la vue du mirador ? Avant même que le veilleur ait pris sa place pour le chanter ! S'il avait pu l'atteindre, il l'aurait giflée !

Warney se tamponna les yeux (les larmes coulaient toujours de l'orbite vide, derrière son bandeau).

— Krawg l'espionne parfois, pendant qu'elle dort au sommet d'un de ces arbres à feuilles persistantes, près du lac. Elle aime grimper. Elle dit qu'elle rêve de regarder en bas et de voir toute l'Étendue se déployer devant elle. Dans quelle situation se retrouvera-t-elle, à l'intérieur des murs ? Je me ronge les ongles toute la nuit en me le demandant ! Ils la trouveront perchée dans les hauteurs du palais.

Krawg hocha la tête et tira sur la chair flasque de son cou.

— Je l'ai trouvée avec un blaireau jaune pelotonné sur ses genoux. Elle démêlait sa fourrure d'hiver, qui tombait, et la fourrait dans ses poches. Il aurait pu la tuer d'une morsure !

— Elle voulait le jaune de sa fourrure.

Krawg prit une extrémité de l'écharpe qu'il portait, dissimulée sous sa lourde cape des bois, et il la retira devant leurs yeux.

— Que l'on me traite de menteur, si je ne suis pas le seul dans cette forêt à avoir une écharpe de blaireau jaune ! Il n'y a pas de gens de la maison ou, me risquerais-je à dire, pas de magistrats non plus, qui en ont jamais possédé une aussi brillante et...

— Chut, range ce tissu !

Lezeeka grommela si violemment que des choses sortirent de son nez.

— Si la convocatrice avait vu cela, elle t'aurait emmené pour une bonne flagellation !

— C'est Auralia qui va être flagellée ! ronchonna Yawny, le visage aussi blanc que s'il avait dormi parmi ses sacs de farine. Ils m'ont jeté dehors, ici, parce qu'ils m'ont surpris en train de porter mon chapeau rouge préféré dans mon propre lit. Je voulais simplement garder ma tête au chaud. Ce que je veux dire, c'est... qu'Auralia ne vivra pas longtemps avant qu'elle commence à fabriquer des couleurs à l'intérieur des murs d'Abascar. Nous ferions mieux d'espérer qu'elle ait des ennuis immédiatement et qu'elle soit retournée comme un morceau de cartilage. Parce qu'elle est du genre qui pourrait être envoyé aux donjons, si elle a le temps de provoquer quelque chose de sérieux.

— Vous avez tous vu ce qu'elle touche, ronchonna Hildy la triste. Mais moi..., j'étais réveillée et je l'ai suivie, un soir, quand elle s'enfuyait. Je sais ce qu'elle fait quand personne ne la trouve.

L'œil de Warney trouva Krawg, et il y eut une question non formulée entre eux. Puis Krawg prit un air renfrogné.

— Zut, Hildy, tu es pleine de merde de vawn. L'an dernier, tu nous avais dit que tu t'étais réveillée sur le plancher parce que les Enfants du Nord étaient venus pour toi. Tu avais dit qu'ils t'avaient tirée du lit et qu'ils avaient essayé de te traîner dans la forêt. Il s'est avéré que tu avais simplement été somnambule et que tu t'étais retrouvée dans un nid d'abeilles. Alors, ne t'attends pas à ce que nous...

— Non, j'aimerais entendre l'histoire d'Hildy.

Krawg se tourna, et l'assemblée des Cueilleurs angoissés s'éloigna de l'homme qui avait parlé, puisqu'il était un étranger pour eux.

Il était petit, dans un simple fourreau vert avec un capuchon profond qui couvrait de son ombre un visage comme une lune pâle. La lueur du feu révéla son air renfrogné.

— Si Auralia doit entrer dans la maison Abascar, nous devrions l'examiner convenablement. Nous devrions découvrir d'où elle vient et ce qu'elle a l'intention de faire.

Il ouvrit les mains dans une sorte de haussement d'épaules.

— Plus vous pourrez m'en dire à son sujet, moins j'aurai à demander.

Que la convocatrice ait pu envoyer un inquisiteur si promptement — eh bien, cela les étonna tous. Leurs yeux se déplacèrent entre leur visiteur et Hildy, qui tremblait, comme si la flaque dans laquelle elle se trouvait s'était transformée en glace.

— Alors, Hildy. Dis-moi ce que tu peux. J'ai une mémoire rigoureuse, et mes paroles, à l'intérieur des murs d'Abascar, ne passeront pas inaperçues. Mais je t'avertis, si un seul mot sonne faux, vous aurez un deuxième inquisiteur qui n'est guère aussi gentil que je le suis.

La pauvre femme n'avait jamais été au centre de tant d'attention, et elle bégaya lorsqu'elle se mit à parler.

— La nuit, la nuit, Auralia va dans les cavernes, les cavernes, le long du lac Profond. Au fond de ces cavernes, des fentes et des crevasses, au fond d'elles, des fissures et des trous, elle se cache, elle se cache. Elle vide ses poches de graines, de feuilles, de racines et de choses. Et des graines. Et des feuilles. Et des choses. Les laisse tomber dans des casseroles d'eau qu'elle fait bouillir sur un feu.

Les mains noueuses tiraient sur ses longs cheveux blancs et les enroulaient alors qu'elle parlait.

— Sur un feu.

— Est-ce que quelqu'un d'autre peut raconter cette histoire? se lamenta le petit Abeldawn, tirant sur la main à trois doigts de son père. Elle ne parle pas très bien.

Son père le fit taire en lui pinçant l'oreille.

Wenjee essaya de poursuivre l'histoire d'Hildy et de la raconter elle-même, mais personne ne la comprenait, puisqu'elle était en train d'avaler un petit pain.

Hildy continua.

— Auralia inspire une étrange vapeur de ces mixtures qu'elle prépare. Ses yeux s'illuminent. Ses doigts remuent. Elle danse comme une sorcière.

— Et elle chante! s'exclama Wenjee, le petit pain terminé. Elle chante, comme un Enfant du Nord, et elle jette probablement des malédictions sur nos rêves!

L'étranger au fourreau vert avait commencé à sourire, plus amusé qu'intéressé. Remarquant cela, Krawg cria :

— La ferme, Wenjee! Tu dois t'allonger et te reposer dès que tu fais cinquante pas à peine. Tu n'es jamais allée aussi loin que le lac!

— Il y avait des fantômes flous, pourtant, des fantômes flous, dit Hildy d'une voix étouffée. Des fantômes flous soufflant comme un vent à partir de l'eau. Elle s'allonge, ses yeux regardent fixement le ciel sombre, et les pierres autour d'elle brillent et font un son plus inquiétant, un son plus inquiétant, se cassant et se fissurant. Et elle se lève ensuite et saisit ses pinceaux. Et elle se lève ensuite et saisit...

— Ses pinceaux! cria Abeldawn, que son père prit promptement sur son épaule.

Hildy lança un regard furieux à l'enfant et continua.

— Elle trempe les pinceaux dans les peintures, puis elle arrive à colorer les pierres jusqu'en haut et jusqu'en bas, jusqu'au bord de l'eau. Ces pierres sont tachées, vous dis-je, tachées d'un rouge semblable à du sang.

— C'est peut-être du sang! murmura Mulla Gee.

Krawg se moqua d'elle.

— Ma petite Auralia ne ferait jamais de mal à ce qui vit.

La réponse de Warney ne fut pas une surprise.

— J'dois admettre que je suis d'accord avec toi sur ce point!

Le visiteur se tourna soudain vers Krawg.

— Tu es celui qui l'a trouvée.

L'étranger au visage de lune parla si lentement, et avec une telle gravité, que les mots semblaient neufs et magnifiques quand il les exprima.

— Parle-moi de cette journée.

Alors que l'assemblée gémissait, lasse de l'histoire préférée de Krawg, le vieux voleur s'éclaircit la voix et étendit les bras comme s'il présentait une scène pour une pièce de théâtre.

— C'était près de la rivière.

— La Throanscall. Emmenez-moi à cet endroit.

Warney poussa un gémissement, que Krawg traduisit rapidement.

— Nous ne sommes que des Cueilleurs, monsieur. Nous ne sommes pas censés quitter le campement pendant la nuit!

— À qui pensez-vous que vous parlez?

L'étranger sourit de nouveau, cette fois avec les dents. Des dents tordues comme celles d'une belette.

— Vous avez jadis été l'Escroc de minuit. Vous êtes le genre d'homme qui prête attention, qui se souvient des choses. Montrez-moi où vous l'avez trouvée, et dites-moi tous les détails. Je vous récompenserai avec... Hum, que désire un voleur prisonnier? Un pardon? Veut-il que je le recommande au roi d'Abascar pour avoir été un homme serviable et coopératif?

Krawg tomba à genoux et tendit le bras, comme s'il voulait déterminer si le visiteur était réel ou pas. Warney se plaça entre eux et saisit les épaules de l'étranger.

— Comme vous pouvez le constater, Krawg est vieux et a les jambes endolories. Mais j'étais là pour voir tout cela, et je vous emmènerai jusqu'à l'endroit où nous avons trouvé Auralia. Je vous raconterai toute l'histoire et presque tous les jours avec Auralia depuis ce temps !

Krawg se leva avec un rugissement et saisit Warney à la gorge. Au même instant, tout le monde commença à parler d'Auralia et se pressa plus près de l'étranger, qui leva les mains, riant.

— Je peux aussi faire circuler le bruit au sujet d'une foule indisciplinée et irrespectueuse !

Cela eut l'effet désiré et, quelques moments plus tard, c'était Krawg qui menait la nerveuse procession entre les arbres.

Sur le bord de la rivière, entre les grands roseaux où les mites de boue s'agitaient, Krawg et Warney se chamaillaient au sujet de détails sur la façon dont ils avaient trouvé l'enfant.

L'étranger écoutait, mais marchait anxieusement, examinant le sol, plongeant les doigts dans la rivière, goûtant même l'eau. Quand Krawg s'interrompit au milieu de l'histoire, passionné par les détails précis, l'étranger dit :

— Parlez-moi de l'empreinte.

De la sueur commença à couler sur le visage de Krawg. Il lança un regard implorant à son interrogateur, qui l'ignora et leva les yeux pour regarder fixement, à la place, la ligne fluide et sombre de la Throanscall.

Les gens de la maison ne riaient pas avec les histoires de créatures mystérieuses, et si Krawg faisait la moindre référence au Gardien, il pourrait bien se réveiller dans une cellule du donjon. Warney commença à s'éloigner progressivement de la conversation, prêt à courir.

— Monsieur, murmura Krawg, prononçant chaque mot comme un pas prudent, il y en a certains qui diraient des choses illégales, des choses fausses. Mais je suis un bon homme du roi et je ne fais pas d'affirmation au sujet de la marque dans laquelle se trouvait Auralia. Mais c'était une vision humiliante. Une empreinte de pas ou un trou creusé pour avoir l'air comme tel. Et aucune créature n'était passée sur elle pendant qu'elle était allongée sur le sol, non, monsieur. Le sol avait été écrasé en premier lieu. Et elle était placée dedans, tout simplement, encore mouillée à cause de la rivière.

— Certaines personnes en diraient davantage ? Dites-moi, Krawg, si le Gardien était plus qu'un personnage peuplant les rêves des enfants, cette empreinte pourrait-elle avoir été un signe de son émergence de la rivière ?

L'étranger entra dans l'eau et inclina la tête, l'écoutant se précipiter autour de ses jambes.

Warney en avait assez vu. Il se tourna pour se diriger vers les arbres et se retrouva face à face avec un officier de service d'Abascar, qui le saisit par l'oreille. Le glapissement du vieux cambrioleur interrompit l'entretien près de la rivière et fit sursauter les bataras endormis, qui s'envolèrent et grimpèrent au sommet des arbres.

L'officier, qui patrouillait sans doute pour surveiller l'activité des hommes-bêtes, portait une armure de bataille complète et fit apparaître, dans les rayons de lune brisés par les arbres, une silhouette brillante. Son casque recouvrait son visage, assourdissant son indignation.

— Qui veut être le premier à inventer une explication délirante pour expliquer pourquoi une bande de criminels parlent à voix basse près de la rivière après le *Vers du soir* ?

Warney pleurnicha une excuse inintelligible et Nella Bye interpréta :

— C'est l'inquisiteur qui nous a amenés ici, monsieur. Comme vous pouvez le voir, nous ne faisons que répondre aux questions.

— Montrez-moi cet homme dont vous parlez, dit l'officier.

L'herbe humide, autour des pieds de Krawg, semblait refermer ses doigts gelés autour de ses chevilles, le liant à l'endroit. D'une manière ou d'une autre, il savait, sans même regarder, au moment même où les autres exposaient en détail des descriptions frénétiques, détaillées, de l'étranger au visage de lune qui avait subitement disparu, qu'il avait été piégé, que le curieux visiteur n'avait pas du tout été un officier royal.

Il y avait quelqu'un d'autre dans la forêt, ce soir-là, qui voulait trouver Auralia. Quelqu'un qui était libre et dangereux.

À l'interprétation du *Vers du matin*, une compagnie de cavaliers arriva, escortant un vrai inquisiteur. Il n'y aurait pas de débat — celui-ci, comme l'étranger l'avait promis, manquait de gentillesse.

Quand l'inquisiteur retourna vers le roi, il n'apporta pas de nouvelles d'Auralia, puisqu'elle demeurait invisible, perdue sans laisser de trace. Au lieu de cela, il revint avec les nouvelles d'un importun parmi les Cueilleurs, un homme plein de questions et d'une malhonnêteté éloquente. Et le roi mit les veilleurs en alerte, inspirant des rapports murmurés disant que Scharr ben Fray, l'homme qui avait appris à Cal-raven les histoires du Gardien, le fauteur de troubles qui avait été exilé pour ses croyances, avait été vu parmi les Cueilleurs.

7

LA NUIT SUR LE LAC

Deux lunes brillaient dans la nuit où le galopin reçut ses ordres inhabituels. L'une d'elles retentissait dans le ciel noir, nette et claire comme le cri d'un hibou. L'autre, écho de la première, reposait avec gêne sur la surface translucide du lac. La forêt retenait son souffle, pour que toute ondulation sur l'eau indique une présence, un mouvement, une preuve de quelque chose — un alligator, un rat, une anguille, un poisson — plongeant ou s'élevant dans les airs.

Le galopin poussa la dernière caisse de bouteilles qui était au bord du quai et la mit sur le radeau qui tanguait. De la sueur coulait dans son dos. Il mit sa lourde cape d'hiver et, quand sa tête la traversa, il vit que l'officier de service du quai était venu pour le surveiller. Le garde fronça les sourcils avec une méfiance disciplinée, mais son air menaçant n'eut aucun effet sur le garçon, qui n'avait guère vu le sourire de quiconque en cette journée de commissions interminables.

« Vous auriez pu m'aider », pensa le garçon, mais il ne dit rien.

Le garde prit un air plus menaçant, comme s'il avait quand même entendu les paroles, ou peut-être que c'était la lumière hésitante de la torche qui donnait cette impression. Il portait un galon bleu ; il répondit directement au capitaine de la garde.

Le galopin jeta un coup d'œil autour de lui pour voir si Ark-robin était proche. Il commençait à se demander

pourquoi il était si difficile pour lui de s'éloigner de la surveillance du capitaine ou de ses officiers. Faisait-il l'objet de
suspicions ? Avait-il été observé en train de recueillir de la
bière des lamelles fuyantes des barils négligés ? Quelqu'un
l'avait-il vu glisser des échantillons aux Cueilleurs ?

— Je dois me souvenir de toi, sois prudent sur l'eau. Et
rapporte tout ce qui est suspect.

— Suspect, monsieur ?

Il aurait souhaité ne pas entendre l'avertissement.

— Y a-t-il quelque chose qui ne va pas sur le lac ?

Le garde observa le reflet de la lune et secoua lentement
la tête.

— Personnellement, je te donnerais un avertissement
différent. Ne prête pas attention aux rumeurs. Mais le capitaine Ark-robin tient particulièrement à ce que tu t'en tiennes
à tes fonctions.

— A-t-il dit pourquoi ?

Avec un petit sourire satisfait, le garde fit un geste en
direction de l'étalage de bouteilles sur le radeau.

— Il t'en coûtera quelque chose pour avoir plus d'information, galopin. Une bouteille, et tu jures le secret. Sais-tu
combien il est difficile, pour des soldats, de gagner la bière
du roi ?

Là où le quai rencontrait la terre, un vawn buvait
bruyamment sur le sable du rivage. Le garde gémit.

— Non, ne va pas avaler cette vase jonchée de
coquillages, espèce de tête de seau !

Il repartit furibond vers l'animal. Le fouet du vawn se
libéra de sa courroie et paf ! Il fut évident pour le galopin
que lui et son affaire avaient été oubliés.

Il déroula la corde de la tige d'ancrage et monta sur le
radeau. Avec la seule rame, il poussa. Le bruit de l'eau clapo-
tant contre le dessous du quai s'affaiblissait à mesure que le
radeau formait un « V » d'argent à travers les reflets des

constellations. Pendant quelques instants, le silence devint plus grand jusqu'à ce qu'il n'entende plus que le coup ponctuel de sa rame, les petits coups discrets des bouteilles dans la caisse et les couinements légers des chauves-souris zigzaguant au-dessus de l'eau. Il souleva sa rame et se tint immobile, chassant de ses pensées l'avertissement du garde. Cet instant, ici, cet espace entre le quai et la destination, était trop fragile, trop précieux.

Il savait qu'elles viendraient. Elles le faisaient toujours à des moments comme celui-ci. Sans invitation, sans explication. Des larmes. Des larmes hésitantes et brouillant les étoiles. Sous le regard impassible de deux yeux blancs, la lune dans le ciel et la lune dans l'eau, personne ne pouvait lui donner d'ordres ou attendre quoi que ce soit de lui. Aucun officier galonné de bleu ne pouvait espionner son activité. Personne ne pouvait lui faire de mal ou le ridiculiser pour sa petitesse, sa faiblesse. Il n'y avait aucun rire partagé lui rappelant sa solitude. Ni la taille ni le succès de quiconque ne pouvaient lui rappeler ce qu'il aurait pu être, si seulement sa vie avait commencé différemment.

Le radeau se déplaçait comme un long soupir, lent, imprudent, inaperçu.

Le calme ne dura pas.

Une nappe placide d'étoiles s'allongeant sur le lac tressaillit, envoyant un frisson à travers le champ de lumières.

D'après les dimensions de la zone d'agitation, il était évident que quelque chose s'approchait, déterminé, conscient. Il avait entendu des rumeurs de créatures énormes aperçues des murs de la maison Bel Amica, l'arche lisse et brillante d'un dos tanné brisant la surface de la mer occidentale. Des béhémoths, qu'ils les appelaient. Mais aucune de ces créatures ne rôdait sous ce lac tranquille. Il combattit la peur qui le figeait, sauta derrière quelques caisses de bière et s'accroupit. Le seul bruit dans l'obscurité était celui de son cœur battant, frénétique.

À peine quelques instants plus tard, les étoiles immobilisèrent leur danse folle, se réunirent de nouveau, se tinrent à leur place. Le léger balancement du radeau ralentit.

Il se recroquevilla comme une souris sur le bord du radeau alors qu'il tournait lentement. Il regarda l'eau noire comme de l'obsidienne. Les points pâles de la lumière réfléchie des étoiles pouvaient aussi bien être des yeux. Une branche d'arbre pointue brisant la surface pouvait bien ne pas être une branche du tout.

Il y eut bientôt d'autres bruits. Des voix lointaines de jeunes femmes sur le flotteur royal au milieu du lac. Même s'il ne pouvait pas discerner la raison de leurs rires, il sentit qu'elles riaient de lui, riaient de la façon dont il tremblait de peur à la moindre agitation.

Le flotteur royal était une grande plate-forme de bois sur une longe attachée à un quai éloigné. Gardé par le roi pour des soirées spéciales, privées, ou pour distraire des invités privilégiés et des visiteurs, il reposait à portée de tir de flèche d'un garde de service, qui se trouvait dans une tour de guet flottante, isolée. Le garde était tapi comme un faucon vigilant protégeant un nid, juste assez loin pour qu'il ne puisse pas entendre les conversations de la société privilégiée. Le flotteur était décoré de torches aux flammes blanches, bordé par un rail de cuivre et couvert d'une toile pour recueillir la pluie inopportune. Le galopin détestait le flotteur, puisque personne ne s'y rendait pour une soirée sans exiger plus de boisson qu'il n'était approprié de le faire.

Ce soir-là, les passagers estimés du flotteur recevraient ces bouteilles de cidre et lèveraient leur verre en l'honneur de la promise. Le roi avait choisi la jeune femme la plus célèbre de la ville pour épouser le prince Car-raven : Stricia, la fille du capitaine Ark-robin. Elle avait fait preuve de beaucoup d'admiration envers le prince. Elle avait gagné les honneurs en dénonçant des transgresseurs de la loi, y compris des femmes de serviteurs du palais qu'elle avait surprises en train d'échanger une partie de leurs meilleurs vêtements colorés au lieu de les livrer au roi comme prévu.

La beauté de Stricia était incomparable : des yeux d'un bleu de glace, étroits et brillants, de grandes lèvres, qui encadraient un sourire généreux, et une rivière de cheveux dorés, minutieusement tressés autour de sa tête, et qui lui descendaient dans le dos. Dans un royaume où les sujets étaient uniformément limités au gris et au brun, le chatoiement des cheveux d'une personne pouvait être une distinction saisissante. Les tresses de Stricia semblaient avoir été tissées avec la lumière du soleil. Sa beauté n'était pas méconnue du galopin, pas plus que ne l'était son rire — un ricanement de geai qui claironnait sur le lac.

Les participantes choisies par Stricia passaient autour d'un bout de tissu qui provenait du métier à tisser sur lequel sa robe de mariée était en train d'être préparée, une traîne d'or qui miroitait sous le clair de lune comme si elle devait brûler leurs mains. Le galopin pouvait voir leurs yeux écarquillés et leurs bouches bées pendant qu'elles admiraient le tissu. Il pouvait voir l'envie dans leurs yeux, la nostalgie, comme si elles se rappelaient soudain quelque chose de précieux qu'elles avaient perdu.

— La seule chose plus agréable que le contact de cette robe contre votre peau, soupira l'une des dames, sera la sensation des bras du prince Cal-raven autour de vous, quand vous la porterez.

Le galopin fit une grimace. De toutes les conversations intolérables, la malédiction des Cueilleurs, les chamailleries des soldats, rien ne lui retournait l'estomac plus vite que le bavardage vide et prévisible des jeunes gens de la maison.

— Oh, cesse tes démonstrations, Dynei, murmura Stricia sur un ton peu convaincant. As-tu pensé aux lourdes pierres que je devrai porter autour de mon cou? À la façon dont je devrai manger avec des manières ridicules, pendant que je porterai des bagues à chacun de mes doigts?

Elle haleta.

— Imagine, marcher dans la rue, si visible et si... si distrayante. Je rêve de redevenir une personne ordinaire. Et ce sera encore pire, quand je serai reine.

— Cela fait si longtemps que la traîne de la robe d'une reine a glissé le long des couloirs du palais, soupira une autre participante. J'avais l'habitude de savoir à quel moment la reine Jaralaine passait dans nos quartiers par le bruissement de la frange soyeuse qui effleurait le plancher.

Les participantes frissonnèrent collectivement de convoitise et d'envie ; était-ce davantage à la pensée du trône, du prince ou de la robe, le galopin n'en était pas certain. Leur excitation déstabilisait le flotteur, diffusant des ondulations qui berçaient son radeau alors qu'il accostait la plate-forme.

— Le galopin ! lancèrent-elles en chœur.

— Il y aura du cidre de poire avec votre petit-déjeuner, plaisanta Dynei. Du vin blanc avec votre déjeuner. Du vin rouge avec votre dîner. Peut-être même de l'hajka.

— Le roi ne partage jamais son hajka, soupira Stricia.

— Il valait mieux que tu obtiennes la parole de Cal-raven pour qu'il ne soit pas trop radin, s'interposa une autre, s'agenouillant pour être plus près du radeau.

Le galopin se demanda quelle force serait nécessaire pour faire basculer le flotteur et faire glisser les femmes dans le lac.

Il enfonça la main dans un sac et en retira trois bouteilles de cidre de pommes, les déposa en une rangée étincelante sur le bord du flotteur. Puis, il y enfonça la main de nouveau, trouva un casier de cinq tasses d'argile pour boire à

petites gorgées. Il se désintéressa complètement des commérages incessants, déboucha la première bouteille avec
un crochet de métal, laissa la pression se dissiper dans un
soupir, inclina la bouteille au-dessus de la rangée de tasses,
puis s'arrêta. Stricia se trouvait au-dessus de lui, riant, tenant
une autre bouteille, exigeant le tire-bouchon. Il commença à
argumenter, mais elle le lui arracha et, comme par accident,
donna un coup de pied aux tasses pour qu'elles retombent
dans son bateau.

— Nous boirons à même les bouteilles, merci. Tu peux
t'en aller et faire... ce que les garçons comme toi font la nuit.

— Tu devras cesser de rêver à Stricia, cependant, dit
Dynei, qui enveloppait l'invitée d'honneur dans ses bras
comme pour la protéger. Elle a été promise, tu sais.

— Et cela veut dire que le reste de ces filles magnifiques
gagnera l'amour des soldats, annonça Stricia, folle de joie, et
les cris de joie qui s'ensuivirent pouvaient certainement être
entendus de tous les côtés du lac, quand les femmes discutè-
rent des couples potentiels.

Les jeunes filles vidèrent la bouteille et ouvrirent la suivante avant que le galopin ait pu détacher son radeau du
bord du flotteur. Leur hilarité et leurs commérages augmentèrent, et il prit un air renfrogné. Un précieux cidre millé-
simé fut avalé d'un coup, de la façon dont les ouvriers
engloutissaient la bière, dans les huttes à boisson, après que
la récolte eut été faite. La brasseuse royale Obsidia Dram lui
vint à l'esprit, une femme ronde et vieille, comme un baril de
bière avec des gants épais en guise de mains. Il se rappelait
la brasseuse hurlant à qui voulait bien l'entendre : « Le cidre
royal devrait être conservé pendant quelque temps pour que
la fraîcheur s'estompe..., puis reniflé et bu légèrement, à
petites gorgées, pour laisser sa saveur explorer la langue et
les fentes... et ensuite... » Il y aurait du verre cassé dans la

brasserie, si Obsidia avait vent du gaspillage imprudent de ce soir-là.

Il braqua son regard sur le rivage sombre, et se demanda si une bouteille de cidre suffirait pour engager un voleur faisant partie des Cueilleurs, afin de voler ce vêtement exquis pour qu'il puisse l'apporter à une jeune femme bien différente, qui savait savourer la couleur des bières du roi.

Il avait souvent pensé à Auralia, depuis ce jour de la saison passée, quand les doigts de cette dernière lui avaient caressé le front.

La lumière du flotteur baissa derrière lui ; l'ombre sans torches de la tour de garde apparut tout près. La silhouette du garde de service se pencha au-dessus de lui.

— Ne devrais-tu pas servir les dames ?

— Pardon, monsieur, mais les dames… ne voulaient pas être servies. Elles ont pris les bouteilles et m'ont dit de partir.

Le garde grogna pour exprimer son dégoût, ce qui, présuma le galopin, était dirigé vers la promise et sa compagnie. Il tenait la rame dans l'eau pour empêcher qu'il ne s'éloigne avant d'être renvoyé.

— Eh bien, dans ce cas. Ce doit être agréable, d'avoir une bouteille à la main pour rendre plus faciles ces longues nuits. Ça me donne soif…, rien qu'à y penser.

Le galopin pouvait être puni pour avoir livré son chargement à toute personne ne faisant pas partie de la fête assignée. Le piège placé pour lui était bien trop familier — aller dans une direction lui vaudrait de bonnes contusions, mais aller dans l'autre lui assurerait d'autres bonnes contusions.

— Eh bien, il y a… hum, une autre caisse de bouteilles de cidre que je n'ai pas pu livrer.

— Je ne peux imaginer qu'elles aient survécu au trajet sans une fêlure. Laisse-moi prendre une de ces pertes de tes mains. Et pas un mot à ce sujet, compris ? Si on découvre qu'il en manque, pour autant que tu saches, le groupe a jeté une bouteille vide par-dessus bord.

Le galopin pensa qu'il valait mieux ne pas ajouter de paroles à cet échange. Il souleva doucement une bouteille et s'approcha du bord du radeau.

À ce moment-là, plusieurs choses arrivèrent en même temps. Le garde descendit de l'échelle de fer, s'accrochant d'une main à un barreau plus élevé tandis qu'il tendait l'autre vers le galopin. La tour s'inclina un tantinet avec le changement de poids. Le galopin tendit le col d'une bouteille vers l'ombre, qui cherchait à tâtons. Une grande vague grossit brusquement derrière le radeau et le souleva comme si c'était une feuille. La tour, obstacle pourtant beaucoup plus lourd, vacilla dans l'agitation, projetant le garde, bouteille à la main, directement dans la houle ascendante, et il disparut sans un cri. Le galopin parvint à formuler un «Oh!» avant que le radeau descende en glissant sur le dos d'une vague et l'envoie par-dessus bord.

Le radeau dériva dans l'obscurité, loin de la tour, loin du flotteur et loin du rivage, les bouteilles roulant et s'entrechoquant les unes contre les autres comme des sonnettes d'alarme.

Le galopin avait failli brûler vif dans un incendie. La cicatrice sur son front en était un souvenir — un rappel de sa douleur atroce. Il fut surpris de constater à quel point cela ressemblait à se noyer dans un lac glacé. L'eau remplissait ses oreilles, le rendant sourd au son de sa lutte. Elle entrait dans son nez, et il étouffa des cris qui devinrent des bulles d'air ondoyantes s'élevant vers la surface. Sa cape semblait faite de chaînes, le faisant couler. Quelque chose comme un poing serré s'était refermé autour de sa cheville gauche, le tirant. La peur l'immobilisa, il y avait quelque chose dans l'eau avec lui, et ce n'était pas le garde de service.

Il entendait quelque chose — une voix, un bourdonnement faible, un grondement, un chant profond. Il ouvrit les
yeux, s'attendant à ne rien voir d'autre que l'impression pâle
de la lune comme une pièce de monnaie brillante flottant au-
dessus de lui, mais il y avait autre chose..., une ombre
immense passant entre lui et la surface.

Il se sentit poussé à appeler. Mais il n'en avait pas la
force.

Un courant puissant l'envoya tournoyer vers le haut, et il
se retrouva en train d'inspirer à pleins poumons l'air de la
nuit. Quelque chose lui cogna la tête, du bois flotté peut-être,
et ses pieds heurtèrent le terrain en élévation.

Il fit trois pas en éclaboussant avant de tomber, les jambes
à moitié mortes. Il bondit sur un rivage de pierres lisses, glis-
santes. Les vagues avancèrent sous lui, autour de lui et au-
dessus de lui et reculèrent ensuite, et il fut laissé là, trempant
sur la berge, l'eau glaciale du lac lui dégoulinant de la tête
par le nez et les oreilles, son lourd manteau le plaquant au
sol.

« Bientôt, je pourrai ressentir de nouveau, pensa-t-il,
observant ses respirations éperdues s'éloigner dans la brise.
Ça fera mal. »

Son corps lui semblait comme celui d'un vieil homme
énorme. Un pied était encore maintenu. Avec des doigts
tremblants, il défit une corde de sa cheville et réalisa que
c'était le lien du sac qui contenait les tasses d'argile et quelques flasques de bière. Elles s'entrechoquèrent comme des
coquillages, lorsqu'il fouilla à l'intérieur ; elles étaient toutes
là, deux des quatorze tasses étaient brisées, mais, au moins,
le désastre n'était pas total.

Il essaya de nouveau de se lever, mais réussit seulement
à se mettre à genoux. Il cligna des yeux et donna un sens à
l'imposant et sombre mur. Des falaises, avec des cavernes
creusées à la base. Le clair de lune qu'elles réfléchissaient

était plein de couleurs douces. Il se retourna et ne vit rien d'autre que les eaux, qui se calmaient, et les lumières du flotteur royal, si lointaines qu'elles auraient pu être des lucioles groupées sur un nénuphar.

Alors, le tremblement reprit. L'eau dégoulinait de sa peau, et pourtant il avait plus froid. Il serra le sac contre lui, preuve qu'il était toujours vivant, toujours le galopin, toujours une personne d'une certaine responsabilité. Mais rien ne pourrait jamais plus être pareil, puisqu'il savait maintenant avec certitude que quelque chose se cachait sous ces eaux.

Son visage était baigné de larmes alors qu'il tremblait sous le coup de la trahison — les adultes avaient menti, et il avait été puni une fois ou deux pour avoir soupçonné ce qui, en fait, était vrai — et de l'espoir : dans ses rêves, la créature avait été douce et protectrice.

Une chaleur l'enveloppa, lourde, douce comme une couverture. C'était une couverture. Et il y eut cette voix de bienvenue.

— J'espérais que tu me rendrais visite.

Elle le sauvait de nouveau, l'enveloppant au chaud. Elle s'accroupit près de lui, sa silhouette voûtée dans une robe à capuchon tissée avec toutes sortes de matières sombres.

— Mais tu aurais pu venir par la terre, tu sais. Je ne suis pas si difficile à trouver.

Elle était déjà occupée, ramassant les coquillages humides aux bords pointus que les vagues avaient donnés au rivage.

— Vraiment, rit-elle, le Gardien devrait faire plus attention.

8

LA GALERIE ACCESSIBLE

Une teinture orange s'égouttait de racines semblables à des carottes. Des patates croupissant dans les poubelles des cuisines de la maison auraient pu être écrasées dans des pâtes de brun, de blanc et de gris. Quand le crépuscule de l'été faisait descendre le niveau d'eau des cavernes, de grandes plaques d'ardoise étaient étalées en lieu sûr pour la peinture d'Auralia. Les couleurs débordaient et faisaient des remous dans sa tête, et elle les étendait en conséquence sur les canevas de pierre. Le clair de lune était suffisant, et quand il ne l'était pas, elle travaillait avec des teintes chatoyantes qui sautillaient sur les falaises pour éclairer les troncs d'arbres et illuminer leurs branches déployées, façonnées par le vent.

Dès qu'elle avait commencé à marcher à quatre pattes, elle avait recueilli les couleurs de l'Étendue, décryptant les secrets de leur fabrication, et elle n'avait pas été oisive avec les secrets que quinze années lui avaient appris.

Elle partagea tout cela avec le galopin, marchant à travers les cavernes avec des torches à la main, comme s'ils découvraient les couleurs pour la première fois. Plusieurs expériences avaient échoué et plusieurs inspirations en étaient arrivées à des conclusions grotesques. Mais, parfois, le travail s'était avéré payant, produisant quelque chose d'une grande beauté ou révélant une application qu'elle n'avait pas imaginée. Elle rit, embarrassée par certains des tableaux criards qu'elle avait faits.

Il rit aussi, parce qu'une telle passion semblait vraiment dangereuse — et il était certain qu'elle serait volée ou détruite. Les murs étaient grêlés d'encoches taillées à la main, chacune abritant une invention exquise. Un petit oreiller de plumes blanches, lâchement attachées par des herbes jaunes et bordées de mousse bourgogne. Des cannes, noueuses et lisses, teintes dans un spectre de couleurs allant du bleu royal à l'or bruni. Des feuilles d'automne s'étendant en éventail, séchées au soleil, vernies avec de l'ambre, prêtes à être brandies contre la chaleur étouffante de l'été. Un lapidaire muni d'une poignée d'ivoire et un fourreau vif.

— J'aime fabriquer des choses qui peuvent soutenir d'autres choses, expliqua-t-elle.

Alors qu'elle passait le bout des doigts le long du mur, elle chuchota des rappels au sujet de ce qui devait « marcher », de ce qui était « assez bon », et le galopin la surprit même en train de discuter avec elle-même concernant le destinataire qui convenait le mieux pour chaque cadeau.

Des cadeaux. Des centaines de cadeaux. Pas une exposition de pièces tape-à-l'œil. Auralia gardait en réserve des remèdes disponibles et des surprises pour les Cueilleurs. L'éventail — « la pauvre Wenjee a toujours trop chaud. » Et l'oreiller — « Rishella va bientôt donner naissance à son bébé. »

Impossible qu'une telle ménagerie scintillât et fût accessible à proximité d'Abascar, pourtant, le roi n'avait pas trouvé et enterré ces choses dans l'entrepôt souterrain.

— Personne ne s'occupe de cette extrémité du lac, expliqua-t-elle. Parfois, des commerçants ou des soldats passent devant, mais c'est comme s'ils étaient aveugles. Ils ne regardent pas de près, ou ils cherchent les mauvaises choses. Ils sortent avec un esprit de conflit, pas pour savourer. Plus ils s'éloignent d'Abascar, plus ils aiguisent leurs épées et avancent de manière précipitée.

— Mais n'est-ce pas dangereux, de vivre seule ici ?

— Bien sûr que c'est dangereux, répondit-elle amèrement. Plus dangereux chaque jour. Mais n'y a-t-il pas des dangers à l'intérieur des murs d'Abascar ? Et vraiment, à quoi s'attendent-ils ? La forêt ne serait pas si dangereuse, s'ils ne l'avaient pas laissée devenir si sauvage. Maintenant, ils en ont peur et probablement honte.

— Honte ?

— Honte d'avoir oublié comment vivre ici. Ils sont trop occupés à fabriquer des tas de choses desquelles ils pensent avoir besoin et à construire ensuite des murs autour d'elles. Cela leur donne à penser qu'il n'y a rien ici dont ils ont besoin. Mais ici, ils se rappelleraient qu'ils sont petits et qu'ils ont besoin d'aide.

Le galopin hocha la tête, comme s'il y avait pensé auparavant. Il était, après tout, douloureusement conscient de sa faiblesse et de son besoin d'aide constant.

Auralia s'arrêta pour siffler devant un oiseau des cavernes, avec ses plumes huileuses et ses yeux exorbités, sans paupières.

— Pourquoi la forêt devrait-elle se soucier de ce que devient Abascar, quand ils l'ont laissée dans un tel état ?

— Pourquoi restes-tu, alors ?

Elle haussa les épaules.

— Comment pourrais-je quitter les Cueilleurs ? Ils m'ont trouvée. Ils ont pris soin de moi jusqu'à ce que je puisse marcher. Ils m'ont donné une place. Ils n'étaient pas obligés de m'aider. Et je voulais qu'ils sachent…

— Mais ils savent, l'interrompit-il. Ils savent depuis très, très longtemps. Chaque fois que je rends visite aux Cueilleurs, ils parlent de toi. Ils s'inquiètent pour toi. Tu les as remboursés, je pense, Auralia. Tu n'es pas obligée de rester. Tu peux partir, avant que quelque chose arrive.

Avant que les officiers commencent à te dire quelles sortes de couleurs tu peux utiliser.

— Peut-être. Que veux-tu que je fasse ?

— Reste.

Il rougit.

Elle lui fit un clin d'œil.

— Tu es un drôle de type, galopin.

Se sentant vraiment très petit, le galopin observa les vagues de lumière éclaboussant les cadeaux en attente. Il fut tenté de demander s'il pouvait rester ici, dans ce cœur d'artisanat et d'attention, un endroit si différent des couloirs de l'entrepôt souterrain avec leurs vents perturbants et fluctuants, leurs grognements mystérieux, leurs labyrinthes enchevêtrés et noués.

Il avait enfin entrevu ce qui avait permis à Auralia de contourner les frontières d'Abascar et de résister à son pouvoir d'attraction. La manière d'Auralia était de bénir les indigents, pas de récompenser ceux qui lui avaient donné ce qu'elle voulait. Quel espoir pourrait-elle avoir, étant donné qu'Abascar punissait les orphelins qui n'avaient pas appris à suivre les instructions ?

À moins que…

Il revint aux questions qui devenaient plus fortes chaque jour. Pourquoi était-il une exception ? Il n'avait jamais été chassé. Il n'avait jamais été récompensé de badges ou soumis aux tests. Qu'avait-il fait pour qu'Abascar le privilégie ? Qu'est-ce qui l'avait distingué des orphelins qui étaient confiés aux soins insuffisants des Cueilleurs ?

La peur l'empêchait d'exprimer de telles questions, de crainte que la question ait simplement été négligée, de crainte que les officiers enquêtent, bredouillent leur regret et le jettent dans l'étendue sauvage et désolée. Mais, maintenant, il se demandait si un marché secret pourrait être conclu, qui permettrait à Auralia de vivre librement dans le palais, comme il le faisait. Quel était ce troisième chemin, cette vie au-delà des deux extrêmes — l'échange fastidieux du travail contre la protection à l'intérieur de l'enceinte d'Abascar, et la course pour la survie du côté périlleux des murs d'Abascar?

Il commençait à se demander quelle était, parmi les inventions d'Auralia, celle qui pourrait être utile pour soudoyer un fonctionnaire ou obtenir un pardon spécial.

— Même les choses du palais ne sont pas aussi bonnes que ça, lui dit-il, ramassant deux disques de verre poli dans un petit cadre rectangulaire de brindilles.

— Essaie de les tenir devant les yeux.

Il appuya le cadre sur l'arête de son nez et regarda attentivement à travers les disques. Auralia et la torche apparaissaient plus grandes, un peu floues, mais parfaitement reconnaissables.

— Tu connais le vieux Radish? Ses yeux sont si mauvais qu'il ne peut voir ce qui se trouve dans sa cuillère avant qu'il la soulève vers sa bouche.

Elle avait étouffé sa voix, comme si le vieux Cueilleur avait pu être à proximité.

Alors qu'ils se promenaient à travers un passage ascendant, le galopin vit de plus en plus de choses — des choses reconstituées si parfaitement qu'il était difficile de s'imaginer pourquoi personne ne l'avait fait auparavant. Qu'est-ce qu'une pomme de pin avait à voir avec une collection d'ailes de papillons? Quand ils étaient parfaitement emboîtés et jetés ensuite vers le ciel, ils devenaient une toupie planante. Quel rapport est-ce que les nids d'abeilles avaient avec les épines des feuilles de châtaignier? Dans ses mains, ils devenaient des chandelles à combustion lente avec de brillantes flammes d'or.

— Je n'ai jamais su qu'il y avait tant de couleurs. Comment en trouves-tu autant?

— Je mets deux couleurs ensemble, afin de voir ce qu'elles feront l'une avec l'autre. Celle-ci avalera celle-là. Celle-ci, mélangée avec celle-là, disparaît, mais cela rend celle-là plus délicate en même temps. Parfois, elles se rejoignent.

Elle tapa des mains. Les échos des applaudissements semblaient les encercler, comme si une centaine d'autres enfants répondaient d'une centaine de cavernes différentes.

— Et hop! tu vois quelque chose de nouveau et d'extraordinaire.

Le galopin pensa à Obsidia Dram, mélangeant ses vins et les goûtant.

— Je sais seulement qu'il doit en exister plus.

Le front pâle d'Auralia était plissé par la concentration. Elle marchait plus vite, ses doigts traçant une spirale jaune, peinte le long du mur, suivant une trajectoire semblable à celle d'une feuille ballottée par le vent.

— Je sais qu'il manque certaines couleurs. Je peux le sentir... ici.

Elle s'arrêta devant un lourd rideau de vigne qui cachait une autre caverne, ferma les poings et les appuya sur ses tempes.

— C'est comme si j'avais l'habitude de voir d'autres couleurs et, maintenant, quelque chose les garde hors de ma tête. Sans elles, tout semble inachevé. Tout.

Elle ouvrit grand les bras.

— Tout est imparfait. Et je ne sais pas comment je le sais.

« Tout ici est parfait, pensa-t-il. N'est-ce pas? »

— S'il voyait cela, le roi Cal-marcus te demanderait de peindre les murs de sa maison.

Il tendit distraitement le bras vers le rideau.

— Peindre les murs? Ils devraient me laisser les jeter à terre.

Auralia lui saisit le bras et le tira vers l'avant, vers le premier tournant du tunnel. La torche frôlait le mur, projetant des étincelles et de la cendre.

— Ces murs étaient là pour empêcher les hommes-bêtes d'entrer. Mais, maintenant, ils empêchent quoi que ce soit d'entrer.

Elle inspira brusquement et se retourna. Elle saisit ensuite le col du galopin, le tira en avant et baissa la torche dans un tas de pierres.

— Couvre la flamme! Éteins-la! murmura-t-elle.

La lumière tremblotante faiblit. Ils se serrèrent l'un contre l'autre, le long du mur. La fumée effleura les pierres devant eux, puis se dissipa dans le vent, qui gémissait faiblement. Leurs battements de cœur tonnaient. Le galopin, encore mouillé de l'eau sale du lac, se plaquait contre la chaleur d'Auralia.

Il les entendait, maintenant — des pas lourds, mouillés, incertains. Un sifflement gargouillant était étouffé par l'eau du lac. Le visiteur avança, un pas, un autre, jusqu'au long tronçon, jusqu'à ce qu'il s'arrête à quelques pas du coin. Le passage fut soudain illuminé par une chaude lueur.

Auralia scruta le coin, vers l'entrée. Après être restée immobile un moment, elle fit un geste pour que le galopin vienne voir lui aussi.

Le couloir était vide. La lumière touchait le mur en face du rideau, qui avait été écarté pour libérer des flots de couleur chatoyante. Le galopin put voir l'ombre de leur visiteur, une silhouette courbée, exposée sur le mur, une main énorme appuyée contre sa tête comme si c'était sur une blessure.

— C'est l'étranger, dit Auralia à son oreille. Il est revenu.
— Quel étranger? D'Abascar?

— Non.

Un frisson le parcourut, et il commença à ramper vers l'arrière, mais Auralia le saisit par la manche et secoua la tête.

— N'aie pas peur. Ce n'est pas un homme-bête normal. Il est différent. Celui-ci, il vient pour les couleurs. Il reste. Il dort. Parfois, je pense qu'il pleure. Finalement, il s'en va. Je ne le dérange pas ; il ne me dérange pas. Je pense que les couleurs l'aident.

L'ombre disparut à mesure que le visiteur laissait le rideau se refermer derrière lui.

— Sommes-nous en sécurité ?

— Pour l'instant.

Le galopin ressentit un peu de jalousie envers le visiteur, qui s'était plongé dans la lumière.

— Les couleurs.

Il se leva et retourna au coin, attiré par la musique des teintes.

— Elles bougent.

Auralia retira des pierres les restes de la torche qui s'éteignaient et le suivit sur la pointe des pieds.

— Je sais.

Il y avait aussi bien de la stupéfaction que de la peur dans sa voix.

— Elles changent. Je ne sais pas ce j'ai fait pour que cela arrive.

Elle approcha les lèvres de son oreille.

— Nous ne devrions pas rester. Tant qu'il est ici, ce n'est pas sécuritaire.

— Mais tu disais…

— Je disais qu'il ne m'avait pas dérangée. Il ne t'a pas vu. Ne le mettons pas à l'épreuve.

De retour au clair de lune, leurs pieds résonnant sur les roches, le galopin se retourna vers le tunnel avec regret. La brise grandissante était froide comme des os enterrés. Il se demanda ce qu'elle avait pu vouloir dire au sujet des couleurs. Il pouvait seulement penser à la chaleur qu'elles promettaient. C'était tout ce qu'il pouvait faire pour avancer vers le lac. Ces couleurs lui parlaient, de quoi, il n'en était pas certain.

— Je veux revenir. Je veux voir ces couleurs.

— Non, dit-elle catégoriquement. Elles sont trop dangereuses.

— Comment?

— Elles sont délirantes et fluides quand elles sont cousues ainsi. Elles mettent cet homme-bête en transe. Sans parler de ce qu'elles te feront. Je ne veux pas que tu sois brûlé.

— Le feu ne me fait pas peur. Il toucha la cicatrice sur son front. Tu te rappelles?

— Ce n'est pas un feu. Seulement des fils. Je viens de commencer à les tisser ensemble. Ils sont des morceaux de quelque chose, mais je ne sais pas quoi. Pas encore. Quelque chose manque encore.

Il remarqua qu'Auralia était en train de le regarder, comme si elle espérait trouver quelque réponse dans son visage soucieux.

— N'éprouves-tu jamais cette sensation, demanda-t-elle avec la lassitude de quelqu'un de bien plus vieux, quand tu montes en courant un nouveau sentier dans la forêt, que tu découvriras quelque chose au bout... quelque chose que tu n'as jamais vu?

«Oui», se dit-il tout bas.

— Ou tu vois peut-être quelque chose bouger dans le lac, dit-elle, et tu veux nager jusque-là pour découvrir ce que c'est?

Le galopin jeta rapidement un coup d'œil vers l'eau.

— Les officiers ne veulent pas que je pose des questions sur des choses qui ne me regardent pas. Il vaut mieux que j'évite les mystères. Ils m'attirent des ennuis.

Il s'imagina en train de se reposer de ses courses quotidiennes, étendu sur un lit de camp dans son humble caverne, bien en dessous du palais, dans l'entrepôt souterrain, regardant fixement à travers l'abîme parsemé d'un millier de torches, observant les étincelles des lanternes dans les cavernes des brasseurs, jaillir de leur enclos de verre et luire le long du sol. Une étincelle perdue tomberait parfois dans la bière renversée. Dans son dernier souffle et sa dernière lueur, la couleur changerait, gonflerait, brillerait et s'effacerait soudainement, laissant une marque dans sa vision qui resterait même quand il dormirait.

— Il n'y a pas de gardes d'Abascar qui nous surveillent, galopin, dit-elle. Tu ne dois pas avoir peur.

Il lui prit la main, l'amena près de l'eau et leur trouva un endroit sec pour s'asseoir sur un grand arbre de bois flotté tordu. Prenant le sac qui avait survécu à sa baignade désespérée, il retira les tasses de bière et les aligna sur l'arbre. Elle resta proche, curieuse. Il prit les quatre flasques faites de peaux, les déboucha et lui sourit avec une lueur dans l'œil, qui n'était pas seulement due à la lune.

— Regarde.

Il remplit quatre tasses avec des bières brune, ambrée, dorée et rousse. Avec la confiance d'un jongleur, il mélangea différentes combinaisons dans les huit tasses restantes. Sa tâche avait un but précis. Auralia tapa ses doigts ensemble tandis qu'elle observait. De temps en temps, elle se retournait vers ses cavernes et tordait le bord de sa cape. Il ne put se retenir de sourire.

Il s'installa ensuite à son aise, remonta les genoux jusqu'au menton et afficha un large sourire.

— Prête? Prends la torche. Il y a encore une braise. Fais-lui toucher le bord de chaque tasse.

Elle prit la branche sifflante, la tendit vers les tasses et psscht! une flamme bondit du bord de la première. La deuxième prit feu. Elle n'eut pas besoin de la torche pour le reste. La proximité de la flamme entraîna des jaillissements en réponse jusqu'au bout de la rangée, jusqu'à ce qu'il y ait une rangée de lumières droites et stables entre Auralia et le galopin, chacune présentant une teinte différente. Une plus froide que le bleu, une plus vive que le rouge, et une d'un genre de rouille qu'elle avait vu seulement dans les feuilles qui pendaient aux arbres, semblant défier l'hiver. Une tasse brûlait avec trois couleurs à la fois et, là où elles se rejoignaient, à la base de la flamme, se trouvait un blanc doré flamboyant. Ils rirent, la joie du garçon ranimée par celle d'Auralia.

— Les rondes d'incendie surveillent les brasseries. Un brasseur a laissé tomber sa torche près d'un baril percé. Pan!

Il déploya les doigts.

— Il ne restait rien de lui, quand ils sont parvenus à maîtriser les flammes. Cela a donné une idée au roi. Il y avait des personnes de la maison qui avaient commencé à fabriquer des pièges pour les hommes-bêtes — du moins, c'est ce que Dram m'a dit. Les soldats peuvent appâter les hommes-bêtes dans des mares qui s'enflamment et...

Il renonça à son histoire, puisque les couleurs avaient distrait Auralia. On aurait dit qu'elle les écoutait, qu'elle attendait qu'elles lui disent où elle pourrait les employer. Il ressentit une étrange fierté de la voir si captivée.

— Tu dois être prudent, dans ce cas, dit-elle enfin, clignant des yeux, revenant au moment présent. Les couleurs peuvent être dangereuses. Elles jouent selon des règles invisibles.

— Le feu ne me fait pas peur, dit-il de nouveau.

Tant qu'elle regardait dans les couleurs, il découvrit qu'il pouvait parler librement.

Ce fut donc à ce moment-là qu'il raconta l'histoire, autant pour lui-même que pour elle, celle du lac et des lumières. Il n'était même pas conscient des mots qui se déversaient hors de lui. Il se rappela le berceau brûlant autour de lui, lorsque la maison était devenue un four. Les ombres, tout autour, le couvrant. Un géant arrivant jusqu'à lui en traversant le feu et l'emportant dans l'air froid et l'obscurité et, par la suite, en bas, en bas, en bas, dans l'entrepôt souterrain. Il se vit là-bas, avalant le bouillon offert par une vieille femme, qui sentait les pommes — ou plutôt, alors qu'il grandissait, les pommes sentaient comme elle. Les hommes parlaient à voix étouffée, discutant de lui et de son avenir, quelque chose qu'il reconnut même s'il ne pouvait pas encore comprendre leurs paroles. Puis, ce furent les années où il apprit à marcher sur les chemins de terre noire et sur les ponts de corde au-dessus des profondeurs de l'entrepôt souterrain. Les cours dans la discipline des brasseurs. Le galopin. Le galopin.

Alors qu'il s'extirpait doucement de ses souvenirs, il prit conscience de la concentration intense d'Auralia. C'était déconcertant d'être le centre de l'attention de quelqu'un. Et c'était bon. Qu'est-ce que ce devait être, que d'être le roi! Comment un homme tel que lui, observé de si près, n'éclatait-il pas?

Il se pencha vers l'avant et souffla sur les flammes avec une expiration régulière. Dans l'obscurité, l'histoire maintenant racontée, il était épuisé.

— J'aime être près des flammes. C'est… d'où je viens. Je n'ai pas peur. C'est la seule façon dont je peux être près d'eux.

— D'eux?

— De ma mère et de mon père, peu importe qui ils étaient. Et peu importe qui m'a éloigné du feu. Personne ne le sait.

Auralia appuya les mains sur son visage, et des larmes coulèrent sur elles.

— C'est peut-être ce que l'homme-bête fait ici. Peut-être que les couleurs l'appellent.

Elle hocha la tête, se tamponnant les joues avec le bord de la couverture qui couvrait encore le garçon.

— Toi et moi, nous nous ressemblons beaucoup. Je reste près de l'eau parce que c'est l'endroit d'où je viens.

Elle regardait maintenant le lac. Ou quelque chose en dessous.

— Quand je dors près de l'eau, je suis plus proche du Gardien.

— Tu penses qu'il est réel?

Le galopin ne voulait pas en parler davantage, mais il se sentait attiré par la réponse.

— À mesure que les gens grandissent, ils sont gênés de penser qu'il y a quelque chose là-bas qu'ils ne comprennent pas. Cela les fait se sentir petits. Comme si, peut-être, ils n'étaient pas responsables. Comme s'ils devaient faire attention.

Elle étouffa un petit rire.

— Tu ne le sais pas avec certitude, n'est-ce pas? murmura-t-il.

Elle se détourna de lui un instant. Mais il vit ses mains se crisper. Quand elle se retourna, ses yeux étaient écarquillés. Elle leva les yeux pour regarder au-delà de la surface peinte de la pierre, derrière eux, vers le surplomb de vignes et de branches.

— J'ai déjà grimpé là-haut et je me suis presque endormie. J'ai entendu un homme-bête venir pour m'attaquer. J'avais tellement peur que j'ai gardé les yeux fermés. Je n'avais pas le temps de réfléchir à qui pourrait entendre mon appel au secours. Mais j'ai quand même crié. L'homme-bête a hurlé. Il est tombé dans l'eau. Et ensuite…

— Tu penses que le Gardien t'a sauvée?

Elle sourit.

— Est-ce que les hommes-bêtes tombent des falaises?

Il y avait une ondulation dans l'eau, et une forme glissa soudain sous leurs yeux.

Le galopin se leva d'un bond et courut, ses pieds s'enfonçant dans le sable mou.

— C'est mon radeau! Mon radeau est ici! Vite! Je dois l'atteindre!

Auralia saisit une branche longue et tordue et la traîna derrière lui dans les bas-fonds. Ensemble, ils dirigèrent la branche pour accrocher un coin du radeau et le tirer vers le rivage.

Il récupéra une bouteille de vin, qu'il avait prévue pour le portier qui le laisserait revenir dans la maison. Il la déboucha et lui offrit.

— Merci, dit-il, de m'avoir sauvé de cet... cet étranger.

Elle cligna des yeux, étonnée. Elle avait oublié.

Elle ne prit pas la bouteille, mais lui présenta le creux de ses mains. Il rit et versa le vin, qui s'écoula à travers ses doigts sombres et brillants. Ses cheveux s'éparpillèrent autour de ses mains, lorsqu'elle but à petites gorgées, avec précaution. Quand elle leva de nouveau la tête, le vin avait adouci les plis de son visage.

— C'est, dit-il, vraiment la manière de boire le vin du roi.

Il jeta un coup d'œil au ciel, au-dessus du lac.

— Le soleil se lèvera bientôt, et je vais avoir une réprimande de la part des officiers responsables de moi.

Auralia s'avança et jeta ses bras autour de lui. Son cou sentait la fumée et le miel. Son cœur battait contre son visage. Elle le tenait de la même manière qu'il s'imaginait que sa mère l'aurait fait.

Puis, il éternua et s'excusa alors qu'elle le relâchait et riait. Il lui offrit la couverture dans laquelle elle avait enveloppé ses épaules.

— Tu dois prendre cela. Ils ne me laisseront jamais la garder.

— Reviens me voir, dit-elle, pliant le tissu et le tenant contre sa poitrine. Oh, j'aimerais connaître ton nom. Comment vais-je t'appeler ? Petit frère ?

— Appelle-moi seulement « galopin ». C'est ce qu'ils font tous.

— Mais je connais ton vrai nom, dit-elle en riant. Il est là. Je ne sais tout simplement pas comment le prononcer.

Elle toucha de nouveau la cicatrice sur son front.

— Promets-moi une chose. Quand je serai partie, joueras-tu avec tes lumières, ici, près du lac ?

— Quand tu seras partie ?

Un poisson sauta à proximité. Des chauves-souris battant des ailes se précipitaient et planaient au-dessus de l'eau.

— Je ne peux pas rester ici pour toujours. Je me ferai prendre et amener dans la maison. Ou quelqu'un viendra et s'emparera de ces cavernes. Ou de quelque chose.

Elle s'interrompit, se mordit la lèvre inférieure et se retourna vers les pierres sombres où dormaient les couleurs jusqu'au matin.

— Je me sentirais mieux… Ce ne serait pas si triste…, si je pouvais terminer mon travail et savoir que quelqu'un viendra surveiller les couleurs.

Il était immobile. Les émotions déferlaient en lui comme des vagues. La créature dans ses cavernes. Les couleurs mystérieuses. L'ombre dans le lac. Abascar. Elle semblait soudain vulnérable.

— Fais attention, Auralia.

Auralia s'assit sur les pierres pendant que le galopin filait avec sa rame, et le radeau s'éloigna progressivement dans l'eau. Ils se regardèrent silencieusement, jusqu'à ce qu'ils ne puissent plus se voir. Il semblait au galopin qu'il restait immobile tandis que le monde tournait et l'enlevait, remplissant l'espace entre eux avec l'eau profonde et la lumière fuyante des étoiles.

✿

La forêt continua de rêver pendant qu'Auralia pliait ses pensées et les mettait de côté pour la nuit. Elle s'assit sur le bord de la falaise, balançant ses pieds dans l'espace, comme si elle avait pu trouver un appui et s'en aller sur l'air. Elle observait le lac, suivant la progression de cette petite tache de noirceur dérivant à travers les étoiles réfléchies. C'était une nouvelle sensation, quelque chose de différent de ce qu'elle avait ressenti dans la compagnie volatile des Cueilleurs. Elle avait un ami.

Autre chose la déconcertait. Les couleurs avaient attiré l'attention de l'étranger bestial encore une fois, ce mastodonte de poils, de griffes et de dents à l'odeur nauséabonde. Elle avait été surprise de sa propre répugnance à appeler le visiteur un homme-bête. Avec sa difformité et son intelligence rudimentaire, que pouvait-il être d'autre ? Mais il était attiré dans ses cavernes pour regarder fixement les couleurs, pour dormir entouré par les bols d'encens. C'était encore un mystère pour elle.

Mal à l'aise à la pensée de faire la cuisine ou de dormir dans ses cavernes pendant qu'une telle ombre rôdait à proximité, Auralia avait marché sur la pointe des pieds autour de la créature qui sommeillait, avait récupéré des pièces de tissage inachevées et les avait apportées dans le couloir, de plus en plus profondément, jusqu'à ce qu'elle atteignît les creux où un faible ruisseau de montagne tombait dans une rivière souterraine. Là, elle grimpa un escalier accidenté, étroit, qui la mena au sommet des falaises. Elle sortit au-dessus de sa demeure en bord de lac et trouva refuge à l'abri de la brise, sous des arbres aux branches tordues et dressées. Elle étendit les pans de tissu brillant faiblement sur un lit de grands champignons bruns. Elle toucha les rebords effilo-chés de chaque morceau, imaginant ce qui pourrait les relier l'un à l'autre et mettre de l'ordre dans leur contraste.

Au loin, elle entendit la faible rumeur du *Vers du petit matin*. Elle ne l'accompagna pas en chantant.

Les eaux du lac s'agitèrent, un fil blanc s'enroulant le long des rives.

Se murmurant un doux réconfort, elle plaça les instru-ments de son artisanat devant elle — des aiguilles, des paquets de feuilles de teintures, des bobines de différents fils. Elle tissa des fils tirés de pieds de céleri sauvage, colora le bout de ses doigts de teinture, tous fous de couleurs d'épi-lobe et de verdure des marais.

— «Chaque fois que je rends visite aux Cueilleurs, ils parlent de toi», répéta-t-elle pour elle-même. Tu penses que je ne sais pas ce qu'ils disent? L'Enfant du Nord. De sombres secrets. Un danger pour eux. Une espionne.

Elle enroula un fil rouge autour du bout de ses doigts, le tendant au point de le casser net.

9

BRISER LE FILON NOIR

« Ce déluge est une malédiction. »
Ainsi circula la rumeur à travers la rangée des mineurs d'Abascar alors qu'ils appuyaient leur pelle contre le mur accidenté du tunnel et mettaient un terme à leur journée de labeur.

« Les philosophes de la maison Jenta diraient que nos pelles ont blessé et mis la terre en colère. Et que la pluie est venue pour nous arrêter. Cette chaleur de désert les rend fous, à Jenta. Mais… on doit se demander. »

S'immergeant dans la strate de pierre et de terre et revenant ensuite avec des brouettes pleines, ces ouvriers creusant un tunnel trouvèrent que même les lourdes capes de tempête n'étaient pas suffisantes contre une tempête aussi déterminée. Elle les triturait. Elle saturait les heures.

Pendant trois jours, les torrents battirent leurs tentes, à deux heures de marche au nord-ouest d'Abascar, dans la vallée entre la lisière du nord de la forêt Cragavar et la partie au sud du bois d'Angoisse, plus profonde, plus sombre. Les deux forêts anciennes se regardaient à travers la vallée, indifférentes aux efforts des mineurs.

L'ironie de tout cela — que les mineurs, creusant une rivière souterraine pour étancher la soif d'Abascar, allaient presque se noyer dans l'eau ailleurs — ne passait pas inaperçue. Mais ils ne riaient pas. Leur aptitude à l'humour avait été emportée pendant le deuxième jour de travail. Au troisième, leur volonté avait défailli. Personne n'osait demander que les fouilles soient suspendues. Ils ne faisaient que travailler, continuant comme des zombies, creusant la terre et tirant des rochers, de la terre et des racines, les déversant dans des ravins à proximité.

C'est pourquoi, quand ils s'arrêtèrent soudain, les perceuses et les pelles s'émoussant contre une veine d'un filon noir impénétrable, souterrain, ils s'effondrèrent presque de soulagement. Leur contremaître, Blyn-dobed, n'eut d'autre choix que d'annoncer la suspension des fouilles.

Des garçons de courses furent envoyés pour demander de nouveaux outils provenant de l'exploitation profonde sous la maison Abascar. Il faudrait cinq jours pour que l'aide arrive.

Pendant ce temps, une musicienne, convoquée par Abascar le premier jour de la tempête, était arrivée avec une escorte royale qui voulait s'assurer qu'elle joue de la musique inspirante pour les mineurs qui attendaient.

Lorsqu'elle commença à chanter, le contremaître, plus pressé que quiconque de voir le travail terminé, fit les cent pas, du profond tunnel jusqu'au déploiement de tentes, essayant de trouver une solution.

Sous une bâche affaissée, soutenue par une piètre armature, cinquante mineurs étaient assis sur des bancs de rondins renversés. Ils surveillaient cette lumière grise, fluctuante. Ils regardaient leurs visages gris. Ils observaient la gueule ouverte de la terre, heureux d'être débarrassés de son haleine rassise.

Un jeune homme dans une cape de garçon de courses sortit d'une tente où Yawny le Cueilleur préparait un repas. Il transportait un panier et avançait d'un bout à l'autre des rangées d'ouvriers, distribuant du pain en le sortant d'un sac de tissu. Il parlait tranquillement avec chacun, jetant un coup d'œil par-dessus son épaule, comme s'il était inquiet que son contremaître puisse le remarquer.

— Le contremaître dit que ce n'est qu'une question d'équipement, avança le jeune homme. Mais qu'en dites-vous ? Les fouilles devraient-elles continuer ?

Les réponses furent un mélange de rires amers et d'un accès de détermination et de fierté de circonstance.

— Le but du roi dépasse sa portée, répondit un homme las, le bras gauche en écharpe.

— Les soldats d'Abascar ne peuvent garder une telle étendue en sécurité, spécula une femme assaillie d'un tremblement permanent. Les éboulements, la corruption des eaux, les parasites et la vermine — une telle rivière, si elle devait couler comme le roi le désire, exigerait un entretien constant. Et que se passera-t-il, si nos ennemis cherchent à nous empoisonner ?

Un autre se moqua.

— Qu'est-ce qu'une veine de filon noir contre la force d'Abascar ? Notre maison en est une de mineurs accomplis. Nous passerons.

Mais un autre secoua la tête.

— C'est une mauvaise situation. Le jugement du roi est à blâmer. Si les Rancuniers existent vraiment — et je ne dis pas que c'est le cas —, cette entreprise leur donnera plus de raisons de protester.

Ce dernier commentaire attira l'attention de l'assistant curieux.

— Des Rancuniers ? Que sais-tu des Rancuniers ?

Le mineur — un homme à la barbe blanche avec le nez cassé — s'éveilla de sa bouderie et fixa son interlocuteur avec des yeux furieux. Ses joues grêlées gonflèrent alors qu'il soufflait un nuage dans le froid.

— Oh, personne n'est certain de quoi que ce soit en ce qui concerne les Rancuniers. Mais si tu écoutes des choses qui ne sont pas prononcées ou observes des choses qui ne sont pas là, cela peut te donner à penser. Certains de nos lits étaient vides, hier soir. Des rencontres secrètes se déroulent. Je crois que certaines de ces personnes ont l'intention d'agir, si les choses ne s'améliorent pas bientôt, ici. Moi, je suis trop fatigué pour faire quelque chose, à part me plaindre.

— Vous plaindre? Alors, vous n'êtes pas un Rancunier, mais vous avez vraiment des doléances.

— Pourquoi me demandes-tu ces choses? demanda l'homme à la barbe blanche, saisissant le donneur de pain par le bord de son capuchon. Qui es-tu, de toute façon?

— Moseli, le garçon de courses. Je viens d'arriver.

Il tendit un morceau de pain.

— Envoyé avec les rations.

Le mineur hésita, puis il prit le pain et l'enfonça au complet dans sa bouche, sa barbe mouillée de pluie retenant des miettes au passage.

— Et vous? demanda le garçon de courses. Comment vous appelez-vous?

Le mineur attrapa le sac et enfonça la main à l'intérieur.

— Qui je suis? J'ai faim. Je suis fatigué. Je suis mineur pour Abascar depuis quarante-trois ans. Assez vieux pour me rappeler ce qu'était la maison, jadis. Assez vieux pour ne pas aimer ce qu'elle est devenue. Voilà qui je suis.

Il sortit un autre demi-pain et le fourra sous un pli de sa cape.

— Et on m'appelle Marv. Un mineur assigné à une fosse boueuse. Ce n'est pas mon métier. Ce n'est qu'une démonstration de l'ambition du roi.

— Eh bien, Marv, vous n'êtes pas le seul à avoir des doléances.

Le donneur de pain salua le mineur, reprit le sac et passa au mineur suivant.

À proximité, une autre bâche, rapiécée avec des couleurs de privilège, protégeait la musicienne, vêtue d'or, et ses instruments. Elle était assise avec la couverture de fils tissés sur les genoux, glissant des doigts ornés de bagues sur sa toile. Des notes jaillissaient de l'abri comme des étincelles d'une cheminée, uniquement pour se perdre dans la pluie et disparaître. Elle chantait un refrain, quelque chose au sujet du zèle juvénile du roi Cal-marcus et du fait qu'Abascar se trouvait à l'aube d'une saison de générosité.

L'escorte de la chanteuse, un des officiers de cérémonie du roi, corpulent et atteint de strabisme, arborait un sourire forcé sous une moustache soignée et agitait les mains en l'air comme s'il conduisait la chanteuse, qui refusait de le reconnaître. Les cheveux semblables à des fils de maïs de la chanteuse tombaient autour de son visage parsemé de taches de rousseur, et elle pinçait les cordes vigoureusement, comme si elle essayait de se réchauffer les doigts.

De plus en plus distrait par la musicienne, le donneur de pain qui disait s'appeler Moseli vida les miettes de son sac de pain et se déplaça vers le bord de l'assemblée des mineurs. Il murmura quelque chose à une petite silhouette âgée vêtue d'une cape d'ouvrier arborant des traces de terre. Ensemble, ils partirent et marchèrent d'un pas lourd à travers la pluie, vers la rangée de chariots chargés de rochers à proximité.

— J'ai échangé mon vawn contre un chant au sujet de la lutte et de la survie, dit le jeune homme au plus vieux. Cela m'attriste d'entendre les talents de Lesyl gaspillés dans des mélodies aussi simplistes. Ces hommes ne veulent pas entendre des élucubrations joyeuses au sujet de la grandeur de leur chef. Il n'est pas étonnant que les conversations au sujet des Rancuniers grandissent. Regardez-les, misérables dans la pluie.

— Il y a un dicton dans la maison Jenta, murmura le vieil homme. *Les nuages pleurent pour ceux qui ont peur de pleurer.* D'après l'allure de ces nuages, ces auditeurs doivent se trouver dans un profond désespoir.

— Et ce n'est pas seulement la musique qui les contrarie.

Le plus jeune se pencha vers l'arrière, contre le chariot, inclina la tête et laissa l'eau couler de son capuchon et voiler le monde devant lui comme une chute d'eau.

— Ils ont extrait plus de terre pendant les derniers jours que je ne l'aurais cru possible, Et qu'obtiennent-ils, en échange? Des injures du contremaître. Ce n'est pas leur faute, s'ils ont percuté une strie de filon noir. Nous avons de bons dessinateurs de cartes, mais ils ne peuvent guère s'attendre à savoir ce qui se trouve sous la terre. Puisse le Gardien protéger ces pauvres ouvriers de leurs propres supérieurs.

— Puisse le Gardien les protéger, acquiesça le vieil homme, ses paroles laissant une traînée de vapeur en franchissant ses lèvres froides. Mais fais attention de ne pas parler trop fort, mon garçon. Si le contremaître t'entend mentionner le Gardien, il te flagellera avec davantage que des insultes et des jurons.

Il secoua la tête.

— T'ai-je appelé « mon garçon » de nouveau? Pardonne-moi. Je ne t'ai pas vu depuis très longtemps, ce sera difficile de briser de vieilles habitudes.

Ils observèrent la bouche triste de l'artiste alors qu'elle chantait ce qu'on lui avait ordonné de chanter.

— Merci, dit le jeune homme, de m'avoir invité à vous rencontrer ici.

Le vieil homme sortit une feuille pliée, l'ouvrit et offrit un mélange de graines à son compagnon.

— Tu t'améliores pour découvrir mes petites indications. Un jour, je ne pourrai plus me cacher de toi, même si j'essaie.

— Vous m'avez appris à interpréter ce que je vois de près.

Le jeune homme lança une graine à un oiseau, puis mangea le reste lui-même.

— Et en parlant de regarder de près, combien de temps pensez-vous qu'il faudra pour que le contremaître remarque qu'il a deux ouvriers supplémentaires?

— Ce ne sera pas long, maintenant. Essayons de terminer cette conversation au plus vite.

Le vieil homme s'étouffa, les poumons pleins de restes d'épidémies de l'hiver.

— Argh! Je dois retourner à mon entrepôt pour prendre quelques herbes et des pelures de citron. Et de l'alcool. Du bon alcool, pas ce poison que boit le roi.

Il souffla une haleine chaude dans le creux de ses mains, qui étaient rouges et fissurées par le temps et le travail.

— J'ai beaucoup de choses à te dire, mais d'abord..., parle-moi de la chasse. As-tu attrapé l'ours-crocs?

— L'ours nous déjoue. Mais je ne suis pas furieux. Ce que nous pouvons espérer de mieux est de le chasser de la région. Nous n'avons pas le temps de chasser les ours. Il y a de plus grands problèmes, actuellement.

— De plus grands problèmes! Des vers-chimères?

— Des hommes-bêtes. Des hommes-bêtes voyageant en groupes. Nous continuons de trouver des signes d'embuscades contre les marchands et les patrouilles, quatre hommes-bêtes travaillant ensemble. Et cela se passe plus au nord que là où les hommes-bêtes s'aventuraient auparavant.

— J'ai vu cela aussi. Les créatures de la forêt sont pleines de conversations et elles me disent de faire attention. Je me demande... si la malédiction de Cent Regus suit son cours? Les hommes-bêtes rassemblent peut-être leur intelligence éparpillée.

— Vous donnez l'impression de voir ça comme une bonne nouvelle, dit le jeune homme, surpris.

— La fin d'une malédiction? Ne serait-ce pas là une bonne nouvelle?

— Pas si cela permet aux hommes-bêtes de devenir plus intelligents alors que leur appétit est toujours aussi grand. Je n'aime pas ça.

Le vieil homme réprima une nouvelle quinte de toux tandis que le contremaître sortait d'une gorge des fouilles, la pelle à la main, pour se placer devant les mineurs. Les ouvriers se tenaient tranquilles pendant que leur commandant leur larguait sa dernière diatribe. Il braqua la pelle et brandit son bout, dirigea la pointe vers le visage d'un mineur, tempêtant contre les dommages causés à l'équipement. Jetant la pelle par terre, il en châtia un autre pour sa paresse et un autre parce qu'il se déplaçait trop lentement avec la brouette. Puis, il menaça de convoquer le capitaine Ark-robin, afin de punir les dessinateurs des cartes pour les avoir dirigés vers un tel obstacle.

Le plus jeune homme s'avança, mais le plus vieux lui saisit la manche.

— Attends. Regarde.

Il fit un geste en direction de la longue rangée de chariots chargés de pierres.

Une jeune femme enveloppée dans une cape élégante, cousue de feuilles d'un vert tirant sur le gris, se précipita comme un oiseau entre les grandes roues de bois et se cacha sous les chariots. Elle tenait une chaîne de liseron jaune, ses longues tiges ponctuées d'explosions de fleurs, qu'elle enroulait autour et à travers des roues de chariots.

En la regardant, leurs yeux s'éveillèrent. Elle avait été occupée pendant un moment. Sur plusieurs chariots, certains des rochers mouillés de pluie étaient devenus luminescents — du rouge ambré, du bleu comme celui d'une flamme, de l'or. Le long des croupes des chevaux, elle avait apposé des tatouages en spirales, des formes dégageant de la force, de la grâce et du mouvement.

La jeune femme hésita devant une roue à rayons de bois. Elle fouilla dans un sac en bandoulière, si chargé qu'il éclatait presque aux coutures, et elle retira un morceau de craie. D'un mouvement ample, elle le glissa le long du bord de la roue du chariot jusqu'à ce qu'elle brille comme si elle était plaquée d'or. Elle se déplaça ensuite vers la roue suivante, riant. Finalement, elle se glissa hors de vue pour continuer ses espiègleries derrière les chariots.

Le plus jeune homme avait déjà fait plusieurs pas vers l'importune, quand il entendit son ami siffler un avertissement. Le contremaître les avait enfin remarqués.

— Pour qui vous prenez-vous ?

L'officier supérieur des mineurs proféra un torrent de jurons.

— Vous pensez que vous pouvez rôder près des chariots et vous dispenser de mon discours ?

Il pataugea à travers la boue pour avancer vers eux, crachant ses paroles.

— Nous étions sur le point de vider ces chariots.

— Ne fais pas ça, murmura son ami en guise d'avertissement. Ne le provoque pas.

— J'ai ordonné que la force soit réunie, dit le contremaître.

— Les roues vont se déformer, si vous laissez les chariots surchargés sous la pluie.

— Surchargés ? Crois-tu en connaître plus que moi au sujet de ce genre de travail ? demanda le contremaître. C'est mon chantier de fouilles, pas ton arrière-cour.

— En fait, fit remarquer nonchalamment le plus jeune homme, c'est mon arrière-cour.

— Prince Cal-raven, murmura le vieil homme pour qu'il soit le seul à entendre. Pas maintenant.

Le contremaître s'arrêta net, lançant de nouveaux jurons.

Le prince n'était pas prêt d'arrêter ce qu'il avait mis en mouvement.

— N'est-ce pas intéressant? Vous voyez mon imperméable crotté et supposez que je suis un de vos hommes. Mais on vous a confié cinquante officiers, Blyn-dobed. Et j'en compte cinquante qui vous écoutaient. Je pourrais être un espion bel amicain déguisé. Je pourrais être un voleur ou un marchand venu pour voler ce que je peux pour un échange.

Furieux, le contremaître scruta les visages de ses ouvriers, maintenant attentifs. Puis, tenant la pelle plus fermement, il fit face à son opposant.

Le jeune homme commença à marcher en faisant un grand cercle autour du contremaître.

— C'est votre travail de protéger ces fouilles. Mais il me semble que vous pensez que c'est votre travail de crier après les bons ouvriers qui sont épuisés par vos exigences. Je pense qu'ils souffrent suffisamment du temps, sans parler des injures infligées par celui-ci.

Le prince Cal-raven désigna l'escorte de la musicienne d'un geste.

— Celui-ci, qui se désigne comme une autorité royale en matière de musique. Pendant ce temps...

Le jeune homme retira son capuchon pour dévoiler ses yeux bruns et perçants, sa barbe naissante, ses tresses extravagantes de cheveux auburn et l'emblème de royauté décorant sa tunique.

Le contremaître s'agenouilla.

— Prince Cal-raven! Je...

— Ces derniers jours, vos mineurs ont fait la fierté d'Abascar. Et vous récompensez une progression remarquable par une leçon en malédiction, accompagnée de rimes de comptine.

— Mon seigneur, nous nous sommes fait dire que vous étiez parti à la chasse, dit le contremaître, manifestement ébranlé.

— Si vous aviez su que je venais, qu'auriez-vous fait?

Cal-raven s'interrompit, se trouvant entre le contremaître et ses ouvriers.

— Vous auriez posté un garde à chaque coin. Vidé ces chariots. Quelqu'un aiderait le pauvre Yawny à préparer le repas. Au lieu de cela, le vieux Cueilleur est dans cette tente, essayant de faire tout seul la cuisine pour cinquante ouvriers affamés. Est-ce difficile pour vous de deviner, Blyn-dobed, pourquoi je suis parti furtivement d'une chasse et suis entré déguisé dans votre camp?

Cal-raven se tourna vers les mineurs.

— Je suis las des personnes adoptant des airs de devoir, chaque fois que j'entre dans une pièce, sachant qu'ils vont baisser la garde dès que j'aurai le dos tourné. J'insiste pour connaître les personnes de ma maison telles qu'elles sont. Et je préfère voir les ouvriers d'Abascar traités avec respect.

Cal-raven ramassa la pelle.

— Vous les punissez pour des pelles émoussées? Qui est responsable de s'assurer qu'ils ont de bons outils? Vous utilisez celle-ci? Pour creuser des tunnels? Elle est presque aussi fragile que le chant que cette pauvre Lesyl est forcée de chanter.

— Monsieur, couina l'escorte de la musicienne, sa tête ronde rougissant sous la pluie. Votre propre père approuvait ces chants.

— Oui, il les a bien approuvés... pour une occasion solennelle qui a eu lieu il y a tant d'années que personne ne peut se rappeler leur but.

Poussé par la même énergie et la même fierté qui avaient rendu sa mère célèbre, le prince marcha vers l'escorte.

— Les chants ne sont pas destinés à être utilisés comme des instruments contondants, Snyde.

Il jeta la pelle par terre, aspergeant de boue les bottes polies de l'escorte.

— Ils sont censés nous élever, nous éblouir, ranimer nos esprits. Oh, ce sont des badges d'honneur impressionnants, sur votre uniforme, mais vous ne les avez manifestement pas gagnés pour votre compréhension de la musique.

La chanteuse se couvrit la bouche avec la main et tourna la tête.

Cal-raven s'approcha d'elle et plaça la main sur son épaule. Nerveuse, elle lui sourit.

— Bonjour, Lesyl, dit-il avec un clin d'œil familier. J'ai entendu des rumeurs selon lesquelles tu as composé toi-même des chants plutôt magnifiques. Écoutons-en un. Les hommes ont assez souffert.

— Monsieur! cria son escorte, qui était maintenant presque hystérique. Elle n'a pas l'autorité pour choisir la musique. Ces chants doivent être approuvés. Ces honneurs sur mon veston représentent mon…

— Snyde, ces badges, que vous avez achetés, ne nous montrent rien de plus que ce que vous payez pour nous convaincre de votre supposée grandeur.

Le contremaître parla avec un ton de menace suffisant pour attirer de nouveau l'attention du prince.

— Vous allez trop loin, Cal-raven ker Cal-marcus.

Cal-raven croisa le regard dur comme l'acier du contremaître.

— Vous avez raison. J'aurais dû poster des gardes. Oui, je vais corriger mon erreur. Maintenant, si vous êtes intelligent, vous allez appeler votre ami pour qu'il sorte du tunnel. Nous ne l'avons pas protégé. Et avec autant de pluie, il pourrait être enterré dans un éboulement.

— Mon ami?

Le prince fut surpris de découvrir que son compagnon avait disparu. Puis, il vit les traces, qui menaient en bas de la rampe et de l'autre côté de la barrière des fouilles.

Un des mineurs haleta.

— Par la barbe d'Har-baron, regardez !

Il montrait les chariots de roches du doigt. Tous les mineurs se levèrent, en émoi, voyant pour la première fois la décoration de leur équipement.

— Sabotage ! rugit l'escorte de la musicienne. Contremaître, vos chariots ont été compromis. Quelqu'un défie la Proclamation.

— Vous voyez, Snyde ? dit Cal-raven. L'imagination vous déplaît vraiment.

— Contremaître.

C'était Marv le mineur qui s'était avancé.

— Je demande la permission d'examiner les roues des chariots, monsieur.

Jetant nerveusement un rapide coup d'œil à Cal-raven, Blyn-dobed hocha la tête et les mineurs se précipitèrent, comme des enfants excités, pour examiner de près les couleurs, motifs et ornements qui festonnaient leur équipement.

Lesyl commença un nouveau chant et la corde tissée fut transformée. Les notes dansaient dans des tons clairs et chatoyants. Plus elle jouait, plus elle prenait confiance, souriant à Cal-raven, comme si le chant jaillissait seul, la surprenant autant qu'il la ravissait.

En cet instant tendu et chargé de colère, le sol se mit soudain à trembler.

Ils se tournèrent tous vers l'ouverture des fouilles, où un nuage de poussière s'élevait en tourbillon dans la pluie.

Le sourire de Cal-raven disparut.

Le séisme fit vibrer les chariots, et une des roues se brisa, renversant le chariot et déversant une avalanche de roches dans les flaques.

Le prince bondit vers l'avant, hurlant au contremaître de ne pas le suivre, malgré les cris de protestation s'éloignant à mesure qu'il courait. Il se fraya un chemin pour descendre la longue rampe dans un couloir sinueux et bordé de torches.

À l'endroit où les outils étaient entassés, près de la pierre noire comme du charbon, des monticules de nouveaux débris s'étaient formés. Le mur du filon noir brillant s'était fêlé, révélant un passage dégagé de l'autre côté.

— Scharr ben Fray! s'exclama Cal-raven. Pourquoi n'as-tu pas attendu? Nous devions faire cela ensemble. Comment veux-tu que j'apprenne la maîtrise de la pierre, si tu finis le travail sans moi?

Ses paroles retentirent dans la fracture, et il les écouta s'affaiblir. Quand il parla de nouveau, c'était en murmurant.

— Où es-tu…?

Quelque chose le heurta à l'épaule et il s'étala sur les minuscules morceaux glacés de filon noir. Au-dessus de lui, une ombre apparut.

— Espèce d'enfant insolent.

— Professeur!

— Je te conseille depuis que tu marches à quatre pattes. N'as-tu rien appris?

Le prince se traîna vers l'arrière sur les mains, exaspéré.

— Vous m'avez tout appris. Tout ce qui a de l'importance.

— Je ne t'ai pas appris cela!

Le mage fit un signe de tête vers la lumière qui diminuait.

— La connaissance est une chose. La sagesse en est une autre. Ta crise de colère arrogante, là-bas… Tu as peut-être raison, mais tu es aussi coupable que tous ces gens pour la fierté avec laquelle tu l'as dit.

Le vieil homme désigna le mur brisé d'un geste.

— Tu as appris une chose ou deux au sujet du travail de la pierre. Mais penses-tu qu'après un spectacle pompeux comme celui-là, qui, j'en suis sûr, t'a valu plusieurs admirateurs, je vais te laisser faire des merveilles et les éblouir d'autant plus ?

— La plupart des mineurs comprendront ce que je...

— Voici ce qu'ils comprennent, maintenant : le prince Cal-raven pense que leur contremaître est un bouffon. Tu as jeté de l'huile sur le feu du ressentiment. Cela fracturera et dérangera les fouilles. Et si certains de ces hommes-bêtes qui t'effraient devaient attaquer par surprise ? Les hommes pourraient ne pas être prêts à se défendre.

— Mais ce contremaître... il est...

— Blyn-dobed est un moulin à paroles. Mais il sait certaines choses au sujet de son travail.

Le maître de la pierre s'arrêta pour écouter.

La voix du contremaître s'élevait de nouveau, exigeant que les ouvriers réparent le chariot brisé et allègent la charge des autres.

— Si ses mineurs ne craignent pas son humeur, continua Scharr ben Fray à la hâte, leur propre obstination provoquera le chaos. Si tu le réprimandes en face des ouvriers, tu nuis à la mission de ton père. Si jamais tu parles avec lui, parle-lui avec respect. Blyn-dobed aurait vraiment pu apprendre quelque chose, si tu ne l'avais pas humilié. Maintenant, tu l'as seulement mis en colère.

Cal-raven se releva lentement.

— Bien sûr.

— Tu es le fils de la reine Jaralaine, Cal-raven.

L'affection revenait dans la voix râpeuse du mage.

— L'arrogance de ta mère... l'a ruinée. Cela lui a tout coûté. Et cela a coûté aussi à ton père. N'oublie jamais cela.

Il saisit Cal-raven par les épaules.

— Abascar sera à toi, un jour, peut-être plus tôt que tu ne t'y attends. Sois intelligent, mais humble. Ne suis pas son exemple.

Des pas descendirent la rampe en l'éclaboussant. Trois mineurs s'arrêtèrent, de simples silhouettes dans l'air poussiéreux. Ils étaient silencieux, fixant avec incrédulité la brèche dans le filon noir. Ils repartirent ensuite en courant vers le haut de la rampe, proférant des jurons et s'exclamant.

Scharr ben Fray les observa partir.

— Nous n'avons plus de temps. Nous nous reverrons bientôt. Ailleurs. Je souhaite te dire que j'ai appris... des choses étranges et incroyables.

— Est-ce que cela concerne votre recherche du Gardien ?

— Pas exactement. Mais cela concerne bien cette fille fautrice de troubles.

— Quand nous reverrons-nous ?

— Je te laisserai un signe. Tu le trouveras. Ne t'inquiète pas pour cela. Je le mettrai sur ton chemin. Regarde attentivement.

Les pas du contremaître ralentirent à mesure qu'il s'approchait d'eux à travers la poussière.

Un sourire adoucit l'expression de Scharr ben Fray, et ce fut une fois de plus le visage doux et bienveillant que Cal-raven en était venu à aimer.

— Regarde attentivement.

Il disparut ensuite par le trou.

— Le filon noir !

Blyn-dobed fit quelques pas dans le nouveau passage.

— Il n'y a qu'un homme dans l'Étendue qui pourrait faire preuve d'un tel déploiement de force.

Pendant que le contremaître regardait fixement dans l'obscurité, Cal-raven le stupéfia encore plus en dégainant un poignard et en le remettant, tendant la garde. C'était le geste de reddition cérémoniel d'un soldat — un peu hors de propos, mais clair dans son intention.

— Je vous dois des excuses, contremaître. Je vous ai déshonoré en face de vos ouvriers. Je vais aller m'adresser à eux et faire l'éloge de vos qualités de dirigeant. Pardonnez-moi. J'ai fait des remarques déplacées.

Il exposa ensuite son avant-bras, l'invitant à faire une marque.

Blyn-dobed accepta à contrecœur la garde du poignard. Puis, il la tourna et la rendit, rapidement, comme si elle était brûlante au toucher.

— Vous êtes pardonné, bien sûr, dit-il.

Puis, rapidement, il ajouta :

— C'est vrai, vous avez ébranlé ma réputation auprès des mineurs. Permettez-moi de parler franchement et gardez mes paroles pour vous. Je respecte votre désir de voir vos gens tels qu'ils sont vraiment, prince Cal-raven. Votre père, à qui j'obéis sans exception, se cache derrière les murs du palais et envoie des ordres sans avoir la moindre idée du coût. Alors, écoutez cela. La dissension grossit. Il y a des hommes, parmi ces mineurs, qui ne pourront pas ravaler leurs frustrations encore bien longtemps. Avertissez votre père au sujet des Rancuniers. Demandez-lui d'examiner leurs plaintes.

Cal-raven quitta Blyn-dobed pour contempler la magie de Scharr ben Fray. Il remonta vers l'extérieur dans un chant d'ennuis et de nostalgie.

Le nouveau chant de Lesyl rappelait à tous les hommes ce qu'ils aimaient à la maison. Il donnait forme à leur solitude, à leur lassitude et à leur faim. Il les éveillait.

Cal-raven écouta, admirant le couplet, pendant qu'il cherchait la fille fautrice de troubles qui venait de la forêt. Il leva les yeux vers la maison, entre les versants ouest et la lisière nord de la forêt Cragavar. Et soudain elle apparut, cette petite étrangère malicieuse, en train de fuir. À son grand étonnement, la fille était assise à califourchon sur un chat-huile noir, tenant la peau du cou du prédateur avec l'aisance d'un cavalier montant son cheval préféré.

— Auralia, marmonna-t-il, se souvenant enfin du nom.

10

UN JOUR DE PLUIE ET DE PILLAGE

Le chat-huile courait pendant qu'Auralia tenait fermement des poignées de fourrure à l'arrière de son cou, son ronronnement résonnant à travers sa gorge. La forêt s'ouvrait devant eux, les champs s'écartaient sur leur passage. Ils jaillissaient sur les côtes humides et descendaient à toute allure les pentes opposées.

Alors que le vent flottait à travers les cheveux d'Auralia, la poche de toile épaisse à côté d'elle la gardait au chaud. Elle la réchauffait pour les heures d'attention qu'elle avait passées à fabriquer à la main son chargement — une collection d'inventions pour remonter le moral des Cueilleurs, pour les distraire de leurs ennuis, pour piquer leur curiosité.

Il y avait plus, quelque chose d'inachevé, plié sous ces paquets. Elle transportait partout avec elle les fils tissés de manière complexe de son plus beau travail, une création incomplète, un mystère. Elle le gardait près d'elle, au cas où elle trouverait sa pièce manquante, son dernier fil.

Pendant que le gros chat courait, Auralia tomba en transe. Les détails du paysage autour d'elle devinrent une tache de couleurs, qu'elle passa au crible à la recherche d'une nouvelle teinte.

Parfois, un motif ou une forme l'éveillait et elle dirigeait le chat pour le suivre, convaincue qu'il y avait des traces dans l'herbe en avant, des impressions fraîches s'estompant dans la pluie. Mais, à d'autres moments, elle doutait, soupçonnant que la piste ne soit qu'une illusion née du désir.

C'était de cette manière qu'elle vivait chaque jour — suivant son idée de la progression du Gardien. Quand elle était très jeune, personne ne pouvait lui dire ce qui était ou n'était pas, et elle avait été certaine de trouver les traces du Gardien. Mais c'était si loin en arrière. Maintenant, après presque seize ans parmi les Cueilleurs, la curiosité d'Auralia avait pris un tournant désagréable. Mettant à mal sa confiance en elle, sa conviction, elle n'avait pas vu de preuves parfaitement convaincantes depuis des mois. Au cours de ses heures les plus sombres, elle avait récusé ses propres suppositions de ce qu'elle avait vu. Si elle ne pouvait pas trouver de traces à suivre, elle se sentirait perdue et découragée et se demanderait si elle avait déjà suivi le chemin du Gardien.

Cherchant de tels signes, son intuition l'avait menée aux fouilles d'Abascar. Décorer les chariots avait été un plaisir inattendu, lui faisant oublier la question de savoir si elle avait été conduite à cet endroit. Elle était maintenant transportée par le trajet, désireuse d'atteindre les Cueilleurs avant le coucher du soleil, impatiente de les distraire avec ses surprises.

Alors qu'ils arrivaient au sommet de cette dernière colline densément boisée avant la descente vers les vergers et jusqu'aux abris, le chat ralentit. Il s'arrêta et donna des coups de pattes en l'air, écartant les doigts avec les griffes avant sorties pour indiquer son contentement.

Mais il s'arrêta ensuite, une inquiétude le faisant frémir de la tête aux pieds, sa queue se hérissant jusqu'à ce qu'elle soit aussi épaisse que le reste de son corps. Il regarda fixement le rocher moussu, ses oreilles touffues à l'affût et dressées. Auralia entendit ce qui attirait son attention — les murmures nerveux d'enfants se cachant derrière la pierre.

— Isabel, gronda Auralia, toi et tes cousins ne devez pas grimper sur cette colline, et tu le sais! Allez-vous-en, maintenant, avant que je dise à Dukas de venir ici pour vous manger.

Des cris — le genre de ceux qui peuvent déformer la colonne vertébrale d'une personne — fendirent l'air et une foule confuse de filles en tuniques tachées de baies s'enfuirent à travers la lisière des arbres et descendirent de plus en plus bas la colline herbeuse vers les vergers. Plus elles s'éloignaient, plus leurs cris diminuaient et passaient de couteaux à aiguilles, mais ils fendirent tout de même les oreilles d'Auralia et le ronronnement du chat se transforma en plainte de mécontentement.

— Oh, sois endurant, Dukas.

Auralia glissa en bas du dos du félin. Elle lui gratta les joues, où ses moustaches étaient épaisses comme des piquants de hérisson, et de la bave luisante lui perla aux lèvres.

Elle retira de son sac en bandoulière une écharpe inachevée — de couleurs bleu ciel et cannelle — et lui enroula autour du cou. Il sourit et appuya sa joue contre l'épaule d'Auralia, ses yeux vert brillant fermés. Puis, il avança en cercle à pas feutrés avant de s'enrouler sur un lit de mauvaises herbes toxiques.

Auralia soupira et caressa les rayures grises de son front.

— Merci, Dukas. Je ne serai partie que pour quelques instants. Pluie ou pas, je dois faire mes livraisons.

Elle aurait pu dire n'importe quoi. Elle aurait pu l'insulter, lui et la portée dans laquelle il était né, mais rien n'aurait dérangé le sommeil ronflant du chat.

— J'aimerais posséder le don de sauvage-langue. Je te demanderais tellement de choses. Mais ce n'est pas mon truc, n'est-ce pas?

Elle regarda attentivement à travers les arbres l'herbe luisante de pluie et la boue frémissante. Et elle ouvrit ensuite son sac en bandoulière, faisant un inventaire rapide.

Elle compta les bas pour Lezeeka, un cerf-volant pour Urchin, des rênes rouges pour le dresseur de vawns, une pierre à raser pour la barbe d'Haggard et un oreiller qu'elle avait tissé assez serré pour repousser l'eau, un oreiller pour Radegan, qui ne dormait jamais sous un toit.

— Ces enfants auront éveillé tous ceux qui restaient dans le camp. Il sera difficile de m'approcher furtivement et de laisser les surprises, s'ils m'attendent.

Quelque chose comme le contact du vent la fit s'arrêter soudainement et elle se tourna pour jeter un coup d'œil par-dessus son épaule.

— Ne laisse aucune mauvaise herbe t'empêcher de guetter les chasseurs, Dukas. Tu m'entends ?

Elle remonta davantage le col de fourrure sombre de sa cape gris-vert autour de son cou, pour se protéger du froid humide. Un chien de chasse aboya au loin, et le bruit l'attira vers la pente. Elle se cacha derrière un châtaignier et regarda en bas, les abris, derrière le verger.

— Quand j'irai dans la maison Abascar et ferai ma promesse aux rites, me laisseront-ils encore rendre visite aux Cueilleurs, Dukas ?

Elle inclina la tête.

— C'est étrange. Quelque chose a disparu, en bas.

❦

Alors qu'elle se dirigeait vers le verger, Auralia tomba sur une bande d'orphelins. Certains jouaient à la corde à sauter ou faisaient des tours sur une paire d'échasses de branches tordues. Quelques-uns avaient peint leur visage avec de la boue, et leurs yeux étaient blancs comme des dents. Mais la plupart marchaient à quatre pattes et ramassaient des pierres devant une rangée d'épouvantails. Un chien allait et venait en gambadant, et aboyait devant les personnages faits à la main. Quand les enfants virent Auralia, tous, sauf le garçon le plus âgé, laissèrent tomber leurs pierres pour se rassembler dans un cercle dansant autour d'elle et la supplier d'ouvrir son sac en bandoulière. Ils tirèrent sur le bord de la cape de feuilles pour qu'elle s'ouvre en éventail autour d'elle.

— Montre-nous ce que tu as apporté!
— Non, non. C'est pour les Cueilleurs.
— Arrête-toi et joue avec nous!
— Quel est le jeu?
— La leçon du roi! répondit Owen-mark, le garçon couvert d'égratignures qui croyait manifestement qu'il était le responsable.

Les épouvantails étaient aussi grands que des hommes, des silhouettes dans la lumière du soir. Faits de fagots de bois, ils étaient debout avec les bras tendus. Les enfants avaient évidé des courges jaunes et creusé des trous pour les yeux et la bouche, puis ils les avaient bourrées de débris fumants d'écorce humide. De la lumière et de la fumée émanaient de leurs traits bizarres.

Auralia s'approcha plus près et fit la grimace.

— Comment jouez-vous à la leçon du roi?
— C'est simple.

Owen-mark recula de quelques pas des épouvantails et souleva une pierre.

— Tu prends une pierre et tu la lances à celui-ci. Il est le roi, tu vois. Et tu lui donnes une leçon.

Il frappa la pierre dans sa paume.

— Le premier à le démolir ou à lui briser la tête est appelé le roi du jour. C'est ça, la leçon du roi.

— Alors, celui-ci est le roi ?

Auralia marcha vers l'épouvantail placé au centre. Il semblait la lorgner avec mépris.

— Pourquoi doit-il être le roi ?

— Parce que le roi est un idiot.

— Qui sont les autres ?

— Cal-raven, parce que… Eh bien, il est le prochain roi. Et Ark-robin, parce qu'il fait respecter les règlements. Et celui-là est un garde de service.

— Hum.

Auralia remuait les boutons sur son sac en bandoulière.

— Je vais suggérer un jeu différent.

Le visage du garçon adopta un air de désapprobation, mais les filles étaient intriguées.

— Bien sûr, le roi a des problèmes. Mais il nous protège des hommes-bêtes. Et il recueille les récoltes, afin de nous nourrir tous. Cela ne fera de bien à personne de se tenir autour et de lui jeter des roches. Et si vous les décoriez, à la place ?

Les attaques ralentirent. Un garçon descendit des échasses.

— Que veux-tu dire ?

Owen-mark mit les mains sur ses hanches.

Auralia déroula une écharpe violette de son cou et la lança sur les épaules de l'épouvantail qui représentait le roi, puis elle se promena derrière lui, prit l'extrémité et la relança sur l'autre épaule.

— Vous allez tous faire des couronnes. Je ne serai partie que quelques instants. Mais je reviendrai très bientôt. La plus belle couronne que je verrai ira sur la tête du roi. Et je vous récompenserai avec une surprise.

Une acclamation s'éleva chez les filles, et Auralia essuya la boue du visage d'un jeune orphelin avant de l'embrasser.

Le garçon n'était pas prêt à capituler.

— C'est un jeu stupide, grommela-t-il. Je ne veux manifester aucune gratitude à quelqu'un qui a comploté contre nous.

— Comploté? dit Auralia en riant. Qui complote?

— N'en as-tu pas entendu parler? marmonna le garçon. Ils sont venus et ont confisqué tout ce que tu nous as donné. Ils ont cherché dans tous nos abris — tu ne trouveras rien. Ils n'ont rien laissé.

Auralia serra le sac de la même façon qu'elle s'était cramponnée à la fourrure du chat, pour s'empêcher de tomber pendant que le monde basculait et tremblait.

La gravité des abris des Cueilleurs se restaura, et elle se tourna pour courir vers leurs ennuis.

Comme des chargements de cageots qui seraient tombés de chariots entrant en collision, le territoire des Cueilleurs ressemblait à un éparpillement de structures à moitié démolies. Des passages circulaient entre elles, en dessous et au-dessus, aussi erratiques que des bribes de pensée dans l'esprit d'un fou. Rafistolés avec de la pâte, du goudron, des pointes et des rideaux, les abris s'étaient étendus comme des champignons sur cette terre humide. Les toits étaient de travers, comme s'ils avaient été bombardés avec des roches par ceux qui marchaient au sommet des murs menaçants d'Abascar.

Sur l'herbe, glissant à petits pas, Auralia descendit dans des souvenirs bienvenus. Comme elle avait apprécié, l'été dernier, peindre les murs et tisser des tapis de bienvenue!

Elle jeta un coup d'œil aux gardes bénévoles, des Cueilleurs armés d'arcs et de flèches qui s'attiraient les bonnes grâces en marchant le long du périmètre et en inspectant la forêt, dans le but d'identifier des prédateurs et des hommes-bêtes. Alors qu'elle accourait vers eux, ils négligèrent de réagir avec un enthousiasme démonstratif et détournèrent plutôt les yeux.

— Salutations, Middle et Lop-head, Sam-jon, Lully et Wil, dit-elle avec une gaieté forcée, bondissant dans l'avenue zigzagante à travers des pierres déchiquetées, où l'eau de pluie s'écoulait dans des caniveaux.

L'avenue était vide, comme il se devait. C'était l'après-midi, et les Cueilleurs n'étaient pas encore revenus de leurs tâches. Personne n'était dans les environs, à l'exception d'un orphelin qui traînait ou de quelques personnes qui restaient pour préparer des repas simples pour les ouvriers qui revenaient.

Les structures s'appuyaient les unes sur les autres, ou penchaient vers l'arrière ou l'avant, comme des ivrognes avachis ou des ouvriers fatigués. Une sensation d'épuisement froid était stagnante, dans l'air. Et elle ne vit pas les drapeaux... les fanions qu'elle avait fabriqués et distribués à tant de personnes parmi eux, qu'ils avaient exhibés au-dessus de leurs tentes, tous les jours excepté celui de l'inspection des officiers de service. Elle ne vit pas non plus les cerfs-volants aux couleurs vives qu'elle avait fabriqués pour les coins des sentiers, cerfs-volants qui restaient en l'air même dans le vent le plus léger. Et, bien que des plaques de peinture de l'été aient résisté à la pluie, les rideaux qu'elle avait fabriqués avaient disparu.

Elle alla d'abord, comme toujours, vers la tente de toile noire où Krawg et Warney habitaient. La tente frissonnait dans le froid, derrière la hutte de cuisine de Yawny, appuyée contre le mur de bois robuste d'une cabane d'entreposage. Elle fut surprise de trouver de la fumée s'élevant en volutes à travers le tuyau de la cheminée et elle baissa vivement la tête pour regarder par l'entrée arrière, pour surprendre quiconque était à l'intérieur.

Ce qu'elle découvrit gâcha rapidement son stratagème espiègle. Dans la faible lumière grise, Warney faisait toute une histoire à propos d'un foyer. Dans une main, il tenait le tisonnier de fer, rassemblant les braises pour garder la flamme haute, et avec l'autre, il jetait des herbes dans la vapeur naissante de la théière qui reposait au-dessus de la boîte. Son œil valide la remarqua et il sourit tristement. Il ne la saisit pas dans son étreinte habituelle.

Elle vit ensuite la raison de sa besogne. Sous une montagne de couvertures, Krawg était étendu, luttant pour prendre son souffle. Sa tête grise comme les pierres était appuyée lourdement contre un ours en peluche — un jouet qu'elle avait fabriqué pour un orphelin qui, devant l'insistance surprenante de Krawg, l'avait échangé contre un chapeau à plumes. Le vieux Cueilleur était étendu là, la tête sur le ventre de l'ours, et il cligna des yeux en la regardant, comme si elle était devenue floue.

— Sa respiration est pénible, dit Warney. Depuis le cambriolage, Krawg est effondré.

— Le cambriolage ?

— Hier soir. Ils ont tout pris. Tout ce que tu as fait.

— Ces maudits officiers de service ! dit Krawg d'une voix grinçante, essayant de lever la tête. Ils sont arrivés dans la pluie et la tempête.

— Nous n'avons rien vu ou entendu, dit Warney. Aucun de nous.

— Mais vous avez déjà été des voleurs, dit Auralia. Vous les auriez certainement entendus rôder.

— Ils étaient entraînés et prudents, dit Warney. Des belettes et des rats.

— Ils ont pris le rideau bleu ?

Elle se rendit à la fenêtre qu'ils avaient coupée dans la toile.

— C'était ton préféré.

— Ils ont pris l'écharpe jaune de Krawg. C'est la raison pour laquelle il ne peut pas respirer.

Warney versa une cuillère de soupe d'herbes dans la moitié d'un melon évidé.

— Oh, quel ennui, dit Auralia. C'était seulement une écharpe. Il peut très bien respirer sans elle.

Krawg ouvrit la bouche pour manifester son désaccord, mais fut saisi d'une quinte de toux.

Warney mit le bol sur une caisse de pommes renversée, près du lit, et ouvrit ensuite la main pour répandre des noix décortiquées et des raisins à côté.

— Il insiste, Auralia. Il insiste sur le fait que tes fabrications sont plus que de la couleur et de la chaleur. Elles réparent ce qui est brisé.

— Mon travail consiste seulement à égayer les choses, protesta-t-elle, et à vous montrer comment faire des choses à partir de rien.

Elle se dirigea vers la fenêtre et repoussa les paroles de Warney. Elle ne voulait pas savoir si son travail faisait plus que ce pour quoi il était destiné. Elle ne voulait pas penser à tout ce que cela pourrait vouloir dire.

— Maintenant, dis-moi, enchaîna-t-elle en plaisantant, es-tu sûr que vous n'avez pas tout pris, tous les deux, quand personne ne regardait ? Es-tu sûr que ce n'est pas un genre de tour ? Es-tu...

Krawg se releva d'un bond, les couvertures tombant sur le sol, exposant son vieux torse frêle, gris et nu dans la lumière.

— Petite insolente ! siffla-t-il. Nous n'avons pas fait une telle chose ! Nous ne nous volons pas entre nous, et tu le sais parfaitement.

Warney plissa les yeux.

— J'dois admettre que je suis d'accord avec lui sur ce point, Auralia.

Étonnée, appuyée contre le mur, elle était sans voix et ses yeux versèrent des larmes. Puis, elle courut pour étreindre Krawg, et il tendit ses bras osseux avec surprise. Elle ne l'avait jamais connu aimant beaucoup les accolades, mais cela ne l'arrêterait pas maintenant. Il lui caressa la tête maladroitement.

— Krawg n'est pas le seul, Auralia, dit Warney. Beaucoup de personnes sont clouées au lit, aujourd'hui, malades à cause de la perte de leurs trésors. C'est comme si Abascar les avait volés une deuxième fois. Avec toutes tes couleurs disparues, eh bien, le cœur est à la dérive.

Il s'agenouilla ensuite auprès d'elle, l'œil humide en raison du souvenir, et s'ouvrit à elle, lui expliquant comment le matin s'était levé sur l'atrocité, comment les Cueilleurs étaient sortis avec des histoires de biens disparus, comment la panique et la consternation s'étaient propagées. L'hélice du vent. Les drapeaux avec leur nom. Les tapis de bienvenue.

Quand Krawg et Warney eurent terminé de raconter leur histoire, une foule s'était rassemblée à la porte. La rumeur de l'arrivée d'Auralia avait circulé, et ils murmuraient avec une frustration avide, espérant qu'elle leur ait apporté quelque chose de nouveau, quelques signes pour les assurer que tout ce qu'ils avaient perdu serait restauré.

Radegan, une poignée de flèches à la main, était rougeaud, les yeux féroces, la mâchoire avancée.

— Nous avons cherché, vraiment, dit-il, furibond. Sur tout le territoire. Dans toute la forêt environnante. Mais la pluie a effacé les traces. Nous ne savons pas dans quelle direction ils sont allés.

Surgissant derrière lui, comme toujours, Haggard le géant se vanta à travers sa barbe jaune.

— Quand nous les trouverons, c'en sera fait. Nous ferons tomber leur tête de leurs épaules et les jetterons au feu.

— C'était une conspiration, dit Radegan. L'attaque est venue de tous les côtés. Les couleurs sont trop précieuses, à Abascar. Ce pourrait être des gens de la maison, qui auraient eu vent des ouvrages d'Auralia et qui auraient engagé des voleurs pour les faire entrer clandestinement à l'intérieur des murs. Ou ce pourrait être les voyous ou les officiers de service d'Ark-robin, qui espéraient gagner des récompenses. Ou ils ont été vendus aux marchands.

— Que vas-tu faire, Auralia? gémit Lezeeka. Je veux récupérer mes caleçons. Et Wenjee a également des demandes, mais elle était tellement affectée par la perte de ses pantoufles violettes qu'elle a mangé un panier entier de figues et, maintenant, elle… hum, elle n'est pas très bien.

Et ainsi commencèrent les pleurs, les Cueilleurs suppliant la fille atterrée de remplacer ce qu'ils avaient perdu. Ils avaient préparé une liste et commencèrent à la lui lire.

Auralia eut l'impression de se ratatiner.

Elle se dirigea à travers la foule et dans la pluie.

— Je ne peux pas les remplacer. Ils ne sont pas faits selon des recettes et des plans. Ils sont tous uniques, assemblés par surprise et par accident. Il n'y aura aucun remplacement.

Elle jeta un coup d'œil en arrière, vers l'avenue isolée, puis leva les yeux vers la forêt.

— C'est presque le temps des rites du Privilège. Je dois aller à l'intérieur des murs et essayer de leur montrer une chose ou deux.

Krawg était sorti en titubant, en s'appuyant sur une béquille, les couvertures empilées sur ses épaules, Warney le soutenant.

— Tu ne peux pas avoir l'intention de faire cela, dit-il en toussant. Tu ne peux pas vouloir aller vraiment là-bas.

— Ne me dis pas ce que je ne peux pas vouloir! cria-t-elle. Tout ce que je vous ai montré, tout ce que vous voyez, ce sont des cadeaux. Vous ne comprenez pas leur comment ou leur pourquoi. Si c'était le cas, vous pourriez les trouver par vous-mêmes. Quand essaierez-vous ? Vous dites que les couleurs vous guérissent ? Je ne vois rien de la sorte.

Alors que leurs bouches s'ouvraient et se fermaient, alors qu'ils regardaient autour d'eux pour que quelqu'un vienne à leur secours, Auralia serra son sac en bandoulière.

— Et quant à une conspiration…, je peux voir les couleurs sur les doigts de celui qui a tout pris. Je vois un fil de l'écharpe jaune de Krawg sur une veste. Je sais qui a pris les rideaux et les tapis. Quelqu'un essaie de conclure un marché, et c'est tout simplement une honte, parce que j'ai fait quelque chose de particulier pour cette personne. Et maintenant, cette chose ne verra jamais la lumière.

Puis, elle se tourna et s'enfuit.

Ils se précipitèrent à sa poursuite, reprenant leurs réclamations. Mais elle était dans un espace étroit entre deux cabanes, sous une galerie, à travers une tente vide, puis elle était partie.

Faisant irruption à travers les fougères et arrivant aux épouvantails, elle retira son sac en bandoulière, l'accrocha sur une branche cassée et se dirigea vers les spectres à la tête enfumée. Les orphelins, abasourdis de la voir de nouveau et dans un état aussi transformé, reculèrent.

Sans hésitation, elle ramassa une poignée de pierres du tas qu'ils avaient fait et les lança à l'épouvantail du milieu. Elles s'abattirent sur sa tête, et l'une d'entre elles se planta parfaitement dans une orbite. Puis, elle fonça vers l'épouvantail, leva les bras pour saisir les deux extrémités de l'écharpe violette qu'elle avait enroulée autour de son cou et tira les extrémités dans des directions opposées, les serrant jusqu'à ce que le bâton du cou se casse, et que la sphère jaune tombe et se brise en deux moitiés nettes sur le sol. L'écorce qui crépitait, se consumait, fit monter des vrilles de fumée noire dans la pluie.

— Pourquoi as-tu fait ça ? cria l'une des filles, qui tenait un bouquet de fleurs. Nous allions l'habiller comme tu avais dit.

Auralia, les yeux maintenant enflammés, les dents serrées, ne dit pas un mot. Elle ne fit que s'agenouiller pour ramasser d'autres pierres.

Un cri perçant retentit au loin, tombant comme l'appel d'un oiseau de la forêt. Personne ne tressaillit ou ne se donna la peine de se demander ce qui se passait, sauf Auralia, qui tomba sur les genoux, comme si elle avait été frappée par-derrière.

Elle se leva ensuite, remit son sac en bandoulière et partit de nouveau à flanc de coteau.

⁂

Alors qu'elle revenait vers le coin de mauvaises herbes, les genoux ruisselant de la boue de ses faux pas en haut de la pente détrempée, elle tomba vers l'avant, les mains touchant les rubans de sang refroidi, d'un rouge brillant.

Dukas avait été atteint par une flèche. Ici, le jaillissement de l'impact, et là, des éclaboussures de rouge diminuant d'intensité entre les arbres, signes d'une fuite désespérée. Il était probablement à des kilomètres de distance, maintenant, s'il avait survécu. Et il ne reviendrait jamais, pas même avec la persuasion d'Auralia.

En tremblant, elle commença à suivre la ligne sanglante. Cela ne fut pas long avant que les taches cramoisies disparaissent et que ses pieds s'enfoncent dans de profondes empreintes de bottes. Probablement un marchand explorant la limite d'Abascar, dans l'espoir de rapporter quelque chose de précieux pour le commerce. Elle s'essuya le nez et se tamponna les yeux. Elle prononça des mots qu'elle avait entendu des Cueilleurs en colère proférer avec frustration, jusqu'à ce qu'enfin, elle formule un vœu solennel.

Elle déclara à voix haute qu'elle ne visiterait plus le territoire des Cueilleurs, parce que ses cadeaux les avaient seulement rendus égoïstes. Puis, elle fit le vœu de ne jamais consentir aux rites du Privilège. Elle prendrait ses choses et s'en irait très loin, dans un endroit où elle pourrait faire son travail seule.

Il y avait une odeur, pas de fougère ou de champignon, pas de poils d'ours, d'aiguilles vertes ou de pluie. De poisson. Elle sentit soudain du poisson, ici, loin de tout étang. Puis, elle sentit du cuir, comme celui utilisé pour faire des bottes. Quelqu'un était proche. Proche et immobile. Mais les hommes-bêtes ne s'occupaient pas beaucoup de poisson ou de cuir.

Elle jeta un coup d'œil en arrière, dans l'obscurité naissante, au-delà des fougères qui lui arrivaient à hauteur d'épaule, là où les arbres gardaient leurs secrets.

— Gardien, murmura-t-elle calmement. Gardien.

Il y eut de l'agitation derrière elle, une approche rapide. Elle vit les deux silhouettes dans de grandes capes vertes à capuchon, les branches dépouillées dans leurs mains, la décision — dépourvue de haine, dépourvue de sentiment — dans leurs yeux. Elle était presque debout quand le premier souleva son bâton et le laissa tomber dans un mouvement prompt et décontracté. Toutes les couleurs disparurent immédiatement.

11

LE PROMONTOIRE

Un grondement roulait comme un tambour dans le ventre de l'homme-chien tandis qu'il arpentait la cage en bois, se déplaçant parfois à quatre pattes, parfois debout.

De sa position avantageuse, haut sur le tronc d'un arbre qui se courbait au-dessus de la clairière, Auralia l'observait, fascinée. Elle avait couru pendant des heures pour attraper les voleurs, en proie à la souffrance et à l'indignation. Mais, maintenant qu'elle les avait rattrapés, elle était stupéfaite par le spectacle. Elle n'avait jamais vu un homme-bête en captivité.

Le reste de la scène était familier. Une famille de marchands d'Abascar travaillait fort afin de conclure un marché avec des commerçants bel amicains, proposant un assortiment d'articles qu'ils avaient achetés, volés ou gagnés au jeu. Comme cela arrivait si souvent pendant un entretien entre négociateurs malhonnêtes, les choses se gâtaient.

Auralia contemplait la ménagerie exhibée sur la table des marchands. Elle reconnut cette famille pour l'avoir déjà observée lors de ses voyages dans les alentours de la maison Abascar — les enfants, Wynn et Cortie, les parents, Joss et Juney. Mais elle ne reconnaissait rien de ce qu'ils offraient à vendre. Elle ne voyait pas son sac volé ou un signe de son chargement précieux — la cape inachevée pour laquelle elle avait couru toute la nuit, afin de la récupérer. Tout cela était probablement caché dans les sacoches fixées sur les vawns des marchands... c'est-à-dire, si Joss et Juney étaient bien les

voleurs coupables. Cela avait été une longue nuit de poursuite à travers l'étendue sauvage, qui avait provoqué un mal
de tête lancinant, et Auralia commençait à se demander si
elle avait fait fausse route en suivant les traces indistinctes
en raison de la pluie.

Elle se gratta un ongle de pouce déchiqueté et en mordit
le bord ébréché pour rester éveillée, pendant qu'elle observait les visages des commerçants. Elle espérait que personne
ne se donnerait la peine de lever les yeux vers les branches,
puisque sa cape ne la dissimulait pas, avec les pétales de
roses tissés le long de son ourlet, lequel flottait dans la brise
comme un drapeau.

— Reviens, Wynn !

Distrait de sa présentation, Joss se leva de la souche
d'arbre, ses genoux bousculant la collection de couverts
ornementaux, de flèches et de ciseaux sur sa table de ven-
deur chancelante. Wynn, son fils aux yeux écarquillés,
s'approchait prudemment de l'exposition du trésor des chasseurs bel amicains, l'homme-bête, qui grondait férocement.

— Ce chien méchant pourrait casser net ces barreaux et
ne faire qu'une bouchée de toi, mon garçon !

Secouant la tête, Joss marmonna :

— Les enfants. Ils disent qu'on en a parce qu'on en aura
besoin, un jour. Mais je jure sur le beurre et la crème de ma
mère que la curiosité de Wynn va nous perdre.

— Cesse de t'inquiéter, homme d'Abascar.

Le Bel Amicain à la barbe blonde, qui s'était présenté
comme étant Sader, prit une autre bouchée bruyante de sa
carotte, puis il frappa les barreaux de la cage avec sa canne
polie.

— La cage est indestructible. Attraper des hommes-
bêtes..., c'est ce que nous faisons. Quand nous arriverons à
Bel Amica, nous gagnerons le salaire d'un an, pour celui-ci.
Les chasseurs surenchériront pour avoir la chance de lui

rendre la liberté sur une île et de le pourchasser pour le sport. C'est le meilleur jeu de l'Étendue.

Juney donna un petit coup de coude à son mari.

— Joss, allons-y. Nous avons mieux à faire que tenir compagnie à des gens qui puent l'homme-bête.

Elle et sa fille, Cortie, une minuscule enfant avec une tignasse de cheveux blonds, étaient déjà en train de remplir leurs sacs de marchandises avec des objets en grès, du minerai brillant et de robustes souliers de cuir, qu'ils avaient étendus sur des couvertures pour que les Bel Amicains les passent en revue.

À contrecœur, Joss enleva de la table ses marchandises invendues et les mit dans un autre sac, puis arracha d'un coup sec les pattes de la table de leurs cavités et les rassembla avec une courroie. Il rangea le dessus de la table sous son bras, trimballa les piquets et les sacs vers le vawn de la famille et les attacha avec les cordes et les attaches.

Le jeune Wynn, le corps noueux comme des brindilles et des racines, les cheveux charbonneux en désordre, se trouvait à cinq pas de la cage, grondant à son tour contre l'homme-bête, faisant tournoyer distraitement un fouet de vawn, comme s'il imaginait une confrontation avec le monstre.

Ricanant, une vieille femme était assise sur un grabat de coussins, sur le chariot des Bel Amicains qui balançait d'un côté à l'autre. Elle surprit Auralia, qui ne l'avait pas remarquée auparavant. Elle était enveloppée dans des couvertures matelassées, comme quelque chose de fragile, et seuls son visage, creusé de rides profondes, et ses mains, les doigts s'agitant en l'air comme des pattes d'araignée tissant des toiles, se révélaient à l'air froid de la montagne.

— Mes garçons n'ont pas eu de problème à procurer des hommes-bêtes à ceux qui veulent les saigner et à ceux qui veulent regarder.

— Vous parlez de ce qui vaut la peine d'être observé ? demanda Joss en riant. Comment sauriez-vous quelque chose à ce sujet ?

— Un mot de plus au sujet de la cécité de ma mère et tu la rejoindras dans l'obscurité, dit Sader en grognant, qui tenait maintenant dans chaque main un arc de chasseur.

— C'est un homme-bête qui a tué le papa de mes garçons, hurla la vieille femme, et leur petite sœur aussi. Puis, il m'a craché au visage et m'a brûlé les yeux.

Elle déversa une kyrielle d'obscénités si épouvantables que la petite Cortie rit et répéta pour elle-même les mots mystérieux.

— Puis, Elyroth lui a coupé la queue et Sader lui a tranché la tête.

Wynn leva les yeux vers son père.

— Est-ce vrai, papa ?

Comme s'il avait compris, l'homme-bête rugit et appuya son visage entre les barreaux.

Cela traumatisa les deux vawns des marchands d'Abascar au point qu'ils se bousculèrent dans les feuilles boueuses et tirèrent nerveusement sur leurs attaches reliées aux arbres.

Auralia ressentit une forte envie de sauter en bas, de briser les attaches des vawns et de leur rendre la liberté. Mais d'abord, elle devait examiner ces sacoches.

— Pas la peine de se chamailler, Joss ker Harl.

Juney attacha ses marchandises et balança sa lourde charge sur son épaule.

— Nous ferions mieux de nous dépêcher. Les pluies reviennent. Wynn a éternué et Cortie a perdu sa lourde cape. Nous ne pouvons pas les laisser détrempés.

— Ne partez pas déjà. Nous avons une autre chose à vous montrer.

Sader glissa de nouveau les flèches dans les manches de son manteau de laine vert.

— Attendez jusqu'à ce que vous voyiez ce trésor. Vous voudrez offrir tout ce que vous possédez, peut-être même les vawns.

— Sader, la ferme, siffla son frère plus âgé. Ils ne peuvent égaler le prix que nous gagnerons à la maison.

— Gagnerons pour quoi? murmura leur vieille mère. Au sujet de quoi conspirez-vous, les garçons?

— Nous pourrions aussi bien montrer à ces pauvres gens d'Abascar le genre de couleurs que nous pouvons porter à Bel Amica.

Sader marcha vers le chariot.

Cortie prononça un des mots orduriers de la vieille femme, s'entraînant, et riant au son de celui-ci. Juney donna à la jeune fille une petite tape derrière la tête.

— Qu'est-ce que c'est, Sader? Tu fouilles pour trouver quoi?

La vieille femme se balançait d'avant en arrière, les jambes emprisonnées dans sa couverture violette.

— Qu'est-ce que tu caches à ta mère?

— Sader, garde le sac fermé!

Elyroth saisit les bras de son frère.

— Laisse partir ces gens des bois.

Le tonnerre fit trembler la montagne. La pluie tambourinait les branches autour d'Auralia et murmurait sur les feuilles tombées en bas.

Sader déclara que rien ne contrarierait plus les marchands qu'un coup d'œil au trésor bel amicain. S'avouant vaincu, Elyroth bouda, attrapa des pierres provenant du chemin et les lança vers la cage. L'homme-bête repoussa les pierres comme si elles étaient des mouches.

— Juney, détache les vawns.

Joss tourna le dos aux Bel Amicains.

— Je suis fatigué de leurs railleries. Et je ne veux pas que Wynn s'accoutume à voir un homme-bête.

Juney ne bougea pas. Sader laissa tomber un sac dans la boue, s'agenouilla derrière lui et détacha sa courroie de cuir. Il sortit un tissu plié et le secoua en l'air, arborant un sourire joyeux.

Auralia enfonça les dents dans son pouce pour s'empêcher de crier. C'était un des bas qu'elle avait fabriqués pour Lezeeka. Elle n'avait pas du tout été attaquée par les marchands d'Abascar. Les chasseurs bel amicains s'étaient aventurés aussi loin que les huttes des Cueilleurs. Elyroth et Sader l'avaient matraquée et s'étaient enfuis avec son ouvrage.

— Génial! dit Cortie en riant, tapant des mains. C'est génial!

Sa mère se déplaça, comme si elle était attirée par une force puissante, et Joss s'écria :

— Juney, ne bouge pas!

Sader remit le tissu dans le sac et dégaina une lame courbée du côté de sa botte.

— Arrêtez-vous tout de suite, femme d'Abascar. N'approchez pas plus. Sinon, vous le paierez.

— Que vends-tu, espèce de fils de malheur? hurla la vieille femme, qui s'était balancée dangereusement près du bord de leur chariot.

Ses yeux, grands ouverts et d'un blanc laiteux, clignèrent un à la fois.

— Montrez-le de nouveau. Montrez à Joss ce que vous venez de me montrer.

Sader remit la main dans le sac et en retira un tissu plié, qui s'ouvrit pour révéler une étoffe brillante, aux lisières usées et incomplètes.

— Vous devriez voir tout ce que nous avons pris.

Auralia sentit un chaud filet de larmes lui glisser le long de la joue.

— Ooooooooh!

Cortie courut pour embrasser la jambe droite de sa mère.

— Puis-je avoir ces couleurs, maman? Pourrions-nous en faire une robe?

Au moment où le soleil transperçait les nuages et essayait de les séparer, le tissu s'anima dans les rais de lumière changeants. Le tissage ressemblait à un lit de pierres polies multicolores scintillant dans des eaux peu profondes.

— Ta maman n'a pas les moyens de s'offrir des choses de ce genre, murmura Joss.

S'accroupissant au-dessus du déploiement lumineux, Sader murmura pour que sa mère ne puisse pas entendre.

— Vous n'avez pas, par hasard, quelque chose de particulier..., quelque chose que nous aimerions... négocier..., n'est-ce pas, femme?

Joss se serait interposé entre eux, mais Juney fut si prompte à retirer prestement le sabre caché dans les plis de sa jupe que le Bel Amicain eut à peine le temps de finir sa question avant que la pointe lui pique la gorge. Sader frémit, inclinant lentement la tête vers l'arrière, rengaina son poignard, puis se traîna vers l'arrière à quatre pattes, loin de la lame. Il convoqua en vain le nom d'un héros bel amicain et jeta un coup d'œil à son frère, derrière lui, pour obtenir de l'aide.

— C'est ce que je t'avais dit, Sader, dit Elyroth d'un ton hargneux. Nous en avons terminé, ici. Il n'y a plus d'affaires à conclure.

— Ce sont des voleurs, maman, cria Wynn, les plongeant tous dans un silence semblable à celui d'une assiette qui tombe, avant qu'elle ait heurté le sol.

Le garçon d'Abascar braqua un doigt accusateur vers Sader. Il était en colère.

— Ces espèces de Bel Amicains sont des voleurs. Ces couleurs appartiennent à Auralia. Et ils les ont volées.

Auralia retint son souffle. Wynn se souvenait d'elle.

— Ils ont volé qui ? demanda sèchement Joss. Ils ont volé quoi ?

— Des voleurs ! reprit Cortie avec agitation. Génial.

— Nous l'avons vue, dit Wynn. Nous avons vu Auralia, avec les Cueilleurs. Elle porte des couleurs tout aussi extravagantes. C'est à elle qu'ils ont volé la cape. C'est encore une jeune fille.

La mâchoire à barbe noire de Joss remua alors qu'il cherchait péniblement une réprimande. Mais la hardiesse de son fils et sa fureur l'étonnèrent.

Les flèches de Sader étaient de retour dans ses mains, mais lui aussi était sans voix.

— Nous ne volons pas les enfants, dit en riant Elyroth. Nous ne nous soucions pas des gens d'Abascar, et les Cueilleurs sont des saletés collées aux bottes d'Abascar.

— Auralia n'est pas une Cueilleuse, dit Wynn avec mépris. Elle ne fait que leur apporter des choses. Elle vient d'ailleurs.

Il avait ramassé une roche, et ses intentions étaient claires.

Auralia réalisa que cela allait mal finir. Elle se mit à genoux et se positionna sur l'arbre incliné comme un oiseau prêt à plonger.

Quand Juney retrouva ses esprits, elle garda son sabre braqué vers Sader, mais avertit son fils furieux qu'ils allaient le vendre aux Bel Amicains s'il n'arrêtait pas d'empirer les choses.

Pendant ce temps, la vieille Bel Amicaine aveugle se retournait contre ses propres fils.

— Emmène-nous hors d'ici, Elyroth, dit-elle sèchement. Nous n'avons pas besoin d'écouter les insultes des marmots d'Abascar. Si c'était mon avorton qui faisait des affirmations stupides, je le démolirais.

— Cela pourrait arriver.

Elyroth fit tournoyer sa canne à côté de lui, trouvant une bonne prise.

— Ah, eh bien, qu'est-ce que tu attends ? cracha Sader à Wynn. En vivant dans l'étendue sauvage avec des parents idiots comme les siens, de qui penses-tu qu'il tient ?

Wynn bondit pour esquiver la prise de son père et recula le bras pour lancer la pierre.

— Wynn, ne fais pas ça !

Auralia sauta.

Ses pieds touchèrent le sol près du trésor volé de Sader, et sa cape se posa autour de ses épaules, la faisant paraître comme un tas de feuilles et de roses. Elle leva les mains, se redressa et recula, éloignant Wynn du Bel Amicain armé.

Les marchands des deux maisons restèrent bouche bée et silencieux, et Wynn leva les yeux, comme s'il s'attendait à ce que d'autres personnes tombent du ciel.

Sans doute étaient-ils déconcertés par ce qu'elle portait et par sa condition. Ses bras nus et ses pieds étaient couverts de boue en raison de sa lutte en haut du versant. Du sang frais dégoulinait encore le long de son visage à partir de la blessure infligée par la matraque de Sader. Sa tête palpitait de douleur et elle cligna des yeux, essayant de voir avec son œil droit, qui était tellement enflé qu'elle avait peine à l'ouvrir.

— Auralia !

Ce fut Cortie qui bougea la première, marchant à petits pas chancelants pour l'étreindre.

— Donne-moi la pierre, Wynn.

Auralia tendit la main.

— Si tu la lances, ces hommes vont massacrer ta famille.

Le bras du garçon tomba à côté de lui.

— Est-ce qu'ils...

Il avança une main tremblante comme s'il voulait essuyer le sang de son visage. Mais il baissa les yeux, furibond, et détourna son attention vers les frères bel amicains, muets.

— Rendez-lui ce que vous lui avez volé.

Auralia s'agenouilla, saisit le sac du butin de Sader et le balança par-dessus son épaule. Sader saisit le tissu de la cape inachevée et recula lentement, ravi de la nouvelle tournure des événements. Il se moquait d'elle, comme s'il appâtait un animal avec un morceau de viande.

Ce sourire méprisant, tordu, était maintenant figé sur le visage d'Elyroth.

— Le garçon dit que tu as fabriqué cette... cette chose... de tes propres mains. Je dis que tu l'as volée.

— Elyroth, as-tu pris quelque chose à une fille sans défense? demanda la vieille femme.

— Si je me trompe, dit Elyroth à la fille, dis-le-moi, s'il te plaît. Si tu tisses vraiment des choses comme ça, eh bien..., tu es invitée à te joindre à nous pour notre voyage de retour à la maison Bel Amica. Tu pourrais créer là-bas tout ce que tu aimes. Nous dirigerions ton travail, trouverions des acheteurs.

— En échange d'un pourcentage, bien sûr, dit Sader.

Auralia regardait encore Wynn d'un air menaçant.

— Laisse tomber la pierre, Wynn. S'il te plaît. Ça ira pour moi. Et ça ira pour toi aussi, si tu les oublies et si tu t'en vas.

— Est-ce que... ça fait mal? Ce qu'ils t'ont fait? demanda Wynn, la voix chevrotante.

— Pauvre fille.

Juney, parlant avec plus d'inquiétude qu'elle n'en avait manifestée envers ses propres enfants pendant toute la journée, s'approcha d'Auralia pour l'envelopper d'une étreinte maternelle. Auralia jeta un coup d'œil à Cortie et vit l'émerveillement se transformer en jalousie.

— Nous allons bien te nettoyer. Tu peux voyager avec nous et tisser tout ce que tu aimes. Nous te protégerons.

Lançant de nouveau un regard furieux à Elyroth, elle ajouta :

— Et nous dénoncerons ces intrus aux officiers de service. Des Bel Amicains qui battent des orphelins d'Abascar.

— Je ne suis pas une orpheline d'Abascar, marmonna Auralia dans sa barbe. Et je n'utilise pas mes couleurs pour acheter quoi que ce soit.

— Elyroth, j'ai envie de rendre la liberté à cet homme-bête pour qu'il puisse te mettre en pièces.

La Bel Amicaine avait commencé à dérouler le tissu qui l'enveloppait.

— Qu'as-tu fait à cette fille nommée Auralia ? Et qu'est-ce que tu as volé ?

Auralia se tourna, se libérant de l'étreinte de Juney.

— S'il vous plaît, dit-elle doucement, regardant fixement les bottes couvertes de boue de Sader. Ce tissu... n'est pas encore fini.

Elle tendit les mains.

— S'il vous plaît. Si un fil est brisé..., n'importe quel fil, il perdra ses couleurs.

— Pas fini ? Qu'est-ce que tu veux dire ?

Sader leva le morceau de tissu, l'étendit au-dessus de sa tête, et rit avec amusement alors que la lumière du soleil, le traversant, projetait des rayons de couleurs changeantes.

— Il y a plus ?

— Venez me voir. J'ai beaucoup d'autres articles. Je ferai quelque chose pour vous.

— Quel est votre prix, dans ce cas ? demanda Joss d'un air sombre aux Bel Amicains, humilié d'en arriver à devoir négocier avec eux. Un vawn ? Tout ce que nous avons ?

— Vous ne vendrez pas ce que vous m'avez volé, dit Auralia, marchant plus près, parce que les Bel Amicains ne sont pas des voleurs, n'est-ce pas ?

Les sourcils de la vieille femme se froncèrent au-dessus de ses yeux aveugles.

— Mes fils ne prennent pas ce qui ne leur appartient pas. Je les ai bien éduqués. Ils doivent simplement l'avoir trouvée dans la forêt. Mais si cette cape t'appartient, ils te la rendront. N'est-ce pas, Sader ?

— Sader, espèce de racaille, siffla Elyroth. Je t'avais dit de laisser le sac fermé.

Sader cligna des yeux de nouveau. Il baissa la main.

— Je suis un Bel Amicain, dit-il à Auralia à travers ses dents serrées, lui offrant le tissu.

Et il ajouta dans un murmure :

— Prendre ton sac était l'idée de mon frère.

Auralia prit le tissu, le tenant délicatement, comme si c'était quelque chose de fragile et de vivant.

— Nous reviendrons pour voir le reste des choses que tu as faites, promit Elyroth, un ton de menace dans la voix. Tu ne seras pas plus difficile à retrouver que tout ce que nous avons pris et attaché sur le chariot. Mais quand tu nous entendras venir, ne cours pas. Nous pourrions te prendre pour une cible et t'abattre.

— J'espère que vous amènerez votre mère.

Auralia drapa le tissu sur son épaule. Et ensuite, alors que chaque fibre en elle criait « cours, cours, cours », elle jeta une fois de plus un coup d'œil au visage profondément ridé de la vieille femme aveugle et à la chair de ses bras, aussi fragiles que du parchemin.

— Elle a une si belle peau.

Auralia marcha vers le chariot.

Instinctivement, la vieille femme se pencha vers l'avant, ses grandes mains se refermant autour de celles d'Auralia. Elle caressa les poignets et les bras de la jeune fille, haletant de surprise.

— Tu es… tu es si jeune. Tu dois être belle.

Elle l'attira doucement vers l'avant et plaça ses mains sur le visage de la jeune fille.

— Quatorze ans, je suppose. Quinze.

Auralia tressaillit quand ces doigts rugueux, usés par le grand air, frôlèrent la bosse sur sa tête. La vieille femme s'écria :

— Qui a fait ça ?

Et elle hurla ensuite des injures à ses fils, avec des mots qui firent trembler de peur Auralia et l'incitèrent à s'éloigner. Mais la main de la femme se referma sur l'épaule d'Auralia pour la retenir.

— Oh, tu as exactement le même âge que ma fille avait quand…

Elle oublia le reste de ses paroles, regardant dans le vide. Sa main se referma sur le tissu scintillant et elle la retira, comme si c'était quelque chose de brûlant. Puis, elle prit le tissu et le recueillit dans ses mains.

— Oh.

Les marchands et les chasseurs observèrent la femme alors qu'elle explorait délicatement les fils brillants avec les doigts. Elle s'étrangla et tint ensuite le tissu contre sa poitrine.

— C'est magnifique.

— Ou bien cette femme perd l'esprit, ou bien elle ment au sujet de ses yeux, marmonna Joss.

— Je vous le dis, affirma la femme en pleurant, appuyant le tissu contre son visage. Je… Je peux voir cela. Seulement cela. Ces couleurs…, dans mes mains…

Puis, elle le lâcha, laissa retomber le tissu dans les bras d'Auralia.

— Prends-le, murmura-t-elle. C'est à toi. Et merci. Merci. Ce que tu as fait…, je pouvais le voir. Je pouvais voir.

Auralia s'éloigna du chariot, secouant la tête.

— Ce ne sont que des fils. Ce n'est qu'un tissu. Je n'avais pas l'intention de…

Sader porta son poing à la bouche et mordit ses jointures. Elyroth rit et marcha vers le bord du chariot.

— Mère…, qu'avez-vous vu ?

— Du bleu. Un bleu profond, comme des torrents d'eau. Elle sourit.

— Et ensuite… de l'or. Des éclairs d'or. Les couleurs, elles débordaient les unes dans les autres.

Son visage était rayonnant de plaisir et de désir.

— Mon fils…, que se passe-t-il ? Je pense que je vois ta silhouette. Je pense que je vois la lumière. Des ombres. Des arbres.

Auralia se tourna et courut, tenant fermement le tissu. Elle emprunta le sentier par lequel elle était venue et les laissa tous.

Quand la peur qui la talonnait propulsa Auralia hors du sentier, il n'y avait plus aucune raison de courir. Elle lutta pour briser son élan, mais la pente était raide et elle plongea vers le bas, à travers les branches piquantes, qui lui écorchaient les jambes, le feuillage de ses vêtements fragiles déchiré en lambeaux. Soudain, elle déboucha en plein air en trébuchant et lutta pour garder son équilibre, chancelant sur une pointe rocheuse qui dépassait du versant. Elle tituba et s'arrêta, le souffle coupé par la lumière intense du grand néant devant elle. Pendant un instant, elle pensa qu'elle était arrivée aux confins du monde.

Des halos de lumière du soleil tombaient à travers une brume épaisse comme de la crème. Debout, sur le promontoire pierreux, Auralia était plongée dans les nuages qui s'élançaient au-dessus, tout autour et en contrebas. Une mer de vapeur brillante s'infiltrait à travers les arbres et s'élevait en volutes dans l'espace, voilant l'existence des terres en dessous.

Ses jambes s'épuisèrent et elle se roula en boule, les épaules tremblantes alors qu'elle pleurait.

— Est-ce que ça va, Auralia?

Wynn et Cortie, suivant non loin derrière, sortirent prudemment et grimpèrent sur la pierre. Ils s'assirent près d'elle dans un silence solennel. Wynn lui tapota légèrement le dos. Elle rit un peu.

— Je suis seulement effrayée.

— Effrayée par les hauteurs? demanda Cortie. Nous sommes tellement haut. Nous devons être près de la lune!

Elle regarda attentivement par-dessus le rebord.

— Regarde les nuages, Wynn.

Elle ramassa un caillou et le lança dans la blancheur.

— Je ne sais pas ce que font les couleurs, dit Auralia pour elle-même plus que pour Wynn. Je ne sais pas à quoi elles servent. Je ne fais que les fabriquer. Je ne fais que les aimer. Mais je sais que ce que j'ai commencé… n'est pas terminé. Il manque quelque chose.

— Continue simplement de faire les couleurs. Personne d'autre ne peut le faire, dit Wynn.

— Mais pourquoi?

— La femme aveugle. Elle…

— S'il te plaît.

Auralia ressentit de nouveau les griffes de la peur.

— S'il te plaît. Je ne veux pas penser à cela. Pas maintenant. Pas encore.

Elle entortilla des mauvaises herbes autour de ses mains et tira brusquement leurs racines rebelles des fissures dans la roche.

— Je dois partir. Je dois nettoyer les cavernes. Je ne peux plus rester au lac. Il y a des gens qui me cherchent. Des officiers de service, qui veulent me soumettre aux rites du Privilège. Je ne peux pas aller à l'intérieur d'Abascar, Wynn. Je ne peux pas supporter ces gens.

— Tu pourrais venir avec nous, dit-il.

Cortie fut scandalisée.

— Non. Pas question ! Il n'y a pas assez de nourriture !

— Nous achèterons plus de nourriture, si Auralia nous aide, répondit Wynn d'un ton mesuré qu'Auralia compara à celui de son père. Maman et papa, ils pourraient utiliser ton aide. Ils disent toujours qu'ils ont besoin de quelqu'un pour veiller sur Cortie et moi.

Faisant la moue, Cortie se tourna et saisit une poignée de graviers aux rebords coupants. Elle les jeta au loin, une gerbe de points s'étendant et disparaissant dans la brume.

— Ils regrettent de nous avoir eus, marmonna-t-elle. Et nous n'avons pas assez de nourriture.

Elle proféra certains des jurons de la vieille femme et jeta une autre pierre.

Les nuages écumaient, devenant épais, c'est pourquoi Auralia ne pouvait même pas voir la montagne derrière elle. Quelque part, dans le brouillard, Juney criait, la voix semblable à l'appel d'un oiseau triste, au loin.

— Ils nous appellent pour qu'on revienne, murmura Cortie avec excitation. Chut.

Wynn mit les bras autour de sa sœur et la tint près de lui, son jeune visage trop las pour quelqu'un de son âge, des plaques foncées, profondes comme des ecchymoses, sous ses yeux injectés de sang. Cortie sourit de l'espièglerie que représentait le fait de se cacher.

— C'est la famille à laquelle vous appartenez, dit enfin Auralia en soupirant.

Wynn prit un air renfrogné.

— Pourquoi retourner vers eux, quand ils nous traitent comme ils le font?

— Ils ont besoin de vous. Ils auront besoin de vous, quand ils seront vieux. Quand ils réaliseront qu'ils ne sont pas aussi forts qu'ils le pensent.

— À qui appartiens-tu, Auralia? demanda Cortie.

Elle regardait fixement vers le nord, comme si son regard pouvait pénétrer le brouillard, atteindre les montagnes et trouver une réponse.

— Je pense que tu appartiens à Abascar, déclara Cortie.

— Non, dit sèchement Auralia. Je m'en vais. Ils sont tellement... aveugles.

— Tu veux dire, comme la vieille Bel Amicaine? demanda Cortie.

La question flotta en l'air pendant un instant, puis fut emportée par la brume, qui filait à toute vitesse.

— Allons, Cortie. Si papa nous trouve ici, tu sais ce qu'il fera.

Wynn prit la main de Cortie, la conduisit en bas du promontoire et lui fit monter la pente vers le sentier, le brouillard les faisant disparaître de la vision d'Auralia.

Cortie se mit à rire.

— Regarde-moi! Je ne vois rien! Je dois venir d'Abascar!

Seule dans un océan de perles brillantes, Auralia voulait disparaître en lui.

Au loin, l'homme-bête hurlait dans sa cage.

À ce moment-là, les nuages relâchèrent leur emprise sur la montagne, s'éloignant du monde comme un drap qui tombait. Quand Auralia ouvrit les yeux, l'Étendue se révélait devant elle.

Elle enfonça les doigts dans les mauvaises herbes sur le rebord du rocher, pour s'empêcher de tomber. Le monde des couleurs en entier — les champs verdoyants, les conifères, la rivière Throanscall bleue et sinueuse, le grand lac, la forêt plus sombre d'Abascar, la lueur lointaine des tours du palais, les terres rocheuses, raboteuses, naissant à l'est, la ligne sombre du mur Interdit au nord — s'éveillait à la vie, devant elle. C'était tellement, tellement de choses à assimiler.

Une ligne sinueuse d'oiseaux se déploya à partir des arbres situés à la base du promontoire, et Auralia observa leur progression ondoyante. À première vue, ils semblaient poursuivre le tapis volant des nuages qui se retiraient. Mais elle vit ensuite un étrange oiseau blanc doté d'une queue d'un rouge éclatant à la tête de la file. Ils le pourchassaient, essayant de le faire partir. Comme une étoile filante, il descendit dans une spirale délirante vers le bas, retourna vers les montagnes en dessous d'elle et disparut.

Puis, l'oiseau à la queue rouge réapparut, se posant sur le rebord du promontoire, devant elle. Il émit un pépiement étouffé et curieux.

Les plumes de l'oiseau étaient d'un éclat aveuglant, réfléchissant quelque chose de plus brillant encore que la lumière du soleil. Des touffes de plumes bleues lui hérissaient le col. Ses yeux étaient remplis d'une vive intelligence. Il pencha la tête d'un côté, et son petit bec noir, rond et ouvert émit une fois de plus ce chant discret et interrogatif. Des serres fines agrippaient la roche. Mais c'étaient les plumes de la queue de l'oiseau, éclatantes, s'agitant de façon théâtrale, qui la fascinaient. Parmi ces plumes rouges, un seul trait brillait d'une couleur plus profonde que le rouge, une couleur dont elle se souvenait, mais qu'elle n'avait jamais vue.

Auralia rampa lentement vers l'avant, le souffle court, le cœur palpitant.

L'oiseau attendit, comme si on lui ordonnait de rester.

Les doigts d'Auralia touchèrent prudemment sa queue. Les plumes étaient chaudes, chargées de l'urgence de la fuite.

L'oiseau tressaillit légèrement, lorsque sa plume venue d'un autre monde s'abandonna au contact d'Auralia.

— Bien sûr que je me souviens de toi, dit-elle. Sur le rebord de la fenêtre. Ma mère riait. Il y a très, très longtemps.

Elle se retourna vers le palais d'Abascar, ce point d'obscurité dans la forêt, comme l'épingle au centre du monde changeant. Elle leva la plume, et sa couleur, vive par contraste, semblait saigner dans l'air, enflammant le vert, l'or, le rouge et le bleu environnants dans une conflagration violente. Pendant un instant, toutes les couleurs se mélangèrent dans un tout vivant, comme si elle pouvait tendre le bras et les prendre par le bord, les attirant autour d'elle comme une couverture.

— C'est la raison pour laquelle je suis ici, n'est-ce pas? demanda-t-elle. C'est ce que mes couleurs essaient de devenir. La pièce manquante.

Retenant son émotion, elle tendit la plume à l'oiseau.

— S'il te plaît, reprends-la. Si je la prends, alors je dois...

L'oiseau ferma les yeux et chanta une note plaintive.

La nuée d'oiseaux furieux, rattrapant leur cible, transformèrent le jour en nuit, volant vers le bas, noirs et cruels, au-dessus du promontoire, frappant Auralia vers l'arrière. Il y eut un son, un cri. C'était peut-être Auralia alors qu'elle s'appuyait contre la pierre pour s'empêcher d'être poussée au-delà du rebord. C'était peut-être l'oiseau, attrapé et emporté. Le son des ailes et des cris rugissait comme une chute d'eau. Puis ils disparurent.

La plume de la queue était brûlante, mais entière dans sa main. L'Étendue était devant elle.

Abascar attendait, aveugle.

12

LA VISION DE STRICIA

Suspendue dans une tourelle élevée, au-dessus du mur ornemental entourant le palais du roi Cal-marcus, la jeune femme qui s'était fait promettre la couronne de Jaralaine était penchée sur le rempart et observait un goéland descendre dans la cour du palais.

— Ils viendront bientôt tous dans la cour.

Essoufflée par son ascension des marches de la tour, Stricia scrutait la foule pour déceler les amis, les ennemis, les gens à impressionner.

— Ils ont hâte, vous savez. Les gens de la maison. N'est-ce pas comique ?

Kar-balter, le veilleur qui se trouvait près d'elle, grommela, mais ne dit rien. Stricia pouvait interpréter son silence. « Les gens de la maison, devait-il penser. Vous faites encore partie des gens de la maison. » Il n'oserait pas prononcer de telles pensées à voix haute. Stricia ne faisait pas encore partie de la famille royale, mais elle aurait bientôt le pouvoir de lui donner des ordres. Il réprimerait son mécontentement et s'efforcerait de l'impressionner. Tous les officiers le feraient.

— Ils se demandent ce qui se passe à l'intérieur du palais, continua-t-elle. Je suis heureuse que mon père soit le capitaine. Je peux voir des deux côtés du mur.

— Trouvez-vous beaucoup d'intérêts, à l'intérieur des murs du palais ? demanda le veilleur.

Elle tressaillit, la question piquant comme une particule de terre dans son œil. C'était un lieu de privilège, et elle

183

grimperait bientôt plus haut. Tout ce qui se rapprochait d'un défi, tout ce qui exigeait qu'elle se remette en question n'était qu'un bouleversement. Elle garda le dos tourné à son interrogateur.

Mais elle connaissait la réponse. À mesure que le mariage approchait, elle trouvait plus difficile de supporter les gens de la maison. Chaque jour, elle marchait prudemment, s'entraînant à ne parler de rien, sauf de ce qui flatterait le roi, pour manifester une parfaite adhésion à la loi d'Abascar. La vue du mur du palais, de l'extérieur, lui donnait une étrange sensation de pressentiment, comme si elle pouvait faire un faux pas, gâcher le rêve qu'elle avait travaillé si fort à rendre réel.

Ce mur de pierres raboteuses et de veines de cristal saillantes était la deuxième barrière de défense du roi contre les attaques, protégeant les membres de la famille royale, les conseillers, l'armée, les écuries et les entrepôts du roi, ainsi que le passage vers les chambres les plus protégées de l'entrepôt souterrain. Et les rouleaux de l'histoire confirmaient qu'aucun assaillant n'avait jamais atteint le palais. Mais il faut dire qu'aucun ennemi n'avait jamais ouvert une brèche dans le mur de brique gris cendre le plus éloigné d'Abascar non plus. Les maisons, les écoles, les marchés et les moulins, les salles de métier, les cours d'entraînement, les étables, les écuries et les forges, les donjons et les tavernes — même pendant les périodes de guerre avec les gens agressifs de Cent Regus, ces murs avaient été protégés. Il était peu probable qu'une menace, quelle qu'elle soit, n'empiète jamais sur le palais lui-même, à moins qu'il y en ait une qui s'élève de l'intérieur. Bien que personne ne soit allé jusqu'à le qualifier d'inutile, ce rideau de pierre secondaire était devenu, parfois, un objet de dérision, considéré, parmi les officiers assignés aux tours de guet, comme n'étant qu'une barrière pour protéger le roi des rafales amères de commérages.

Mais, pour Stricia, ce point de vue privilégié était toujours un plaisir. Elle ne vivait peut-être pas encore dans l'enceinte du palais, mais le statut de son père, en tant que capitaine de la garde, assurait à sa famille le même accès au palais que celui qui était accordé aux gardes. Puisque son père ne lui avait jamais limité l'accès aux murs du palais, elle avait saisi l'opportunité chaque fois qu'elle avait pu le faire. Au début, les veilleurs avaient protesté. Elle les ignorait, gardant ses distances. Elle s'occupait en contemplant les avenues en dessous, espérant surprendre les gens de la maison en train de commettre des actes compromettants ou de conspirer.

Cette passion pour la surveillance dérangeait sa mère. Say-ressa était une femme discrète, plus attentive aux symptômes de la maladie qu'aux preuves de mauvaise conduite, et elle inspirait la reconnaissance de ceux dont elle prenait soin. Elle avait, pendant un certain temps, cherché à apprendre à Stricia le sentiment d'accomplissement qui venait en offrant du réconfort et de l'aide, mais la fille était dégoûtée à la vue d'une blessure ou d'une difformité. Le désagrément de la souffrance la rendait nerveuse.

Son père, pendant ce temps, inspirait l'apparat et l'allégeance. Peu importe où il allait, la réputation d'Ark-robin le précédait, et il était reçu et honoré pour son pouvoir, son expérience et la façon dont il pouvait contraindre à l'obéissance aux lois. S'attirer les bonnes grâces d'Ark-robin revenait à gagner la liberté et le respect du roi. Et gagner le respect du roi... cela lui permettrait de se distancer des soucis et des problèmes des gens ordinaires de la maison.

Une fois que le roi eut choisi Stricia pour épouser Cal-raven, elle vit les portes s'ouvrir aux endroits qui avaient animé ses rêves pendant des années. Ici, sur le mur, les veilleurs avaient brusquement étouffé leurs plaintes et s'étaient appliqués à lui plaire.

Ce matin-là, éreintée par la préparation en vue de l'événement prestigieux de la journée, Stricia portait une des longues capes de pluie de son père, davantage pour passer inaperçue que pour s'abriter des averses intermittentes qui se déplaçaient au-dessus d'Abascar. La plupart du temps, elle voulait être vue, même si elle agissait de façon désinvolte et désintéressée, se promenant le long des murs. Mais, aujourd'hui, on s'attendait à ce qu'elle soit aux côtés de sa famille, pendant qu'ils se préparaient pour les rites du Privilège. Elle ne voulait pas subir un tel remue-ménage. Elle voulait observer les gens de la maison se ruer à travers la porte pour entrer dans la cour. Elle voulait évaluer à combien s'élevait le nombre de personnes qui seraient témoins de sa grande entrée. Elle voulait voir dans son esprit comment le spectacle se déroulerait pour la prochaine grande occasion — le jour de son mariage.

Quand les portes s'ouvrirent, entre cette tour de guet et la suivante, les gens de la maison affluèrent sous l'arche d'entrée, remontèrent l'avenue principale et se dispersèrent à travers les larges pelouses vertes, vers la plate-forme royale qui faisait saillie comme la proue d'un bateau dans la cour. À la base de l'escalier qui descendait de l'estrade, un cercle dallé de carrelage et entouré de flambeaux marquait le point crucial — le creuset où les hommes et les femmes évoqueraient leurs demandes et apprendraient leur avenir.

L'anneau de décision. Elle ne se trouverait jamais à cet endroit.

Pendant qu'elle fantasmait, les deux veilleurs marmonnaient au sujet de leurs dernières instructions. Il était étrange qu'il y en ait deux. Cela pouvait seulement signifier l'éventualité de problèmes. Il y avait peut-être un complot en cours, comme les rumeurs le laissaient entendre.

— Cette parade grise et lugubre va piétiner les pelouses, grommela Kar-balter dans la brise. Et pourquoi ? Simplement pour voir un groupe de criminels plaider pour leur vie et se faire renvoyer dans la nature.

— Tu sais pourquoi ils sont ici.

Le coassement métallique provenait du fond du casque énorme d'Em-emyt, son partenaire de surveillance.

— Ils obéiront aux convocations pour qu'ils puissent gagner un autre point d'honneur.

Il frappa l'armure sur sa poitrine.

— Ils vont passer toute la journée à vérifier combien de points leurs voisins ont gagnés. Et ils vont se vanter à ceux qui en ont le moins.

Stricia fit un air menaçant au vieux garde corpulent, qui était étendu sur un banc de pierre, comme s'il était mort pendant une période de travail précédente.

— Le seul événement d'Abascar qui me réchauffera le sang est le jour où le roi déclarera le printemps d'Abascar et nous rendra les droits que la reine Jaralaine a confisqués.

Em-emyt souleva la visière de son casque pour engloutir une poire dorée avec les quelques dents qui lui restaient.

— J'ai entendu des rumeurs au sujet d'une autre occasion plutôt capitale, dit Kar-balter, saluant Stricia. Les gens de la maison bavardent au sujet d'un genre de mariage. Avez-vous entendu ces rumeurs, mademoiselle ?

Stricia n'aimait ni le grand front de Kar-balter, ni ses touffes rêches de cheveux grisonnants, ni ses dents de travers. Elle ne releva pas sa plaisanterie et se retourna pour contempler les masses.

— Nous protégerons le mariage, ne vous inquiétez pas, future reine, dit Kar-balter. Si le roi a doublé la garde pour ceci, vous pouvez parier qu'il la triplera pour cette occasion grandiose.

— Il a doublé la garde, dit Em-emyt, parce qu'il entend les rumeurs des Rancuniers.

Avec un petit coup soudain du poignet, l'officier lança d'un coup sec le cœur de poire sur le ventre d'un oiseau aux plumes noires, qui s'était posé sur le rebord du mur de la tour. Les plumes tournoyèrent en l'air longtemps après que l'oiseau fut parti.

— Hum, marmonna-t-il. Ce n'était pas une mouette. C'était un vautour des montagnes. Qu'est-ce qu'un vautour des montagnes fait ici?

Stricia observait un groupe de jeunes femmes se dirigeant à travers la foule en poussant, se penchant l'une contre l'autre pour faire des commérages. Elle serra le poing.

— C'est Dynei, dit-elle, ne se souciant pas vraiment de savoir si les veilleurs écoutaient. Dynei est une petite chipie bêcheuse. Elle se dit loyaliste, mais j'ai vu ce qu'elle garde sous ses draps. Elle perdra quelques points d'honneur bientôt, si j'ai quelque chose à dire à ce sujet. Et je le ferai. Regardez-la. Essayant de séduire les garçons. Se pavanant et flirtant. Qu'a-t-elle fait pour mériter leur attention? Je vais mettre fin à ce comportement.

Kar-balter pinça le médaillon sur le bord de son plastron.

— Hum. C'était une bonne journée, quand j'ai échangé mes points d'honneur pour obtenir une armure. Et, maintenant, j'ai une médaille.

— J'en ai quatre! dit Em-emyt en s'étranglant, crachant du jus, faisant tinter ses médailles contre son plastron. Entraînement de niveau bleu. Entraînement de niveau jaune. Bravoure au combat. Et tir à l'arc. Hé… voilà le genre d'honneurs qui fait que les gens se tiennent droit et font attention.

— Il dit qu'il a une médaille pour la bravoure au combat, marmonna Kar-balter à Stricia. Quelles batailles as-tu déjà vues, Em-emyt?

— J'ai gagné cette médaille de bravoure pour avoir tué deux reptiles de Cent Regus.

Kar-balter fit un sourire en coin.

— J'ai entendu dire que le prince Cal-raven tenait les hommes-bêtes à distance pour que le pauvre Em-emyt puisse s'enfuir, courant comme une oie avec les plumes de la queue en feu. Cal-raven a recommandé cette médaille simplement pour faire taire ceux qui riaient d'Em-emyt.

Un visage émergea de l'ombre du casque énorme d'Em-emyt, vieux et grumeleux, comme une tortue qui s'éveille.

— Je n'ai pas couru ! Je me suis retiré, espèce de vieille crotte de vawn encroûté. J'étais blessé !

L'indignation du soldat vieillissant le fit presque se relever.

— S'il commence à enlever les bandages pour montrer les cicatrices de la bataille, dit Stricia, je vais tout simplement hurler.

— Je jure, poursuivit Em-emyt, que c'était le pire des hommes-bêtes qui nous a attaqués cette nuit-là. Mais que sais-tu au sujet du combat, toi, espèce d'ivrogne ?

— Regarde ça !

Kar-balter se pencha si loin au-dessus du parapet que son partenaire aurait pu mettre fin à leur débat d'une simple poussée.

— Regarde, Em-emyt !

Le garde trapu gémit. Utilisant son épée comme une béquille, il réussit à se lever et partagea la vision. Curieuse, Stricia se glissa doucement près d'eux.

Regardant vers le sud, jusqu'à l'avenue principale du marché, elle put voir, de l'autre côté des rangées de toits de tuiles, le mur extérieur de la ville. La route était envahie de gens de la maison. La masse bruyante se rétrécissait pour franchir les portes, où des gardes cousaient rapidement un ruban bleu brillant sur chaque cape grise pour leur présence bénévole. Fiers et ravis, ils avançaient sur l'espace somptueux où poussait l'herbe verte, où des drapeaux rayés claquaient, pour voir l'énorme estrade avec son fond ondulant de rideaux rouges et de tapisseries pourpres. Il y avait des coudes et des épaules, les uns contre les autres, qui s'entassaient autour de l'anneau de décision comme des voyageurs se réchauffant près d'un feu.

Kar-balter détourna son attention vers une des cages d'escalier gardées de l'entrepôt souterrain.

— Vous le voyez? Vous voyez le galopin?

Un enfant portant une casquette de commissionnaire était apparu, tenant en l'air un plateau d'argent miroitant. Il disparut dans le courant des gens de la maison, puis réapparut près de la plate-forme. Il ne parla à personne et se déplaça indépendamment, promptement, avec résolution.

Stricia sourit.

— Je le connais. C'est un petit orphelin maladroit.

— Il a assez de coupes, sur ce plateau de bière, pour servir plus que le nombre habituel des magistrats. Il doit y avoir des invités avec nous, aujourd'hui. Le roi Cal-marcus se sent généreux.

Kar-balter jeta un coup d'œil moqueur à Stricia.

— Ne devriez-vous pas être là-bas? Être assise avec votre famille?

— Je suppose que je devrais, dit-elle, comme si c'était quelque chose de peu de conséquence. Aujourd'hui, c'est un genre de répétition pour moi, vous voyez. Je serai bientôt...

Les trompettes hurlèrent à partir d'une petite plate-forme à la droite de l'estrade principale. Sur une plus petite estrade, au sommet de la chute cramoisie de rideaux, un groupe de chanteuses en robe blanche commencèrent un couplet audacieux, inaugural. La foule hurla son approbation. La musique des rites du Privilège avait commencé et continuerait pendant toutes les procédures. Cet air pompeux et ancien occuperait plusieurs parties de la cérémonie avant de laisser place à des accords festifs de cordes.

L'examen des orphelins et des Cueilleurs aurait lieu en avant de l'estrade. Seuls les gens de la maison qui étaient proches entendraient les échanges formels, le reste suivrait la progression grâce à des drapeaux de signal, à des répliques musicales et aux rapides vagues de commérages.

Tout cela était fait selon la tradition. Mais, maintenant, les trois observateurs pouvaient voir ce qui rendait la cérémonie de cette année inhabituelle.

D'une entrée située d'un côté de la cour, montant des passages provenant des profondeurs, quatorze hommes et femmes sortirent, avançant dans de brillantes robes bleu ciel bordées d'or. Des masques d'un bleu similaire dissimulaient leur visage, représentant leur rôle en tant que force de loi et de conseil unie à la maison de Cal-marcus.

— J'aurais mieux fait d'apprendre les noms de tous les magistrats, dit Stricia en soupirant.

Ces gens étaient suivis par une compagnie d'hommes et de femmes grands et pâles, portant des uniformes noirs et des coiffes vertes imposantes.

— Des ambassadeurs bel amicains.

Stricia prit un air renfrogné.

— Pouah ! ils ressemblent à des insectes. Je ne peux pas tolérer les Bel Amicains. Ils méprisent toujours les gens.

Les magistrats et les ambassadeurs marchèrent vers la plate-forme, à travers la foule, se déplaçant à pas mesurés le long d'un chemin qui menait à l'estrade, et montant l'escalier sur le côté gauche.

Ils traversèrent l'estrade, s'arrêtant fréquemment devant ce qui semblait être un déploiement de rois et de reines. Comme des fantômes partagés entre ce monde et l'oubli, des personnages de bois portant des robes et des couronnes se trouvaient représentés pour paraître contemplatifs et vigilants.

— Ce que les rois et les reines avaient l'habitude de porter, avant la Proclamation…

Stricia ne se donna pas la peine de voir si Kar-balter était impressionné.

— Un jour, je regarderai dans toutes les penderies royales, pour voir toutes les choses qu'ils portaient. Les bijoux, les capes, les robes.

— J'aime imaginer la nourriture qui était sur leur table, dit Em-emyt.

— Le voilà! Le roi Cal-marcus!

Stricia joignit ses mains.

Montant de l'arrière de l'estrade, Cal-marcus apparut parmi ces hommages sculptés. Il passa entre les répliques de sa mère et de son père, étant leur fils aîné et, par conséquent, l'héritier légitime, et prit sa place sur le trône, ce qui entraîna une acclamation polie des gens de la maison. L'acclamation aurait été plus énergique, pensa Stricia, s'ils n'avaient pas déjà reçu leurs points d'honneur. Et si les foules l'acclamaient, elle, plus fort qu'ils ne l'avaient fait pour le roi? Cela pourrait déranger son humeur.

Quand les musiciens et les chanteurs élevèrent la voix dans des tons plus audacieux, Stricia se demanda s'ils essayaient de masquer l'ovation peu enthousiaste.

— À quel point s'attend-il à ce qu'ils oublient? marmonna Em-emyt, détournant son attention de Cal-marcus pour contempler la réplique du roi qui se dressait derrière les musiciens, une statue de bois sculptée à partir d'un arbre énorme.

Ses yeux étaient au niveau du parapet de la tour de guet. La main droite de la statue était levée, tandis que l'autre main tenait fermement un rouleau des textes de la loi. Ses yeux étaient polis, aussi lisses que des coquilles d'œufs.

L'absence de pupilles, bien que traditionnelle dans l'art d'Abascar, avait toujours dérangé Stricia. Cela donnait l'impression que les personnages étaient somnambules. Ou aveugles.

La réplique du roi dominait le côté gauche de la plate-forme. Mais la statue sur la droite avait été couverte par un drap de couleurs élaboré, un seul voile ondulant, comme si les teintes, qui avaient été prises chez les gens de la maison, avaient été défaites et tissées dans une seule bannière.

Malgré la reconstitution historique, Kar-balter montrait toujours du doigt la progression du galopin et de son plateau de boissons.

— Cal-marcus doit servir quelque chose qui provient de ses meilleures caves à vin. Certains des breuvages préférés du roi y sont probablement aussi.

Il soupira.

— Je servirais un hiver, posté ici, si je pouvais simplement me procurer un peu de ce vin.

Stricia réfléchit un instant, puis haleta.

— Le pari !

Elle se tourna et saisit le bras de Kar-balter.

— J'ai parié avec cette méchante fille, Dynei, que je goûterais l'hajka avant qu'il y ait une couronne sur ma tête.

— Vous êtes plutôt ambitieuse, n'est-ce pas ?

Kar-balter se tortilla, et Stricia pouvait voir que ses charmes opéraient.

— Eh bien, il n'y a pas de loi contre ça et pas de pénalité à le demander.

— Pas de pénalité, mais la colère du roi, si nous sommes surpris à siroter un breuvage préparé pour lui. Et il n'est pas secret que l'hajka punira le buveur avec un jugement qui lui est propre. N'êtes-vous pas un peu jeune pour courir après des dangers comme ceux-là ?

— Oh, c'est un crime uniquement si je bois le breuvage. Je veux seulement y goûter. Vous pouvez certainement m'aider, veilleur.

— Comment allez-vous prouver que vous y avez goûté? grommela Em-emyt.

— Si vous pouvez l'avoir, poursuivit Stricia, sa voix perdant son humour, je vous rencontrerai à la porte après les rites, et j'apporterai une tasse. Puis, Dynei pourra m'observer en prendre une petite gorgée. Ce sera très amusant, si nous y parvenons.

Le sourire de Kar-balter s'évanouit.

— Mademoiselle, nous devrions peut-être attendre une autre occasion. Ce sera difficile de mettre la main sur quelque chose qui sera servi sur cette plate-forme, surtout quand la cérémonie aura commencé. Les veilleurs ne peuvent pas être des buveurs, c'est pourquoi j'aimerais garder les mains propres. Il y a des gardes dans toute la cour.

— Veilleur, je vais être reine. Et en tant que reine, j'aurai la chance d'accorder des faveurs à ceux qui feront des efforts supplémentaires pour me plaire. J'ai besoin de connaître ceux sur qui je peux compter pour exécuter des ordres rapidement, même des tâches difficiles.

Kar-balter blêmit.

— Je n'ai pas encore de couronne. Mais, si vous deviez trouver une façon de m'aider à gagner ce pari, je promets que je me souviendrai de vous.

— Mademoiselle, je…

Avec espièglerie, elle sauta sur lui, saisit la garde du poignard attaché à ses jambes et le dégaina, tout comme elle le faisait souvent quand son père rentrait à la maison après une longue journée dans l'étendue sauvage. Il poussa des cris en guise de protestation alors qu'elle reculait et que la lame se libérait.

Elle avait seulement voulu le taquiner. Elle n'avait pas prévu que le poignard aurait seulement une demi-lame. Elle n'avait pas supposé non plus que du vin se renverserait du fourreau ouvert.

Elle resta immobile, clignant des yeux d'étonnement, tandis qu'il s'agenouillait pour essuyer l'éclaboussure rouge qui coulait de sa jambe.

— Mademoiselle, pardonnez-moi !

Em-emyt riait maintenant, se tenant les côtes, jusqu'à ce que ses rires deviennent une quinte de toux.

— Vous voyez, mademoiselle, gloussa-t-il, Kar-balter est un veilleur dangereux. Personne n'ose menacer ce palais, de crainte qu'il ne leur lance du vin !

— Vous feriez mieux de garder les mains propres, hein ?

Stricia inspira profondément. Elle tendit le demi-poignard à Kar-balter pour qu'il le reprenne, mais quand il tendit le bras pour le lui prendre, elle le retira rapidement.

— S'il vous plaît, dit-il, la voix tremblante. Ne révélez pas cela. Les nuits ici peuvent être vraiment longues. Je deviens assoiffé.

— Vous faites clandestinement entrer du vin à la tour de guet sans que quiconque, parmi les plus sages, le remarque, dit-elle d'une voix mélodieuse. Vous pouvez certainement arracher quelques gouttes d'hajka à un garçon maladroit. Elle rendit le poignard.

— Mademoiselle.

Il tomba à genoux.

— Je suis seulement un veilleur de la tour. Je n'ai pas la permission d'approcher de la plate-forme. Et je…

— Vous entendez ces cors ?

Stricia courut de nouveau vers le mur et regarda en bas.

— Mon père et ma mère approchent. Je suis censée être avec eux.

Sur ces mots, elle passa à travers l'ouverture dans le plancher de la tour et descendit aussi vite qu'elle pouvait courir, se libérant comme elle le pouvait de la cape imperméable de son père et soulevant les jupes de sa robe d'apparat pour s'empêcher de trébucher. L'heure était venue où Abascar la regarderait avec une nouvelle appréciation, et elle commencerait enfin à jouir de tout ce pour quoi elle avait travaillé.

❦

Reprenant la mélodie, deux femmes tirèrent le long archet sur les épaisses cordes de leur lynfr, l'instrument principal de l'événement. Leur refrain solennel apaisa la foule.

Les gens de la maison buvaient dans ce panorama de flèches et de dômes peints, protégeant leurs yeux contre la lumière argentée qui brûlait à travers les voiles gris du ciel. De jeunes hommes croisaient les bras et s'efforçaient de distraire de jeunes femmes. Des parents se penchaient pour gronder des enfants bavards. Un très jeune enfant ayant trébuché gémissait, du sang frais sur les genoux, et son père, embarrassé, l'essuyait. Les gens de la maison rassemblés se pressaient les uns contre les autres, le long des chemins, tandis que les familles célébrées avançaient vers leur espace réservé, légèrement surélevé.

Des acclamations s'élevèrent en vagues éparses, lorsque les régiments de l'armée entrèrent avec une allure rythmée derrière les familles, les mains sur les gardes, les mâchoires serrées.

Il y avait eu des rumeurs. Des chuchotements de révolte.

Cela n'arriverait jamais, bien sûr. Aucun insoumis ne pouvait rassembler suffisamment de force et de soutien pour devenir une menace sérieuse. Ils en étaient certains.

Cependant, suivant les ordres stricts d'Ark-robin, les soldats étaient vigilants.

Les percussionnistes assurèrent une marche zélée pendant que les officiers prenaient leur poste dans la cour. Des vawns, avec la selle ornée de bijoux, transportant deux cavaliers chacun, étaient soigneusement guidés, leurs petits yeux aussi inexpressifs que des sous noirs. Les enfants suppliaient de faire des promenades, mais les officiers refusaient et les repoussaient, les laissant la tête remplie de combats à l'épée. Certains voulaient savoir où se trouvait le prince Cal-raven. Il avait été promu du rang de chef de troupe à celui de défenseur de la maison, en tant que second d'Ark-robin. Les soldats leur rappelèrent que le prince était parti en mission pour protéger le cheptel d'Abascar, chassant un ours-crocs dangereux.

Les familles s'installèrent dans un espace entre deux fontaines de pierre massives. Ces nouvelles merveilles, actuellement à sec, s'animeraient un jour, lorsque des pompes gigantesques, sous la surface, projetteraient dans les airs de l'eau qui retomberait dans des bols, sur les coins de la plate-forme. Elles impressionneraient certainement les ambassadeurs bel amicains et les inciteraient à imaginer l'avenir, quand une rivière coulerait sous cette maison. Suffisants comme des voleurs, les gens de la maison Abascar boiraient, se baigneraient et arroseraient leurs jardins, n'ayant désormais plus besoin de s'aventurer loin des murs d'Abascar.

Certains disaient même que l'eau amènerait le printemps d'Abascar.

Quand la famille d'Ark-robin entra, un murmure s'éleva, puisque c'était le stratège en chef et le capitaine de la garde de Cal-marcus. L'uniforme du capitaine cliquetait de médailles. Il agita la main gauche pour saluer les gens et garda son autre main dissimulée dans un pli de sa chemise.

Deux doigts, racontait l'histoire, avaient été arrachés par les mâchoires d'un homme-bête. Des femmes d'âge mûr, restées muettes en le voyant, se languissaient de croiser son regard, tout comme les jeunes femmes l'avaient fait quand il était un jeune soldat.

Sa femme, Say-ressa, était en apparence son égale. Comme lui, elle était grande, avait la peau lisse, était décorée d'une robe sans couture, rouge brique, aussi rouge que le brun pouvait l'être sans franchir la ligne interdite de la proclamation de la reine Jaralaine. Et, tandis qu'elle gardait calmement les mains jointes, ses robes élégantes proclamaient qu'elle était un personnage impressionnant, la femme la plus royale et influente de la maison, encore assez bien faite pour distraire les jeunes hommes, ne serait-ce qu'un instant, de sa fille.

À l'œil, Stricia était le parfait équilibre de ses parents, héritant du teint délicat et de la grâce de sa mère, et du regard perçant et de la confiance de son père. Les observateurs se turent, lorsque Stricia salua de la main, un cercle brillant autour de son poignet — le bracelet de faveur du roi Cal-marcus. C'était la première reconnaissance publique du choix royal. Le moment flotta dans l'air comme si le premier feu d'artifice d'un festival royal avait été lancé. À mesure que la révélation traversait la foule, les gens explosaient en hourras. Même les musiciens bafouillèrent, levant les yeux de leur instrument pour examiner le chahut.

Enfin autorisés à discuter de ce qu'ils avaient déjà soupçonné, les gens de la maison hasardèrent leurs conjectures au sujet de la date du mariage. Plusieurs hochèrent la tête pour manifester leur approbation par rapport au fait que le roi devait accorder un tel honneur à la famille d'Ark-robin.

Pendant ce temps, Stricia baissa le bras pour accepter des fleurs sauvages d'une jeune fille qui était perchée sur les épaules de son père.

— Elle est seulement venue pour vous voir, cria l'homme à travers le vacarme. Vous êtes la gloire de notre maison. Si seulement toutes nos filles pouvaient grandir pour devenir comme vous.

La fille du capitaine enfonça son visage dans les fleurs. Et quand elle réapparut, souriante, des larmes de reconnaissance coulaient le long de son visage.

13

LA TASSE, LE POIGNARD ET LE MASQUE

Les éloges hystériques pour Ark-robin et sa fille donnèrent envie au galopin de fracasser son plateau de coupes remplies de vin. Mais il avait surveillé le travail des moissonneurs et vu les vignerons accomplir leur art subtil. Son respect lui donnait de la modération ; il réfréna sa contrariété et la mit de côté.

— Crier et acclamer pour des produits de vos propres imaginations, dit-il pour lui-même.

Tandis que la procession attirait l'attention de la foule, personne ne se donnait la peine de le remarquer. Il était reconnaissant de cette invisibilité, mais cela l'obligeait à pousser et s'échapper, esquiver et bousculer. Serpentant à travers leur ovation inconsciente, il cria :

— Une livraison pour le roi !

Rien au sujet de l'entrée d'Ark-robin ou de la célébration de l'avenir de Stricia ne l'inspirait. Il voulait sermonner quiconque plantait de l'espoir dans un sol aussi peu profond. Le rire arrogant de la fille, qui avait troublé le lac Profond, il n'y avait pas si longtemps, semblait encore retentir, un mauvais rêve qu'il ne pouvait pas effacer. Il pouvait seulement imaginer ce qu'elle deviendrait, une fois qu'elle porterait une couronne.

Un tel avenir garantissait que le galopin continuerait de croiser le chemin d'Ark-robin. Le souvenir du capitaine admonestant Auralia était toujours cinglant. Tandis que la royauté, les gardes, les soldats et les magistrats semblaient satisfaits de considérer le galopin comme un casse-pieds, une simple nécessité, un grain de poussière dérisoire, il ne pouvait pas imaginer un jour où le capitaine n'examinerait pas ses pas. Durant les nuits bruyantes de l'entrepôt souterrain, blotti sous les draps faits de roseaux tressés, le garçon essayait tant qu'il pouvait, mais ne parvenait toujours pas à dénicher une réponse pour résoudre cette énigme persistante.

Une flasque du breuvage du roi attachée à la ceinture, le galopin se retira vers le mur à l'est de la cour. Obsidia Dram lui avait dit que le capitaine Ark-robin enverrait un signal, quand le roi aurait soif. Le garçon répondrait, avançant vers l'estrade pour remplir la coupe du roi Cal-marcus et placer les coupes de vin sur les piédestaux qui se trouvaient le long des invités assemblés.

Le galopin aurait préféré passer la cérémonie plus près du portail, pour voir les Cueilleurs entrer et les orphelins marcher d'un même pas juste en arrière.

Est-ce qu'Auralia serait parmi eux ?

Incapable de dormir la nuit précédente, il avait imaginé une centaine de scénarios concernant le sort d'Auralia. Elle avait purgé de leurs couleurs ses cavernes au bord de l'eau et avait fui Abascar. Elle avait été prise au piège d'un officier de service ou avait croisé le chemin d'un convocateur. Cet homme-bête qui s'était glissé dans ses cavernes — il l'avait peut-être dévorée vivante. Elle s'était peut-être rendue à la maison Bel Amica ou enfuie vers le sud, à la maison Jenta.

Même en se mettant sur la pointe des pieds, il ne pouvait pas distinguer une petite silhouette d'une autre parmi les orphelins qui se déplaçaient le long du côté ouest de la cour. Des flûtes faites de roseaux accompagnaient leur progression avec une mélodie enjouée, juste après qu'une cacophonie comique de violons dissonants avait tourné les Cueilleurs trébuchants en dérision. Des rires avaient parcouru la foule. Bien qu'un hypothétique pardon donnât aux rites leur gloire et leur objectif, les Cueilleurs restaient des criminels reconnus purgeant leur peine, et le roi n'était pas près de s'opposer à ce que les gens s'amusent de leur humble approche.

Le galopin observa la famille d'Ark-robin s'installer sur des coussins dans un endroit prestigieux, près des magistrats. Ark-robin salua sa bien-aimée, Say-ressa, puis Stricia, la galerie de magistrats et la rangée d'ambassadeurs mal à l'aise. Ensuite, près de la chaise imposante du roi, le capitaine se baissa sur un genou et plaça une main gantée d'or sur la garde de son glaive. Il resterait là, tel un chien de garde royal.

Dans une fioriture de trompettes, les officiers escortèrent le premier Cueilleur dans l'anneau de décision encadré de flambeaux.

Dans l'ombre de la statue qui lui ressemblait, le roi Cal-marcus était assis sur sa chaise à dossier haut, surélevé par rapport aux autres invités. Hochant la tête, il donnait l'impression d'être en train de compter les sujets qui emprunteraient le tapis rouge et or pour se tenir devant lui, faire leur plaidoyer et attendre son jugement.

Les rites étaient devenus un festival annuel de raillerie et de jeu. Alors que les Cueilleurs luttaient pour garder leur calme, les magistrats cherchaient à les déstabiliser avec des questions inattendues. Certains de ces criminels rentraient à la maison avec l'idée de se venger pour les ennuis qu'ils avaient subis à l'extérieur. Les magistrats considéraient comme leur devoir de resserrer l'étau jusqu'à ce qu'ils soient satisfaits (et même ravis). En tant que geste de confiance, ils permettaient même aux Bel Amicains de lancer un défi.

Pendant ce temps, les gens de la maison pariaient des points, des rations et des faveurs à chaque décision.

Les rites commencèrent. La première Cueilleuse, qui portait un bonnet et une cape brune modeste, prit sa place dans le cercle, transportant un lourd bol d'argile couvert d'un tissu.

Cette année-là, c'était le conseiller principal de Cal-marcus, Aug-anstern, qui se trouvait au premier rang de la plate-forme et lançait les premières questions brutales. La Cueilleuse dévoila son offrande — une gamme de fleurs rares cultivées à l'état sauvage.

Pendant que le jury murmurait, le capitaine frappa dans ses mains gantées et le galopin se précipita vers l'avant, comme s'il avait été poussé avec une fourche. Prenant soin de bien tenir le plateau de coupes sur une main levée, il baissa l'autre bras pour s'assurer que la flasque d'hajka était solidement attachée à sa ceinture, puis il s'avança le long de la foule, vers la rampe de procession, à l'est.

L'hajka était la bière préférée du roi, et le galopin l'avait observée être transportée vers les quartiers royaux en quantité de plus en plus importante à mesure que les années passaient, rapprochant encore davantage le règne du prince Cal-raven. L'hajka piquait d'abord les yeux quand la coupe était levée, puis brûlait la langue, parcourait la gorge, mettait le feu au ventre et se précipitait dans l'esprit, faisant pleuvoir une lumière ardente. Cela ne pouvait certainement pas procurer la santé au corps ou à l'esprit. Le galopin en avait bu une petite gorgée, une fois, par accident, la prenant pour de l'eau. Tandis qu'il pleurait et criait qu'Abascar était en feu, Obsidia l'avait retenu et avait soupiré.

Le garçon déposa le plateau, déboucha la flasque d'hajka et leva le bras vers la chaise du roi, où ses doigts se refermèrent autour du pied étroit de la coupe. Il la souleva avec effort — elle avait été sculptée dans un gros bloc de filon noir — et la tint en tremblant pendant qu'il la remplissait du breuvage incolore.

Ark-robin lui fit un signe d'approbation presque imperceptible. Mais le renvoi de routine ne vint pas. Le capitaine fut distrait par un messager au bord de la plate-forme.

Les paroles du messager creusèrent des rides sur le front d'Ark-robin. Il appela Aug-anstern, qui confia l'interrogatoire aux magistrats et se joignit à la conversation étouffée. Le roi renvoya le messager, mais seulement le messager. Le galopin attendit, inquiet d'avoir été oublié.

Les anneaux d'Aug-anstern s'entrechoquèrent, lorsqu'il frotta ses mains ensemble. Le galopin l'entendit murmurer :

— Rumeur ou pas, nous n'avons d'autre choix que d'organiser des recherches. Un mage au comportement rancunier ne doit pas être traité à la légère.

Ark-robin rit doucement.

— Ce fantôme fait une apparition lors de chaque événement. Scharr ben Fray s'est frayé un chemin dans l'imagination d'Abascar. Plus nous prenons de telles rumeurs au sérieux, plus les gens le chercheront sous chaque pierre. Je suis certain que les Rancuniers commencent de tels commérages simplement pour exaspérer le roi.

Leurs arguments expliqués clairement, le capitaine et le conseiller observèrent le roi réfléchir.

Les magistrats continuaient de poser des questions aux Cueilleurs.

— La décision du roi de vous chasser pour votre injure était-elle justifiée ? Décrivez pour nous la manifestation d'honneur convenable envers un officier. Comment la maison tirera-t-elle profit de votre retour ? Vous vous êtes approchée de nous en boitant. Qu'est-ce qui a causé votre blessure ? Avez-vous entendu de quelconques rumeurs au sujet d'un soulèvement contre notre bon roi ? Donnez-nous les noms des Cueilleurs que vous soupçonnez d'être les plus susceptibles de rébellion.

Il n'était pas certain que le roi eût entendu les réponses maladroites de la femme alors qu'il assimilait le compte-rendu du messager. Quoi qu'il en soit, il leva la main, la ferma en un poing, et déclara la Cueilleuse inapte à revenir parmi les gens de la maison. Les gens approuvèrent. Comme si ses jambes se brisaient sous elle, la femme sortit du cercle en chancelant. Le galopin pensa au jardin privé du roi et à la façon dont il avait été fermé au public — fétide, rempli de mauvaises herbes et sans couleur — depuis aussi longtemps qu'il pouvait se rappeler. Il n'y avait aucune chance que le roi soit ému par le bouquet de fleurs de la Cueilleuse.

— Alertez vos officiers, capitaine, dit Aug-anstern. Si l'un d'eux reconnaît Scharr ben Fray parmi la foule, qu'il lève son bouclier, puis procède à l'arrestation.

Le sourire du capitaine s'évanouit.

— Je n'ai pas entendu la décision du roi. En outre, comment conseilleriez-vous à mes hommes de distinguer l'exilé dans cette foule?

Aug-anstern se pencha plus près, comme un vautour.

— Plus nous lui donnons de temps, plus il attire de jeunes rêveurs dans sa toile de mensonges et de superstitions.

Le conseiller secoua la tête.

— Songez à quel point son enseignement a discrédité le prince Cal-raven.

Rapide comme une vipère, le roi Cal-marcus saisit le bras du conseiller.

— Ne parlez pas ainsi de mon fils, grogna-t-il.

— Cal-raven est notre champion! hurla Aug-anstern.

— Discrédité? Vous pensez qu'on a discrédité mon fils? Votre futur roi est l'apprenti du capitaine Ark-robin et il l'est devenu par ses propres mérites. Il garantit la sécurité de cette maison. Que dites-vous de moi, je me le demande, quand j'ai le dos tourné?

Relâchant sa prise, Cal-marcus saisit sa coupe et, pendant un instant, le galopin pensa que le roi allait jeter l'hajka au visage de celui qui l'avait offensé.

— Discrédité. C'est ce que vous serez, si mon fils découvre que vous nourrissez de telles impressions.

Le galopin aurait aimé se faire plus petit et plus discret, jusqu'à ce que la colère du roi se calme.

L'échange avait attiré l'attention des Bel Amicains et ils se penchèrent vers le roi, formant une rangée de silhouettes imposantes, vêtues de noir, dans une ligne serrée comme les cinq doigts d'un seul gant noir. Leurs visages blêmes observaient, impassibles, comme s'ils en voyaient plus qu'on ne pouvait le supposer.

Le roi s'effondra sur son trône, cherchant à se soustraire à leur surveillance.

— Examinez la foule, capitaine, dit-il sèchement. Scharr ben Fray est encore là-bas, et nous ne devrions pas prendre la menace de son retour à la légère. C'est votre affaire, maintenant. Je dois retourner au problème de « l'arrachage des mauvaises herbes ».

Le capitaine Ark-robin se leva sans protester. Ce n'était pas une tâche prestigieuse, de quitter la plate-forme pendant une cérémonie et de ratisser la foule pour trouver un criminel. Cependant, il s'en alla d'un pas vif, passa devant sa famille, surprise, et descendit la rampe à l'ouest du podium. Là-bas, il ordonna à un garde de service de prendre sa place en tant que protecteur du roi. Il fit signe aux officiers postés au garde-à-vous autour des jardins. Ils avancèrent directement à travers le rassemblement, leur regard ratissant les têtes des centaines de personnes comme s'ils avaient anticipé leurs ordres. Alors que leurs casques polis se rencontraient dans un rassemblement brillant en bordure de l'événement, le portail de la cour se ferma dans un grondement résolu.

Les musiciens revinrent au thème original pour briser la tension montante. Les enfants dansèrent de nouveau, mais leurs parents, perturbés par l'activité des soldats, étaient très inquiets.

Un autre Cueilleur fut escorté par deux officiers de service dans le cercle de pierre, au pied du podium. Le galopin le reconnut — le voleur osseux appelé Krawg — et ressentit une pointe d'inquiétude. Il n'avait jamais beaucoup aimé Krawg, mais l'affection manifeste d'Auralia lui avait fait bonne impression. Le garçon murmura le souhait que le Cueilleur se voie accorder le pardon.

Krawg eut un mouvement de recul dans les feux croisés des moqueries des gens de la maison, des juges insidieux et du regard impitoyable de Cal-marcus.

Cela attrista le garçon de voir cette situation, c'est pourquoi, pendant qu'il attendait son renvoi, il se changea les idées en contemplant la foule et en se demandant à quoi ressemblait le célèbre maître de la pierre exilé. Il avait entendu de nombreuses histoires au sujet de l'homme qui pouvait parler avec les animaux et sculpter la pierre avec un seul coup de la main.

Mais, alors qu'il examinait un visage après l'autre, sa curiosité fut rapidement étanchée. Prendre conscience du fait que tant de personnes pouvaient le voir — sa casquette ridicule, sa cicatrice rouge vin, son pantalon en lambeaux — le fit trembler jusqu'aux os. La vie du galopin avait été vécue en cachette, à l'abri des oreilles et des yeux indiscrets, une souris dans un mur, un scarabée. À la connaissance des membres honorables du palais, les bouteilles arrivaient au seuil de leur porte par magie. Hormis ceux qui lui donnaient des ordres, seuls les Cueilleurs le connaissaient par un visage et un titre. Mais, ici, il se sentait comme s'il passait lui-même en jugement.

— Galopin.

C'était le roi.

— Sire! laissa échapper le galopin, stupéfait.

— Est-ce que le capitaine Ark-robin a oublié de te renvoyer?

Le visage étroit, ciselé de Cal-marcus était aussi renfrogné que ses yeux étaient tristes.

— C'est épuisant, n'est-ce pas? Si haut, en face de tant d'yeux. Mais je suis heureux que tu sois ici. Nous avons été injustes envers toi.

Le galopin n'aurait pas été plus surpris si le roi s'était levé d'un bond et l'avait étreint.

Cal-marcus ker Har-baron inclina de nouveau la tête et engloutit l'hajka jusqu'à ce qu'il n'y en ait plus. Il ferma les yeux, serra un poing et son corps frissonna à l'intérieur des énormes robes. Après un certain temps, son expression s'adoucit.

— Remplis ma coupe de nouveau, dit-il d'une voix sifflante. Et assure-toi que les magistrats et nos invités en aient eu assez. Puis, tu pourras partir. Et merci, mon garçon.

Le roi tourna ses yeux de plus en plus écarquillés vers le ciel et murmura :

— Est-ce un vautour des montagnes qui tourne en rond au-dessus de moi?

Après avoir rempli la coupe royale de nouveau, le galopin marcha, ahuri, derrière les rangées de magistrats et de Bel Amicains, tendant le bras pour placer les coupes sur les petits guéridons qui se trouvaient entre eux. Lorsqu'il s'exécutait, chaque magistrat lui jetait un coup d'œil curieux. Ils avaient vu le roi s'adresser à lui et reconnaissaient son existence pour la première fois.

Ne pouvant sentir ses pieds, ne sachant pas comment réagir, il descendit à la hâte la rampe du côté ouest, trébuchant sur des mystères familiers. Qu'est-ce qui lui avait valu l'honneur de servir le roi de cette façon? Qu'est-ce qui le distinguait des orphelins ordinaires, à l'extérieur des murs?

«Nous avons été injustes envers toi.»

Quand le galopin atteignit le fond du podium, retournant une fois de plus à ses obligations et dans l'obscurité, le seul chemin ouvert se trouvait le long des Cueilleurs attendant leur tour devant le roi. Alors qu'il passait devant la rangée des criminels pleins d'espoir, ils hochèrent la tête en guise de reconnaissance affectueuse. Il répondit avec un salut presque imperceptible.

Mais, tandis qu'il scrutait leurs visages, la dernière silhouette dans la rangée le fit s'arrêter net.

— Oh!

Et ensuite, la peur le contraignit à continuer.

Au moment où il passa devant elle, il vit une étincelle dans les yeux d'Auralia et comprit qu'elle l'avait reconnu. Pour le reste, son visage semblait perturbé, angoissé, contusionné.

Ses yeux étaient sombres, un récit de nuits sans sommeil. Ses lèvres étaient pressées l'une contre l'autre comme pour réprimer un cri. Il n'oublierait jamais ses cheveux; on aurait dit des toiles d'araignée-loup autour de son visage et de ses épaules, toujours décorés de fragments de feuilles, d'une boucle de poussière de conifère et de l'aile brisée d'une luciole, autant de souvenirs d'un foyer vers lequel elle ne retournerait peut-être jamais. Enveloppée dans une lourde cape brun terre qui écrasait son corps frêle, elle rentrait les épaules pour se protéger du froid. Elle ne bougeait pas, mais son ombre était agitée alors que la lumière vacillait entre les nuages de tempête indécis. Parmi les Cueilleurs, elle semblait seule dans une forêt de grands arbres fouettés par le vent, se laissant emporter par le courant de ses sombres.

Chaque pas qu'il faisait était plus difficile, comme si Auralia l'avait piégé avec un cordon invisible et essayait de l'entraîner vers l'arrière.

«Quand je serai partie, joueras-tu avec tes lumières ici, près du lac?»

«Quand tu seras partie?» avait-il répondu.

Le galopin marcha à travers une étendue d'herbe, où les enfants lançaient des jetons de bois dans un tas, faisant des paris sur les jugements du roi. Un air soudain annonça le pardon de Krawg, et certains des enfants applaudirent. Le galopin fut tenté de chercher une meilleure vue.

Mais Ark-robin était en face de lui, parlant avec un de ses soldats.

— Non, non, disait Ark-robin. L'homme que nous cherchons possède un visage rond, profondément creusé. Nous devons être minutieux. Surveillez.

Le capitaine marcha résolument derrière un groupe de Cueilleurs. D'un petit coup de son gant, il retira brusquement le capuchon d'un vieil homme plié. Les enfants à proximité hurlèrent et se mirent ensuite à rire. Le suspect, déconcerté, leva le bras pour protéger son visage avec une main bulbeuse, déformée. Il dissimulait simplement une difformité ; c'était comme si une masse de chair de son front avait fondu au-dessus d'un de ses yeux.

L'officier d'Ark-robin eut un sourire en coin, mais Ark-robin tressaillit et recula, s'inclinant en guise d'excuses et pliant le gant de sa propre main à trois doigts.

Le galopin regarda de nouveau le visage abîmé. Il avait vu des blessures plus inquiétantes dans les camps des Cueilleurs, et il avait apprécié plusieurs fois la compagnie d'Arec le muet, de Jabber l'unijambiste et de la femme-crabe.

Alors que les enfants riaient et retournaient à leur jeu, la colère du galopin fut ravivée.

Le vieil homme le remarqua et s'approcha.

— Garçon, quelle sorte de breuvage as-tu là? On dirait bien quelque chose qui rendrait la cérémonie tolérable.

Le galopin ouvrit la bouche pour répondre, mais des explosions vives de cors l'interrompirent, indiquant le pardon d'un autre Cueilleur. Des applaudissements polis s'élevèrent de la multitude, pas pour l'homme pardonné, mais pour manifester du respect pour la décision du roi.

Le test d'Auralia approchait.

— S'il te plaît, dit d'une voix grinçante l'homme difforme, pourrais-tu partager une gorgée avec un petit vieux?

Le garçon ressentit un élan de pitié. Le public était momentanément distrait. Personne ne le remarquerait, s'il faisait cette petite exception.

Il offrit le plateau. Avec sa main valide, l'étranger tendit le bras pour saisir la coupe.

Quelqu'un s'interposa entre eux et déroba le plateau.

— Merci, mon garçon.

C'était Kar-balter, un des veilleurs de la tour, un soldat que le galopin avait appris à éviter. Kar-balter leva le plateau pour qu'il soit hors de portée, souriant à travers la visière soulevée de son casque ornemental. Avant que le garçon ait pu réagir, le veilleur bondit vers l'avant et arracha également la flasque d'hajka du roi.

— Ne sois pas effrayé, dit-il en riant. J'ai été envoyé pour les reprendre. Ils doivent être remplis de nouveau.

— Mais… mais c'est mon travail!

Kar-balter fit un clin d'œil devant la confusion du garçon et sourit avec des dents si tordues et des yeux si fous qu'il aurait pu être un clown.

— Attends ici. Je reviens tout de suite.

Le veilleur fila en douce, le long de l'arrière de la foule, vers sa tour de guet.

— Quelle espèce de ver-chimère maraudeur !

Le galopin partit à sa poursuite, mais le vieil homme le saisit par la manche.

— Laisse-le partir. Le roi est d'une humeur massacrante. Tu ne veux pas causer toutes sortes de tracas.

L'humeur du galopin était également devenue massacrante. Il ressentait peut-être un certain pouvoir renforcé par l'attention récente du roi. Il était peut-être aiguillonné par des sentiments d'impuissance alors qu'Auralia approchait de l'anneau de décision. Peu importe, il allait arrêter ce veilleur. Il allait réparer ce petit tort.

❧

Lorsque Kar-balter atteignit la porte ouverte au pied de la tour de guet, il réalisa que cette opportunité ne se représenterait peut-être jamais.

— Un toast, dit-il en riant. À moi.

Il souleva la flasque d'hajka, retira le bouchon avec ses dents, et le cracha dans l'herbe.

— Découvrons ce que le breuvage du roi a de si exceptionnel.

Il y était parvenu. Il avait relevé le défi de Stricia. Elle goûterait le breuvage du roi. Il s'attirerait ses bonnes grâces. Et, qui plus est, il prendrait la médaille de ce vieux veilleur ballonné qui ne l'avait jamais méritée.

Alors qu'il avalait d'un coup une longue rasade, son regard remonta la tour menaçante jusqu'au parapet, dans l'espoir qu'Em-emyt regarde en bas à ce moment décisif.

Et, oui, l'autre veilleur se penchait vers l'extérieur et regardait en bas. Il était là, les bras tendus, laissant tomber un lourd morceau de pierre du parapet…

… pour heurter le bord du plateau de bière argenté dans un vacarme métallique.

Le bruit retentit dans l'air comme une alarme.

Le plateau bondit de la main de Kar-balter.

Lancée dans un arc élevé, la coupe vola, faisant jaillir le vin rouge, qui éclaboussa la tunique du galopin alors qu'il s'arrêtait net.

La coupe tomba dans les mains ouvertes du garçon avant qu'elle puisse se briser sur le sol.

Kar-balter se saisit la gorge, laissant tomber la flasque d'hajka, tomba à la renverse sur la première marche, puis s'étendit à l'entrée de la tour de guet.

※

Le galopin se leva, essorant le vin de sa tunique, pour trouver deux officiers de service qui lui lançaient des regards noirs.

— Où est ton plateau, galopin?

Le galopin indiqua timidement le veilleur en détresse, qui toussait et régurgitait l'hajka.

— Je pense qu'il le vole.

Un des officiers resta près du garçon pendant que l'autre s'approchait du veilleur.

Kar-balter, rouge de honte, cria et montra du doigt le galopin à son tour.

— Arrêtez-le! dit-il en toussant, furieux. Il porte du rouge en présence du roi!

— Et tu n'es pas à ton poste, Kar-balter, répondit l'officier, saisissant la flasque d'hajka et la reniflant. Tu bois un breuvage qui était destiné au roi Cal-marcus.

Kar-balter, souffrant sans doute de l'égarement provoqué par le breuvage, agita les mains.

— Non, je ne faisais que le goûter. J'étais censé donner le reste à la fille d'Ark-robin !

— Il vole du vin des caves, marmonna le galopin. Je l'ai observé faire cela également.

Les officiers se regardèrent, puis regardèrent Kar-balter. Le veilleur, sidéré, fit une erreur cruciale. Il arracha son poignard de sa gaine, comme s'il voulait se défendre de l'accusation. L'arme à la demi-lame ruisselait de vin rouge.

Le visage de Kar-balter devint aussi rouge que la boisson. Avant qu'il puisse courir, les officiers le saisirent. À quelques pas du portail, il s'écroula dans leurs bras, puis s'effondra sur le sol.

Récupérant son plateau, le galopin redressa la coupe, encore à moitié pleine de vin. Son cœur battait la chamade.

— Quelle journée, soupira-t-il. Quelle terrible journée.

Dans le reflet du plateau, il observa les nuages orageux conquérir le ciel, la seule lumière du soleil restante se consumant autour de leurs bordures. Des gouttes de pluie exploratrices tombèrent lourdement dans la coupe, et le galopin la couvrit de la main. Puis, le plateau refléta le visage du vieil homme difforme.

L'œil exposé de l'étranger brillait, et il s'agenouilla, semblant vouloir aider le garçon. Une main aux doigts épais, calleux, prit la coupe.

— Tiens, laisse-moi t'aider à nettoyer cela.

Avec un sourire coquin, il prit une gorgée rapide et remit la coupe vide sur le plateau.

— Ah, c'est bon. Ça me rappelle l'odeur des bougies du palais, les couloirs sombres et enfumés.

Il toucha son propre sourcil et fit un signe de tête au garçon.

— Ta cicatrice… Je vois que tu connais le feu.

Un grondement de la foule indiqua la négation des espoirs d'un Cueilleur.

«Auralia est presque rendue à l'anneau», pensa le garçon.

— Tu devrais peut-être savoir, dit l'homme dans un murmure, que j'ai entendu des récits au sujet de personnes rares et exceptionnelles..., des personnes qui possèdent un don puissant. Il y a longtemps, ils les appelaient «ceux qui marchent sur le feu». Mais ils sont si rares que la plupart des gens pensaient qu'ils n'étaient que pure fiction. À Abascar, la superstition n'est pas la bienvenue. Il y a des gens, ici, en plein dans cette cour, qui ne découvriront jamais leurs propres talents, simplement parce qu'ils refusent de croire que de telles choses sont possibles.

Il se tapota le front avec un pouce noueux.

— Si tu connais le secret qui consiste à passer à travers le feu, il y a plusieurs endroits où tu es seul à pouvoir te rendre, et beaucoup de choses que toi seul peux savoir.

Se levant, l'étranger tendit sa main enflée pour aider le garçon à se mettre sur pieds.

— Prends ce conseil, si tu veux, qui provient de ce qui reste de ce vieux cerveau..., un cerveau qui croit à de telles histoires folles.

Le galopin accepta prudemment sa main.

Le vieil homme se mit à rire, recula, et le galopin eut le souffle coupé.

La main était tombée de la manche.

C'était un faux appendice, une main sculptée dans la pierre.

«Un maître de la pierre.»

Le galopin laissa tomber la lourde sculpture et s'installa confortablement sur le sol.

— J'ai moi-même un don.

L'étranger jeta un coup d'œil aux alentours pour s'assurer que personne n'était témoin de leur échange.

— Ce que d'autres appelleraient un obstacle, je considère cela comme une opportunité. Ce que les autres appellent une barrière, j'appelle cela une porte. Dans mes mains, un caillou devient une clé qui me permet d'entrer là où nul autre ne peut aller.

Le galopin pouvait maintenant reconnaître que la défiguration faciale de l'homme était un masque de pierre, une mince carapace qui dissimulait à moitié son expression.

— Vous êtes… le professeur du prince !

Une voix forte, provenant de la plate-forme et convoquant le prochain appelé les fit sursauter, et Scharr ben Fray reprit sa fausse main, l'attirant dans sa manche.

— Cal-marcus ne veut pas de moi à l'intérieur d'Abascar. Mais ses murs sont faits de pierre.

Il rit.

— Je déteste m'introduire illégalement, mais j'ai juré de protéger la maison Abascar bien avant que tu naisses. Et je tiens ma promesse, peu importe à quel point Abascar essaie de me briser. Même si je dois porter un masque.

— Êtes-vous ici pour nous protéger de quelque chose ?

— Disons seulement que j'en suis arrivé à quelques questions ennuyeuses.

— Trouverez-vous les réponses ici ?

— Non, non, je me livre à quelque chose qui est mieux que ça.

Il se pencha plus près.

— Je poursuis une quête beaucoup plus importante, une question qui pourrait balayer toutes les autres. Et son nom, mon garçon, est Auralia.

— Vraiment ?

Le galopin arracha une poignée d'herbe.

— Si nous nous dépêchons, nous verrons ce qu'elle a préparé pour le roi Cal-marcus. Ils l'ont appelée dans l'anneau de décision.

14

LES COULEURS D'AURALIA

À chaque objection sévère d'Aug-anstern, Auralia tressaillait comme si c'était un chien qui aboyait.

Dans l'anneau, les flammes dansantes des flambeaux lui faisaient perdre sa concentration. Elle pouvait sentir leur chaleur, sentir la sueur et les vêtements de laine humides de la foule qui l'entourait. Elle traça les bords des tuiles froides avec ses pieds nus et meurtris.

Quand elle fermait les yeux, elle se sentait irrémédiablement attirée par le sommeil. Combien de jours s'était-elle forcée à rester éveillée ?

Depuis son épreuve dans l'étendue sauvage, elle avait tressé, détressé, dévidé et tissé, craignant de ne jamais se réveiller si elle se reposait un moment. Tisser les derniers fils libres ensemble lui avait demandé toute sa force et toute son attention. Elle ne pouvait pas savoir avec certitude si elle les avait rattachés par impatience, désespérée de terminer le travail, ou par obéissance heureuse à leurs provocations subtiles. De temps en temps, le tissu dans ses mains avait été lourd de larmes.

Dès le moment où la femme bel amicaine avait poussé des cris et tenté d'attraper les couleurs, le monde réel d'Auralia et sa vie onirique étaient devenus inséparables, peu importe à quel point elle s'était battue pour les déchiffrer. Cela avait certainement semblé illusoire, quand elle avait quitté en chancelant les arbres de Cragavar pour se rendre jusqu'aux portes d'Abascar et ordonné au garde d'appeler la personne responsable des convocations. L'espace d'un instant, elle se sentit dériver, tirant les fils qu'elle avait tenus ensemble, planant comme un cerf-volant au-dessus de la scène, s'observant demander quelque chose qu'elle n'avait pas la volonté de réclamer. Dans cet état de sursis, elle avait entrevu un public autour d'elle, des silhouettes spectrales et translucides, timides, curieuses et proches. Les Enfants du Nord.

— Tu ne sais pas d'où tu viens? demanda Aug-anstern, les yeux rouges comme des cerises dans un visage de chair pâteuse.

C'était maintenant. C'était ici. C'était à l'intérieur des murs d'Abascar. Ce n'était pas une rivière de sang coulant sous ses pieds vers elle.

— Un tapis pourpre, murmura-t-elle. Pourpre.

— Tu dois le savoir, espèce de fille ridicule. Les Cueilleurs s'occupent seulement des orphelins de la maison Abascar. Alors, dis-moi, es-tu une intruse? Une voleuse? Où est ta véritable maison?

Elle répondit, ne sachant pas si sa voix était perceptible. Mais les doigts de l'investigateur fléchirent et saisirent quelque chose d'invisible en l'air, des ongles noirs pointus essayant d'attraper et d'écraser ses paroles. Qu'avait-elle répondu? Pourquoi riaient-ils? Pourquoi les gens dans des coiffes vertes étaient-ils clairs et cruels dans sa vision, tandis que tout le reste semblait blafard?

— Cela n'a pas d'importance pour l'instant. Quelque chose d'autre m'offense bien plus que ton bredouillement et ta cape brune et sale. Tu as vu l'été et l'hiver venir seize fois et tu n'as rien en main. Tu n'apportes aucune promesse de service pour nous. Est-ce que personne ne t'a expliqué le rituel?

Il fit un geste en direction des Cueilleurs graciés lors des rites.

Ses yeux trouvèrent Krawg, qui se tenait derrière un ruban qui limitait l'espace réservé pour les rachetés. Il était assis avec son capuchon remonté sur la tête, pour qu'elle ne puisse voir que les nuages de son souffle sur la brise froide. Sa main aux articulations noueuses tenait son bâton de cueilleur comme s'il allait le casser en deux.

— Stammer Cole a apporté un râteau pour nous. Fudden Slopp a apporté un couteau à découper et un marteau pour la pierre. Krawg est trop malade pour être d'une grande utilité, mais puisqu'il a travaillé pendant des années, il bénéficiera de la sécurité des murs d'Abascar pour le reste de ses jours. Chacune de ces personnes a gagné une occasion de se rendre utile pour la maison. Mais toi…, tes mains sont vides.

Auralia ouvrit la main gauche, qui tenait un brin de fil, le reste de la corde qu'elle avait tissée à partir de la plume de cet oiseau magnifique. La corde était d'un rouge profond, si profond… plus foncé que le sang, plus brillant qu'un rubis.

C'était le filament qui satisfaisait sa quête, la clé de l'énigme de son travail. Elle pensa au galopin, qui se trouvait quelque part dans la foule derrière elle, à la façon dont il aimait provoquer des jaillissements de couleur pour son plus grand plaisir. Ce fut assez pour illuminer son visage d'un bref sourire. Elle lui ferait une dernière surprise. Elle ferma la main sur le fil, certaine de sentir la flamme qui brûlait en lui.

— Nous allons te renvoyer à la portée des hommes-bêtes, jusqu'à ce que tu apprennes quelque chose d'utile ! hurla un des magistrats. Qu'as-tu à dire pour ta défense ? As-tu été envoyée pour tester la patience du roi Cal-marcus ker Har-baron ?

Une voix de femme, un murmure, lui parvint à l'oreille, provenant de la foule. Elle reconnut immédiatement la voix — Ellocea, une Cueilleuse qui avait été graciée deux ans auparavant. Une Cueilleuse connue pour sa béquille omniprésente, mais encore plus pour son style avec un pinceau.

— Fais attention, Auralia, disait-elle. Fais ce qu'ils te disent de faire.

Aug-anstern rit et s'adressa aux gens.

— Quelqu'un à l'extérieur des murs a envoyé cette fille infortunée pour nous divertir, ou peut-être pour perturber notre honorable cérémonie. Elle dit qu'elle espère parler avec le roi, qu'elle est venue avec quelque chose qu'elle désire lui montrer.

Avait-elle dit cela? Auralia tendit le menton vers l'avant et fit face à son interrogateur, faisant des efforts pour rassembler sa confiance.

Aug-anstern appréciait toute cette attention et se pavanait de long en large en haut de l'escalier.

— Nous savons que nous avons le respect de la bonne maison Bel Amica. Nous savons que la maison Jenta nous est favorable et nous n'avons jamais été tracassés par des espions du sud. C'est pourquoi, si elle est une espionne, elle a été envoyée par un idiot. Et il n'y a qu'un homme qui oserait railler sa seigneurie d'une telle façon. Peut-être...

La mâchoire du conseiller se ferma brusquement, comme s'il était une marionnette réagissant à la volonté de son contrôleur, et une autre voix — un rugissement — remplit la cour.

Le chant cessa au milieu d'un couplet et le ciel s'assombrit. Auralia jeta un coup d'œil implorant vers les musiciens. Mais quand la question suivante arriva, émise par une voix différente, lourde de menace, elle leva son regard vers les yeux dissemblables du roi Cal-marcus — un œil vert, un œil doré. Il y avait quelque chose de familier dans ce visage, comme si elle l'avait vu quand il était un jeune homme, baissant les yeux sur elle d'une distance semblable. L'avait-elle déjà vu se promener sur un vawn? Certainement pas. Elle n'avait pas vécu assez longtemps pour le voir lorsqu'il était jeune. Un autre nom lui vint. Cal-raven.

— As-tu été envoyée?

La question du roi la visait, pleine d'accusation et de colère.

— Qui t'a envoyée?

Elle battit des cils, lesquels étaient perlés de nouvelles gouttes de pluie. Alors même qu'elle regardait le monde, elle pouvait le voir reflété à l'envers et déformé. L'orage éclatait. Les mouettes glapissaient et écrivaient d'invisibles exclamations dans le ciel, tandis que les vautours, au-dessus d'elles, traçaient patiemment leurs lents cercles. Le roi attendait. Les commérages cessèrent. Le monde devint immobile.

Elle observa les spirales hypnotiques des oiseaux, sentit le vent balayer de nouveau ses cheveux et ferma ensuite les yeux, lorsqu'un rayon de soleil fortuit apparut et lui réchauffa le visage. C'était comme si le temps levait lentement les bras au-dessus de sa tête pour étreindre la lumière, louer l'orage et, ce faisant, elle laissa tomber la lourde cape brun terre de ses épaules. Il était temps qu'elle se libère de son fardeau. Et elle tomba avec facilité.

Son camouflage sombre tomba comme un rideau et la lumière du soleil saisit la deuxième cape qu'elle avait dissimulée — la cape dans laquelle chaque fil avait connu ses mains; chaque nœud avait été ouvré une fois, deux fois et encore jusqu'à ce qu'il convienne; chaque ligne de couleur avait été démêlée, touchée et serrée jusqu'à ce qu'elle trouve une tension parfaite qui mettrait en valeur le tissage en entier.

Auralia leva le bras, froid dans le vent, et pinça l'extrémité du fil rouge décousu entre l'index et le pouce, le laissant s'élever et retrouver le vent. Puis, elle le glissa agilement à travers une boucle au niveau du col et l'enroula trois fois autour d'un bouton noir vif de magnétite de montagne.

La couleur de ce dernier fil, comme une goutte de sang dans l'eau, se dissipa et s'étendit, transformant le somptueux ensemble.

La grisaille de la journée aurait pu être la nuit étant donné l'éclat qui jaillit de l'anneau de décision. Tout le pouvoir du printemps était arrivé en un instant.

L'air, illuminé, se remplit de couleurs de la même façon qu'un vin remplit un verre. Des ondulations de teintes chatoyantes se déployèrent en cercles, qui s'élargirent sur les surfaces des nuages de tempête.

Les oiseaux riaient, triomphants.

Piégé dans la foule abasourdie, le galopin ne pouvait pas voir Auralia. Il regardait plutôt fixement vers le haut, observant la lumière qui peignait le ciel.

Autour de lui, les enfants, sur les épaules de leurs parents, montraient du doigt l'anneau de décision.

Les adultes restèrent aussi immobiles que l'imposante statue de bois du roi, qui fut éclaboussée d'étranges couleurs de la fontaine de lumière qui jaillissait bien au-dessous.

À côté de lui, Scharr ben Fray entra la main sous son capuchon pour détacher le déguisement de pierre, dévoilant son visage et un flot de larmes tandis que le masque tombait sur l'herbe.

— Toutes les couleurs de l'Étendue et plus, murmura-t-il avec respect. Des couleurs... des couleurs que nous n'avons jamais vues.

Comme s'il essayait de trouver des réponses, le maître de la pierre se tourna vers le mur situé au nord.

— Que sait-elle que nous ne savons pas?

Les couleurs que le galopin vit dans le ciel, il s'en souvenait. Il les avait vues auparavant, étincelant doucement derrière un rideau, dans les cavernes d'Auralia.

D'autres oiseaux se rassemblaient — des colibris à tête noire, des chevaliers aux pieds verts, des geais bleus, des diamants de Gould à poitrine bleue et les vautours furieux. Ils s'élevaient et plongeaient au-dessus de la plate-forme, en vagues, résolus, essayant d'arracher les couleurs de l'air.

Il y avait beaucoup de choses que le galopin voulait être. Être fort, afin qu'il puisse se frayer un chemin à travers les gens appuyés les uns contre les autres devant lui. Être grand. Avoir de l'autorité. Être roi. Être près d'Auralia. Être ailleurs. Être débarrassé de cette horde, de ce rôle, débarrassé de ses supérieurs.

Mais, à ce moment-là, il restait petit et, par conséquent, incapable de voir. Il restait faible. Il était un coursier, perdu dans une multitude, envoyé et attendu. Il se mit sur la pointe des pieds, jusqu'à ce que ceux-ci lui fassent mal. Il tendait l'oreille pour entendre les voix du roi et de la fille. Mais de sa place, sur l'herbe piétinée de la cour, il ne voyait rien de l'événement.

Ce qu'il vit à la place, c'était le rideau mouillé, fouetté par le vent, en face de la statue du roi, révélant malgré lui ce qu'il dissimulait — une statue de la reine perdue. On devinait sa silhouette à travers le tissu, tel un fantôme soulevé par l'atrocité, le regard vide et perdu, la bouche ouverte dans une protestation, un ultimatum, un cri, les mains levées dans un geste figé déclarant que cet événement était une abomination.

Les enfants brisèrent le silence. Ils se précipitèrent, grimpant les uns sur les autres, courant pêle-mêle entre les jambes des adultes, et se dirigeant en poussant vers l'avant, vers Auralia.

Le galopin se prépara également à bouger. Mais le mage l'attrapa et le souleva. Il se retrouva sur les épaules du vieil homme.

Il regarda de l'autre côté du champ de capuchons, de chapeaux et de casques — qui révélaient tous des couleurs changeantes, vivantes —, vers la rangée d'humbles Cueilleurs, la clairière sous les oiseaux et là, dans l'anneau de décision, un feu de lumière.

Pendant quelque temps, il craignit qu'ils eussent lancé un flambeau vers le vêtement d'Auralia.

Mais, ensuite, il vit que le feu était son vêtement — une cape aussi complexe qu'une tapisserie, aussi magnifique que des ailes.

Le galopin comprenait maintenant ; elle avait vraiment été accablée, mais pas par le chagrin. C'était à cause de la vision, qui l'avait poussée dès le jour où ce premier fil avait brillé dans ses mains.

Les magistrats se penchèrent en arrière, comme s'ils s'étaient brûlés. Les ambassadeurs bel amicains se couvrirent le visage.

Le roi Cal-marcus serra sa coupe dans une main, tandis qu'il tendait l'autre pour essayer de ne pas tomber. Il porta la coupe à ses lèvres et avala tout son contenu, un exploit qui (le galopin en était certain) aurait mis à plat n'importe quel autre homme de la maison.

Si une foule regarde la mer, les gens voient tous une masse d'eau différente, puisqu'elle projette la couleur et la lumière dans toutes les directions. De la même façon, tout le monde voyait les couleurs d'Auralia, mais chacun voyait des motifs différents. Le travail d'Auralia jouait toutes les notes qu'un orchestre peut connaître. Et encore plus que ça. Une telle vision pouvait seulement venir de quelqu'un qui avait été ailleurs, vu autre chose et concentré toute son énergie pour préserver l'expérience dans un cadre.

Pour tous ceux qui étaient présents dans la cour, ce qui était réel et possible avait été transformé. Les yeux de leurs yeux étaient, l'espace d'un instant, ouverts à un monde plus grand et plus beau qu'ils auraient pu imaginer, à la présence lumineuse de chacun, homme, femme, garçon ou fille.

Les nuages passèrent de nouveau devant le soleil, et l'éclat des couleurs d'Auralia s'adoucit, comme une flamme qui diminue pour devenir un charbon ardent.

Auralia desserra distraitement le fil de la bordure et l'arracha de la cape, l'enfermant dans sa main.

Lorsqu'elle le fit, les couleurs diminuèrent et elle se tint devant le roi, irradiant toujours les couleurs de ce qu'elle avait fait. Elle entendit les murmures.

— Pour qui se prend-elle?

— De telles couleurs…

— Le donjon. Elle doit être mise au donjon.

— Ce n'est qu'une enfant.

— Maintenant, les Bel Amicains auront quelque chose à dire, quand ils rentreront chez eux.

— Il n'y a pas de reine assez riche pour posséder quelque chose comme ça.

Les enfants qui entouraient Auralia tendirent le bras vers l'avant, pour pousser et donner de petits coups aux couleurs, espérant que les teintes puissent déteindre sur leurs mains. Auralia supporta leurs légers coups de coude et essaya de se rappeler les questions d'Aug-anstern. Quelques instants plus tard, les gardes entrèrent, emmenant ses admirateurs avec le manche de leur lance pour évacuer l'anneau.

Le roi se percha au sommet de l'escalier, ses robes tombant autour de lui comme les ailes d'un oiseau prédateur. Pendant un instant, plusieurs crurent qu'il allait tomber. Le tourment sur son visage suggérait qu'il ne savait pas s'il avait souffert du terrible symptôme du breuvage ou si le monde avait réellement été transformé pendant quelques instants à couper le souffle.

Auralia pensa aux épouvantails, au roi fait à partir d'une courge jaune dont elle avait brisé la tête, de la fumée qui s'échappait dans un soupir.

— Qui t'a dit de venir et de railler le roi d'Abascar ? cria Aug-anstern, tressautant à l'arrière de la plate-forme.

— Nous connaissons déjà la réponse, dit le roi Cal-marcus, retrouvant finalement la voix.

L'escalier en bois craqua sous ses bottes, lorsqu'il descendit vers celle qui l'offensait.

— Mais je veux t'entendre le dire, jeune fille.

— Scharr ben Fray, murmurèrent les gens de la maison derrière elle. Il parle du mage exilé.

— Dis-moi, fille de Cueilleurs, qui se cache comme un lâche et envoie une enfant me railler ? Avoue le nom de ton maître.

La voix de Cal-marcus s'éleva à une puissance impérieuse, au moment même où elle tremblait sous l'influence de son turbulent breuvage.

— Est-ce qu'il t'a ensorcelée, comme il a essayé de jeter des sorts à mon fils ?

Auralia observa la tempête d'oiseaux. Elle pensa à Dukas et à la façon dont il aurait ronronné, à la vue de tant d'oiseaux. Elle se demanda si ses rêves ressemblaient à quelque chose comme ça. En avait-elle déjà vu autant à la fois dans le ciel ?

Ils n'émettaient pas de sons, ni ne se battaient. Ils ne faisaient que tourner en rond, attendant.

— Est-ce que ton maître fait des tours de cette... cette magie imprudente? demanda le roi.

Auralia pouvait sentir l'hajka dans son haleine.

— Est-ce qu'il t'a envoyée pour m'insulter, pour avoir permis la Proclamation des couleurs? Espèce d'orpheline stupide et crédule. Tu es une pauvresse sauvage, désespérée, venant des étendues sauvages. Tu es une blague faite aux dépens de Jaralaine.

Le roi se retourna vers la statue voilée de sa reine perdue. Puis, il bondit et saisit Auralia par le poignet, la tirant vers l'avant. Elle trébucha et tomba en montant l'escalier vers le podium. Des halètements et des cris montèrent de la foule.

— Regarde parmi la foule.

La voix du roi tremblait dans sa tentative d'étouffer sa colère.

— Tu reconnaîtras celui qui n'appartient pas au groupe. Désigne ton maître. Où est-il?

Un des flûtistes joua timidement le thème de la cérémonie, exhortant sans conviction les autres à le rejoindre, mais un ordre du roi les fit taire.

Toujours plus braves, les oiseaux plongèrent au-dessus de la plate-forme.

— Où est-il?

La réponse d'Auralia allait rester gravée dans la mémoire de chaque spectateur comme étant le discours le plus audacieux jamais présenté devant le roi. Les gens de la maison essaieraient de reconstituer les paroles, inventant des déformations nombreuses et variées. Les gens se disputeraient et s'empresseraient de déterminer qui s'en souvenait le mieux. Mais tous reconnaîtraient qu'ils étaient heureux d'avoir été vivants ce jour-là, pour être les témoins d'un tel spectacle...

C'est-à-dire, jusqu'à ce que les événements mis en mouvement pendant cette cérémonie se réalisent et fassent souhaiter aux gens de pouvoir oublier.

— Vous savez où est mon maître, dit Auralia, baissant les yeux sur l'enchevêtrement de fils dans ses mains. Quand vous dormez, il traverse votre esprit. Mais quand vous êtes réveillé, vous devez chercher pour le trouver. En ce moment, il vit dans le lac. Mais demain, qui sait ? Il pourrait choisir le ciel ou la forêt. Il déménage toujours, mais il aime se cacher, simplement pour voir qui viendra le chercher.

Elle désigna de la main l'horizon, au nord.

Personne ne dit quoi que ce soit, mais l'expression de leur visage confirmait ce que pensaient les gens de la maison. Parler du Gardien en présence du roi était une violation flagrante de la loi.

— Quelle curieuse créature, fit remarquer un Bel Amicain souriant. Si elle a été envoyée pour vous railler, roi d'Abascar, alors quelle plaisanterie complexe est-ce là. Laissez-nous la ramener à Bel Amica.

Le roi pivota sur ses talons, furibond.

Mais le Bel Amicain continua.

— Ne vous offensez pas, roi d'Abascar. Nous cherchons à préserver les lois que vous avez créées. Nous enlèverons de votre cour ces difficultés. Un spectacle aussi impressionnant sera le bienvenu dans notre maison.

Auralia entendit le craquement brusque du revers de la main du roi avant de ressentir la douleur. Sa tête fut frappée d'un coup sec et quelles que fussent les paroles du roi par la suite, elles se perdirent dans le bourdonnement de ses oreilles. Cela pourrait bien avoir été «stupide fille de la forêt» ou «idiote insouciante et sans valeur».

Elle s'effondra à genoux.

Un cri amer provenant de l'autre côté de la plate-forme, une voix de femme, encouragea le roi dans sa colère.

Une jeune femme — celle promise au prince — montrait du doigt la cape d'Auralia.

— Enlevez-lui cette cape !

La jeune femme avança, échappant de peu à la poigne nerveuse de sa mère. Auralia remarqua les impressionnantes couleurs de sa robe.

— Des couleurs comme celles-là n'appartiennent qu'au roi d'Abascar. Elles n'appartiennent pas à… à cette fille.

— Les couleurs ne m'appartiennent pas, pas plus qu'au roi.

Auralia baissa la tête. La gifle avait rouvert la blessure causée par le chasseur bel amicain, et de petites gouttes de sang en coulèrent.

— La Proclamation, siffla Stricia. Roi Cal-marcus, n'oubliez pas la Proclamation.

— Je connais les lois de ma maison.

Le roi ajouta d'une voix râpeuse :

— Assoyez-vous, Stricia kai Ark-robin, et ne parlez plus.

Aug-anstern fit signe aux soldats de l'autre côté de la cour. Ils répondirent, marchant au pas vers l'escalier.

Le roi se tourna pour les recevoir.

— Emmenez cette méchante fille pour un interrogatoire. Nous enlèverons ces mensonges de sa tête.

— Et ça, monsieur ?

Ark-robin désigna d'un geste la cape d'Auralia.

— Enfermez-la dans l'entrepôt souterrain, comme le reste des couleurs de la maison Abascar. Cela restera à cet endroit…, jusqu'à ce que j'annonce que le printemps d'Abascar est arrivé.

Sur ces mots, les gens de la maison échangèrent des coups d'œil inquiets.

Puis, quelqu'un à l'arrière de la foule répondit avec un méchant « Ha ! ».

Cela inspira un grondement de mécontentement, qui s'éleva en puissance et en turbulence. D'autres élevèrent la voix, en colère et effrontés. Les jeunes se plaignaient et les plus âgés criaient leur ressentiment.

Auralia sentit la poigne solide des mains d'un soldat sur son bras. Elle regarda dans ses yeux incertains.

— Faites attention, dit-elle doucement. Si un seul fil de ma cape est brisé, les couleurs disparaîtront.

Ark-robin hocha la tête, terrifié, la souleva et la porta en bandoulière comme un sac. Auralia ne lutta pas. Elle tourna seulement son visage vers les Cueilleurs graciés.

Krawg avait remis son capuchon et des larmes coulaient sur son nez tordu et son menton barbu. Il tendait les mains comme s'il essayait de la rattraper dans une chute. Elle essaya de trouver une façon de sourire, mais son visage était si froid, si engourdi.

Des objections à la saisie d'Auralia se firent plus bruyantes, et Aug-anstern se mit en colère derrière le roi.

— Des Rancuniers, mon seigneur, murmura-t-il.

Et ensuite, perdant son calme dans le tumulte, il avança la tête en avant, devant la foule, des crachats s'envolant alors qu'il huait :

— Vous tous ! Rancuniers ! Déloyaux envers le roi !

Le roi fit un brusque mouvement de la main pour faire taire son conseiller, mais c'était trop tard. Comme une épidémie, l'agitation se propagea à travers la cour. Cal-marcus retourna vers son trône. Ce faisant, il marcha sur le bord de la robe d'Aug-anstern, et ils chutèrent tous les deux sur la plate-forme.

Comme si cela avait été un signal, la foule devint un raz-de-marée de protestations, déferlant vers le podium. Leurs points d'honneur colorés ne les obligeraient pas plus longtemps à la bienséance. Comme une créature depuis longtemps enfermée et qui serait subitement libérée, ils allaient protester contre l'hivernage. Ils n'allaient pas laisser les soldats emporter Auralia. Son arrestation était une condamnation manifeste de leurs désirs. Auralia avait ouvert d'un coup sec la porte du passé et rendu la liberté à leurs souvenirs de gloire.

Le galopin laissa Scharr ben Fray le déposer. Il sentit ses mains rugueuses, calleuses, lui saisir le menton et détourner son attention de la crise.

— Si tu es un ami d'Auralia, quand le temps viendra, aide-la.

Scharr ben Fray criait pour être entendu au milieu de l'émeute.

— Tu es peut-être le seul qui puisse le faire.

Le garçon hocha la tête bien qu'il ne pût guère comprendre la moindre pensée, car la tête lui tournait.

— Écoute, mon garçon. Je dois partir.

Le mage jeta un coup d'œil vers le mur.

— Le roi pense que j'ai quelque chose à voir avec cela. Mais ces choses sont bien plus étranges que ce que j'ai vu au cours de tous mes voyages et de toutes mes années. Nous nous reverrons. Quand cela arrivera, je veux entendre l'histoire de tout ce qui s'est passé ici à la suite de mon départ. Fais très attention. Compris ?

Sur ces mots, Scharr ben Fray retourna en titubant dans la foule, son moignon de pierre inutile, mais convaincant, dépassant de sa manche.

Le galopin sentit le cauchemar tirer à sa fin.

Il devait trouver Auralia.

Il s'avança de nouveau, très mal à l'aise, essayant de se frayer un chemin à travers la foule.

« Aide-la », avait dit le vieil homme.

Mais il était coincé entre la hanche moelleuse d'une grande femme et le coude pointu d'un petit homme.

Les gens d'Abascar étaient rassemblés dans un cri de défi, surpris de constater qu'ils pouvaient être une force puissante. L'émotion se transforma en action. Le galopin fut pris dans l'élan, soulevé de terre et transporté vers l'avant.

Puis, aussi vite qu'il avait été soulevé, il tomba. La foule lui broya les jambes, lui fracassa les genoux, lui meurtrit le dos, lui donna des coups de pied à la tête.

Le roi criait.

Des chiens aboyant se joignirent à la mêlée, libérés par les soldats pour briser la foule et transformer leur colère en peur.

Il y eut le cliquetis des armures, le cri des ordres, les hurlements.

Lorsqu'il s'éveilla, il était seul sur la place jonchée de débris.

L'émeute était terminée. La plate-forme était vide.

Des gardes agressifs, leurs épées brillantes tenues bien haut, leurs chiens grondant férocement, maintenaient les gens de la maison en rangées et les faisaient passer comme du bétail à travers les portails de la cour.

Au-dessus de lui, dans le ciel qui se dégageait, un millier d'oiseaux devenaient fous, leurs cercles brisés, ébranlés.

15

CAL-RAVEN RENTRE À LA MAISON

L e prince Cal-raven revint avec un trophée pour son père, une autre série d'yeux furieux et de crocs découverts, destiné à rejoindre la galerie de visages féroces qui lançaient des regards noirs dans la bibliothèque du roi.

Des bergers, se lamentant de pertes presque quotidiennes, avaient demandé la chasse, montrant aux officiers les traces dans leurs écuries et leurs champs ensanglantés. La troupe de Cal-raven avait poursuivi un ours-crocs, qui fut facilement convaincu de chercher ses repas ailleurs.

Mais, alors même que ses officiers avaient chassé le monstre, des messagers rapportèrent que le massacre avait repris. L'ours n'avait pas été la seule menace assassinant les animaux à laine, ceux à sabots et ceux qui broutaient. Un loup des cavernes, gros comme n'importe quel ours, était descendu des montagnes — un événement sans précédent — et avait échappé à tous les pièges à ours d'Abascar. Retirant ses troupes, le prince les fit se dissimuler dans les cimes des arbres, autour des pâturages, et Tabor Jan, le garde de Cal-raven, abattit la louve avec une flèche précise et l'acheva par la suite avec sa lance.

Il faudrait cinq ou six ans avant que les bergers reconstituent leurs troupeaux, mais cela ne les empêcha pas de sacrifier quelques animaux pour le plaisir d'un festin de célébrations à l'intérieur de la maison. La menace avait été éliminée.

Les admirateurs remplirent les avenues, des portes principales jusqu'au palais, endurant la pluie, ralentissant ainsi
la file de vawns qui portaient les douze chasseurs. Tous les
yeux étaient rivés sur le prince. Les gens de la maison appri-
rent à le reconnaître, malgré ses efforts pour garder l'ano-
nymat. Contrairement aux autres officiers de haut rang,
Cal-raven ne s'annonça pas en menant la procession, ni ne
monta un vawn marqué différemment de ceux de ses officiers. Les gens de la maison l'identifiaient par ses cheveux
bien tressés, avec des mèches rouges, et par la façon dont il
semblait toujours préoccupé par le ciel au-dessus de la
maison. Ils l'aimaient pour cette cape d'un gris terne, et
juraient qu'il l'avait choisie pour manifester du respect pour
les gens ordinaires de la maison. Cela semblait un geste de
défi envers les lois qui gardaient le palais orné de couleurs.
Ils prenaient tout cela comme un signe encourageant, qui
indiquait qu'un jour, le roi Cal-raven restituerait ce qu'ils
avaient perdu.

Il détournait leurs éloges d'un sourire généreux, dirigeant leurs acclamations vers son garde. L'enthousiasme de
la foule ne s'en trouvait qu'intensifié devant ce geste humble,
criant les noms de deux héros au lieu d'un seul. Tabor Jan
fronça les sourcils et marmonna, éperonnant son vawn pour
remonter plus vite l'avenue glissante.

Bien que cet accueil ait été vraiment flatteur, Cal-raven
était mal à l'aise. Une passion étrange alimentait cette
démonstration fébrile, comme si son retour apportait le soulagement d'un fardeau, comme s'il représentait soudain plus
qu'il ne le comprenait.

Aux portes du palais, les gardes étaient étrangement
bourrus. Le prince essaya d'attirer l'attention des hommes
d'écurie, qui attendaient, avec des détails expliquant
comment la grande peau de loup sur le dos de son vawn en

était venue à être leur récompense. Ils hochèrent poliment la tête, mais échangèrent des regards nerveux.

Seuls les gardes les attendaient dans la cour du palais. Le prince nota calmement la condition des pelouses, qui semblaient avoir été labourées et cultivées. La plate-forme était vide, débarrassée de tout indice indiquant que les rites avaient eu lieu.

Après que les portes furent refermées, les acclamations continuèrent à l'extérieur, surplombèrent le mur, traversant les fenêtres de la tour, ce qui fit savoir à tous ceux qui étaient à l'intérieur que le fils favori de la maison Abascar était revenu.

Cal-raven laissa son vawn à un autre officier et traversa la cour délabrée, poussant Tabor Jan devant lui. Il essaya de rire et d'ignorer le nuage sombre, stagnant, qui recouvrait le palais. Ils passèrent par une arcade, écartèrent les lourds rideaux violets et entrèrent dans un couloir d'un or criant bordé de bols d'encens rougeoyants.

Comme le voulait la coutume, il avancerait vers une chambre de réception où des gardes lui offriraient une robe habillée. Et il entrerait ensuite dans la cour royale, où il trouverait les magistrats et le roi lui-même, attendant de le recevoir, avides de son rapport.

Mais le prince hésita, comme s'il sentait un piège, et décida de ne pas suivre le chemin préparé pour lui. Il se tourna, entrouvrit les rideaux qui tapissaient le mur et dévoila un escalier sombre qui descendait. Aujourd'hui, il laisserait les magistrats marmonner et être furibonds. Il dirigea Tabor Jan vers le bas de l'escalier, pour passer sous la salle de cérémonie, puis à travers des couloirs tranquilles où l'air était lourd de poussière et de vieux échos, les menant vers une tour et, enfin, vers la retraite la plus tranquille du roi — la bibliothèque.

— Il y a quelque chose que vous ne me dites pas, marmonna Tabor Jan, bourru et mal à l'aise. D'abord, vous vous enfuyez de la chasse pour un entretien secret avec un homme que votre père a condamné. Et, maintenant, vous rejettez les magistrats. Êtes-vous tellement résolu à vous faire des ennemis ?

— Quelque chose est arrivé. Les gens semblaient prêts pour un couronnement, pas pour un mariage. La cour…

— Pratiquement détruite.

— Et les gardes…

— Doublés, à chaque porte par laquelle nous sommes passés.

— Et je…

— Marche si vite que vous êtes en avant de vous-même.

— Ne…

— M'interrompez pas ?

— Mon père est d'une humeur massacrante. C'est évident. Et quand il est contrarié, il dédaigne toute compagnie officielle. Il se cachera des magistrats, lui aussi.

— J'admire parfois son jugement.

Cal-raven fit passer son arc de chasse sur son épaule et se frotta les mains.

— Il sera ici, dans sa cave à vin, buvant jusqu'à l'hébétude.

— Et vous voulez lui rendre visite dans sa mauvaise humeur ?

— Plus il est en colère, soupira le prince, plus il est honnête. Je n'aime pas entendre les mauvaises nouvelles quand elles ont été adoucies et arrangées par un jury de magistrats fourbes et roublards. Je veux les entendre de la bouche de mon père. Si nous l'attrapons pendant qu'il est amer, nous obtiendrons une harangue détaillée de tout ce qui a eu lieu, sans aucune flatterie ou bêtise.

Là-dessus, Cal-raven sauta devant son ami, ignora les gardes déconcertés, qui se levèrent en sursaut à son approche, et ouvrit si violemment les lourdes portes noires de la bibliothèque au coin du feu qu'elles claquèrent contre les murs intérieurs. Cela provoqua une secousse dans la chambre calme.

Cal-raven n'avait pas fait un pas pour traverser la porte que déjà il criait :

— Une bouteille ! Nous avons libéré les troupeaux d'une louve avec l'aide des flèches de Tabor Jan. Nous devons lever notre verre en son nom !

Surpris, le petit chien du roi, Wilfry, bondit vers l'avant comme une boule de coton à quatre pattes, aboyant avec panique et consternation. Il jappa et gronda férocement d'une voix qui n'arriverait pas à faire peur à une souris de maison, ses yeux roses lui sortant de la tête et ses oreilles pointues aplaties vers l'arrière. L'autre chien, l'ancien chien renifleur appelé Hagah, leva simplement la tête au-dessus de ses énormes épaules, des couches de chair roulante révélant le nez noir et humide qui écrasait le reste de ses traits, mais pas ses yeux, qui demeuraient cachés par la peau flasque. Sa queue, lourde comme la branche maîtresse d'un arbre, se leva à deux centimètres au-dessus du sol et retomba ensuite avec un bruit sourd, une rare note d'enthousiasme chez ce chasseur âgé.

Renvoyant d'un coup de pied le jappeur agaçant, Cal-raven fit le tour de l'énorme table de stratégie et attrapa une coupe parée de bijoux sur le manteau de la cheminée.

— Des coupes de reconnaissance, père. Réchauffons son ventre et calmons ses esprits. Nous pourrons ensuite le renvoyer pour supporter les flatteries ennuyeuses des magistrats pendant que je reste ici avec vous.

Tabor Jan rougit — le prince pouvait voir cela même dans la lueur du feu. Le géant portant la cuirasse s'inclina maladroitement vers le roi, vêtu d'ombre, qui était avachi sur sa chaise devant l'âtre et regardait fixement les flammes.

Les gardes de la porte regardèrent autour d'eux, nerveux.

Le roi était indifférent à l'humour de son fils. Cal-raven savait qu'une fois de plus, il s'était garanti une réprimande, puisque le roi trouverait de la rébellion dans le fait même que le garde, pas le prince, ait reçu l'honneur de terminer la chasse.

Mais Cal-raven était un prince fait ainsi.

Les exploits de force et de violence ne lui plaisaient pas, à moins qu'ils viennent sous la forme d'un récit grâce auquel il pourrait éblouir une assistance en le racontant. Il prenait plaisir à faire l'éloge des autres et pimentait des histoires de détails inutiles pour que rien à leur sujet ne s'estompe.

Tandis que son père traçait son avenir en tant que soldat et roi, le fardeau de l'anticipation d'Abascar fatiguait Cal-raven. Il avait hérité des talents d'un soldat, mais alors qu'il s'élevait en rang et en dextérité, son ennui par rapport aux passe-temps compétitifs augmentait. Il démontrait plus d'enthousiasme pour chasser des oiseaux fugitifs à travers le palais que pour chasser les hommes-bêtes. Et il se découvrait de plus en plus nostalgique de ces heures de son enfance pendant lesquelles il jouait seul dans le jardin de la cour de sa mère. Ou de ces longues nuits à écouter les récits fascinants de Scharr ben Fray. Après la disparition de sa mère et l'exil du conseiller vieillissant de son père, le prince devenait de plus en plus distrait par la nature, la forêt et le temps.

Chez lui, il grognait, quand les magistrats cherchaient à le mêler à des débats au sujet de la loi ou à s'attirer ses bonnes grâces par profit égoïste. À leur grand chagrin, il oubliait leur nom et leur titre. Il était plus intéressé par les relations, les drames et les secrets de ses domestiques, des prénoms desquels il se souvenait, et dont il aurait pu réciter les histoires avec une précision surprenante. Il était connu pour rester debout toute la nuit à raconter des histoires aux enfants poussiéreux de la maison qui balayaient les couloirs et changeaient les tapisseries. Quand des conseillers faisaient fièrement parader leurs filles décorées à travers le palais, il haussait les épaules et marchait d'un pas lourd vers l'anneau d'entraînement, où un exercice avec des escrimeuses ambitieuses devenait bientôt une danse galante.

Les rumeurs des affections imprévisibles de Cal-raven devinrent endémiques pendant une saison scandaleuse, quand il s'était proposé pour aider une jeune mosaïste, l'observant tranquillement pendant qu'elle concevait méticuleusement une œuvre murale représentant les batailles de Cal-marcus avec les mercenaires de la forêt. Pendant des jours, elle fut sa seule confidente. Le roi arrangea rapidement des déjeuners formels avec les familles qui avaient des filles respectables et en âge de se marier.

Quand il n'était pas en train de chuchoter avec celles qui étaient de moindre condition que la sienne, Cal-raven se promenait seul, attiré davantage par les fenêtres que par les salles à manger, par les bibliothèques isolées que par la cour animée. À l'occasion, il disparaissait complètement, provoquant des rumeurs selon lesquelles il avait vécu et travaillé déguisé parmi les gens de la maison. « Un tour que le mage exilé lui a appris jadis », telle était la spéculation populaire.

Et il était donc revenu chez lui d'une autre chasse, sans faire preuve d'aucune vanité. Il essayait de détourner l'attention de son père vers le courage de son garde, mais le roi n'était nullement intéressé par le moindre compte-rendu. Cal-raven commença à soupçonner que des choses plus ennuyeuses qu'il ne l'aurait pensé étaient en cours.

Le prince s'approcha de la silhouette de la chaise à dossier haut. Les mains de son père saisissaient les accoudoirs, ses bagues étincelant dans la lueur du feu. Et, alors, le roi grogna, même s'il sembla que la voix provenait des dents découvertes de la tête de ver-chimère accrochée au-dessus de l'âtre.

— Comme c'est généreux de ta part de permettre à ton ami de donner le coup fatal.

Wilfry, remarquant soudain que Cal-raven n'était pas venu seul, se tourna et se jeta vers Tabor Jan, aboyant avec des couinements de plus en plus aigus.

Tenant son arc comme si c'était un bâton, Cal-raven s'agenouilla à côté de son père, examinant ce visage étroit, et sentit les dernières étincelles de son courage disparaître.

— Je ne fais pas la charité à Tabor Jan. Mes flèches n'ont rien pourfendu à part de malheureux arbres. Son tir était réel. Si j'avais quelques qualités de sa rapidité et de son habileté, nous serions des rivaux, pas des amis. J'ai besoin de ses talents pendant une chasse. Accordons la reconnaissance là où elle est due… en retard. Une bouteille. Quelque chose de particulier. Surprenez-nous. Nous avons soif. Nous boirons n'importe quoi.

Les lèvres du roi s'écartèrent pour dévoiler des dents serrées, et quand il jeta un coup d'œil à son fils, Cal-raven sut immédiatement que des épreuves avaient transpercé cette peau durcie et frappé l'os.

— Wilfry !

À la voix du roi, le petit chien traversa la pièce avec un jappement pour atterrir à ses pieds et lever fixement les yeux vers son visage avec adoration, la langue sortie avec un sourire exagéré. Le roi voulut le frapper avec son pied en pantoufle de laine, mais le chien l'esquiva et revint au même endroit, comme s'il était inconscient de la plainte. Hagah gronda — le son d'un vieil homme dont la patience avait été mise à rude épreuve — et tourna ses bajoues affaissées vers Cal-raven avec un soupir sinistre.

La colère du roi, latente depuis longtemps et qui l'avait affaibli, était subitement éveillée et affamée. Cal-raven pouvait seulement supposer qu'il y avait plus d'hajka dans le ventre de son père qu'une bouteille pouvait en contenir. Il regretta immédiatement d'avoir demandé des boissons, mais il était trop tard ; son père souleva une des six petites chevilles en bois, dans le bras de sa chaise, qui supportaient chacune une cloche différente, et laissa une tonalité froide, solitaire, sonner à travers la bibliothèque. Le carillon vibra jusqu'au bout d'un long couloir, derrière les rideaux qui se trouvaient dans le coin, où il atteindrait les oreilles d'un serviteur qui attendait.

Cal-raven éternua.

— Quel temps épouvantable.

Le roi Cal-marcus fit un geste, comme s'il combattait un nuage d'insectes, vers la grande fenêtre à l'extrémité la plus éloignée de la pièce.

— Tu ferais mieux de fermer ta fenêtre, ce soir. La saison des épidémies est sur nous.

— Est-ce que le temps a ramené vos maux de tête ?

— Mes maux de tête ? Par quoi aimerais-tu que je commence ? Par les rites du Privilège, que tu as ingénieusement évités ? Je n'aurais peut-être pas souffert autant, si tu avais été là.

Derrière la chaise, Cal-raven souleva la main pour avertir Tabor Jan : « Ne t'approches pas plus, mais ne pars pas tout de suite. »

— Nous ne sommes pas allés nous promener pour notre propre amusement, père. Et la forêt semblait… agitée. Ces nuages de tempête, ils ne se déplaçaient pas dans la même direction que le vent. Ils étaient attirés vers Abascar, comme s'ils étaient enchaînés aux volées d'oiseaux. Cela semblait presque comme un enchantement.

— Soies et fougère, mon garçon! J'ai exilé Scharr ben Fray pour ne pas avoir à écouter de telles absurdités.

C'était dans cette pièce que le roi Cal-marcus s'inquiétait. C'était cette chaise que le jeune Cal-raven en était venu à appeler «le trône de la colère». Il avait appris à s'en tenir loin. Plusieurs serviteurs portaient des ecchymoses à cause des soudains changements d'humeur de son père. Et il était toujours effrayé par la manière dont la lueur du feu sculptait la souffrance dans les traits de Cal-marcus.

Lors de combats, Cal-raven faisait face à des hommes-bêtes hideux sans broncher, mais, ici, il ne pouvait croiser le regard agité de son père. Cela était peut-être dû à sa peur du jour où il hériterait du trône et de tous les défis de son père. C'était peut-être sa crainte que l'hivernage d'Abascar n'ait figé l'esprit de son père dans un gel qui ne fondrait jamais, et que sa faible vitalité n'ait commencé à chanceler. Cal-raven avait perdu le sommeil d'une centaine de nuits à chercher un remède, espérant chasser les souvenirs qui assaillaient le cœur de Cal-marcus. Plusieurs fois, il avait tenu compagnie à son père, lisant pour lui les rouleaux, mais rien de ce qui provenait des étagères couvertes de toiles d'araignées de la bibliothèque ne pouvait combler le vide dans le cœur désert du roi.

— Je suis désolé de ne pas avoir été là pour être près de vous. Je propose que nous attendions jusqu'à demain pour raconter l'histoire de la flèche de Tabor Jan.

Cal-raven avait espéré finir la journée en exagérant les récits de l'éclat de Tabor Jan devant les dames admiratives du palais. Mais il ne pouvait pas poursuivre de tels loisirs, maintenant, pas pendant que son père se noyait dans l'alcool et la souffrance. Il se leva, transporta son arc vers la porte, le plaça sur un chevalet entre deux tapisseries et, silencieusement, le front ridé d'excuses, renvoya Tabor Jan, déçu de ne pouvoir lui offrir une explication pour la noirceur qui régnait ici.

Il savait que son ami serait patient. Le refus du roi de reconnaître l'accomplissement du garde s'évanouirait bientôt. Demain, Cal-marcus ker Har-baron se lèverait, prêt à louer Tabor Jan et à célébrer la chasse. Mais le garde serait déjà reparti patrouiller, préférant continuer plutôt que rester debout à ne rien faire et à ruminer sur des actions passées.

Lorsque Tabor Jan se retira, les gardes fermèrent les portes, et Cal-raven inspira longuement et profondément. Il plaça une main compatissante sur l'épaule dure de son père, puis s'assit sur le grand tapis, devant l'arche embrasée de la cheminée.

— Elle semble mauvaise, cette fièvre dont vous souffrez. Les Bel Amicains, vous ont-ils posé des problèmes?

— J'en ai fini avec eux.

Le roi, baissant le bras pour masser les plis de la lourde tête d'Hagah, sembla quelque peu soulagé par le changement de sujet.

— Ces ambassadeurs bel amicains — ils se nomment eux-mêmes les «voyants» — sont d'un genre douteux. Parlent-ils vraiment pour la reine de la maison Bel Amica? Ou sèment-ils les graines de leurs propres stratégies? Je crains que la reine Thesere ne soit qu'un jouet pour les marionnettistes officieux. Ils la flattent, et sa tête enfle trop pour la couronne, écrasant son jugement. Ce sont des négociateurs implacables. Tout est à vendre, selon leur façon de voir les choses. Et ils ont cette idée ridicule que nous les aiderons à construire une autre forteresse sur la côte d'une terre nouvelle.

— Vous avez refusé.

— J'ai renvoyé bredouilles ces ambassadeurs. Je ne vois pas d'avantage à les aider. Si les Bel Amicains occupent un nouveau royaume dans les îles, comment saurons-nous de quoi ils sont capables ? Devons-nous doubler nos efforts pour entraîner des espions ? Devons-nous acheter la loyauté des bateliers ? Ils pensent qu'ils peuvent apaiser nos craintes, s'ils nous invitent à les aider. Mais je ne leur fais pas confiance.

— Il fut un temps où vous acceptiez les marchés des Bel Amicains, dit Cal-raven. Vous avez même défendu la reine Thesere contre les soupçons de mère.

— Et, maintenant, ta mère est partie. Il n'y a que deux façons de voir cela : ou nous étions si vulnérables que notre reine nous a été volée, ou nous étions si décevants qu'elle est partie. Peu importe ce qui est vrai, nous sommes la risée du reste du monde. Les autres s'intéressent à nous, maintenant, essayant d'apprendre ce qu'il en coûterait de revendiquer tout ce que nous avons construit. Aucune flatterie ne peut cacher le désir des Bel Amicains pour la conquête. Ils sembleraient généreux même s'ils nous envahissaient, comme s'ils pouvaient franchir nos portes et nous offrir l'hospitalité dans nos propres pièces.

Il retira la main de la tête du chien et tapa du poing sur l'accoudoir de la chaise.

— Ils ne devraient pas avoir vu ce qu'ils ont vu hier.

Le pouls de Cal-raven s'accéléra.

— Qu'est-ce que les Bel Amicains ont vu ?

Le roi Cal-marcus se leva, attrapa un tisonnier du foyer et contourna lentement le trône de la bibliothèque, tapotant son extrémité noire de suie sur le plancher tandis que son animal blanc, plein de vénération, le suivait docilement.

— Je... je m'inquiète, quand j'entends dire que le seul héritier d'Abascar a abandonné ses troupes pour se promener dans la forêt, surtout quand la forêt devient de plus en plus dangereuse.

— Je n'étais pas dehors pour une promenade, père. Les hommes-bêtes deviennent plus dangereux, oui. Mais, si je ne suis pas attentif aux bêtes sauvages, enquêtant sur leurs plans, comment nous défendrai-je contre eux ?

— Je ne parle pas des hommes-bêtes. Il y a des hommes dangereux dans la nature. Des hommes qui connaissent nos secrets. Des hommes qui cherchent à nous affaiblir.

Il se tourna et braqua le tisonnier sur son fils.

— Des hommes qui attirent mon fils dehors et sèment ensuite les graines de la malhonnêteté dans son esprit.

« Ah. »

Cal-raven sentit une vieille colère familière s'agiter en lui.

— Vous parlez de Scharr ben Fray.

Son père devait avoir entendu les rapports mentionnant que le mage était apparu près de lui, aux fouilles.

— Vous parlez de cet homme bon, qui est venu pour visiter nos fouilles agitées et qui s'est débarrassé du filon noir qui aurait pu nous coûter plusieurs jours et ressources. C'est de ce genre de menace pour Abascar que vous parlez ?

Cal-marcus laissa le tisonnier tomber sur l'âtre, et Wilfry gronda férocement contre lui et essaya de le traîner plus loin.

Le roi retomba sur sa chaise.

— Jusqu'où ce vieil idiot plein de ressentiment ira-t-il par vengeance ? Avec quelles forces de la forêt peut-il comploter ?

— Comploter ?

Ce fut tout ce que Cal-raven put prononcer pour ne pas s'étouffer.

— Par vengeance ? Un fantôme que vous avez conjuré, par crainte et culpabilité, vous distraira-t-il du vrai danger ? Les hommes-bêtes deviennent chaque jour plus forts. Leur déclin est terminé. Ils se soulèvent de nouveau.

Cal-raven décrivit les signes qu'il avait vus, les marques d'embuscade, le carnage et l'image troublante d'empreintes de bottes le long des éraflures de l'homme-bête. La pensée des marchands, des Cueilleurs et des commerçants d'Abascar se faisant tendre une embuscade et attirer vivants dans les antres de Cent Regus — cela devrait reconfigurer la boussole dans le cœur brisé de son père.

— Je peux vous montrer ces signes. Et je peux vous montrer comment nous pouvons reprendre la forêt autour d'Abascar. Mais nous devons convaincre nos marchands d'être plus vigilants. Nous aurons besoin de traqueurs, de gardes forestiers et, oui…, de mages, aussi. Si quelqu'un hait la menace de Cent Regus avec la même passion que vous et moi, c'est bien notre vieil ami Scharr ben Fray.

Cal-raven se leva, maintenant nerveux, et observa son ombre s'étirer devant lui, le menant à la fenêtre. Il fut tenté de se faufiler dehors. Non, il ne pouvait pas laisser tomber la soirée, pas comme ça. Il était le fils de son père, et aucun des deux ne trouverait le sommeil s'il laissait ces blessures ouvertes.

Alors qu'il marchait vers les étagères d'histoire, Cal-raven entendit Hagah renifler derrière lui, suivant certainement les traces des nombreux jours de chasse dans la nature. Les sens du pauvre vieux chien de chasse n'étaient plus ce qu'ils avaient été pendant les jours où il avait couru à hauteur du vawn de Cal-marcus et abattu des mercenaires et des hommes-bêtes. Cependant, il était encore résolu à résoudre les mystères des odeurs qui ne lui étaient pas familières.

Le prince se traîna les pieds à travers les rouleaux abandonnés et frotta la poussière entre ses paumes écorchées par les épines.

«Calme-toi. Retiens-toi. N'attise pas ce feu.»

Il inspira lentement, attendant jusqu'à ce qu'il puisse compter un pouls un peu plus lent avant de parler de nouveau, tout comme Scharr ben Fray lui avait appris à le faire, il y avait de cela plusieurs années.

— Nous ne sommes pas prêts, dit finalement le roi en soupirant. Nous devons rehausser nos forces à l'intérieur des murs et nous préparer pour un siège. Cela peut venir des hommes-bêtes. Mais je me prépare pour Bel Amica. Et qu'en est-il de la maison Jenta, si silencieuse et vigilante? Qui sait quand ils peuvent s'avancer et quelle forme peut prendre un tel siège? Scharr ben Fray fut jadis un des leurs. Il est peut-être leur espion.

— Qui vous alimente de ces mensonges? Est-ce que cela a quelque chose à voir avec ce qui est arrivé lors des rites?

Le roi sonna la cloche de nouveau et jura.

— Hagah! cria-t-il au vieux chien de chasse. Va chercher le serviteur.

Hagah se tourna et regarda son vieux maître, et sa croupe tapa lentement sur le plancher en face de la fenêtre.

— Vas-y!

Le roi insista, montrant du doigt le coin où les rideaux dissimulaient le passage.

— Va chercher le serviteur.

Wilfry regarda le roi, aboya, et se dirigea sous le rideau pour s'éloigner en bondissant dans le couloir.

— Espèce de vieux fou, Hagah, se plaignit le roi.

Le chien de chasse soupira de nouveau, étendit ses pattes avant et posa le menton sur le sol, son nez reniflant les bottes de Cal-raven avec intérêt.

— Je vais te dire ce qui est arrivé, concéda finalement le roi. Et, puisque tu parles de l'inquiétude de Scharr ben Fray, je vais harmoniser tes preuves avec les miennes. Lors des rites du Privilège, j'ai été défié par une fille. Une Cueilleuse.

Il cracha le mot comme un petit morceau de cartilage.

— Était-elle une Rancunière? Était-elle là pour soulever une protestation?

— Je ne pense pas que c'était sa motivation, bien que ce soit certainement ce qu'elle a obtenu. Et, oui, les Rancuniers ont laissé tomber leurs masques et ont commencé une émeute. Si nous les avions tous arrêtés, nous aurions dû creuser un autre donjon. Mais non, celle-ci..., elle avait ses propres objectifs. Nous n'avons aucune trace de ses origines. Mais les Cueilleurs l'adorent, manifestement. Il y en avait un, un voleur, Krawg — je lui ai accordé le pardon qu'il demandait depuis plusieurs années. Il est souffrant et ne survivra probablement pas à un autre hiver dans la nature. Mais, argh! avec son cœur rancunier, il s'est levé pour se porter à sa défense. Je l'ai renvoyé dans la nature.

Cal-raven regarda dehors, vers le mur éloigné et la forêt secrète, saupoudrée de l'éclat de la lune.

— Le rejet d'Abascar leur a donné une raison de développer leur propre société. Ils sont peut-être pauvres, mais les Cueilleurs vivent librement, et certains sont même heureux et sages.

Il retint un autre éternuement.

— Ils nous nourrissent, de la viande aux fruits, et cependant, vous parlez d'eux comme s'ils passaient leur temps à se soulager sur vos tapisseries. Pourquoi laisser une fautrice de troubles provoquer chez vous cette... cette rage?

— Je suis en colère en raison de ce qu'elle a apporté parmi nous. Elle prétend l'avoir fabriquée, cette cape qu'elle porte.

Le roi forma une tente avec ses doigts et regarda fixement à l'intérieur, piégeant le souvenir.

— Je ne crois pas cela. Je ne peux pas le croire.

Cal-raven s'approcha de son père comme il le faisait quand il était enfant, avide de récits au coin du feu. Il s'étendit près de la chaise et fixa du regard l'image peinte à travers le dôme vitré du plafond — une silhouette du premier roi de l'Étendue, Tammos Raak, à partir duquel la lignée dirigeante des quatre maisons s'était ramifiée.

Le roi se calma, les yeux humides, et déclara d'un ton étrangement respectueux :

— C'est magnifique.

— La cape ?

— Une cape. Une tapisserie. Une banderole…, quelque chose de splendide. Toutes les couleurs du royaume et des couleurs que personne n'a jamais vues. Aussi vives qu'un jardin en fleur. Je ne sais pas grand-chose au sujet de l'art des tisserands, mais…

— Où est-elle, maintenant ? demanda Cal-raven, pris au dépourvu par les secousses de la mémoire.

Une fille, qui se trouvait dans une clairière, vêtue d'une cape de feuilles aux couleurs éclatantes.

— Je veux voir cette chose qu'elle a fabriquée.

Le roi fit un mouvement dans l'air, comme s'il était agacé par une mouche.

— La cape ? Elle est une insulte flagrante à nos lois. Elle m'a offensé devant les magistrats, les invités et les gens de la maison !

— C'est une loi qui n'existe que depuis vingt ans.

Cal-raven ne put camoufler la tristesse dans sa voix.

— Je peux me rappeler quand les gens de la maison pouvaient remplir la cour de couleurs.

— J'ai fait une proclamation pour le bien de la maison Abascar !

Le roi ne parlait pas à Cal-raven, mais à lui-même, ou à n'importe quel fantôme évoqué par la boisson.

— Bah ! où est cette bouteille ?

Le prince baissa la tête.

— Vous dites que je suis trop… trop sentimental. Mais à quoi vous attendez-vous ? Nous régnons sur une maison dépourvue de couleurs et un peuple qui attend un jour qu'il soupçonne ne jamais voir venir.

— Le printemps d'Abascar.

Les mots étaient glacials dans la bouche du roi.

— L'idée même a rendu avides les gens de la maison. Nous ne sommes pas encore assez préparés pour les récompenser. Et il est trop tard pour faire marche arrière, maintenant. Les trésors sont éparpillés, tissés dans les textures de ce palais. Nous ne pouvons pas rendre ce que nous avons confisqué, ou la maison sera envahie par une fièvre d'égoïsme. Rappelle-toi ce qui est arrivé, la dernière fois qu'une des grandes maisons a été possédée par l'avidité. Ses gens sont devenus abominables, un cauchemar ambulant.

Le roi se leva et s'approcha du coin sombre, garni de rideaux.

— Nous devons être patients. Quand la rivière Throanscall coulera à travers notre maison, nous aurons une nouvelle avenue d'industrie qui pourra nous relever d'où nous sommes tombés.

« Votre dernière tentative désespérée pour apaiser votre peuple. »

Cal-raven ravala sa réplique prête.

— Où est mon breuvage? hurla le roi, et il se leva, faisant toujours face au coin.

Puis, il se tourna et haleta, comme s'il avait été effrayé par un fantôme. Ce n'était que son image dans le miroir du mur en forme de lune.

— Nous devons défendre nos lois, dit-il à son reflet exténué. Si je capitule devant les exigences des Rancuniers et annonce le printemps d'Abascar sans aucun moyen de le leur offrir, j'admets que ma propre Proclamation était un échec. Que puis-je faire de plus pour montrer au monde la faiblesse de la maison Abascar? Hier, nous en avons trop révélé.

— Et où avez-vous conduit cette perturbatrice de la paix?

— Je l'ai enfermée dans l'entrepôt souterrain. Nos tisserands l'examineront et apprendront... apprendront de quoi elle est faite.

— Je ne parlais pas de la cape. La Cueilleuse, père..., je pensais que vous l'auriez renvoyée dans la forêt.

— Elle a été... temporairement arrêtée.

Le roi tira le rideau comme pour essayer de dénicher le serviteur absent.

— Avons-nous été compromis? murmura-t-il. Sommes-nous vulnérables? Mon serviteur ne répond pas.

— Vous l'avez arrêtée?

Cal-raven rit d'un air incrédule.

— Père, une exclusion temporaire, peut-être. La renvoyer aux Cueilleurs, oui. Mais... le donjon?

Cal-marcus revint, furibond, dans la lueur du feu, lançant des regards noirs à son fils.

— Scharr ben Fray l'a envoyée pour une raillerie. Les gouverneurs bel amicains ont ri de moi, prince de la maison Abascar.

— C'est impossible.

— Je lui ai demandé, en face de tous, qui est ton maître? Qui t'a envoyée pour me provoquer? Je m'attendais à ce qu'elle nomme ce mage officieux. Mais il avait anticipé cela. Il l'a convaincue de me dire qu'elle avait été envoyée ici par le Gardien. Le Gardien! Maintenant, dis-moi, ô apprenti sentimental des hommes superstitieux, quelle influence perçois-tu ici?

Cal-raven se redressa, mais refusa de se lever et d'accepter le défi de son père. Son regard s'égara vers l'ombre projetée par la chaise de son père, une obscurité hésitante comme une bête sinistre tapie au bord de la lueur du feu.

— Ces absurdités ont fait perdre la raison à ta mère, Cal-raven. Les idées du Gardien nous ont tous perturbés, quand nous étions jeunes. La plupart d'entre nous apprennent à les chasser. Mais, pour ta mère, elles ont persisté comme des cauchemars. Scharr ben Fray encourageait de telles illusions, parce qu'il voulait que nous nous sentions vulnérables et petits. Il est plus facile de manipuler les gens, s'ils vivent dans la peur. Et quand cette pauvresse s'est tenue devant moi et a déclaré qu'elle avait été envoyée… Oui, elle représente un danger et elle délire également.

— Et moi aussi.

Le prince lutta pour détacher les courroies de ses bottes couvertes de boue.

— Tais-toi! grogna le roi. Tu es un adolescent qui s'ennuie, paresseux, envahissant, qui préférerait tenir compte de ce que dit un imbécile plutôt que de ce que dit son propre père. Maintenant, le nom d'Auralia est sur toutes les lèvres, puisqu'elle les a rendus très désireux d'être libérés des restrictions, pour se divertir de toutes les manières qu'ils veulent. Je vais la garder captive jusqu'à ce que nous dénichions ce traître de sa cachette. Je vais déraciner les Rancuniers. Je vais rendre mon peuple loyal. Et ensuite, quand le siège viendra…, peu importe comment il vient…, ils nous trouveront inébranlables et fermes.

Une bûche du foyer se brisa en deux et s'effrita dans les charbons, du bleu profond et du rouge faisant l'ascension des briques orange et de la cheminée couverte de suie. Des ombres se déplacèrent autour de la pièce. Pendant un instant, il sembla à Cal-raven qu'un fantôme était passé entre le feu et lui, se déplaçant vers la fenêtre. Quand il essaya de suivre sa progression, la silhouette vaporeuse s'effaça, une volute de fumée entêtée.

— Ark-robin a dû forcer les gens à sortir de la cour. Ils auraient dû retourner chez eux en parlant avec enthousiasme de ta promise, qui a été accueillie si chaleureusement. Au lieu de cela, ils sont partis en chantant les louanges d'une Cueilleuse. C'était une raillerie vraiment astucieuse. Nous regagnerons leur attention le jour du mariage, en les convainquant avec des festins et des réjouissances.

Le roi soupira.

— Oh, tu aurais dû la voir, Cal-raven. La fille d'Ark-robin est certainement désireuse de passer du temps dans le palais.

Il fit de son mieux pour rire, ce qui provoqua une quinte de toux.

— Elle se réjouit certainement de sa chance. Prépare-toi pour une mariée enthousiaste. Je lui ai donné la permission de porter une robe de sept couleurs. Connaissant ton opinion au sujet de ma loi, je pensais que cela te plairait.

Cal-raven éjecta ses bottes couvertes de boue, qui atterrirent près de la lueur du feu.

— J'ai oublié son nom.

— Comment peux-tu oublier ? Qu'est-ce qui ne va pas chez toi ? J'ai choisi la fille du soldat le plus fidèle, le plus décoré d'Abascar. Une femme d'une beauté flamboyante et qui se passionne pour nos lois. Stricia sera une meneuse, et elle appréciera ses libertés.

— Stricia marchera-t-elle dans la forêt ou ne fera-t-elle que se divertir dans la tour ?

— Tu devrais être heureux qu'elle préfère le palais à la nature. La forêt Cragavar avait une emprise sur ta mère, et elle n'a jamais pu s'en libérer. Même quand elle était reine, elle devait se balader. Mon père avait raison de me prévenir, et c'est la raison pour laquelle je t'avertis. Stricia aime la maison Abascar, et elle fera respecter nos lois. Elle ne prendra pas des risques dans la forêt. Et elle ne s'enfuira pas.

— Mère aimait ses jardins parce qu'ils étaient tout ce qu'il lui restait de la nature. Je vous ai dit cela, auparavant. Le palais l'a rendue solitaire. Il l'a rendue désespérée et égoïste.

Cal-raven sortit son poignard et le gratta contre une brique du foyer.

— Tout s'est passé comme Scharr ben Fray le redoutait, mère a peu à peu retrouvé son comportement de fille de marchand irascible, et cette jalousie... l'a possédée. Elle a fait ce que n'importe quelle fille de marchand ferait quand lui sont accordés le pouvoir et l'opportunité. Elle s'est mise à marchander. Elle s'est acheté une étendue de richesses, les a arrachées aux gens de la maison, et vous êtes tombé dans le piège.

— Elle est morte, Cal-raven, dit le roi, le froid profond revenant dans sa voix. J'ai trouvé pour toi une femme dont tu n'auras jamais à porter le deuil, qui vivra peut-être assez longtemps pour t'enterrer. Elle honorera ta mémoire et élèvera des enfants pour faire durer notre héritage.

« Vous essayez de corriger vos erreurs en faisant des choix pour moi. »

Cal-raven s'éloigna de la chaise avec un air indigné, laissant Cal-marcus se renfrogner dans les cendres qui noircissaient.

— Si ma reine doit être ignorante du monde à l'extérieur de ces murs, alors j'aurai besoin d'un conseiller qui comprend que le monde est plus grand qu'Abascar. Scharr ben Fray sera mon...

Le roi souleva quelque chose de la table et le jeta à l'autre bout du plancher. Il se brisa en deux morceaux aux pieds de Cal-raven. Un bras et une main déformée, sculptés.

— Qu'est-ce que c'est?

— C'était dans la cour. C'était une partie du déguisement qui a aidé ton professeur irréprochable, respectueux des lois, à s'introduire illégalement dans notre cérémonie et à échapper à notre emprise.

Cal-raven s'agenouilla pour toucher la main froide et cassée. Il sentit un frisson lui parcourir la poitrine jusqu'au bout du bras. Et alors, cette intense sensation, semblable au pouvoir que le mage lui avait appris à maîtriser, convainquit la pierre de capituler. Il lui donna une forme convenable, celle d'une main ouverte.

L'effort l'épuisa. Il se leva avec l'impression que sa tête allait éclater.

— Je pense... Je pense que j'ai attrapé la fièvre, père.

Il appuya l'avant-bras sur son front et le trouva sec et chaud.

Dans une explosion triomphante de geignements, Wilfry revint, courant en faisant des cercles autour de la chaise du roi et se levant sur ses pattes arrières pour danser, afin d'attirer l'attention de Cal-marcus. Quelques pas en arrière, un petit garçon portant un bonnet gris s'avança en tremblant à travers les rideaux.

— Monsieur, j'ai été envoyé avec la bouteille que vous avez demandée.

— Où étais-tu ? hurla le roi, levant de nouveau le tisonnier du foyer et le brandissant alors qu'il avançait vers le garçon. Et où est mon serviteur ?

— Mes excuses, monsieur, murmura le garçon, s'inclinant bien bas et relevant la bouteille. Votre serviteur a été blessé dans l'émeute de la cour. Personne n'a remarqué que son poste était inoccupé jusqu'à ce que je trouve Wilfry courant en tous sens dans la cuisine. Je vais prendre son poste pour la nuit. Je vous ai apporté de nouvelles coupes.

Le galopin jeta un coup d'œil à Cal-raven.

— Pour vous deux.

— Laisse tomber les verres, dit le roi d'un ton hargneux. La bouteille fera l'affaire.

Cal-raven tira une des tapisseries et franchit une porte dérobée, n'ayant plus aucune envie de trinquer afin de fêter.

— Hagah, reste, dit résolument le roi. Hagah…, reste!

Mais le chien franchissait déjà les rideaux, grognant comme s'il suivait la trace de quelque chose, les griffes frottant le long du plancher de marbre. Cal-raven ne le renvoya pas.

À mesure qu'il avançait le long du couloir et montait l'escalier en spirale, Cal-raven perdit toute notion du temps et de l'espace. Ses pensées s'effondraient les unes sur les autres, comme des braises agonisantes — des loups, des acclamations, des murmures, des flammes, une main de pierre, une rumeur de couleurs.

De retour dans sa chambre, il observa Hagah aller d'un pas tranquille vers le rebord de la fenêtre, y poser le menton et inspirer profondément de grandes bouffées d'air extérieur. Il tomba dans les couvertures devant une immense fenêtre, toujours dans son costume de chasse.

Les dirigeants d'Abascar s'endormirent, leurs demi-rêves ayant lieu dans des mondes bien différents.

16

LES INTERROGATEURS

Une canonnade sourde de pas de vawn. Des cris de garçons de courses du roi. Le *Vers du petit matin*. Le craquement, le grincement et la bousculade de chariots du marché s'étant assemblés le long de la route.

Ces bruits faisaient du fracas et retentissaient jusqu'aux donjons, rappelant aux prisonniers que le monde continuait résolument sans eux.

Certains prisonniers furent réveillés, brûlant du coup de fouet de leurs rêves, se rappelant les actions qui les avaient envoyés dans ces petites cellules de pierre, de puanteur et de réprimande. Un par un, ils rampèrent vers les portes verrouillées de leurs cellules dans l'espoir que quelque chose ait changé dans cette triste scène — une toile d'araignée fraîchement tissée, un nouveau résident jurant dans une cellule.

À voix basse, ils faisaient circuler les nouvelles aussi doucement qu'un ruisseau souterrain. Le prince était malade. Sa chasse au loup avait été pluvieuse et froide. Une semaine de préparations pour le mariage avait été reportée. Les troupes du roi interrogeaient les gens de la maison pour trouver les cerveaux de la rébellion des Rancuniers.

Un par un, ils remarquèrent les couleurs, la lueur mystérieuse qui émanait d'une cellule au milieu du couloir.

Sept jours plus tôt, ils avaient entendu pour la première fois les pleurs provenant de cette cellule, une voix si jeune que leur cœur, bien que dur et froid comme la pierre, se brisa en l'entendant.

— Elle est un appât, leur avaient dit les gardes. Un appât pour le mage exilé. Il viendra et essaiera de l'emmener. Et, si l'on sonne l'alarme à temps, on sera récompensé.

Ils avaient essayé de parler avec la prisonnière, mais elle n'avait pas montré son visage. Ils imaginaient les visages d'anciennes maîtresses, sœurs ou mères et la croyaient délicate et belle. Bien qu'ils aient souvent maugréé qu'ils avaient été victimes d'un coup monté pour leurs crimes ou qu'ils se soient plaints de la façon dont la justice avait échoué, en présence de la jeune fille, en tant que témoins de sa punition injustifiée, ils ne pouvaient clamer leur propre innocence. Ses pleurs étaient nés du chagrin le plus pur, pas de l'indignation, du mépris ou de la blessure physique. Sa voix était vide de la perte, sans le moindre soupçon de rage ou de honte. Le monde s'était trompé.

Fascinés par les couleurs mystérieuses, ils s'appuyaient contre leurs barreaux et contemplaient la lueur comme s'ils dormaient dans un champ, à la belle étoile. Certains comparèrent les lumières à un phénomène troublant appelé «l'illumination du Nord», quand le ciel de la nuit, au-delà du mur Interdit, semblait éclaboussé de couleurs vives. C'était une merveille considérée par certains comme étant l'œuvre de la sorcellerie. Mais, pour la plupart, les couleurs rappelaient l'époque qui avait précédé la Proclamation.

Bientôt, la rivière de murmures commença à prononcer doucement son nom — «Auralia, Auralia, la Cueilleuse qui a défié le roi» —, mais elle restait simplement hors de portée.

Auralia ne pouvait distinguer les murmures des filets d'eau coulant le long des murs ou de la démangeaison gênante du bruit au-delà de la porte lointaine. Elle écoutait plutôt les échos de la vie avançant comme d'habitude dans la ville et même au-delà, dans les campements des Cueilleurs. Elle aspirait au bruit du vent dans les arbres, mais aucun vent ne perdrait jamais son chemin si sottement pour s'insinuer dans ces passages profonds.

À l'extérieur des murs d'Abascar, Auralia avait survécu par l'aiguisage de ses sens : les yeux sensibles à l'or bruni d'une pomme parmi les feuilles jaunes, le nez fin pour percevoir l'épice lourde et riche qui s'élevait quand elle marchait sur un lit de thym, les oreilles s'efforçant de reconnaître les chauves-souris par leur gazouillis de minuit.

Ici, dans la cellule, elle se rappelait l'odeur d'un arbre tombé près de sa caverne, celui que les bestioles excavatrices avaient détruit, pourri et adouci. Elle était lasse de l'air malodorant, et sa gorge était à vif, brûlante.

La lumière bleu argenté de la lanterne flottait, confinée et froide, provenant de la porte de fer en bas de l'escalier du donjon, illuminant les bords du couloir sombre. Ces cellules, enveloppées de vapeur, étaient comme les grottes des ours-crocs endormis en hiver, brumeuses, avec la faible chaleur des corps pelotonnés dans les espaces exigus. Ceux qui étaient enchaînés étaient gardés hors de portée de la lumière et révélaient leur présence par le bruit occasionnel des chaînes d'acier froid, maillon contre maillon. Ils rampaient parfois vers les barreaux et plissaient les yeux pour la regarder — des visages tourmentés, ridés par la nostalgie. Elle était souvent réveillée par leurs quintes de toux et leurs obscénités. À l'occasion, l'un d'eux fredonnait les premières notes d'un air, mais, ensuite, leur détermination disparaissait et le silence revenait, plus insupportable qu'auparavant.

C'était le pire de tout cela, quand quelqu'un essayait de chanter.

La lassitude la plongeait dans une demi-conscience, une eau froide trop peu profonde pour se noyer. Elle n'était pas à sa place, laissée dans cette boîte de pierre humide avec pour seule compagne la cape de ses couleurs.

La cape. Elle était étendue devant elle, trop éclatante pour s'en désintéresser complètement, et cependant, c'était un supplice. Elle n'était pas destinée à cet endroit. Elle était destinée à briller, pour que tout le monde puisse la voir.

C'était arrivé si vite. Pas comme elle l'avait espéré.

Les échos de l'ultimatum du roi hantaient son sommeil.

«Orpheline! Exclue! Fille des bois! Naine! Tu me raillerais en apparaissant déguisée comme ma reine perdue? Tu n'as pas ta place dans une telle extravagance. Désavoue cela. Rends-la-nous avec bonne volonté et soumets-toi à la glorification d'Abascar. Cède-nous cette cape pour qu'elle soit défaite et examinée. Tu pourras ensuite être libérée!»

Ils l'avaient quittée. Personne n'avait pris la cape, bien qu'ils aient tous de leur propre façon trahi un désir secret.

En premier lieu, elle avait été surprise. Mais chaque fois qu'elle pensait à la lumière du jour ou à la libération, le défi de Cal-marcus lui revenait avec une clarté pénétrante. La fierté du roi avait été blessée trop profondément, son autorité testée devant son peuple. Elle aurait pu lui offrir ses rêves, et il les aurait refusés pour éviter de paraître faible, pour fuir une confession avouant qu'il y avait des choses au-delà du mur qu'il valait la peine d'avoir, des choses qu'il ne pouvait pas contrôler.

Le voyage d'Auralia entre la cérémonie et la cellule avait été court.

Dans une pièce fermée à clé, aux murs nus, elle avait grimpé sur l'un des deux tabourets de bois à une table en pierre, ronde. Elle avait pris soin d'empêcher le paquet luminescent de traîner dans la crasse, avait remonté les pieds et les avait gardés loin des traces rouges sur le plancher. Il y avait des empreintes de doigts, dans ces griffonnages cramoisis. Les lourds cadenas, ancrés au mur avec des chaînes, étaient trop gros pour attacher ses minuscules poignets. Mais elle se sentait tout de même entravée, puisque cette pièce était si petite, son plafond si bas, sans fenêtre, vue ou décoration.

C'est dans cet endroit qu'Abascar ferait valoir son contrôle et la testerait.

Jetant la cape sur la table, elle l'examina pour trouver des déchirures et des défauts. Comme par hasard, la porte s'ouvrit brusquement et une femme entra, grise comme la mante qu'elle portait. Ses cheveux décolorés, attachés haut avec une barrette, frôlaient presque le plafond. Elle fit un signe des mains en guise de protestation, puis attrapa la cape comme si c'était un chiffon sali et le jeta dans le coin.

— Quel piètre tissage, fragile, tu as fait. Tire là-dessus.

Sa manche était épaisse et laineuse.

— Simple, résistant. C'est ce que portent les gens de la maison. C'est utile pour toutes sortes de travaux. Que pourrais-tu trouver dans la nature qui durerait aussi longtemps que ceci?

Auralia pencha la tête comme un oiseau curieux.

— Des os, je suppose.

Avec un air renfrogné, l'imposante femme ferma la porte et Auralia entendit une lourde poutre de bois se rabattre dans le loquet. Elle compta nerveusement les coins de la pièce.

— Un si petit espace, dit-elle à la femme, fait paraître les gens énormes. Dans la forêt, tout le monde est petit, comme il faut.

La femme s'assit de l'autre côté d'Auralia et commença sa tirade, saisissant les bords de la table comme si elle avait pu la soulever et la renvoyer brutalement par terre. Auralia s'assit, la tête penchée, le menton à peine au-dessus du bord de la table et les mains étroitement fermées sur les genoux.

Les questions cinglaient comme des gifles. Les années avaient usé la voix de la femme. On aurait dit une vieille bécasse, éraillée et brutale, et les sons se réverbéraient dans la pièce fermée.

Il n'y eut pas de surprises dans l'interrogatoire. Non, répondit Auralia, elle ne croyait pas que les gens devraient se soulever dans la violence contre le roi.

Non, elle n'avait pas été envoyée par un mage en colère.

Non, elle ne savait rien de plus de ses origines que ce que les Cueilleurs pouvaient dire de la découverte de Krawg et de Warney, près de la rivière.

Non, elle ne reconnaissait pas l'apparence d'un vieil homme sculpté dans l'argile — elle ne l'avait jamais vu dans l'étendue sauvage.

Non, elle n'était jamais allée à Bel Amica et, non, on ne lui avait jamais offert la richesse ou un trésor, pas plus qu'elle n'avait été menacée ou commandée.

Leur dire comment trouver ses cavernes ? Elle ne pouvait pas l'expliquer. Il n'y avait pas de carte. Elle savait seulement comment les trouver en y allant.

Quand la vieille femme se leva et annonça que cela confirmait ses pires craintes au sujet des enfants cueilleurs — qu'ils n'étaient vraiment rien de plus que des menteurs insolents —, Auralia pensa que c'était fini et qu'elle serait chassée d'Abascar.

Mais peut-être les ennuis ne faisaient-ils que commencer.

Quand la poutre claqua de nouveau pour barrer la porte, un homme vêtu des verts ternes d'un Cueilleur mit ses coudes sur la table, appuya son menton éraflé dans ses mains calleuses et sourit comme s'il voulait la mettre à l'aise.

— Ils n'ont pas besoin de barricader la porte, soupira Auralia. Elle est trop lourde pour que je puisse la bouger. Et je ne saurais où m'enfuir.

L'homme se lança dans un discours exercé, une histoire au sujet de ses jours en tant que Cueilleur, comment il avait gagné son entrée dans la maison. Il avait mérité d'être laissé aux hommes-bêtes et, cependant, le roi Cal-marcus, avec clémence, lui avait accordé une autre chance.

Auralia savait que ces loques et ce langage vulgaire n'étaient qu'une comédie. Et, quand elle lui demanda quelle avait été son offense, son souvenir s'effaça et il tâtonna comme s'il cherchait une page manquante. Elle lui demanda quel campement avait été sa demeure, et il haussa les épaules et dit qu'ils étaient tous pareils. Elle ne croisa pas ses yeux pleins de suffisance, méprisants et menteurs.

— Ces couleurs que tu as tissées ensemble, elles feraient un drapeau sensationnel pour le roi. Pense un peu à cela : et si, toi et moi, nous prenions une mauvaise situation et la transformions en une bonne ?

Il sortit un pli de tissu doré de sa poche et le leva comme un trésor.

— Voici une pièce marquée d'une rune, un symbole représentant la lignée royale du roi Cal-marcus ker Har-baron. Pourquoi n'essaierais-tu pas de coudre cette pièce au centre de ton tissage ?

Auralia se mit à rire, pensant que c'était une plaisanterie.

— Il est fini. Terminé. Il n'y a plus aucune couture à faire. Et cela n'appartient pas au roi.

Elle souleva la cape, l'étendit comme une banderole et la drapa sur les fixations des chaînes encastrées dans le mur. Debout devant elle, elle fut transportée de nouveau, et le fil rouge fut agité dans sa main. Elle avait très envie de révéler sa gloire de nouveau.

— Qu'est-ce que cela signifie, alors ? Cette chose que tu as faite ?

L'imposteur froissa son tissu, qui tout à coup sembla piètre et uni.

— À quoi cela sert-il ?

Auralia regarda les couleurs en plissant les yeux et haussa les épaules.

— Je ne sais pas ce qu'elle signifie. Ce n'est pas une énigme. Ce n'est pas quelque chose que l'on résout. C'est davantage comme une fenêtre. Regardez à travers pendant un petit moment.

Ce n'était pas la réponse que l'imposteur voulait. Il tapa de nouveau la pièce sur la table.

— C'est la rune du roi. Elle doit être intégrée sur tout travail de couleur approuvé. Comme tu peux le constater, c'est plutôt terne. Mais tu pourrais changer cela. La faire briller, comme les couleurs que tu as mises dans la cape.

— Il n'y a pas d'éclat en elle, expliqua-t-elle avec un soupir. Ce n'est qu'un carré doré. Il ne possède pas de surprise. Il n'a pas de problème. Ce n'est qu'un timbre. Tout le monde pourrait en faire un autre exactement pareil.

— Il y en a plusieurs autres, sur les drapeaux et les banderoles. C'est le signe de son approbation. C'est le signe que quelque chose appartient à Abascar.

Il fit un signe de tête en direction de la cape.

— Comme ce que tu as apporté.

— Ce n'est pas pour lui, dit-elle, exaspérée et lasse. C'est pour qu'il la voie.

Elle ramassa la pièce.

— Regardez-la. Rien qui fasse réfléchir. Rien de vivant. Elle tira sur ses coins.

— Je pourrais la défaire. Nous pourrions emmêler les fils avec d'autres, et elle pourrait ensuite devenir quelque chose à regarder.

Il saisit la pièce, marmonna quelque chose comme quoi elle avait été avertie et tapa du poing sur la porte jusqu'à ce que la poutre soit soulevée.

Personne ne donna d'explications. Personne ne s'excusa. Pas les gens de la maison, les officiers ou les magistrats qui lui rendaient visite. Au lieu de cela, ils lui pincèrent et touchèrent la peau du bout des doigts, tirèrent et scrutèrent ses cheveux brun argenté, et vidèrent ses poches remplies de pierres, de coquillages et de balles de laine. Ils lui fouillèrent dans la tête, cherchant des histoires ou des révélations qu'elle ne pouvait leur offrir.

Une femme fut visiblement choisie pour sa force de persuasion maternelle. Elle parlait doucement, comme si Auralia allait répondre à un tel ton et être dupe pour livrer son travail au roi.

Auralia regardait fixement dans les couleurs de la cape, observait la manière dont la lumière tremblotante de la lanterne envoyait des rayons ardents qui ondulaient dessus, et faisait de gros efforts pour saisir les parfums des fils, quelques odeurs de la forêt.

D'une voix réconfortante, l'interrogatrice maternelle demanda si Auralia connaissait l'histoire de la reine Jaralaine. Des choses sauvages avaient pris racine dans son jardin, expliqua-t-elle, des épines piquantes et empoisonnées. L'esprit de la reine était perturbé et sa folie l'avait envoyée, vorace, dans la forêt. Auralia affirma que les récits des Cueilleurs au sujet de Jaralaine étaient tout à fait différents, qu'elle était devenue folle à cause de son isolement, retournant mourir dans la nature qu'elle avait jadis connue.

— Son isolement? C'est une question de sécurité, à moins que tu refuses de racheter ce que tu as fait et dit. Les magistrats veulent t'envoyer en prison. J'ai entendu que le geôlier...

La femme s'arrêta net avant de dévoiler son nom ou ce qu'il ferait.

Auralia n'écoutait pas. Elle observait les mains de la femme errant sur les textures de la cape, qui scintillait comme des bijoux au fond d'un étang limpide.

— Comment fabriques-tu de nouvelles couleurs? Montre-moi comment c'est fait.

— Comme je passe mon temps à le dire, répondit Auralia en riant, incrédule, je n'ai rien fait de nouveau. J'ai trouvé les couleurs. Elles sont partout.

— Comment, alors, les as-tu trouvées?

— Par hasard, la plupart du temps. Je cherchais le Gardien et je trouvais quelque chose de nouveau. Un oiseau. Une pierre. Des fleurs sauvages avec des racines traînant dans un ruisseau caché. Parfois, on ne voit pas une couleur jusqu'à ce qu'on regarde quelque chose pendant longtemps et, alors, on se rend compte qu'elle était là tout le temps. Après cela, on la voit partout.

Elle prit les mains de la femme, montrant du doigt une veine d'un bleu vif.

— Vous voyez? Vous voyez combien il y en a, dans vos mains?

La bonne humeur d'Auralia revenait à mesure que ses pensées la ramenaient à la forêt.

La femme plia la main et la recula.

— Nous pouvons te montrer tous les trésors d'Abascar, Auralia, dit-elle, revenant à ses consignes. Tu peux utiliser toutes les couleurs que tu aimes, qui proviennent des merveilles qui se trouvent dans l'entrepôt souterrain, si tu donnes ta parole de créer ce que Cal-marcus demande. Tu seras tellement plus heureuse ici, avec les gens de la maison, où l'étendue sauvage ne peut pas te corrompre. Tu...

Elle s'arrêta, une nouvelle question sur le visage.

— Je sais. Tu peux sentir la forêt, n'est-ce pas ?

Elle attira les couleurs vers son visage, se caressa la joue.

— Une fleur de fougère. La rivière. Les herbes. Le miel sauvage. Et quelque chose de plus sombre, ici. Cela. Me laisserais-tu, peut-être, avoir cette pièce..., seulement le plus petit morceau ? Me le permettrais-tu ?

Elle parlait avec un soupçon d'espièglerie.

— Bien sûr, tu ne devrais le dire à personne. Ce serait seulement un secret entre toi et moi.

— Vous n'êtes pas la première à me demander cela, répondit Auralia.

Elle fouilla dans ses poches et sortit un paquet de fils d'or.

— Vous pouvez prendre ces fils. C'est quelque chose qui vous aidera à vous rappeler.

La femme leva les fils vers la lumière de la lanterne.

— Ils sont magnifiques. Comme l'automne. Comme le miel. Qu'est-ce que c'est ?

— Je les ai fabriqués à partir d'un cheveu long et hérissé que j'ai arraché à la crinière d'un homme-bête, pendant qu'il dormait.

La femme jeta les fils, s'étouffa et tituba vers l'arrière, son visage s'empourprant de dégoût et de rage.

— Quelle insolence ! siffla-t-elle à travers ses dents serrées. Tu as touché une abomination !

Elle fit un geste vers la tapisserie.

— Y a-t-il... Y a-t-il des malédictions et des poisons tissés ici aussi ?

Elle s'essuya la main sur le bord de sa cape, frissonnant, comme si elle était tachée avec quelque chose d'abominable.

— Maintenant, je vois combien tu es imprudente. Rien de bon ne peut venir de l'errance au-delà des terres qu'Abascar a apprivoisées. Une purge de poisons, c'est ce dont tu as besoin.

Elle s'appuya contre la porte.

— Tu m'as touché la main. Que m'as-tu fait ?

Elle se gratta le poignet.

— Le geôlier... Il te battra pour chasser la noirceur qui est en toi.

Seule de nouveau, Auralia regarda la lumière des lanternes faiblir, leur huile s'étant presque entièrement consumée. L'air devenait rance et froid. Était-ce ainsi pour la Bel Amicaine aveugle ?

Puis, la dernière interrogatrice arriva. C'était une servante, beaucoup plus jeune qu'Auralia, avec les dents espacées et des cheveux carotte sous un capuchon gris. Elle scruta attentivement Auralia dans la pièce qui s'assombrissait, comme si elle avait été envoyée pour réconforter quelqu'un de malade ou de défiguré. Elle sortit quelque chose du pli de sa cape et le déposa sur le sol — un chat de maison aux poils blancs, qui se mit à renifler les traces sombres du plancher et à se faufiler dans les coins.

— C'est Ghosty, dit-elle fièrement. Tu pourrais avoir un chaton, toi aussi, si tu venais vivre avec nous.

— Je vis à l'extérieur, près du lac, dit tristement Auralia. Je joue tout le temps avec des chats. De gros chats et de petits chats. Il y en a partout. Tu devrais venir me rendre visite.

De la jalousie étincela dans les yeux verts de la fille. Elle parlait mécaniquement, prononçant de façon mesurée les mots qu'elle avait répétés pour s'en tenir à sa mission.

— Tu vois mes points d'honneur ?

La fille montra du doigt les rubans tressés de bleu, d'orange et de vert, épinglés à l'épaule de sa cape gris cendre.

— Je les ai eus parce que j'ai appris les bonnes réponses à toutes les questions qui existent. Je peux te les apprendre.

— Toutes les questions ? demanda Auralia en riant. Tu ne crois pas ça, n'est-ce pas ?

— Quelles questions as-tu ? Si je ne connais pas la réponse, je sais qui la connaît.

Auralia sourit avec méfiance.

— D'accord. Cela ressemble à un jeu. Qui sont les Enfants du Nord, et pourquoi rôdent-ils dans les ombres ? Et le Gardien ? D'où vient-il, et pourquoi est-il ici ?

— C'est facile, dit sévèrement l'enfant. Il n'y a pas d'Enfants du Nord. Ce n'est qu'un mensonge pour effrayer les gens. Et il n'y a pas de Gardien. Ce n'est qu'un mauvais rêve qui s'en ira quand je serai grande comme maman.

Le sourire d'Auralia s'effaça. La pièce devenait étrangement chaude.

— D'où vient Abascar ?

— Nous sommes descendus des montagnes vers le nord, il y a très, très longtemps, pour nous éloigner de la noirceur et des tempêtes. Nous sommes devenus plus forts et plus intelligents. Et, maintenant, nous faisons l'envie du pays.

— Sais-tu même ce que l'envie signifie ?

La petite fille cligna des yeux.

— Hum. Je suppose que cela veut dire que nous sommes les premiers. Ou les meilleurs. Ou les plus intelligents... ou quelque chose.

— C'est ce qu'ils t'ont dit de dire.

— Cela veut dire qu'Abascar est la meilleure maison de l'Étendue. Nous sommes à l'abri de la méchanceté qui rôde au-delà de ces murs.

Alors qu'elle parlait, ses yeux dérivèrent vers la cape étendue sur la table.

— Ces couleurs..., elles vont à l'encontre des règlements.

Les paroles de l'enfant, un chant vide de sens, firent reculer Auralia. Une peur soudaine l'envahit et elle descendit du tabouret, tirant la cape vers l'interrogatrice, comme pour la préserver du froid.

— Personne ne possède les couleurs. Ne peux-tu pas le voir ? Elles sont libres. Elles sont ce que font les arbres. Elles sont ce que font l'eau et le ciel. Les champs. Les collines. Les montagnes. Peu importe combien tu en décèles, il y en aura toujours plus.

Le chat de la maison sauta sur le tissu glissant et enfouit le nez dans les plis de couleurs, son ronronnement sonore vibrant à partir de ses moustaches et de sa fourrure.

— Il vaut mieux garder les trésors enfermés, pour que personne ne soit jaloux, dit l'enfant, cherchant dans sa bibliothèque de réponses. Il vaut mieux les ranger là où ils seront gardés en lieu sûr.

— Je veux retourner à l'extérieur des murs ! cria Auralia.

— Mais c'est terrifiant, là-bas, Auralia.

La fille dévouée marcha lentement autour de la table, ignorant les taches sous ses pieds nus, tendant sa petite main pâle vers Auralia.

— Reste ici. Sois en sécurité. À l'abri des monstres de la forêt.

— J'ai vu les monstres dans la forêt, murmura Auralia. C'est toi qui me fais peur.

Cela prit la fille par surprise.

— Tu as… vu les monstres dans la forêt? Mais ils t'auraient tuée.

Auralia sourit.

— Oui. Et bien d'autres choses en plus.

Elle souleva un coin de son tissage flamboyant.

— Tu vois ces fils? Ce sont des moustaches de chat-pomme. Et ces fils sombres, ici? Les chauves-souris ont de la fourrure de cette couleur. Et j'ai même des cheveux de la crinière d'un homme-bête. Regarde l'or. Regarde l'éclat. Ce blanc nacré, c'est du sang de sauterelle, et ce chatoiement complexe, leurs ailes.

Curieuse, l'enfant toucha un déploiement de bleu soyeux.

— Et ceci?

— Je l'appelle « l'eau du lac en soirée ». C'est la couleur des vagues quand le soleil vient de descendre. C'est fait de plumes de paon.

Quelques minutes plus tard, des gardes impatients entrèrent brusquement. Ghosty, qui s'était installé sur l'épaule d'Auralia, disparut par la porte. La jeune domestique — Auralia avait appris son nom en la cajolant, Jarlet — réalisa qu'elle s'était éloignée de sa tâche. Elle commença à trembler et à pleurer, et les gardes durent lui ouvrir les mains pour libérer les couleurs d'Auralia.

— J'en veux une! pesta-t-elle alors qu'ils l'éloignaient. J'en veux une pour qu'elle soit à moi!

Un autre garde saisit Auralia par les cheveux. Elle attira à elle les couleurs et fut entraînée hors de la pièce, le visage crispé et ses cheveux s'arrachant de son cuir chevelu. Elle trébucha et se remit sur ses pieds, et ils la laissèrent marcher devant eux jusqu'au bout du couloir.

Auralia drapa le tissage autour de sa tête, comme un capuchon. Elle ne marchait pas comme un enfant puni, mais comme une reine, victorieuse quand elle était testée, ses promesses tenues, apportant une lumière préservée partout où elle allait.

Même dans les donjons.

Auralia avait toujours aimé la façon dont une caverne pouvait retentir, comme les tunnels pouvaient murmurer pendant leur chemin à l'intérieur du mystère. Elle pouvait s'asseoir pendant des heures dans ses cavernes et intimider le monde, faisant semblant de se cacher dans l'œil du Gardien. Elle aimait l'euphorie de l'explosion à l'air libre, le matin, comme si elle naissait de nouveau.

Mais cette cellule n'était comme aucune de ses cavernes. Elle était exigüe, humide et tortueuse, avec des murs de terre irréguliers. Une porte de lourds barreaux de fer dessinait des lignes brutales à travers la lumière pâle, et il n'y avait pas de vue, sauf celles du couloir crasseux et d'autres barreaux, de l'autre côté du passage, avec une ombre tourmentée au-delà.

Ses heures d'attente avaient commencé, et Auralia avait perdu le fil du jour et de la nuit.

Quand elle fermait les yeux, le bleu sans vie de la prison se transformait en bourgeon bleu royal d'une clintonie uniflore entourée de grandes feuilles vertes. Elle savait que, là où la clintonie uniflore poussait, elle trouverait également des buissons d'astragale jaune et, parmi ces buissons, elle verrait des sauterelles aux ailes blanches, qui voyageaient en grandes formations triangulaires, comme de petits troupeaux de cerfs, bondissant et s'élevant. Et là où il y avait des sauterelles, elle était certaine de trouver des corbeaux noirs et des lynx roux, qui les pourchassaient et les mangeaient.

Les couleurs et les souvenirs de son foyer sauvage l'enveloppèrent dans la cape et elle s'endormit, une braise chaude dans une mer froide.

17

LE PARI DE RADEGAN

Des copeaux de bois de marrow furent propulsés devant la tête de Radegan quand la hache trouva sa marque. Dégageant le manche, il recula, fixant la souche proprement fendue. Le travail de cet après-midi-là, fait en secret, lui avait assuré un tas de bois de chauffage qui apporterait un bon prix dans le commerce parmi les Cueilleurs.

L'arbre-à-moelle produisait une chaleur plus vive et durait plus longtemps que tout autre combustible. Ces arbres poussaient rarement dans cette partie de la forêt et, quand ils le faisaient, les bûcherons du roi les gardaient et coupaient les branches avec parcimonie pour les cheminées du palais. Quand Radegan avait trouvé cet arbre — ses anciennes branches maîtresses immobiles dans le vent, des feuilles d'un rouge profond filtrant le soleil pour submerger la clairière de pourpre —, il s'était juré de se l'approprier.

Avec une joie malicieuse, il avait fait un geste grossier vers la maison Abascar. Ce tas de bois n'était rien comparé à ses vols célèbres dans l'entrepôt souterrain, néanmoins, il était content de s'échapper avec quelque chose comme ça dans le dos des officiers de service.

À l'intérieur, il avait été le Renard, un visiteur masqué des gens de la maison, échangeant tout, de la bière royale et des desserts aux vêtements, en passant par les lampes, les bijoux et même les pipes. Cela, jusqu'à ce qu'il soit pris au piège par le capitaine Ark-robin lui-même. Le stratège l'avait savamment et notoirement capturé dans un véritable piège à renard, pour qu'il puisse se réjouir avec malveillance de l'arrestation. Cette fichue Stricia l'avait attiré dans le piège avec des baisers et des ouvertures. Elle était la seule voleuse plus astucieuse que lui, cela devenait plus évident chaque jour.

Si seulement la maison Abascar pouvait apprendre combien elle avait été heureuse de jouer l'appât.

Maintenant, il était appelé le Chien, jeté aux Cueilleurs avec une cicatrice dentelée qui représentait sa récompense. Plusieurs avaient demandé pourquoi il n'avait pas été jeté dans le donjon. Mais un homme grand, plus musclé que trois hommes ordinaires, pouvait s'avérer un soldat redoutable, si son cœur s'avérait malléable. Le prince Cal-raven était prêt à lui donner cette chance.

— Comment cela se fait-il, Cal-marcus, ô juge des hommes, sage et puissant? Quand j'aurai échangé ce qu'il reste de ce papy des bois, j'aurai ce dont j'ai besoin pour mon voyage à Bel Amica. Vous vouliez m'apprendre une leçon, la voilà. Je suis parti.

La façon dont la forêt pouvait paraître consciente, vivante, le rendait nerveux, pleurant peut-être déjà la perte de l'arbre-à-moelle. Il n'était pas un homme enclin à perdre son temps à craindre les conséquences; il préférait vivre la vie comme s'il fuyait des poursuivants dans une course folle, en pente, simplement excité par la vitesse.

Il fronça les sourcils, empilant du chiendent pour camoufler les lignes mêmes des bûches et les cacher des officiers et des Cueilleurs qui adoreraient lui voler son trésor.

Il couvrait les dernières d'entre elles quand trois Cueilleuses apparurent soudainement. Les arbres étaient denses à cet endroit; les gens pouvaient tomber par hasard les uns sur les autres sans remarquer leur approche. Les femmes rirent et murmurèrent, surveillant le géant à la poitrine nue reprendre son souffle.

La femme aux cheveux dorés arborait un sourire intelligent. Elle transportait un arc avec une flèche engagée dans l'encoche. C'était une forêt dangereuse.

Les autres tenaient délicatement des poches bourrées de la nouvelle récolte. L'une d'entre elles le surveillait à travers une touffe de cheveux roux ébouriffés très semblables aux siens, l'autre à travers une cascade de boucles noires. Dans la lumière du soir, leurs yeux brillaient.

— Mesdames, bonsoir !

Il fit un large salut, pour mieux afficher ses épaules.

La première désigna la poche de tissu transportée par les autres.

— Ce sont des œufs de colibris à queue noire, là-bas, dans la poche de Tarlyn. Et dans celle de Merya, des œufs d'oie rousse et des baies. La journée a été enrichissante.

— Et qu'avez-vous fait, Valla Rey, pendant qu'elles volaient des œufs ? Vous avez repoussé les hommes-bêtes ?

L'archère braqua avec espièglerie sa flèche sur lui.

— J'aurais peut-être quelque chose à offrir en échange de quelques-uns de ces œufs.

— Vous êtes d'humeur à négocier, le Chien ? demanda Valla Rey. Apportez un peu de ce bois d'arbre-à-moelle que vous essayez de voler pour vous-même.

Elle lança un sourire lascif et se tourna pour se pavaner entre les arbres. Les autres se mirent à rire et se tournèrent pour la suivre, se sentant en sécurité en raison des flèches pointues de Valla Rey.

Radegan tendit le bras et saisit la manche de Tarlyn. Elle se plaignit, mais elle souriait. Un œuf violet de colibri à queue noire tomba de sa poche de récolte. Il l'attrapa à quelques centimètres au-dessus du sol. Elle était trop distraite par sa proximité pour remarquer qu'il fit seulement semblant de le remettre dans sa poche.

— Tarlyn, ma douce, puis-je emprunter ton amie Merya pendant un moment ?

Déçue, Tarlyn se mordit la lèvre inférieure. Merya recula d'un pas.

— J'ai entendu quelques nouvelles, cet après-midi, continua-t-il. Le mari de Merya est tombé malade. Laissez-moi la raccompagner à la tente de médecine.

Il se tourna pour lancer un regard compatissant à Merya, qui pencha la tête et se mit à trembler. Des fils blancs de peuplier cotonnier étaient pris dans ses cheveux, lui donnant l'air d'être plus âgée que ses trente ans.

— Désolé de devoir vous dire cela, Merya. Mais la boisson de Corvah lui a coûté sa santé.

— Vous feriez mieux de dire la vérité, le Chien.

Tarlyn parla avec amertume sans regarder Merya.

— Avez-vous oublié pourquoi Merya et son mari sont punis ? Corvah a donné un coup de poing à un officier. Il donnera aussi un coup de poing à un Cueilleur, s'il en voit un faire un pas vers sa femme. Vous devriez envisager des options... plus disponibles.

— Nous avons une longue route à faire, lança Valla Rey, à peine visible dans les arbres. La nuit s'en vient, et je suis votre protection.

— Tarlyn, ce collier...

Il avait attiré l'attention de Radegan au moment où elle était apparue entre les arbres. Il l'aurait avant demain soir, une autre chose à échanger pour quelque chose de mieux.

— Est-ce que ce sont des pierres de rivière ?

Elle rougit.

— Auralia les a ramassées pour moi. Je portais cela, quand le reste de ses cadeaux ont été volés.

— Hum... Auralia ne me donne jamais rien, se moqua Radegan, c'est pourquoi je n'avais rien à perdre. Je lui ai demandé de me faire un oreiller, il y a longtemps.

Il fit un clin d'œil à Merya, qui le regardait encore.

— Je lui ai dit de faire un oreiller assez grand pour deux.

Plaçant une main sur l'épaule de Tarlyn, il esquissa un sourire malhonnête.

— C'est bientôt l'heure où les hommes-bêtes se cachent par ici. Il vaudrait mieux rattraper Valla Rey.

Alors que Tarlyn les laissait avec réticence, Radegan saisit la main libre de Merya.

— Il ne reste pas grand temps avant que le soleil se couche. Viens. Je vais t'emmener à la tente de médecine.

Il se pencha près d'elle et murmura.

— Et je veux partager un secret avec toi.

— Un secret ?

— Oui. Un plan secret.

Ils étaient ensemble, immobiles et silencieux, pendant que les pas de Tarlyn et de Valla Rey s'évanouissaient dans la forêt.

— Et si mon plan marche, continua alors Radegan, tu n'auras plus jamais à t'inquiéter pour cet ivrogne qui pense qu'il te possède. Nous en aurons assez pour acheter notre entrée dans la maison Bel Amica. Nous nous présenterons comme des marchands.

— Mais tu disais que mon mari est...

— Corvah n'est pas malade. J'ai inventé cela seulement pour me débarrasser de tes gardes du corps. Mais je parierais tout ce bois d'arbre-à-moelle que ton mari est déjà ivre. Il ne remarquera pas si tu arrives en retard à la maison.

Radegan la conduisit jusqu'à une clairière d'arbres géants, qui poussaient vers le ciel à partir des bases sinueuses des racines déterrées. Elle tenait près d'elle sa poche de récolte, sursautant quand les ombres se déplaçaient dans les arbres autour d'eux. Il ignora ses craintes, se dirigeant vers les racines enchevêtrées jusqu'à ce qu'il trouve le levier caché.

— Les soldats de Cal-marcus ont déjà utilisé cet arbre pour surveiller de haut les alentours.

Il y eut un craquement, et une lourde planche de bois descendit sur deux cordes, entraînant une pluie de feuilles de l'épais plafond de branches. La planche s'arrêta à un cheveu du sol et se balança à cet endroit pendant que les feuilles se déposaient autour d'elle.

Merya écarta ses cheveux, et son visage curieux, d'une douce blancheur, apparut, étonné. Il lui fit signe de s'asseoir sur la balançoire qui tournait et oscillait. Elle déposa la poche d'œufs et de baies contre la base du tronc et s'assit avec l'ébauche d'un sourire.

Il toucha les racines de nouveau. Il y eut un craquement sonore. Elle cria avec surprise. Il bondit pour la rejoindre, les pieds sur la planche et les mains saisissant les cordes. La balançoire fut tirée vers le haut, rapide comme un oiseau prenant son envol, et les transportant vers le haut à travers un carré ouvert dans la plateforme de bois. Radegan et Merya s'arrêtèrent avec la tête au-dessus d'un auvent feuillu, dans la lumière du soleil couchant. Autour d'eux, le perchoir d'un veilleur s'étendait à travers les cimes de plusieurs arbres.

Merya monta nerveusement sur la plate-forme pour regarder la vue vertigineuse. D'une telle hauteur, l'Étendue ressemblait à un monde différent, un terrain accidenté tapissé de feuilles rouges, dorées et vertes. Elle tomba à genoux.

Radegan s'allongea derrière elle, observant joyeusement la peur dans ses yeux.

— Tu aimes ma petite cachette? Vas-y, ris. Crie. Chante le *Vers du début de soirée*! Personne ne peut nous entendre.

Il passa doucement le bout de son doigt sur son front ridé, jusqu'au-dessus de sa couronne de cheveux noirs, puis, lentement, le long de son dos, jusqu'à ce qu'elle ferme les yeux et tremble de son audace.

Une heure plus tard, quand le jour ne fut plus qu'un trait de violet au loin, Merya se retrouva enveloppée dans l'étreinte de Radegan. Elle se cramponna à sa minuscule robe et sentit la fraîcheur du soir. Ses vêtements de travail plus épais se trouvaient dans un tas, près d'elle. La plate-forme craquait et bougeait avec le balancement des arbres.

Cela faisait plusieurs années qu'un homme, même son mari, l'avait tenue comme ça. Ses yeux suivirent un couple d'oies rousses alors qu'elles poursuivaient le soleil couchant.

— Ce n'est pas ta cachette, jeune homme, dit-elle. Elle appartient aux soldats.

— Ne penses-tu pas que je le sais ? Les tours de guet les aident à envoyer des messages de l'autre côté de la forêt.

— Un jour, ils te trouveront ici. Que feras-tu, alors ?

— Nous serons bientôt partis. Écoute-moi.

Elle s'appuya contre lui, gardant un œil sur la balançoire, qui, comme un ascenseur, les avait transportés ici. Elle se demandait comment elle fonctionnait, comment elle pourrait s'échapper.

— Je ne suis pas censée être là-haut avec toi, dit-elle pour la troisième ou quatrième fois. Si mon mari entend parler de cela…

— Merya, tes journées passées à craindre les crises de colère de Corvah sont terminées. Nous pouvons tous les deux sortir de l'ombre d'Abascar pour de bon. Après ce qu'ils ont fait à Auralia, comment les Cueilleurs supportent-ils cela ? La pauvre fille est enfermée dans une cellule du donjon. Tout ce qu'elle a fait, c'est d'avoir joué avec des couleurs dans la forêt. On ne peut pas faire des lois contre cela. Les règlements sont censés nous protéger.

— Tous les règlements ne sont pas mauvais, murmura-t-elle. Nous enfreignons certains des bons, ici même.

Radegan saisit ses petites épaules, la souleva comme si elle était un chat, et la plaça sur ses genoux pour qu'elle lui fasse face.

— Le roi possède ce qui ne lui appartient pas. Il prend Auralia. Il prend les couleurs. Il prend le meilleur de tout et dit qu'il fait attention à nous. Il t'a enlevé ta liberté d'aimer l'homme que tu choisis. Tes parents t'ont forcée à épouser le vieux Corvah. Et ils me traitent de voleur ?

— Tu prends toujours ce qui ne t'appartient pas, protesta-t-elle.

— Mais il y a une différence. Je vais faire quelque chose de bon avec ce que j'ai pris.

Elle pencha la tête.

— Menteur.

— Je vais nous acheter une façon de partir d'ici. Toi et moi, nous allons à la maison Bel Amica.

— Comment ?

Elle essaya de s'éloigner, mais il la retint vite.

— Ils ne nous laisseront jamais entrer.

— J'ai fait un marché, Merya. Tu ne le croiras pas quand je vais te le dire.

Il se pencha plus près, son front touchant le sien, mais elle refusa de croiser son regard. Elle regarda plutôt ses bras puissants.

— Qu'est-ce que je fais ? murmura-t-elle. J'ai besoin d'un homme responsable. Pas d'un voleur à la tire envahissant.

Elle fit semblant de ne pas remarquer que ses doigts erraient de ses lèvres à son menton et qu'ils descendaient lentement le long de son cou. Elle trembla de nouveau, cela la mettait en colère d'être aussi facilement manipulée. Elle savait que chaque mouvement de Radegan était calculé. Elle resta immobile.

— Tu ne connaîtras jamais la passion, dit doucement Radegan, si tu suis les ordres du roi. Tu ne peux plus nier les élans de ton cœur.

Elle martela gaiement son épaule avec le poing.

— Mais mon cœur est en pagaille, et le tien est désespéré. Si nous sommes honnêtes envers nous-mêmes, nous avons des ennuis. C'est le but des promesses, comme la promesse que Corvah m'a faite.

Elle regarda l'ombre des arbres.

— Ils te donnent quelque chose à laquelle tu peux te rattacher, pour que tu ne sois pas emporté sur un coup de tête.

La force de sa conviction éveilla la volonté de contre-attaquer les ruses de Radegan. Elle le repoussa et se leva en chancelant, prenant soin de garder un œil sur le bord de la plate-forme.

— Si nous allons à Bel Amica, tu partiras à la recherche d'une nouvelle conquête. Tu ne fais que suivre ton appétit comme un animal.

— C'est peut-être parce qu'Abascar me traite comme si j'en étais un, dit-il en grognant. Mais je ne suis pas obligé de rester ici. Je vais devenir respectable parmi les gens respectables. Oublie Abascar.

— Bel Amica ne te laissera pas entrer.

— Ils le feront, si je fais une bonne affaire. Écoute, Merya, j'ai conclu un marché. J'ai trouvé quelque chose qui persuadera la convocatrice de me laisser retourner dans l'entrepôt souterrain. Je peux récupérer assez de trésors pour que nous achetions notre entrée à Bel Amica. C'est une promesse.

Elle secoua la tête en riant.

— Rien n'achètera les bonnes grâces d'une personne qui fait les convocations, Radegan. Que lui as-tu promis ?

Elle haleta et se couvrit la bouche. Puis, elle tomba à genoux.

— Non, tu n'as pas fait cela. Dis-moi que tu ne l'as pas fait, Radegan. Dis-moi que tu n'es pas celui qui a volé les magnifiques cadeaux d'Auralia.

— La convocatrice s'est prise d'affection pour moi. Elle est facilement persuadée, si tu lui donnes de jolies choses. Je devais lui promettre quelque chose qu'elle voulait, pour qu'elle me laisser entrer dans l'entrepôt souterrain.

— Tu as brisé le cœur des Cueilleurs. Tu as menti au nez d'Auralia !

— Voilà l'astuce, Merya : j'ai emprunté les cadeaux d'Auralia. J'ai dit à la femme que je les volerais pour elle. Je devais donc les prendre, autrement, elle ne m'aurait pas cru.

— Je ne peux imaginer pourquoi.

— Mais je ne vais pas les lui remettre. Mes instructions la mèneront dans un chemin loufoque. Avant qu'elle ait réalisé cela, toi et moi, nous serons déjà hors d'atteinte, vivant à Bel Amica. Nous finirons par envoyer un message aux Cueilleurs pour qu'ils puissent trouver la cachette. Ils récupéreront chaque chose.

Il commença à ramper vers elle.

— Quand le soleil se lèvera, Merya, la femme me fera entrer clandestinement dans les cavernes, sous le palais.

— Et si tu te fais prendre en train de dévaliser l'entrepôt souterrain ? Le capitaine Ark-robin te tuera !

— Il ne m'attrapera pas. À sa connaissance, la partie est terminée, et il a gagné.

Elle secoua la tête. Elle devait descendre de cette plate-forme. Elle devait s'enfuir… maintenant.

— Tu es fou.

— Voici ce que je pense être fou, Merya : essayer d'élever un enfant dans l'étendue sauvage avec un ivrogne comme papa.

Merya ne put cacher son étonnement et s'empêcher d'appuyer les mains sur son ventre. Comment pouvait-il savoir cela ?

— Pourquoi penses-tu que je t'invite à Bel Amica avec moi, Merya ? Parce que cet enfant a besoin d'une maison. D'une bonne maison. Et Bel Amica est l'endroit. C'est ta chance. Je te la donne. Que fait Corvah pour te donner cette chance ?

Au loin, le *Vers du soir* retentit des murs d'Abascar. La voix était faible et lointaine, mais cela leur rappela l'heure tardive. Merya regarda vers la maison. Ses oreilles bourdonnaient ; son pouls s'affolait.

Radegan se leva, passa une main derrière la tête de Merya et attira son visage près du sien. Elle ferma les yeux, effrayée. Mais il ne fit que murmurer à travers des dents serrées.

— Dans quelques jours, Merya, tu m'aimeras encore plus. Tu sauras de quoi je suis fait.

Avant qu'elle puisse répondre, il l'embrassa avec force. Puis, une autre fois. Et encore une autre, juste assez pour faire rougir ses joues, affaiblir sa détermination et prendre un peu plus de ce qui ne lui appartenait pas.

Quand ils descendirent en silence, après que la lune se fut levée, Merya trouva des lambeaux de sa poche de récolte au pied de l'arbre. Des fragments de coquilles humides, complètement blancs et éparpillés, étaient tout ce qui restait de sa journée de travail. Elle regarda autour d'elle et vit un renard, qui la regardait attentivement à travers les ronces, avec des taches de baies sur le museau. Elle aurait pu jurer qu'il arborait un sourire d'exultation malveillante.

18

LES RÊVEURS

Cal-raven se tenait au-dessus d'un lavabo avec un rasoir, s'écorchant le visage. La barbe dorée qui avait poussé pendant les jours de sa fièvre avait disparu.

— Je ne vous connais pas, femme, dit-il, faisant semblant de s'adresser à sa promise. Et vous ne me connaissez pas encore. Mais vous avez fait savoir que vous préfériez un homme bien rasé, et on s'attend à ce que je me plie à votre volonté.

— La fille d'Ark-robin a déjà un fouet sur ton dos, Cal-raven? lança une voix provenant de la pièce d'à côté.

— Un rasoir sur mon visage, en tout cas. Je m'en souviendrai, dans plusieurs années, quand j'insisterai pour qu'elle rase sa propre barbe.

Il jeta un coup d'œil aux poils dans le lavabo.

— Je devrais les ramasser et les lui envoyer. En signe de mon manque d'affection.

Cette infection l'avait mis à plat pendant six jours de toux et de fièvre. Remis sur pied, il était désireux de paraître obéissant, du moins jusqu'à ce qu'il puisse trouver une façon d'échapper à ce projet de mariage. L'information selon laquelle sa fiancée avait une préférence pour les mentons sans poils lui avait fait souhaiter que sa barbe blonde lui ait poussé jusqu'aux genoux. Mais, pour l'instant, il ferait de son mieux pour coopérer.

Il jeta brièvement un coup d'œil à la table dans la chambre adjacente — sa pièce de stratégie personnelle —, où Irimus

Rain, l'un des assistants du capitaine Ark-robin, désignait d'un geste anxieux une carte déroulée.

Le prince déposa le rasoir et se frotta le menton. Il se sentait davantage lui-même. La barbe lui avait trop rappelé ce à quoi son père ressemblait avant que sa mère s'en aille.

Irimus Rain ne put cacher le sourire méprisant à l'intérieur de sa moustache hérissée, mais il essayait manifestement.

— Prince Cal-raven, vous avez l'air... beaucoup plus jeune.

Il tira sur sa propre barbe, grise et frisée.

— Cependant, certains diraient qu'une barbe est un signe de maturité et de sagesse.

— Je n'aime pas tellement être un adulte. Pas quand je dois passer mes soirées penché au-dessus des cartes.

Cal-raven tira sa mante brune et grise sur ses épaules. Irimus eut un sourire de dégoût.

— Ne faites pas cela, l'avertit Cal-raven. Vous êtes un stratège, pas un tailleur. Croyez-moi, le jour où j'épouserai Stricia, vous me verrez vêtu d'atours d'enterrement.

Il s'assit à la table et fronça les sourcils devant la carte complexe.

Le galopin entra avec un plateau. Une coupe, un bol et une assiette s'entrechoquaient alors qu'il marchait prudemment vers la table. Cal-raven prit l'assiette de pain et d'huile et le bol de ragoût, puis donna l'ordre au galopin de placer la coupe au-dessus du rayonnage de rouleaux, près de son lit. Il ne prendrait pas son vin avant d'avoir survécu à cette rencontre tardive avec le conseiller. C'était une leçon qu'il avait apprise en observant son père — garder ses sens aiguisés pour être persuadé de ne pas faire de folie. Il baissa les yeux sur la carte, où Irimus démontrait que les fouilles, à partir de l'entrepôt souterrain jusqu'à la rivière Throanscall, étaient pratiquées trop loin au nord.

— Irimus, grogna Cal-raven, je comprends que ces fouilles se soient éloignées de la direction prescrite. Mais elles atteindront tout de même la rivière, comme prévu. Si nous insistons pour qu'ils annulent les derniers jours de travail, seulement pour corriger leur direction, cela ajoutera quatre jours au projet. Les mineurs sont épuisés. Et ils sont presque rendus à la rivière. Nous ne pouvons encore les démoraliser.

— La direction actuelle, Cal-raven, insista Irimus, dirigera le tunnel trop près du bois d'Angoisse. Tu connais le bois d'Angoisse. Les vers-chimères y rôdent. Veux-tu qu'ils nagent dans notre rivière souterraine?

— Si le problème est si grave, Irimus, pourquoi le contremaître ne peut-il pas faire le changement? Pourquoi se donner la peine de m'apporter cela? Si j'en donne l'ordre, je deviendrai la cible de leurs plaintes. Et cela encouragera les Rancuniers.

— Mon seigneur, le contremaître a peur de faire des changements sans le consentement royal. Il a demandé explicitement votre soutien.

« Ainsi, pensa Cal-raven, Blyn-dobed a demandé cela. Il veut corriger leur direction, mais il ne veut pas devenir une cible pour ses ouvriers grognons. Il sait que je me sens coupable de l'avoir offensé. Il suppose que j'accepterai volontiers la charge. »

Cal-raven avait ordonné qu'un bataillon soit envoyé pour surveiller les mineurs. Une tour temporaire — un fort déplaçable avec une tour de guet — leur fournirait un certain refuge, s'ils étaient attaqués. La tour était un vestige des jours de guerre du roi Har-baron, mais elle ne fournirait pas assez de sécurité pour protéger tous les hommes. Ils étaient encore vulnérables.

— Par mes points d'honneur, dit Irimus avec un petit sourire satisfait, montrant le tapis du doigt.

— Galopin, tes souliers, cria le prince. Tu laisses une trace.

Le galopin, qui cherchait un repose-pied, tressaillit.

— Désolé, prince Cal-raven. Je viens de me faire convoquer des camps de Cueilleurs pour vous servir.

— Bien sûr, je parle trop durement. Mais, comme tu vois, j'ai avec moi Irimus, qui est ici dans le seul but de signaler des choses qui pourraient me déranger.

Irimus recula de la table, indigné. Mais Cal-raven savait que le conseiller n'oserait pas être en désaccord avec lui. Pas pendant que sa demande était encore sur la table.

— Allez-y, Irimus. Déviez les fouilles. Mais seulement s'ils acceptent certaines conditions. Le bois d'Angoisse est un endroit terrible, mais nous devons respecter le calendrier établi. À ma connaissance, les hommes-bêtes n'attaquent pas les activités aussi organisées, mais ils m'ont surpris, récemment. Nous devons terminer le projet et partir de cet endroit. Ils devront travailler jour et nuit, en se relayant. Assurez-vous qu'ils comprennent que j'ordonne cela pour leur propre protection.

— Bien sûr.

— De plus, dites aux mineurs que je fais le nécessaire pour travailler à leurs côtés et pour doubler leur salaire. C'est dire à quel point je veux voir cela fini. Et si le contremaître et ses ouvriers s'appliquent de façon appropriée, je les recommanderai personnellement, un par un, devant mon père.

Irimus n'eut besoin d'aucun encouragement pour partir.

Le prince Cal-raven ker Cal-marcus s'effondra, le front posé sur la table, les bras étendus, et les mains à plat contre la carte. Il était trop fatigué pour d'autres stratégies, ce soir.

Ces derniers jours, il s'était allongé dans son lit avec des serviettes humides et froides enveloppées autour de la tête. Sa maladie avait reporté la célébration de la victoire des chasseurs, mais il espérait qu'ils iraient de l'avant avec leur frivolité. Il avait besoin de passer du temps seul, au-delà des murs, où il pourrait trouver un peu de paix, penser à son avenir, suivre la trace des activités des hommes-bêtes et pratiquer le travail de la pierre.

Quand il ouvrit les yeux, le galopin essayait encore de placer la coupe sur le dessus de l'étagère de rouleaux en montant sur une étagère basse.

— Tu dis que tu étais avec les Cueilleurs, mon garçon ? Passes-tu beaucoup de temps à l'extérieur des murs ?

— Oui, monsieur, je suppose que j'en passe beaucoup, répondit le galopin.

— Préfères-tu travailler dans la forêt plutôt que dans le palais ?

— Je... J'aime travailler aux deux endroits, monsieur. À l'intérieur et à l'extérieur. Mais pas un sans l'autre.

— Quelle réponse astucieuse. Mais n'as-tu pas peur des hommes-bêtes de Cent Regus ?

— Oui, monsieur. Ce sont de méchantes personnes, celles de Cent Regus. Je prends soin de rester près des officiers de service.

— Je pourrais te réaffecter, si tu veux.

— Oh, non, monsieur. Je ne voudrais pas être enfermé tout le temps à l'intérieur. Trop de choses me manqueraient. La forêt est magnifique.

— On dirait mon vieux professeur.

Cal-raven regarda ses propres souliers, cirés, portés peut-être une fois auparavant, comme tous ses souliers. Il regarda par une fenêtre ronde le coup de pinceau violet à peine visible, qui restait dans le ciel.

— As-tu entendu parler du mage que mon père a envoyé en exil..., Scharr ben Fray ?

En entendant la question de Cal-raven, le galopin perdit l'équilibre et tomba, entraînant le plateau de coupes avec lui, qui percuta l'étagère et emporta avec lui une ménagerie d'effets personnels du prince sur le plancher. Le garçon atterrit parmi les débris qui dégringolaient.

Le vin tacha le tapis.

Le prince bondit pour l'aider, criant :

— De tous les maladroits…

Il attrapa une serviette qui était à côté de son lavabo et la jeta sur le liquide renversé.

Le galopin bredouilla :

— Désolé, monsieur. Vous m'avez fait sursauter. Je vais nettoyer cela.

— Pardonne-moi.

Cal-raven riait, maintenant.

— Je ne devrais pas te gronder pour un accident. Une fois, quand j'étais enfant, j'ai fait tomber une étagère complète de tablettes de rouleaux sur moi. Ma mère n'était pas très contente.

Le galopin n'écoutait pas. Il était assis, regardant fixement avec une stupéfaction soudaine l'étalage d'objets tombés, dispersés sur le sol. Parmi eux, il découvrit de minuscules sculptures, des figurines taillées dans une pierre noire translucide.

Cal-raven saisit une minuscule figurine de pierre.

— Ce ne sont que des jouets. Des figurines que mon maître a fabriquées, pour la plupart. J'ai façonné certaines d'entre elles, aussi. Les aimes-tu ?

— Désolé, monsieur. C'est seulement que… je n'ai jamais vu quelque chose comme ça auparavant, monsieur.

Cal-raven souleva une poignée de petites figurines et les tendit pour que le garçon puisse les voir. Les pièces disparates n'étaient pas plus grosses que le pouce du prince. Un ours noir, accroupi pour défendre son territoire. Un cerf, couronné de ramures complexes, comme un roi de la forêt. Des guerriers en position de combat. Une femme en robe à traîne, courant et regardant derrière elle. Un roi géant, avec une canne étrange et des pierres précieuses à la place des yeux.

— Celle-ci représente Tammos Raak, le grand chef qui a fait descendre les gens dans l'Étendue pour leur faire fuir la malédiction d'Inius Throan... Tu connais la vieille histoire?

Le garçon hocha la tête.

— Et celle-ci ressemble à une rangée de dents, mais lève-la dans la lumière et, tu vois? Elle projette une ombre qui correspond à la ligne irrégulière du mur Interdit.

— Monsieur, le plancher. Ne devrions-nous pas finir d'essuyer le vin avant qu'il tache?

— Et ces deux-là, des corbeaux. Attends, non, celle-ci est un faucon argenté. Celle-ci est un faucon roux. Il peut leur parler, tu sais, Scharr ben Fray. Il est un maître de la pierre et il parle avec les animaux. Celles-ci, j'ai oublié comment elles s'appellent, des bêtes du sud lointain. Elles peuvent tuer un vawn d'un seul coup de queue. Viens ici. Je vais t'en montrer d'autres.

Il tendit le bras sous les lourdes nattes du lit et retira une boîte en bois polie.

— Nous avons fait celles-là ensemble, quand il m'a emmené explorer les cavernes de Blackstone, au sud-est d'Abascar. Là-bas, les pierres sont tranchantes comme des rasoirs, mais elles coupent magnifiquement, si tu possèdes le don.

Il retira une petite carte rudimentaire, une carte qu'il avait probablement dessinée quand il était enfant, et l'ouvrit. Il traça une ligne à partir du point qui indiquait la maison Abascar jusqu'à une région située au sud-est de la forêt Cragavar.

— Juste ici. Tu devrais les voir, mon garçon, les cavernes de Blackstone. Un monde différent, un labyrinthe. C'est là où j'ai appris pour la première fois le travail de la pierre. Une maisonnée entière de gens pourrait y vivre.

Il souleva une autre poignée de figurines. Elles s'entre-choquèrent comme des coquillages. À la vue de ces figurines, le garçon oublia le vin.

— Tu les aimes ? Ce sont mes préférées. Les choses qui ne sont pas vraies. Des choses que Scharr ben Fray a vues dans ses rêves et des choses qu'il a recueillies dans les histoires des enfants. Des dragons. Le redoutable serpent-loup à deux têtes. Regarde, il a même fabriqué des Enfants du Nord.

Cal-raven plaça les figurines en ligne sur le sol. C'étaient des morceaux d'argile grise — des personnages à capuchon, grands et petits, maigres et corpulents, pliés comme s'ils étaient tourmentés ou comme s'ils essayaient d'échapper à quelque chose de terrible. Le galopin prit la plus grande pièce dans la main ouverte de Cal-raven et la souleva, les yeux écarquillés.

— Oui, tu as trouvé la meilleure. Celle-ci est extraordinaire.

Cal-raven la reprit rapidement.

— Tu sais ce que c'est, n'est-ce pas ? Alors, tu sais pourquoi je la garde cachée.

Le galopin hocha la tête et se mordit la lèvre inférieure.

— N'aie pas peur. Tu peux parler librement, ici. Cette bague de jade vert émeraude, que j'ai fabriquée quand j'étais enfant, possède exactement la même silhouette.

— Le roi vous laisse porter le Gardien sur votre main ? murmura le garçon avec incrédulité. Mais il est interdit de simplement mentionner le Gardien.

— Et mon père aimerait jeter cette bague dans l'abîme de l'entrepôt souterrain. À Abascar, les princes se sont toujours fait offrir des bagues de confiance royales. Certains disent que Tammos Raak a donné des bagues à tous ses enfants et qu'Abascar est la seule maison qui honore cette tradition. Quiconque porte la bague de confiance royale est protégé du mal. Le roi doit privilégier et avoir pitié de la personne qui la porte, et je suis libre de la donner à qui me plaît.

Il mit la bague contre son œil et regarda fixement à travers.

— Ils disent que seuls les enfants rêvent du Gardien, murmura Cal-raven. Mais ce n'est pas vrai. Le Gardien est dans les rêves de tout le monde. Et quand nous essayons de chasser ce souvenir, les rêves se transforment en cauchemars. Nous sommes destinés à rêver de lui. J'en suis sûr.

Cal-raven vit de la reconnaissance dans l'expression du garçon.

— Chaque fois que Scharr ben Fray parlait de ce rêve fréquent, il devenait très sérieux et plissait les yeux, comme s'il regardait une lumière brillante.

Cal-raven imita une voix profonde, éraillée, secoua un doigt vers le galopin et dit :

— « Il y a des fous qui nient leurs rêves. »

Il se pencha vers l'avant.

— Je vais te dire un secret, mon garçon. Je vais te dire quelque chose que je n'ai dit à personne d'autre. J'ai vu des empreintes dans la forêt. Des empreintes de pieds qui ne correspondent à aucun animal.

— Je connais quelqu'un, laissa échapper le galopin. Quelqu'un qui dit que le Gardien lui a sauvé la vie.

Le sourire de Cal-raven s'attarda un instant, puis s'effaça.

— Quoi ?

— Un homme-bête a essayé de l'attaquer, et elle a appelé le Gardien au secours. Il a jeté l'homme-bête dans le lac.

— Tu connais quelqu'un qui a vu le Gardien… à l'extérieur de ses rêves ?

Il était sceptique.

— Les Cueilleurs mangent beaucoup de champignons, n'est-ce pas?

— Non. Pas un Cueilleur. C'est une orpheline. Certains disent qu'elle est une Enfant du Nord.

Le prince plia les doigts, comme pour cacher la bague.

— Une Enfant du Nord?

— Eh bien, personne ne le sait. Elle n'est pas méchante, ni une voleuse. Je ne pense pas qu'elle soit froide et cruelle. Elle s'appelle Auralia.

Quand il prononça le nom, il se détourna subitement, comme s'il réalisait qu'il avait fait une erreur.

Cal-raven se leva, les yeux écarquillés, puis fit une grimace alors que son talon se déposait sur une des figurines.

— Sauvée par le Gardien. Intéressant.

Le *Vers du soir*, chanté brusquement et de façon trop empressée, attira l'attention du prince vers la fenêtre.

— Il est tard, et j'ai encore beaucoup de choses à accomplir.

Son ton était de nouveau celui d'un prince s'adressant à un serviteur.

— Merci pour le vin, mon garçon. Tu es peux te retirer.

Le galopin réagit automatiquement, s'inclinant comme il le fallait.

— Monsieur, je dois encore nettoyer le désordre que j'ai mis. Je rapporterai des chiffons et de l'eau.

— Bien, mais apporte également autre chose.

— Monsieur?

— Apporte-moi une cape de garde. Je dois sortir. En secret.

Les yeux du galopin s'agrandirent, et il sourit en raison du privilège de confiance.

— Je vais rendre visite à ton amie. Je soupçonne ses interrogateurs d'avoir négligé quelques questions. Y a-t-il un message que tu aimerais que je lui transmette?

Cal-raven n'était vraiment pas prêt pour le torrent de messages, de questions et de promesses que fournit le galopin.

Derrière eux, le vin imbibait de façon indélébile le tapis.

19

LA BAGUE DE CONFIANCE

L es mains enfouies dans les bas-fonds du lac, Auralia sortit les couleurs.

En vitesse, le galopin sortit des eaux, un calice à la main. La tasse avait été moulée en résine colorée en bleu argenté de l'eau du soir. Le pied de celle-ci était composé de racines enchevêtrées qui s'élevaient pour former un grand arbre sinueux, qui supportait la coupe. Et dans la coupe, du feu.

— Le feu ne me fait pas mal, dit le galopin, offrant le calice.

Une question lui marquait le visage. La coupe était froide contre ses mains, comme l'eau du lac. Elle la souleva et but.

Les flammes avaient le goût des couleurs. Elles circulaient dans son sang, ruisselaient de ses yeux comme des larmes enflammées.

La silhouette du galopin avait été remplacée par une jeune femme qui se trouvait dans l'eau. Elle rit, s'étendit vers l'avant, libéra la coupe et la jeta aux pieds d'Auralia. Les flammes l'engloutirent, mais elle ne ressentait pas de douleur.

Une grosse main toucha l'épaule d'Auralia. Elle se tourna, s'observa extraire le calice du feu et le donner à une grande ombre, dont elle ne pouvait voir le visage.

— Transmets cela, dit-elle, et elle lui embrassa la main, sa bague. Les couleurs lui tachant les lèvres embrasèrent la bague.

L'étranger se tourna, comme s'il était distrait. Un rugissement vint de la maison Abascar, le son de mille voix appelant pour recevoir de l'aide, le bruit d'arbres qui tombaient. Elle ressentit la ruée de l'eau du lac autour de ses jambes comme si elle inondait ses rives.

Auralia ouvrit la bouche pour avertir ses amis qui ne pouvaient pas voir l'inondation, mais, à cet instant, les eaux devinrent une marée de bras et de mains, tentant de la saisir, se collant à elle, un océan de désespoir.

Elle appela, demandant de l'aide à la grande ombre alors qu'elle était attirée dans la foule. Mais il était engagé dans une bataille avec un homme-bête. Leurs lames s'entrechoquaient, projetant des éclairs, et une forme sombre déferla à travers eux.

Le mystérieux guerrier, écartant l'homme-bête, se tourna et projeta son épée vers le ciel, perçant le ventre sombre de la forme.

— Non, dit Auralia.

Les mains désespérées la ramenèrent sur le plancher de sa cellule de prison.

Auralia se frotta les yeux avec des articulations douloureuses, respirant rapidement, trempée de sueur et frissonnant alors que les épaisses couvertures du sommeil étaient tombées. Elle se mit à genoux, tomba vers l'avant dans une flaque et recula. Soulevant sa cape salie du sol collant, elle enfouit son visage dans ses plis abrasifs.

Des pas. Le craquement de la porte. Les voix étouffées de trois hommes, peut-être quatre. L'un d'eux s'approcha, d'un pas prudent.

Des halètements jaillirent des creux fermés le long du mur, suivis d'un silence puissant, impressionnant. Ce n'était pas le geôlier. C'était un grand homme enveloppé de la cape d'un coursier ordinaire.

Il s'arrêta, comme s'il attendait que ses yeux s'adaptent à l'obscurité. Puis, il bondit vers elle, saisissant les barreaux.

Elle se recroquevilla, tenant fermement ses couleurs tachées, qui tombaient goutte à goutte. Un long silence tendu lui affûta les sens. Une bague exquise brillait sur le premier doigt de la main droite du visiteur.

Il se tut pendant un petit moment, les faibles lumières de la cape d'Auralia lui illuminant les mains. L'attention du visiteur l'effraya. Elle se leva lentement, souleva et déplia la cape, puis la tint élevée, se cachant derrière elle.

— C'est donc vrai.

L'homme semblait plus jeune qu'elle ne l'avait imaginé, comme un garçon cueilleur passionné.

— Pour savoir comment les couleurs s'unissent de cette façon, tu dois avoir vu la forêt Cragavar d'un endroit très élevé.

Ne sachant pas si elle devait répondre, elle recula d'un pas et tira la cape autour d'elle, honteuse de son apparence, contusionnée et grelottante, les jambes et les pieds tachés de terre noire comme de l'encre.

— Reste. Reste dans la lumière, Auralia.

Elle traîna les pieds, la tête baissée, et attendit, comme s'il pouvait proclamer un jugement. Il la regarda, sembla-t-il, pendant aussi longtemps qu'il s'était émerveillé des couleurs.

Elle osa un autre regard. Il s'accroupit, les yeux maintenant à la hauteur des siens, et se pencha près d'elle. Elle fouilla dans son regard scintillant et y trouva seulement de l'estime et des questions.

— D'où viens-tu, pour que tu puisses tisser de telles merveilles ?

— Je ne sais pas, dit-elle abruptement, tellement lasse des questions.

— Qu'est-ce qui t'a inspirée pour créer ceci ?

— Je leur ai répondu, et ils m'ont jetée dans ce trou.

Il y avait de la défaite dans sa voix, quelque chose qu'elle n'avait jamais entendu auparavant.

— Le roi n'a pas apprécié ma réponse.

— Le roi est en colère. Mais je… je ne suis pas en colère, Auralia. Au contraire, je souhaite protéger les couleurs.

Elle courut le risque de jeter un autre coup d'œil à son visage, que les couleurs avaient touché avec un doux éclat.

— Je ne me suis pas souvenue de l'endroit d'où je viens, répondit-elle. Mais je m'en souviendrai, je pense. Parfois, je le sais presque. Je reconnais un oiseau du nord. Et je rêve du Gardien. Mais vous savez cela, n'est-ce pas ?

Elle chancela légèrement, réalisant maintenant à quel point elle avait faim.

— Personne ne me croit quand je parle de lui.

— Certains d'entre nous le pourraient, répondit l'ombre avec prudence.

Sa voix semblait tellement familière. Elle l'avait entendue dans la forêt. Un serviteur de haut rang du roi ? Un des cavaliers d'Ark-robin ? Quelqu'un qui avait entendu des rumeurs et était venu voir par lui-même ? Elle s'approcha et, alors que la faible lumière argentée de la lanterne touchait sa cape, elle-même fut surprise par sa ferveur à briller.

— Donne-moi plus de lumière, murmura l'homme, regardant fixement en haut du couloir.

Au grand étonnement d'Auralia, le visiteur la regarda dans les yeux.

— Tu ne resteras pas emprisonnée. Tu seras libre. Tu seras le coup qui secoue cette maison. Maintenant que tu leur as montré ceci, rien ne peut plus être pareil. Nous n'avons plus d'excuses. C'est l'avenir d'Abascar que tu tiens entre tes mains.

Ses mains sentaient le cuir, l'encens et le vin. Était-ce un conspirateur ? Un sauveur ? Il parlait comme s'il avait peur d'être surpris, avec des murmures étranges et hésitants.

Elle s'étonna de sa bague sculptée de manière complexe. C'était un homme d'influence.

— Qui t'a envoyée ici ? lui demanda-t-il.

Elle rit amèrement.

— Vous ne me croiriez pas. Qui vous a envoyé, vous ?

— Tu ne me croiras pas non plus.

Il se mit la main devant la bouche et murmura :

— Un galopin.

Elle haleta.

— Vraiment ? Est-il…

— Il n'est pas en danger. Il est en sécurité. Et tu seras bientôt en sécurité. Mais tu devras être patiente. Mon père a peur d'admettre à quel point il s'est trompé. Il a peur d'admettre bien des choses. Il ne peut supporter la responsabilité. J'aurai besoin d'un certain temps.

Quelque chose s'agita dans ses souvenirs. Un vawn. Un cavalier. « *Pourquoi me fuis-tu toujours ?* »

Et alors, elle parla, à peine un murmure.

— On me demande de revenir.

Elle tenta d'attraper la cape.

— La forêt ?

— Non. Le Gardien.

— Le Gardien.

Son front était appuyé contre les barreaux. Ses cheveux étaient comme du feu et de l'or, torsadés dans des tresses étranges et faites de façon précipitée. Cela lui donna envie de rire. Il tendit le bras à travers les barreaux pour toucher un coin de la cape, une pièce de lavande. Les doigts de l'étranger taquinèrent la frange dorée le long de la lisière de la cape, puis il recula, comme s'il s'était brûlé.

— Ce galopin, il dit que le Gardien t'a sauvée d'un homme-bête.

Elle pouvait sentir sa sueur et sa peur.

Elle aimait son visage. Rasé de près. Juvénile, mais accablé, des rides se creusant entre ses sourcils et aux coins de ses lèvres. Un œil était doré, l'autre était vert comme le jade de la bague qu'il avait autour du doigt. Ces yeux étaient honnêtes.

— L'entendez-vous, pendant la nuit ? demanda-t-elle.

— Je ne l'entends pas, non. Mais je le cherche. Quand j'étais très jeune, j'ai trouvé une empreinte de pas sur la rive de la Throanscall.

Au son d'un bruissement à la porte, il se pencha en arrière, écouta. Puis, il la pressa de s'avancer. Elle put sentir ses paroles quand il lui murmura à l'oreille.

— Tu ne dois pas parler de ces choses. Pas ici. Pas encore.

Il y avait une colère croissante qui se cachait sous ces mots.

— Je vais t'aider à sortir d'ici. Ne désespère pas. Tu vivras avec nous dans le palais, si c'est ce que tu...

Il s'arrêta un instant, puis se mit à rire.

— Écoute-nous. Un prince et une Cueilleuse. Murmurant comme de vieux amis dans le noir.

Ses rires déclenchèrent une marée montante de bruits, et des spectres s'élevèrent derrière les barreaux du côté opposé du couloir — des prisonniers nus, misérables, observant ce rendez-vous silencieux. Des doigts blancs osseux s'enroulaient autour des barreaux de prison. Les visages pâles de prisonniers émaciés qui avaient souffert assez longtemps pour absorber le froid et l'air corrosif, apparaissaient et disparaissaient, comme des poissons morts flottant dans l'eau sombre.

Le prince avala sa salive, frissonna.

— Tu seras en sécurité. Personne ne confisquera ce qui est à toi.

— À moi ?

Le petit front lisse d'Auralia se rida.

— Ceci n'est pas vraiment à moi.

— Votre seigneurie ? haleta un des prisonniers. Prince Cal-raven ker Cal-marcus ?

Tout à coup, tout le couloir s'embrasa des voix des détenus. Un par un, ils crièrent leur innocence, avouèrent des crimes, firent vibrer les barreaux et implorèrent la clémence et la libération. Des centaines de membres semblèrent pousser sur les murs alors qu'ils se tendaient vers lui dans un appel désespéré. Le vacarme tritura le prince comme une pluie drue. Il tendit la main à travers les barreaux et saisit la cape d'Auralia à l'endroit où elle la tenait fermée à son col, et il l'attira avec les deux mains. Elle se rendit, appuyée contre les barreaux. Il repoussa ses cheveux brun argenté de son visage, appuya les lèvres contre sa minuscule oreille et dit :

— Je t'apporterai toutes les choses dont tu as besoin. Nomme-les et elles sont à toi.

— Ce n'est pas moi, mon seigneur, qui ai besoin de votre aide. C'est Abascar. C'est la raison pour laquelle je suis venue. La maison a besoin de ces couleurs. D'une certaine façon, elles aideront. Quelqu'un ici en a besoin. Est-ce vous ?

Sa main froide s'enroula dans sa poigne brutale. Ce faisant, elle réalisa qu'elle tenait les fils pourpres.

« Bien sûr, pensa-t-elle. Maintenant. »

Le prince retira la main, relâcha la cape. Auralia s'enroula dedans de nouveau. Il se leva.

Les voix autour de lui formaient une tempête. Des gardes franchirent la porte.

Dans une impulsion soudaine, Cal-raven s'agenouilla une fois de plus devant la cellule d'Auralia.

— Prends cela.

Il enleva la bague verte de son doigt.

— Si tu portes cette bague de confiance, tu montres à toute la maison Abascar que je réclame ta protection. Seul mon père peut prétendre le contraire. Il ne le fera pas. Comprends-tu ?

Il lui prit la main, appuya la bague dans sa paume.

— Sais-tu qui je suis ?

Fermant les doigts sur la bague, elle sentit de la chaleur circuler des mains de l'étranger jusqu'aux siennes.

— Je sais qui vous êtes. Mais…

Elle ferma les yeux, ressentit un écho de son rêve, l'ombre se détournant de son duel avec l'homme-bête pour lancer son épée vers le ciel.

— Mais pas qui vous serez.

Il recula, piqué.

Auralia prit la bague, la mit à son doigt. Elle était trop grande, ses mains étant aussi petites que celles d'un enfant. Elle la glissa autour de son pouce. Elle resta bouche bée. L'anneau, comme une queue courbée, l'ornement comme le corps d'un grand animal — l'essence du cheval, de l'aigle, du béhémoth —, tout cela représentait le Gardien. Simple, mais incontestable.

Elle prit les couleurs dans ses mains.

— Elles sont pour vous. Je n'en ai plus besoin.

Mais il était parti.

Elle tâtonna avec les fils et les enroula ensuite autour du bouton de son col.

Propulsant les prisonniers au fond de leur cellule et projetant Cal-raven au sol, la couleur explosa comme l'aube à travers les tunnels sous la terre.

20

DE MAUVAISES NOUVELLES

Ne pouvant retourner au palais après ce qu'il avait vu dans le donjon, Cal-raven sortit au-delà des murs d'Abascar. Il avait besoin de réfléchir. Et pour des réflexions de cette nature, il ne pouvait tolérer de murs. Il avait besoin d'être à l'air libre.

En plein cœur de la forêt, dissimulé, un monte-charge le transporta sur une plate-forme au-dessus des arbres, où il regarda en direction du nord, vers le mur Interdit. La forêt sombre ondulait, des zones de vert enveloppées par la nuit, murmurant avec mystère, pas si différente de la cape d'Auralia.

Dans cette cellule étouffée par l'obscurité, la récompense du prisonnier avait été comme une lumière sous une porte, et quand la porte s'était ouverte, les souvenirs avaient jailli. Il avait voulu revenir dans le couloir pour la regarder une autre fois, mais les couleurs étaient trop fortes.

« C'est une femme qui pourrait marcher avec le Gardien. »

Il s'allongea sur les planches de bois couvertes de mousse, qui formaient un coussin humide et touffu. Mais l'inconfort était un petit prix à payer pour la vision des étoiles et des nuages passagers, absorbés par le clair de lune.

Ici, dans la forêt, il pouvait encore se rappeler les couleurs et les odeurs qui s'élevaient de la cape. Et, d'une manière ou d'une autre, il était convaincu qu'il pourrait cartographier plusieurs des chemins où Auralia avait marché.

Les odeurs — des herbes sauvages, des fils tissés à partir de fourrure de rat musqué, les épines des plumes vertes de colibri à queue noire — excitèrent son appétit pour les pistes et les nombreuses façons de les quitter. Il grimpait sur les falaises de Barnashum, s'allongeait sur les galets lissés, trempés, près des eaux tranquilles, respirait l'air revigorant d'un champ de fleurs. Il y avait un arome lourd, antique d'arbres robustes qui poussaient sur le côté le plus éloigné du lac. Puis, un vent sembla se lever, et il fut pris dans une vague de poussière dorée de fleurs.

Auralia aurait-elle pu s'aventurer aussi loin, à un âge aussi jeune ? Peu de gens en avaient vu ou se souciaient même d'en voir autant. Et personne n'aurait observé si intensément, afin d'apprécier un tel déploiement de vie. Personne. Mais Auralia l'avait fait.

Endormi sur cette plate-forme secrète, tout comme il avait dormi, enfant, à l'intérieur d'une maison dans un arbre, Cal-raven laissa ses rêves l'emmener de l'autre côté de l'Étendue, à partir du pays desséché, désolé de la maison Jenta, jusqu'à la forêt Cragavar, devant la maison Abascar, devant le lac Profond, jusqu'au dense et dangereux bois d'Angoisse des montagnes de Peuraveugle, puis, plus loin au nord, le long de la ligne bleue étincelante de la rivière Throanscall, jusqu'à l'arête de montagne découpée du mur Interdit, où il fut englouti par un nuage, se noyant au son d'une chute d'eau invisible.

Une légère odeur de fleurs de délire qui flottait dans l'air attira le rêve de Cal-raven sur un autre chemin, familier, mais oublié depuis longtemps : une piste sinueuse qui aboutissait sur un escalier descendant dans une petite cour fermée — le jardin de sa mère.

Les jours où sa santé se dégradait, la reine Jaralaine avait trouvé sa seule joie en entretenant des parterres luxuriants et aromatiques dans un arboretum caché, gardé. Elle n'avait jamais beaucoup parlé, ni donné au petit Cal-raven quoi que ce soit d'elle, sauf la couleur. Ses robes, les linges de maison, son métier à tisser et son jardin privé. Seuls son fils et son mari pouvaient franchir la porte du jardin, couronnée de lierre, ou marcher sur le plancher jonché de fils de ses salles de tissage. Même à cet endroit, elle les accompagnait, protectrice, souriante, timide, mais observant leurs moindres mouvements.

— C'est à moi, disait-elle. Mes sœurs ne marcheront jamais ici. Mon père et ma mère ne me l'enlèveront jamais.

Cela le dérangeait, quand elle parlait comme ça, comme si ces gens qu'elle détestait hantaient le palais et lui lançaient des menaces cruelles. Une fois, dans le jardin, il s'était éclairci la voix, avait pris la main de sa mère, s'était planté devant elle et avait déclaré :

— Quand je serai adulte, je me battrai pour défendre cet endroit. C'est le joyau de l'Étendue.

Elle avait ri jusqu'à ce qu'elle dépose un bol de graines et essuie ses larmes avec son poignet, son sourire étant le trésor le plus riche de tous.

Il était reconnaissant pour le souvenir, la seule image claire qu'il avait de sa mère au-delà de la désintégration de sa beauté. Tout ce qui la concernait était devenu gris — les cheveux dorés, les yeux orange, la peau bronzée d'une femme qui avait grandi dans la forêt.

Et, maintenant, après plusieurs années sans elle, il trouvait ces couleurs au fond du donjon, une résurrection du don de la reine. Mais, alors que ses yeux suivaient les motifs qui montaient en spirales, Cal-raven avait vu le visage qu'ils encadraient.

Elle n'était pas une rivale pour ses affections, ni l'humble fille d'un fier soldat. Auralia n'avait pas cherché à l'impressionner. De plus, elle n'avait pas demandé d'être libérée. Elle cherchait seulement à offrir ce qu'elle avait. Dans son visage, il y avait une solitude épouvantable. Ses cheveux étaient parsemés d'argent, fins comme des toiles d'araignée, comme si elle avait été une femme sage et ancienne ayant retrouvé la jeunesse comme par enchantement. Il voyait de la faim et de la douleur dans ses mouvements, mais elle semblait inconsciente de sa fragilité, plus absorbée par lui que lui-même ne l'était par elle.

Une tache d'un gris terne apparut, c'était un écureuil ailé sur le bord de la plate-forme, paralysé, les yeux écarquillés, aussi stupéfait de voir Cal-raven que le prince l'était de voir l'animal. Puis, sans une lueur de prudence, l'écureuil se jeta dans le vide et disparut.

Cal-raven essuya une mince couche de brume de son visage, la douleur froide et pinçante d'une nuit sur des planches de bois impitoyables le faisant grogner.

S'accrochant aux cordes de l'ascenseur de fortune, il plongea à travers les branches avant de partir précipitamment sur les pistes pour trouver une route plus rapide vers les portes, où des gardes abasourdis saluèrent leur maître couvert de feuilles et de brindilles.

Cal-raven serra les poings et se dirigea droit sur le chemin, vers le palais, clignant des yeux dans la brillante lumière du jour.

Tout était flou.

Retirant des toiles d'araignées et des filaments végétaux de ses cheveux, il atteignit l'escalier qui le mènerait aux salles des cartes. Il y avait des choses qu'il devait dire. Son père se faisait probablement harceler par des conseillers, écoutant les comptes-rendus des patrouilles de la nuit. Il était certain de ses convictions, mais ne savait pas comment aborder les choses.

« Auralia a recréé le miracle d'Abascar, père. Et pas seulement d'Abascar, mais de toutes les maisons de l'Étendue. »

C'était un argument valable.

«Et si elle peut faire cela, alors imaginez... imaginez ce que la maison Bel Amica dirait, si nous déclarions maintenant le printemps d'Abascar. Auralia pourrait nous guider pour que la maison jouisse de couleurs flamboyantes. Nous finirions par être la maison même que mère voulait... l'envie de l'Étendue.»

La cape s'étirait comme une banderole au-dessus de tout ce qu'il pensait, les couleurs se déversant dans son esprit, le visage d'Auralia trônant comme le soleil en son centre.

Mais, avant qu'il puisse monter, son père apparut au-dessus, encore vêtu de sa robe de chambre, et flanqué de soldats en armure de bataille complète.

— Cal-raven !

Le roi se précipita en bas des marches et saisit le prince par les épaules.

— Fils, où es-tu allé ? Il y a des nouvelles urgentes ! Nous t'avons convoqué plus tôt.

Il était manifestement dépité de l'apparence du prince.

— Tu ressembles à un tas de chiendent. Quelqu'un pourrait penser que tu as dormi au sommet d'un arbre !

— C'est ce que j'ai fait.

Les serviteurs du palais furent distraits par la vision et commencèrent à se rassembler derrière le prince, exaltés et murmurant devant la rare apparition des deux chefs au même endroit... et avec la compagnie solennelle de soldats prêts au combat. Ce qui était sur le point de se dérouler pourrait remplir d'histoires leurs heures passées au-dessus des poêles brûlants et des cuvettes fumantes, pour le reste de la journée.

— J'ai eu tort d'accorder si peu d'importance à tes avertissements.

— Qu'y a-t-il ? Que s'est-il passé ?

— Un groupe d'hommes-bêtes a envahi la tour aux fouilles de la Throanscall.

— Comment...

La gorge de Cal-raven s'assécha.

— J'envoie tout de suite la première troupe. Et, bien que mon cœur se brise à cette pensée, tu dois chevaucher à leur tête. Si ces sauvages réussissaient à vaincre notre défense, nous pourrions perdre ce projet.

Irimus Rain croisa un instant le regard du prince. Ils comprenaient tous les deux que si la tour était vraiment envahie, de graves dégâts avaient déjà été faits.

— Ce n'est pas tout ce que nous perdrons.

Cal-raven parla pour que les gens n'entendent pas.

— Il y a beaucoup de bons ouvriers, là-bas. Blyn-dobed, le contremaître. Camaroth. Arven Parks. Et Nav Ballash.

— Penses-tu que je sois un idiot ? Bien sûr que nous perdrons de bons ouvriers ! Nous avons reçu des comptes-rendus des Cueilleurs qui font le ramassage, près du site. Ils ont vu la fumée et entendu le tumulte. Une patrouille du matin s'est rendue sur les lieux et a trouvé certains de nos hommes tombés, des corps brisés cloués aux arbres, des têtes tranchées accrochées aux branches par les cheveux.

Cal-raven cracha de la bile. Il tendit la main pour prendre l'épée qu'il n'avait pas encore mise.

— Un assaut organisé, père. Les hommes-bêtes ont planifié cela.

— Les comptes-rendus divergent. Certains parlent de vingt hommes-bêtes, mais un parle de quatre.

— Quatre de ces porcs ne pourraient assiéger une tour temporaire !

Cal-raven avait souvent dormi à l'intérieur des quartiers exigus d'une telle structure militaire. Conçues pour loger douze soldats, ces tours étaient défendues par des archers au sommet et par des escrimeurs en bas. Quatre hommes-bêtes auraient été tués, criblés de flèches. Non, c'était quelque chose de plus important.

— Néanmoins, les comptes-rendus confirment tous que la tour a été prise, dit le roi.

— Où est le capitaine Ark-robin? Où sont ses cavaliers?

— Ark-robin restera pour protéger le périmètre d'Abascar et pour s'assurer qu'aucun homme-bête n'est entré dans les tunnels. Si c'était le cas, ils pourraient circuler entre le site des fouilles et l'entrepôt souterrain. Il te revient de récupérer les fouilles et la tour. Va, maintenant, Cal-raven, et nous sauverons ce que nous pourrons. Tabor Jan prépare des cavaliers pour toi. Tu trouveras ton armure prête avec ton vawn.

Cal-raven hocha la tête. Quelque chose le tiraillait, une pensée qu'il avait gardée en lui et qu'il avait soudainement perdue.

— Père.

Le roi sourit, se pencha près de lui et déclara intensément :

— Ce pourrait être important, Cal-raven. Pense à ce que cela pourrait signifier. Rappelle-toi comment j'ai nettoyé la forêt de ces barbares, il y a plusieurs années. Cette histoire est racontée encore et encore. Cela a fait que les gens m'ont vénéré. Cela les a rendus enthousiastes de me couronner roi.

« Les gens sont prêts pour moi, faillit dire Cal-raven à voix haute. Il n'y a que toi qui manques de confiance en mes capacités. »

Au lieu de cela, il ferma les yeux et dit :

— Je dois considérer le problème actuel, pas une quelconque gloire future.

— J'organiserai une réception enthousiaste pour toi, à ton retour. Le vieil Har-baron a fait la même chose pour moi, jadis. Il n'y a pas de meilleur moment pour s'adresser au peuple, pour être généreux envers lui, que celui de la victoire. Tu pourrais faire une proclamation de prince. Commander un monument célébrant la victoire. Ou demander un jour de repos commémoratif. Tout ce que tu souhaites. Je m'assurerai que ta promise y soit.

Il y avait un ton inhabituel dans la voix de son père, une sorte d'hystérie, un éclaircissement.

— Vous écrivez la fin d'une histoire qui n'a pas encore été racontée, père.

Cal-raven marcha seul vers les écuries en écoutant son père s'adresser aux observateurs rassemblés. Levant les yeux vers la tour, par les fenêtres de la bibliothèque, il comprit subitement ce qu'il percevait dans la voix de son père. Cal-marcus invitait les gens à voir cela comme la fin de son règne. Il voulait capituler. Il ne pouvait supporter ce fardeau plus longtemps. Tout était en place pour que Cal-raven s'établisse et fasse oublier aux gens leurs rancunes.

Après quelques acclamations de soutien isolées, les gens de la maison se bousculèrent vers l'avenue principale, espérant être les premiers à décrire les nouvelles sanglantes aux amis et à la famille. Une grande complainte s'éleva — des cris et des questions auxquelles il était impossible de répondre, de la part de ceux qui connaissaient des gens sur le site des fouilles.

Le roi le rejoignait maintenant, flanqué d'Aug-anstern et d'Irimus Rain, suivi de ses gardes et de douze guerriers portant l'armure, transportant des lances et des boucliers. La lumière du soleil étincelait sur les plastrons et les casques polis.

Cal-raven franchit les hautes portes en bois des écuries royales et fendit l'air épais, qui sentait le renfermé — le parfum terreux du foin frais, l'odeur froide et humide de la nourriture boueuse des vawns, et les effluves forts et sombres de leurs excréments.

Tabor Jan attendait près de l'auge des vawns, ressemblant à un chien de chasse impatient d'être libéré. Il présenta à Cal-raven une armure et des armes.

— Je vais planter une centaine de flèches dans ces brutes, si vous montez derrière moi et leur tranchez la tête, dit-il.

Là-dessus, le garde plaça une botte dans l'étrier et monta à califourchon sur le dos écailleux de son grand vawn vert. Il saisit l'épaisse crinière noire et s'étira vers l'avant pour le gratter derrière les oreilles. Le vawn poussa des cris aigus par les narines et grinça des dents à l'intérieur de son museau.

— Nous serons bientôt en route.

— Tu es un musicien avec ton arc, Tabor Jan, dit Cal-raven. Fais-le chanter.

— Et vous êtes un soldat, pas un poète. Montez sur ce vawn.

Il accepta le drapeau d'un palefrenier, une banderole d'avertissement qui annoncerait l'urgence de leur mission, un signal aux marchands et aux autres passants, leur indiquant de ne pas les ralentir ou les suivre. C'était aussi une invitation aux patrouilles qu'ils rencontreraient de se joindre à la charge.

Son vawn noir piaffa, avec ses pieds gigantesques. Marchant au pas, en petits cercles, il agita sa queue écaillée.

Le roi immobilisa le vawn avec un sifflement.

— Nous avons peu de temps. Vous devez surprendre les hommes-bêtes.

Il souleva le casque du cavalier.

— Nous allons les massacrer. Et à mon retour, je ferai comme vous le suggérez. Je ferai une proclamation.

Il remit son casque.

— Vraiment? Bien. Très bien. Affirme-toi comme un chef et un homme de vision. Il vaut mieux entrer dans la bataille avec les yeux fixés sur les jours à venir.

Cal-marcus leva le bras pour serrer les boucles de la selle du vawn et donna un coup de poing sur le tibia de Cal-raven pour le taquiner, comme un père célébrant la première promenade à cheval d'un petit garçon.

— Et quelle forme prendra ta proclamation, mon fils visionnaire?

Cal-raven souleva la visière de son casque, baissa le bras, et saisit son père par le bras.

— Je vais demander à ce qu'on accorde le pardon à Auralia.

Le roi se dégagea de la prise de son fils. Il sembla perdre l'équilibre pendant un instant.

— Vas-tu faire cela? répondit-il froidement.

La joie sur son visage s'était fissurée comme un masque brisé, révélant le spectre furieux que Cal-raven avait vu dans la bibliothèque, plusieurs soirs auparavant.

Tabor Jan s'éclaircit la gorge.

— Je vais simplement… Je vais vous laisser seuls, terminer vos adieux. Et amener la troupe au portail.

— Je vais demander à ce qu'on accorde le pardon à Auralia et proposer que nous la nommions dame des couleurs d'Abascar, poursuivit Cal-raven sans broncher. Je demanderai à Auralia de superviser l'avènement du printemps d'Abascar, le jour où j'hériterai du trône. À moins, bien sûr, que vous n'ayez encore l'intention de déclarer ces choses pendant votre propre règne, un événement que je serais le premier à célébrer.

— Ton insolence irait aussi loin!

C'était Aug-anstern, marchant sur la pointe des pieds sur le plancher jonché de foin. Il mit bravement la main sur l'épaule du roi et l'immobilisa à cet endroit.

— En prenant la couronne, ton geste décisif serait de défier ton père et d'anéantir son héritage?

— Pas pour le défier, espèce de vieux vautour. Mais pour lui offrir une sortie honorable devant les difficultés qu'il a lui-même créées. C'est soit cela, soit attendre que les

Rancuniers se soulèvent. Par ce geste, le roi peut raviver la fierté des gens et leur accorder ce qui leur revient légitimement.

— Et qu'est-ce qu'Abascar a à leur accorder? demanda Aug-anstern en riant. Rien, dirais-je.

— Vous avez tort. Nous pouvons rendre les libertés que nous avons prises.

Le prince donna de petits coups au vawn pour le faire avancer vers le conseiller, faisant se lever le museau grouillant de l'animal pour qu'il frôle la poitrine de l'homme.

— Et nous pouvons commencer en accordant à Auralia la récompense qui convient.

— Comment vais-je trouver la paix, Cal-raven, siffla amèrement Cal-marcus, sachant que tes paroles, ici, se répandront comme une contagion? Écrirais-tu dans l'histoire que tu t'es levé et que tu as sauvé la maison Abascar du jugement cruel de ton père, espèce de fils de Cueilleur arrogant?

Ils n'avaient pas le temps de résoudre cette conversation. Cal-raven sentit, avec une panique grandissante, qu'il avait, en quelque sorte, mis Auralia en grand danger.

— Vous m'accusez de manquer d'amour pour vous? Au moment même où je monte sous vos ordres pour vous défendre? Espérez-vous que j'hésite dans ma charge?

Il pouvait entendre la réprimande de son vieux professeur résonner depuis leur dispute aux fouilles. « *Pas ici. Pas en face des gens.* » Il y avait trop de témoins.

— Accordez-moi cela, dit-il, se penchant pour murmurer, pour que je puisse chasser le fantôme de ma mère et la laisser enfin reposer. Laissez Abascar avoir quelque chose de plus à célébrer que les carcasses des hommes-bêtes!

Le silence, la haine imperturbable sur le visage du conseiller furent suffisants pour faire comprendre à Cal-raven que, peu importe à quel point cet appel était fort, le roi serait rapidement accablé par des appels incessants à faire le contraire.

Le visage de Cal-marcus s'empourpra comme s'il était malade.

— En montrant une telle faveur pour cette prisonnière, siffla le roi, tu risques d'offenser ta promise.

— Dans ce cas, nous devrions peut-être reporter le mariage jusqu'à ce que ces problèmes soient résolus.

Là-dessus, il tourna son vawn et rentra dans le rang, derrière la troupe qui partait. Craignant ce qu'il verrait sur le visage de son père, sachant que de telles images ne devraient pas hanter l'esprit d'un soldat se dirigeant vers la bataille, il ne se retourna pas. La réconciliation devrait attendre.

Cependant, la fureur de son père le hanta vraiment comme une fièvre alors qu'il cavalait, et tout ce qu'il put faire fut de transformer les feux de la colère et de la peur en combustible pour les coups qu'il assènerait à l'ennemi.

❧

Devant le portail principal, le roi reçut une autre vague d'acclamations. Ses sujets devaient croire qu'il était scandalisé par l'attaque. Sa rage les rassurerait. Ils ne comprendraient pas ce qui l'avait mis en colère.

Wilfry bondit sur le chemin pour se jeter sur les tibias du roi avec une rafale de jappements affectueux. Cal-marcus le repoussa d'un coup de pied.

— Si la première demande du prince était audacieuse, grommela Aug-anstern à l'oreille du roi Cal-marcus, cette dernière frôle la trahison.

— La « trahison », Aug-anstern ?

Cal-marcus baissa la tête. Il regarda les gants noirs que Cal-raven lui avait donnés en échange des gants d'équitation. C'étaient des gants pour les forestiers et les traqueurs. Il glissa ses propres mains à l'intérieur. Ils étaient encore chauds. Il n'avait pas porté de gants comme ceux-là depuis plusieurs années, avant que Jaralaine fuie la maison.

— Ce que j'ai entendu, c'était la « raison ».

Les battements de son cœur se firent irréguliers, et il se saisit la poitrine, titubant vers l'avant. Irimus Rain, qui avait arraché le chien qui se plaignait aux bottes du roi, écarta Aug-anstern et s'avança pour offrir son bras à Cal-marcus. Le roi se calma, les battements de cœur stables de nouveau, et lutta pour retrouver sa dignité pendant qu'Irimus brossait la poussière de l'étable de sa cape.

— Vous êtes le roi d'Abascar, fils d'Har-baron, dit Irimus. Votre histoire n'est pas terminée, peu importe combien votre fils est devenu impétueux.

Il sourit gentiment à travers sa barbe argentée.

— N'étions-nous pas aussi audacieux, vous et moi, quand nous avons mis les barbares en déroute, quand nous avons rendu la forêt Cragavar sécuritaire ? Ma foi, l'histoire se répète.

— Je n'aurais jamais dû parler à Cal-raven de cette fille qui fourre son nez partout.

Cal-marcus serra les poings.

— Trop jeune pour la prison. Sauvage et brave. Belle. J'aurais dû savoir qu'il serait curieux. Il l'a vue, vous savez. C'est de ma faute, et cela ne doit pas arriver de nouveau.

— Puis-je suggérer du repos et quelques conseils ?

Irimus tendit le chien blanc, qui se tortillait, au roi, espérant manifestement que l'affection du chien diminue sa colère.

— Retirons-nous à la bibliothèque.

Tenant délicatement Wilfry dans le creux de son bras, Cal-marcus détourna son attention vers ce qui avait autrefois été la tour de la reine.

— Pas encore. Cette Cueilleuse n'obscurcira pas la vision de mon fils comme Jaralaine a obscurci la mienne.

Le grondement de la charge s'affaiblit au loin, lorsque le roi leva la main pour refuser la litière royale. Il ne serait pas transporté. Il retournerait à pied par le long chemin menant à ses quartiers. Il allumerait un feu. Il demanderait sa boisson. Il s'envelopperait dans la lueur du feu et se trouverait un espace pour réfléchir.

Des gens de la maison surpris étaient rassemblés à chaque coin, bavardant et observant le roi, ses conseillers et ses gardes. Des palefreniers se traînaient les pieds dans les rues, agitant des balais pour débarrasser la route d'ordures ou de traces de vawns. Quelque part, une femme gémissait de désespoir. Les mauvaises nouvelles se répandaient comme une traînée de poudre, à Abascar.

Rassemblant la dignité qu'il pouvait, Cal-marcus passa sa main gantée sur son front comme pour lisser les rides creusées par le regret. Quand Wilfry lui lécha le visage, il grimaça et passa le chien à Aug-anstern.

— Je ne suis pas d'humeur à recevoir son affection maniaque, dit-il, et il est probable que je le frapperai, s'il revient me gêner. Prenez-le et enfermez-le quelque part pour que je ne puisse pas entendre son...

Il s'interrompit si soudainement qu'Aug-anstern fit quelques pas dans sa direction.

— Bien sûr, dit-il pour lui-même.

Puis, il se tourna brusquement et informa son entourage qu'il souhaitait visiter les donjons. Et il accéléra le pas pour distancer tout doute.

Il pardonnerait à Auralia. Cela plairait à son fils.

Il prendrait la cape qu'elle avait faite, pour montrer qu'il appréciait son cadeau. Cela, également, plairait à son fils.

Et il expliquerait qu'Auralia avait demandé une escorte pour l'emmener dans un endroit confidentiel, sa maison secrète. Le capitaine Ark-robin choisirait des cavaliers qui pourraient l'emmener loin au nord, dans un endroit où elle serait perdue. Elle ne retrouverait certainement jamais son chemin pour revenir et ne serait jamais retrouvée.

Le problème disparaîtrait de la maison. Scharr ben Fray n'aurait aucune chance de porter secours à son agent officieux. Et, par-dessus tout, Cal-raven ne reverrait jamais Auralia.

21

UN VOLEUR DANS L'ENTREPÔT SOUTERRAIN

A u moment où Radegan le Renard vit le capitaine Ark-robin se tourner vers lui, le voleur eut l'avantage de la surprise. Il le savait, et il l'utilisa.

Les fondations en pierre d'Abascar étaient un vrai labyrinthe. On interdisait aux gens de la maison l'accès aux cartes qui révélaient ses complexes secrets. On donnait même aux ouvriers de l'entrepôt souterrain, qui s'affairaient et creusaient, des circuits bien précis, et ils étaient appréhendés s'ils s'en éloignaient. Seuls le roi et ses conseillers les plus proches avaient les schémas complets de ses passages et de ses antres. Radegan savait qu'obtenir de telles esquisses était un pari aussi dangereux que de voler les trésors gardés de l'entrepôt souterrain.

Par conséquent, quand son hypothèse le mena non seulement vers les gains les plus lucratifs de sa carrière, mais aussi à une belle occasion de se venger, il crut que tout cela n'était qu'une vaste plaisanterie. Comment, dans l'énorme anatomie de la forteresse souterraine du roi, pouvait-il être devenu un tel champion du hasard ?

Il tendit la main vers la garde de l'arme qu'il avait volée. Il s'avança et rit, triomphant. La simple constatation de la présence de Radegan — le premier coup paralysant — stupéfia le stratège en chef du roi.

Ce fut terminé en quelques instants frénétiques.

Pendant des centaines d'années, la maison Abascar avait reposé sur un grand plateau de pierre, permettant de voir dans toutes les directions, c'est-à-dire vers la riche forêt, les collines et les rivières de l'Étendue. Au début, l'entrepôt était seulement un espace souterrain pour garder les trésors, une cachette pour les secrets du roi.

La richesse de la maison Abascar avait augmenté quand le grand-père du prince Cal-raven, Har-baron, avait creusé plus profondément dans le sol pour extraire des éléments précieux dans la pierre et l'argile des fondations du palais. Avant le règne de Cal-marcus, le labyrinthe s'était étendu vers l'extérieur, criblant le plateau de trous. Des tunnels s'étendaient profondément sous les demeures des gens de la maison. Aux intersections principales, à la surface, des gardes surveillaient des postes de l'entrepôt souterrain, acceptant des marchandises et des récoltes, et les envoyant en bas, à l'aide de cordes et de poulies, pour ceux qui les trie-raient, les distribueraient et les prépareraient pour en faire le meilleur usage possible. Chaque passage inférieur avait son garde et sa raison d'être.

Tout cambrioleur ambitieux espérant dérober des trésors du roi aurait pensé trouver une manière d'entrer dans l'en-trepôt souterrain par un de ces postes. Les postes d'intersec-tion étaient très bien gardés, mais certains voleurs réussissaient à entrer clandestinement dans les caisses de contribution. Quelques puits plus petits s'ouvraient à l'inté-rieur des demeures des officiers privilégiés, leur permettant d'y accéder facilement, et si un voleur pouvait entrer dans ces quartiers discrets, il pouvait réussir une descente astucieuse.

Le plan de Radegan, cependant, dépendait de l'accès bien gardé aux réserves des trésors des gens de la maison qui se trouvaient directement sous le palais. Même si ses vols les plus célèbres avaient convaincu les gens qu'il pouvait passer à travers les murs, il n'avait jamais osé s'aventurer à l'intérieur des limites du palais; il n'aurait jamais pu espérer atteindre ces postes largement sécurisés de l'entrepôt souterrain.

Mais la femme responsable des convocations, qui s'était entichée de lui, se trouvait avoir été affectée à la surveillance de l'un de ces postes. Quand Radegan promit de remettre un trésor secret qui renfermait des inventions d'Auralia, il la persuada de prendre un risque important. Dans la forêt, elle le fit entrer dans un sac de récolte et le transporta sur le dos de son vawn.

À l'intérieur du poste sombre de l'entrepôt — un silo en bois au plafond haut et conique, auquel était fixé un mécanisme de cordes et de poulies —, elle lui fit savoir combien de temps elle attendrait pendant qu'il s'adonnait à ses folies de pillage.

— Je ne te défendrai pas, si tu te fais prendre, insista-t-elle. Je montrerai les preuves qui révèlent que les Cueilleurs t'ont fait entrer clandestinement sur une charrette de récolte. Et tu ne seras pas le seul à en souffrir.

Il sourit devant les efforts qu'elle déploya pour avoir l'air sévère. Il savait qu'elle ne pouvait pas lui résister et, même dans les lignes minces de la lumière du soleil, il put voir le pouls rapide qui palpitait le long de son cou, son battement de cils.

— Et qui condamnerais-tu à d'injustes châtiments à cause de moi? demanda-t-il.

— Je ne suis pas restée à rien faire depuis que nous avons conclu notre accord, répondit-elle. Il y a une certaine Cueilleuse mariée, une femme avec de longues boucles noires…

— Tu ne toucherais pas à cette pauvre fille, se moqua-t-il. Merya est une épave.

— Oh oui, je le ferais. Tu penses que tu peux gagner ma confiance pendant que tu fais la cour à d'autres femmes dans l'étendue sauvage?

— Je dois jouer certains jeux pour garder une longueur d'avance sur les idiots, dit-il en riant. Quand j'arriverai à Bel Amica, je créerai un endroit où toi et moi pourrons prendre du plaisir et nous détendre. Je viendrai te chercher à un moment ou à un autre d'ici les six prochaines saisons, si ma stratégie se déroule comme prévu. Et Abascar ne te reverra jamais.

— Tu sauras que je te fais confiance quand je te dirai mon nom.

Elle l'embrassa ensuite, enlevant son casque d'officière et le mettant de côté, et se passa les doigts à travers ses cheveux emmêlés et hirsutes. Puis, elle poussa Radegan contre la manivelle de la poulie pour que les chaînes s'entrechoquent et que les cordes oscillent.

— Maintenant, dit-elle, haletante, où as-tu caché les inventions d'Auralia?

Il décrivit en détail un sentier vers la cachette de bois et expliqua combien de pas elle devait faire vers le sud, combien de bouleaux elle devait compter, et où elle pouvait trouver le rocher qui apparaissait sur le sol comme la proue d'un bateau qui faisait naufrage.

— À la base de la pierre se trouve un buisson à feuillage persistant. Tu trouveras les dons d'Auralia en dessous. Ensuite, tu me feras confiance.

Il l'observa tourner la lourde manivelle, et la plate-forme sur laquelle il se trouvait descendit. Il s'enfonça dans l'odeur de moisi de l'entrepôt souterrain. Et il appela dans le rectangle brillant, qui diminuait :

— Adieu, *Brynna*.

Sa tête apparut complètement dans la lumière, comme la pupille dans le blanc d'un œil qui le fixait. Il comprit le juron qu'elle poussa et rit doucement, satisfait.

Il arriva dans une réserve parfumée dans laquelle se trouvaient du foin fraîchement coupé, des seaux de pommes et de fruits ronds, et des tas de noix, de graines et de baies.

Un chat des cavernes rose, sans poil et doté d'énormes oreilles le regardait fixement. Les yeux de l'animal étaient si grands, si ronds et blancs qu'ils semblaient prêts à tomber de leur orbite. Le chat s'accroupit, enfouit sa tête sous une charrette de récolte et disparut.

De l'autre côté du couloir adjacent se trouvait un placard caché, rempli de capes militaires, attendant que des soldats et des officiers de service revêtent leur tenue pour effectuer leur patrouille.

— Capitaine Ark-robin, marmonna-t-il, ouvrant le rideau, le Renard s'est dégagé de son piège et est de retour dans le poulailler.

Il ne survivrait ici que sous l'apparence d'un soldat, et seulement s'il semblait savoir où il allait. Quelque part, il devrait vaincre un garde qui patrouillait. C'était assez risqué pour qu'il prenne le temps de réfléchir… de réfléchir afin de déterminer différents moyens de mettre fin à la vie du garde sans un bruit.

Il choisit une longue cape salie et la secoua pour enlever la poussière. Quand il le fit, une ombre s'effondra sur le plancher. Radegan fit un bond en arrière et poussa un cri.

La forme battit des ailes contre le sol. Des ailes caoutchouteuses. Puis, venant de sous cette forme épineuse, des jambes, l'une après l'autre, apparurent — articulées et rayées. Des grappes d'yeux huileux apparurent et le fixèrent au-dessus de crocs qui semblaient sculptés dans l'obsidienne.

Une araignée-chauve-souris.

Radegan tira la cape autour de lui et frissonna. Il n'avait jamais vu la célèbre menace de l'entrepôt souterrain, le fléau libéré par l'ouverture de l'abîme.

Les mineurs d'Abascar étaient passés, jadis, à travers un gouffre qui semblait s'étirer à l'infini. Certains des mineurs étaient tombés, avalés par un silence antique. Certains, plus chanceux, avaient réussi à s'agripper aux murs du gouffre et étaient restés là à crier jusqu'à ce que des secouristes pussent les tirer vers le haut. Ils avaient passé le reste de leur vie enfermés dans des chambres, à lutter contre une puissante folie. Même ceux qui gardaient simplement l'abîme furent saisis de vertiges atroces pendant des semaines. Le roi ordonna finalement que personne, pas même les patrouilleurs, ne puisse aller près de l'abîme. Des portails furent installés. Le roi ordonna aux soldats de garder le secret.

Mais rien ne put faire taire les rumeurs et, bientôt, il y eut plusieurs histoires variées au sujet de ce qui rôdait derrière ces portails, de ce qui flottait à travers les tunnels avec des grognements choquants. Certains parlèrent d'une terreur invisible, d'un vent cruel doté d'une volonté propre, qui provoquait chez ses proies panique et confusion. Une autre menace fut plus facile à prouver — une tempête de chauves-souris à huit pattes était apparue d'après certains renseignements, battant des ailes et rampant dans les replis de l'entrepôt souterrain. Une piqûre de leurs crocs venimeux, et la victime gonflait comme un pain dans le four; quelques jours plus tard, le poison assiégeait l'esprit et la mémoire.

Et Radegan en avait maintenant la preuve sous les yeux, laquelle essayait de s'agripper au sol comme une énorme main poilue. L'abomination assoiffée de sang fléchissait les pattes comme si elle se préparait à bondir, soulevant et étirant des ailes qui ressemblaient à des éventails.

Radegan recula dans le couloir et ferma le rideau. À cet instant, il sentit le poids de la créature alors qu'elle heurtait le rideau. Ses griffes le déchirèrent et glissèrent vers le bas du tissu.

Il s'écarta et attendit, haletant. Il vit les pattes dépasser du bas du voile sombre. Un instant plus tard, sa tête le traversait. Radegan abattit sa lourde botte et la fracassa contre le sol. Contusionnée, crachant de l'écume, l'araignée-chauve-souris était vaincue, palpitant contre la terre, se cramponnant au rideau et se roulant sur le dos. Radegan frappa de nouveau, le talon de sa botte lui cassant le cou et broyant comme un œuf sa tête noire hérissée. Les ailes battirent avec des spasmes, les pattes tentèrent de lui attraper les chevilles et lui piquèrent les tibias. Puis, elle s'immobilisa.

Il entendit un sifflement derrière lui et se retourna pour découvrir le chat des cavernes debout, cambré et les crocs découverts.

— Elle est morte, dit-il. Allons.

Radegan se mit à courir dans le couloir. Il avait fait trop de bruit et aurait besoin de plus qu'une cape pour éviter d'attirer l'attention.

Un vacarme retentit devant lui. Il se déplaça sur le côté et entra dans une petite pièce qui ressemblait à une cellule.

Il y avait des voix inamicales, l'une d'entre elles étant incontestablement la plainte d'un homme ivre et en grande détresse.

Les yeux de Radegan s'ajustèrent à la faible lumière pour découvrir une autre sorte d'horreur. Des cadenas étaient fixés au mur, permettant d'enchaîner un homme par les poignets, les bras tendus. Des taches bordées de cheveux s'étalaient sur le sol. Un banc était placé le long du mur opposé pour celui qui décidait du destin du prisonnier. Et dans le coin opposé se trouvait une caisse en bois vide.

Quand les gardes et leur prisonnier entrèrent, Radegan était pelotonné dans la boîte, sous la lourde cape puante, retenant son souffle, écoutant attentivement pour trouver une indication qu'il pourrait exploiter à son avantage.

Le prisonnier ivre devait avoir été un garde ou un soldat lui-même, car il jurait comme l'un d'eux à mesure qu'il avançait, menotté, vers le mur. Cela expliquait le bruit métallique d'un casque heurtant le sol et le fracas d'une armure mise de côté.

— Kar-balter ker Keven-lor, vous êtes dépouillé de votre titre d'officier d'Abascar. Vos médailles vous sont retirées. Et vous êtes condamné à vivre cinq ans parmi les Cueilleurs pour avoir volé des bières des distilleries du roi. De plus, vous êtes accusé d'avoir mis en danger de manière inconsciente ceux qui résident et travaillent dans les distilleries, en entrant dans leurs magasins dans un état d'ébriété incontrôlable avec un flambeau interdit et non protégé.

L'officier fit claquer sa langue et marmonna :

— Qu'êtes-vous donc, une cervelle de chèvre ? C'est comme si vous jetiez une allumette dans une cuve d'huile de lampe. Pour cela, une année supplémentaire est ajoutée à votre condamnation.

Des fers furent attachés avec des claquements puissants. Les larmes de Kar-balter firent augmenter l'anxiété de Radegan — manifestement, la réprimande impliquerait plus que le rappel des fautes du captif.

La première punition physique ne dura pas longtemps. Après avoir souffert de plusieurs coups sourds, les protestations de Kar-balter cessèrent. Des gardes et d'autres hommes se mirent à parler d'une voix étouffée. L'un d'eux, Em-emyt, fut loué pour avoir eu l'ingéniosité d'installer un piège pour le vol de Kar-balter. Puis, de lourdes bottes marchèrent lourdement à travers la cellule vers la porte.

Radegan sourit, retira la cape... et fut frappé à la tête par l'armure du prisonnier, qui avait été jetée dans la boîte par le dernier des soldats qui sortait.

Il resta couché là, retenant son souffle, son crâne retentissant comme une cloche, le sang se répandant dans ses yeux.

— Fantastique, dit-il presque à voix haute. Une autre cicatrice.

Quand l'élancement de son front contusionné s'apaisa, Radegan regarda le casque, l'armure et les bottes. Et il rit.

Alors qu'il enfilait les bottes de soldat, il s'arrêta pour saluer Kar-balter, qui était suspendu par les poignets, nu, saignant et bavant.

— Quelle vieille leçon fatiguée tu es, murmura Radegan, trouvant les bottes un peu grandes. Comme un papillon de nuit sur une lanterne, hein, Kar-balter ? C'est une vie misérable, de servir le roi Cal-marcus. Cela pourrait pousser un homme à boire.

Mettant le plastron cuirassé, il sourit en observant les tentatives du prisonnier d'atteindre le sol avec ses pieds.

— Tu ne devrais jamais boire avant de voler. Cela obscurcit ton jugement.

Il attacha une cotte de mailles autour de sa poitrine.

— Mon père était un ivrogne. Cela m'a appris pas mal de choses sur la façon ne pas vivre ma vie.

Il gifla le visage du prisonnier insensé et tira le casque sur sa propre tête.

— C'est tout simplement trop facile. Maintenant, je m'en vais prendre une chose ou deux qui n'ont jamais appartenu au roi. Merci pour l'armure et les armes. Elles arriveront à point nommé.

Se penchant tout près, il ajouta :

— Voici un tuyau. Ne développe pas de désirs que tu ne puisses pas contrôler. C'est ce qui rend les hommes esclaves. J'ai peut-être été chassé, mais, aujourd'hui, ils vont apprendre ce que peut faire un homme, quand il est vif, rapide et libre.

Kar-balter ne parvint qu'à émettre un gémissement.

Quelques instants plus tard, Radegan courait promptement dans le couloir, bruyamment — l'armure de Kar-balter était trop grande. Il s'arrêta pour essayer de se rappeler où il avait tourné. S'il ne pouvait pas trouver son chemin pour revenir au bon monte-charge, il ne pourrait pas sortir en toute sécurité.

Il redressait sa ceinture d'armes, évaluant les passages qui le conduiraient aux réserves, quand une compagnie de soldats surgit devant lui. Il pensa à se retirer, mais cela semblerait plus suspect qu'autre chose. Il s'arrêta, abaissa la visière du casque sur ses yeux et décida de rester là où il était.

Personne ne sembla surpris de voir un soldat seul dans le couloir. Il se tourna et s'appuya contre le mur, leur permettant de passer. C'est à ce moment-là qu'il remarqua que ces officiers étaient rassemblés autour de nul autre que le roi Cal-marcus ker Har-baron lui-même.

— Mon seigneur, comment vais-je expliquer cela aux gens?

C'était Irimus Rain, qui se penchait vers le roi.

— L'émeute est encore fraîche dans leurs esprits. Quand ils apprendront que vous avez condamné Auralia au Trou, cela provoquera un autre soulèvement.

Le roi s'arrêta, à trois enjambées seulement devant Ragedan, ses robes se gonflant de façon théâtrale autour de lui alors qu'il se redressait et fixait son conseiller pleurnichard.

— Je suis allé aux donjons pour lui pardonner, Irimus. J'y suis allé pour répondre au désir de Cal-raven. Je l'aurais envoyée loin d'Abascar. Mais vous avez vu ce qu'elle a fait.

— Oui, en effet.

— C'est une sorcière, vous dis-je. Avez-vous vu ce couloir? Les pierres, dans le mur..., les pierres ne brillent pas. Et les prisonniers, ils affirmaient qu'elle était venue pour sauver la maison Abascar. Comme si nous avions besoin d'un rédempteur. Des pouvoirs comme ça la rendront dangereuse partout où nous l'emmènerons.

— Oui, mon seigneur, mais...

— Comment puis-je procéder au mariage de Cal-raven, alors que des rumeurs se répandent déjà au sujet d'une Cueilleuse traîtresse qui porte sa bague de confiance?

Le Trou. Radegan ressentit une pointe de panique. Auralia était livrée aux mains du geôlier, l'abomination de l'entrepôt souterrain. Elle était condamnée à un sort bien pire que ce qu'il aurait pu supposer. Les Cueilleurs seraient ruinés. Nella Bye marcherait, éplorée, dans la forêt et disparaîtrait pendant des jours. Krawg était déjà au seuil de la mort et cela le briserait.

Il était plus facile d'envisager comment les autres réagiraient que d'imaginer ce à quoi Auralia ferait face.

Il pourrait la libérer.

Il resta immobile, au garde-à-vous, de la même façon que le ferait un soldat dévoué attendant que la colère du roi se calme.

Il jeta un coup d'œil derrière lui dans le couloir. S'ils revenaient du donjon, il pourrait le trouver. Il pourrait se faire passer pour un gardien de prison, venir pour escorter Auralia jusqu'au Trou et l'aider ensuite à se volatiliser. Dans sa reconnaissance, elle pourrait même apprendre à le considérer différemment. Il pourrait partir avec Auralia et laisser Merya se débrouiller avec son mari.

C'est alors que Radegan eut une autre surprise.

Ce qu'il avait supposé être la lueur des flambeaux transportés par les gardes du roi était en fait quelque chose de scintillant dans les propres mains du roi.

— Elle refuse de détruire cette abomination, hurla le roi, secouant la cape d'Auralia au visage de son conseiller, cette manière non dissimulée de railler ma Proclamation. Je la ferai plonger dans une teinture qui effacera son travail, puis je la lui renverrai avant qu'elle soit étranglée par les instruments du geôlier!

Le visage rouge comme une betterave, le roi semblait prêt à s'effondrer dans le couloir.

Soudain, aussi rapidement que Cal-marcus s'était arrêté, ce dernier se remit en marche comme un vawn en train de charger, les gardes se bousculant pour le suivre.

Radegan s'écarta du mur alors que passait le dernier homme, son regard suivant la couronne du roi dans la faible lumière de la torche.

Il prendrait ces couleurs. Il les arracherait des cuves de teinture. Ce serait risqué, mais il n'y avait rien de plus beau au monde.

Voler la chose même que le roi avait déclarée illégale et être récompensé pour l'avoir offerte à Bel Amica... Cela ferait de Cal-marcus le plus grand imbécile de l'Étendue. C'était mieux que de mettre en scène la libération d'Auralia. Ce serait son insulte d'adieu à la maison Abascar.

Alors que le roi et sa compagnie passaient devant la pièce où Kar-balter était suspendu, saignant, et continuaient ensuite devant le placard de capes, le dernier homme de la procession ralentit et s'arrêta, baissant les yeux pour examiner la masse gluante de l'araignée-chauve-souris écrasée.

Radegan rit malgré le danger qu'il courait, puisqu'il savait maintenant ce qu'il ferait. Il n'avait pas le choix.

Le dernier homme de l'entourage était le capitaine Ark-robin lui-même.

Obéissant à la haine qu'il éprouvait, Radegan mit la main sur la garde du poignard qu'il avait pris à l'officier captif. Il s'avança, à quelques pas seulement des soldats, prêt à profiter du moment opportun pour terrasser son ennemi, saisir le trésor d'Abascar et oublier cette maison dévastée.

22

LE GEÔLIER

Maugam était chauve, et la calotte de son crâne était si large et plate que la sueur y formait une flaque et devenait stagnante. Il s'appliquait avec une telle vigueur à sa vocation qu'il ne se donnait pas la peine d'essuyer la saleté quand elle finissait par se déverser dans ses yeux, ni même quand elle continuait de tomber comme des larmes pour tremper son ample pantalon.

Il était concentré, dévoué envers sa responsabilité — il la considérait comme un art — et habitué à la solitude de son atelier macabre. En quoi sa masse inesthétique ou sa réputation importait-elle ? Le donjon était un petit coin de la maison Abascar, mais il lui appartenait.

Les rois d'Abascar — Maugam en avait servi trois — le détestaient sous tous les aspects. Mais ils avaient tous été forcés d'admettre l'avantage de le garder à proximité comme une menace silencieuse pour la gent criminelle d'Abascar.

Comment Maugam resta vivant pendant toutes ces années, personne ne le comprit. Certains disaient qu'il était mort à l'intérieur et bougeait seulement par la volonté de la noirceur que ses actions attiraient. D'autres murmuraient des choses au sujet de la menace informe qui rendait fous les mineurs de l'entrepôt souterrain, disant que le geôlier l'avait embrassée.

Certains proposaient une autre possibilité. Affublé d'une apparence repoussante, Maugam éprouvait de la joie en abîmant ceux qui étaient plus beaux que lui.

Maugam adorait les cicatrices, si jamais il pouvait adorer quoi que ce soit. Il était méticuleux en les infligeant. Certaines personnes sculptaient la pierre ou l'argile. Le médium de Maugam était la chair. Quand Abascar considérait un criminel trop ignoble pour l'envoyer chez les Cueilleurs, les magistrats l'envoyaient dans les donjons, soit pour pourrir dans la négligence délibérée de Maugam, soit pour souffrir en tant qu'objet de ses arts cruels.

Il maîtrisait ses prisonniers. Il mesurait leur respect envers lui dans le silence que rencontrait son approche. Il forgeait et élaborait plusieurs chemins variés pour la confession, la supplication, la reddition. Certains chemins étaient efficaces. Mais d'autres étaient plus intéressants.

Il était vrai que le jeune Maugam, un enfant chétif, avait beaucoup aimé la poésie avant que son entraînement lui donne d'autres compétences. Il avait écrit des volumes faisant l'éloge de sa jeune sœur, dont il vénérait la beauté. Ici, il pratiquait parfois ses talents sur les coupables jusqu'à ce qu'ils offrent des éloges sous la forme de vers agréables.

Certains trouvaient assez de présence d'esprit sous les châtiments de Maugam pour composer un vers.

Maugam sculptait des cicatrices au moyen d'une grande gamme d'instruments, dont celui qu'il tenait légèrement à la main, un bon fouet solide. De temps en temps, quand un prisonnier survivait avec des cicatrices impressionnantes, Maugam le libérait parmi les Cueilleurs pour faire circuler le témoignage de ses méthodes persuasives.

Des pierres tranchantes étaient attachées à chaque mèche du fouet, et alors qu'il frémissait sur le plancher de tuiles d'ardoise comme un serpent surexcité, elles s'entrechoquaient et éraflaient. Un charbon blanc grésillait et sifflait dans une lanterne du coin.

— Maugam, sois un bon enfant et remercie le prisonnier, soupirait le geôlier.

Il ne pouvait plus reconnaître que cette créature charnue et fantomatique était, en fait, lui-même. Par conséquent, il s'adressait à lui-même avec mépris, comme s'il était quelqu'un d'autre.

— Tu as aimé ça, Maugam. Le prisonnier coopérait avec tant de bonne volonté, tu as eu la chance de graver quelque chose qui te plaisait. Les Rancuniers que tu as gravés, hier, n'étaient pas aussi consentants. Ah, eh bien, tu sais que tu n'as pas fini. Il est temps que tu emmènes ce bon sujet au Trou.

Il devenait tranquille quand il pensait à cela. Il obtenait cette quiétude à d'autres moments, également. Comme lorsqu'il regardait avec admiration les morceaux fraîchement découpés de chair de colibri rôti ou après avoir déposé une poire mûre sur une planche et l'avoir tranchée en minces lamelles douces, précises.

Le sang coulait entre les orteils du prisonnier qui se balançait et dans la fosse au-dessus de laquelle il était suspendu.

— Le roi Cal-marcus t'envoie quelqu'un de spécial, Maugam, se dit le geôlier. Quelqu'un à qui l'on doit apprendre une leçon. Une trahison, disent-ils. Incitant les émeutes parmi les mêmes Rancuniers que tu as gravés hier. Tu espères qu'elle soit comme un homme-bête, n'est-ce pas, Maugam ? Quelque chose d'anormal. Ces êtres à moitié animaux, ils font ressortir le pire chez toi. Et ils font un bruit si exquis.

Le geôlier bâilla nostalgiquement.

— Garde des forces, mon enfant. Le prince Cal-raven est à la chasse. Il t'apportera bientôt des hommes-bêtes.

Il se frotta le front. Même quand il était occupé ailleurs, arpentant les couloirs, ce Trou noir et vide lui donnait mal à la tête. Il roula la tête vers l'arrière et fit craquer ses vertèbres comme une succession de pétards.

Les chaînes auxquelles le prisonnier était suspendu craquèrent comme des violons dissonants.

Le geôlier soupira.

— Pas de temps de cellule pour celui-ci, Maugam. Il n'apprend pas sa leçon, a dit le bon capitaine. Il est revenu de l'extérieur des murs pour la vengeance. Une telle audace. Les chiens d'Ark-robin, ils ont aidé, ils l'ont fait. Ils ont flairé le poste de l'entrepôt souterrain où quelqu'un l'a laissé entrer. Et ils ont trouvé la complice, n'est-ce pas, Maugam? Tu te demandes ce que le voleur lui a promis. Tu te le demandes, n'est-ce pas?

Le prisonnier émit un léger sanglot.

— Tu ris, Maugam, dit le geôlier, se grondant lui-même. Tu ris de la souffrance du prisonnier. Est-ce vraiment amusant que cet imbécile insoumis ait tiré un poignard pour s'en prendre au capitaine Ark-robin et — c'est tellement invraisemblable, mais c'est vrai — que le poignard eût seulement *la moitié d'une lame*?

Cela provoqua un cliquetis des fers, un déferlement dans l'esprit du prisonnier.

— Ah, mais ce cambrioleur indiscipliné portait l'armure de Kar-balter. Oui. Tu as entendu parler de Kar-balter, Maugam. C'est une règle simple : examine ta lame avant d'attaquer. Et c'est la raison pour laquelle un homme est suspendu ici, coincé. Coincé avec ces choses terribles, pointues. Coincé.

Maugam aimait ce mot. Il le dit de nouveau alors qu'il ramassait une vieille lance, rouillée en raison de ses années passées à traîner dans la boue souterraine.

— Coincé.

Il donna un autre coup de lance à l'arrière du genou du prisonnier, et le corps sembla s'animer, une marionnette gesticulant sur des cordes. Maugam laissa tomber la lance et marcha vers la roue à partir de laquelle les chaînes montaient vers une poulie du plafond et descendaient vers les poignets du prisonnier.

— Était-ce vraiment nécessaire, Maugam? se demanda-t-il. Maintenant, il ne peut pas survivre au Trou.

Il donna un coup de pied au levier sur la manivelle, qui tourna et déroula un long défilé de chaînes qui cliquetèrent, plongeant le prisonnier dans le Trou. Quand les chaînes se tendirent finalement, les donjons résonnèrent d'un boum retentissant.

Le geôlier retira une poire qu'il avait fourrée dans sa poche et gardait pour un tel moment, et il en prit une grosse bouchée. Alors qu'il tenait le globe juteux dans une main, il se servit de la manivelle, les muscles bandés.

Le prisonnier réapparut, tel un paquet de loques déchiquetées. Maugam glissa un grand filet au-dessus du Trou et donna encore un coup de pied au levier, faisant tomber le cadavre dans le filet. Puis, il le ramena sur le sol. Il s'agenouilla et ouvrit les cadenas. Ensuite, il emmena le prisonnier par une main et les cheveux vers un coin, pour que les gardes l'enlèvent comme des déchets.

Mais les gardes qui arrivèrent n'étaient pas intéressés par ce qui restait de Radegan. Ils étaient deux, et Maugam put immédiatement voir que c'était la première fois qu'ils accomplissaient cette tâche. Ils lancèrent impatiemment leur fardeau dans la cave et reculèrent, attendant pour s'assurer qu'il acceptait leur livraison.

C'était une petite fille frissonnante.

Maugam avait entendu dire que les officiers avaient enfermé une femme rebelle qui avait provoqué les Rancuniers. Mais il avait été trop occupé pour lui rendre visite lui-même.

Jamais depuis qu'il était geôlier il n'avait vu une prisonnière aussi jeune, aussi vulnérable.

Il déposa rapidement le fouet et fit cligner ses yeux de taupe devant les gardes, qui tressaillirent.

— Aucune personne ayant un tant soit peu de bon sens n'amènerait… *cela*… à Maugam. Personne.

Un des gardes s'enfuit sans répondre, mais les paroles de Maugam arrêtèrent l'autre.

— Auralia a refusé de respecter les rites du Privilège, expliqua-t-il de façon hésitante. Elle est coupable d'avoir comploté avec un conseiller exilé, un ennemi de la maison Abascar. Elle est coupable non seulement de duplicité évidente, mais également d'avoir incité les gens à une émeute de trahison. Elle a provoqué les Rancuniers. Et, depuis qu'elle est arrivée dans la prison, elle a empiré les choses. Elle a cherché à tromper le prince Cal-raven et a raillé le roi en transformant les prisons par ses étranges pouvoirs.

Il lança un regard furieux dans l'ombre où la fille était presque visible.

— C'est… malheureux.

— Malheureux? hurla le geôlier. Que veux-tu dire par « transformé » les prisons? Maugam dirige les prisons.

— Sa magie a illuminé la prison, geôlier, et a enchanté les prisonniers. Elle a fait briller les pierres. L'endroit est plein de couleurs.

— Mais…

Maugam regarda fixement Auralia d'un œil, puis de l'autre.

— Ce que Maugam va lui faire, elle ne peut l'endurer. Qu'est-ce qu'elle tient?

Maugam tendit le bras vers la fille, toucha sa main tremblante, puis recula comme s'il avait été piqué.

— Par les grands os de Tammos Raak! Elle porte la bague de confiance royale du prince! Si Maugam devait poursuivre, il serait… il serait arrêté et envoyé… à Maugam!

Le geôlier commença à trembler, troublé et affolé.

— C'est un ordre du roi, geôlier. Il annule la bague de confiance.

— Pourquoi le roi n'a-t-il pas enlevé la bague de son doigt?

— Il a également...

Le garde trouvait manifestement son propre témoignage peu plausible.

— Il a également condamné la bague, geôlier. Ce sont des fantaisies infantiles, vois-tu. Elle représente la forme du Gardien. Il veut qu'elle disparaisse. Dans le Trou. Avec la fille.

— Cette... cette petite chose, murmura Maugam, incapable de regarder directement Auralia. Elle pourrait réveiller les souvenirs de Maugam. Les choses n'iront pas bien, s'il se souvient.

Dans cet endroit sombre, il n'avait jamais vu une fille d'une beauté aussi douce et fragile. Sa mémoire ramena, contre sa volonté, l'image de sa précieuse petite sœur remontant subitement à la surface. La douceur de la poire sur sa langue acide.

— Ne la donne pas à Maugam, dit-il en frissonnant.

Ses mains tâtonnèrent en l'air comme s'il cherchait une réponse qui pourrait corriger la situation.

— Ne le laisse pas l'avoir. Car il ne peut supporter de voir ce qui arrivera.

Le garde prit la fuite, emportant la lumière orange de la torche avec lui.

Dans la faible lueur de la lampe, Maugam fixa le trou dans le plancher, l'obscurité béante. À côté étaient disposés la lance, le fouet et d'autres instruments, pointus et aux extrémités émoussées. Il ferma les yeux et saisit son ventre protubérant.

— Maugam, se dit-il, tu dois réfléchir à cette situation avec logique. Pourquoi lui ferais-tu mal?

— C'était devenu une de ses harangues préférées contre les prisonniers, pour les tourmenter avec des souvenirs de leur enfance, pour les forcer à chercher l'instant où leur cœur était devenu mauvais. Maugam aimait les observer quand ils éprouvaient enfin du regret, quand ils pleuraient à cause de ce qu'ils étaient devenus.

Se détestant maintenant lui-même au lieu de la criminelle, il se renvoyait ces questions.

Il se rappela le jour où sa mère lui avait demandé de chasser les serpents qui se prélassaient au soleil, sous un buisson, devant la fenêtre de sa sœur. Les serpents, avait-elle dit, finiraient par avoir faim, et ils essaieraient de voler les œufs d'un nid à proximité. Ou, pire encore, ils pourraient mordre sa sœur pendant qu'elle jouait dans l'herbe.

La pensée même de leur nature prédatrice avait tourmenté le jeune Maugam. Il décida qu'il apprendrait aux serpents à le craindre. Il les punirait d'avoir même pensé à faire du mal à sa sœur.

Alors, il les avait torturés. Avec des objets tranchants et avec une flamme. Il avait ressenti une bouffée de vertu et un étrange plaisir à les voir ressentir la douleur qu'ils auraient pu causer aux autres. De plus, il y avait le frisson du secret, puisque personne ne l'observait. Rien ne l'arrêta. Jusqu'où pouvait-il aller ? Que fallait-il pour changer la nature d'un serpent ?

Le lendemain, des larmes avaient trempé son oreiller. Mais quand une troupe de soldats était passée dans l'avenue, ses rêves de se voir chevaucher parmi eux s'étaient embrasés et il avait bondi sur ses pieds. Il avait honte de lui-même parce qu'il avait pleuré, puisque s'il devait un jour devenir soldat, il devrait tuer sans verser de larmes. C'est pourquoi, avec l'esprit fixé sur la force et le courage, il était retourné vers le buisson des serpents avec une pelle, déterminé à les trouver. Déterminé à pratiquer, encore et encore, l'art de freiner ceux qui pouvaient faire le mal, qui pouvaient menacer sa précieuse et magnifique sœur.

Alors que ces souvenirs le saisissaient et le faisaient trembler, il s'effondra sur le sol et regarda fixement les pieds d'Auralia. Ils étaient si petits, les orteils aussi parfaits que des cosses de pois. Elle cligna des yeux, comme sa sœur dans son lit, quand il était entré précipitamment pour la réveiller.

Pendant plusieurs mois, l'esprit de Maugam avait cherché à se libérer de sa personne. Comme s'il grimpait au plafond et regardait de haut avec mépris, il s'était déclaré une chose séparée, rejetant toute relation avec ce que le corps exerçait sur sa propriété. Mais, maintenant, ici, il perdait sa poigne et retombait.

— Assez. Tout cela a duré trop longtemps, est allé trop loin. Je veux que tu sortes d'ici, dit Maugam à la fille. C'est dangereux, ici. Je veux que tu partes.

L'obscurité du Trou sous les chaînes de pendaison...

Sur les mains et les genoux, Maugam rampa vers ses instruments. Il souleva une lourde bêche couverte d'une croûte de sang. Elle n'était pas si différente de la pelle qu'il avait utilisée pour capturer les serpents il y avait très, très longtemps.

Il baissa les yeux vers le Trou.

Auralia pensa qu'elle s'était endormie. Il n'y avait pas de rêves, seulement de l'obscurité, entrecoupée par la silhouette à peine visible d'une forme monstrueuse, pâle et rampante.

Mais elle entendit ensuite des cris faibles et légers. Elle leva la tête et se tourna.

Les yeux qui renvoyaient la lumière de la lampe étaient dépourvus de couleur, aveugles. Mais elle le reconnut quand même.

Auralia se mit à genoux et rampa sur le sol boueux vers le corps brisé de Radegan le voleur. Alors qu'elle avançait, elle sentit ses propres larmes couler, pour la première fois depuis son emprisonnement.

Elle se pencha, embrassa ses joues ensanglantées et entendit le faible grincement de sa gorge :

— Je suis désolé, Auralia, disait-il. Je suis désolé.

— Non, dit-elle. *Ils* devraient être désolés. Personne, personne ne mérite cela.

— Je suis désolé. J'ai pris tous les cadeaux que tu avais donnés aux Cueilleurs.

Elle pleurait, maintenant, tenant fermement ses mains ensemble, puisqu'elle n'osait pas toucher ses doigts brisés.

— Je ne l'ai dit à personne. Ils sont suspendus dans un panier, en haut d'un arbre. L'arbre avec la branche creuse, à côté du vieux terrier.

— Je connais l'arbre, Radegan.

— Je suis désolé.

Auralia jeta un coup d'œil par-dessus son épaule. L'étrange géant blanc avait disparu dans la fosse. Elle ne savait pas qui il était ni ce qu'il faisait.

Auralia commença à pousser des tas d'os, tirant sur des lambeaux de tissu décousus, les attachant irrégulièrement et les groupant ensemble. Murmurant à Radegan, elle décrivit la beauté du lac, les formes fantomatiques qu'elle voyait sur la rive. Elle avait peur de chercher, car elle pouvait percevoir quelque chose qui écoutait, des cœurs battant tout près. Elle tressa les tissus, et la forme dans ses mains commença à grandir. Quand les pleurs de Radegan s'affaiblirent pour devenir un souffle léger et régulier, elle souleva sa tête ensanglantée et la fit reposer sur l'oreiller qu'elle avait fabriqué. Ses larmes tombaient comme des bijoux blancs dans la lumière froide de la lampe.

23

CAL-MARCUS SE TRANSFORME

Une coupe d'un rare cristal noir faisait éclater la lumière du soleil de l'après-midi sur le rebord de la fenêtre de la chambre à coucher du roi, faisant miroiter des lignes brillantes et irrégulières à travers la pièce. Des taches de lumière tremblaient sur les murs, comme si elles exploraient les tapisseries. Une de ces murales tissées illustrait le roi Gere-baron combattant les Bel Amicains avant la trêve des routes du commerce. Une autre représentait Har-baron menant une charge contre les hommes-bêtes de Cent Regus.

Il n'y avait pas de tapisserie portant l'image de Cal-marcus, de son histoire. Pas encore.

Assis près de la fenêtre, Cal-marcus toucha la coupe. Le poids de tout ce qui s'était passé l'avait rapidement mené sur sa chaise. Il avait considéré Abascar pendant des heures, observant les ombres tourner autour des tours comme le cadran d'un compas. Alors que ces lignes sombres se déplaçaient, la beauté du changement semblait redresser ce qui avait été poussé de travers. Il ne pouvait pas expliquer cela ni même le reconnaître, mais ses pensées s'étaient redéfinies, la brume sombre de la colère et de la crainte se dissipant à mesure que le vent parfumé balayait le rebord de la fenêtre. Son monde était redevenu limpide. Personne ne l'avait conseillé. Personne ne l'avait persuadé. Il savait seulement que c'était le moment — le temps de décider ce que serait sa propre histoire. Comment se souviendrait-on de lui? Comme du roi qui avait débarrassé la forêt des maraudeurs? Ou comme de l'homme qui avait drainé les couleurs d'Abascar? Demain, la teinture aurait pénétré dans le tissu, et personne ne pourrait plus jamais le nettoyer.

Il observa l'hajka transparente tourbillonner dans le bol sombre. Il traça le cercle du bord, contemplant la vue qui s'offrait à lui, vers l'ouest et le nord, de l'autre côté de l'Étendue, avec toute l'attention d'un gardien de mirador. Cal-raven était là-bas, quelque part, combattant les hommes-bêtes, sauvant les ouvriers, risquant sa vie pour la gloire d'Abascar. Non, pas pour la gloire d'Abascar. Cal-raven faisait les choses pour ceux qu'il aimait. Aujourd'hui, il combattait pour sauver son père du déshonneur. Il combattait pour sauver les vies de personnes qu'il connaissait et chérissait.

Comment Cal-raven serait-il récompensé, à son retour?

À l'ouest, le soleil glissa le long de la forêt. Au nord, ses rayons peignirent les pics dentelés du mur Interdit.

Le roi détourna le regard de la fenêtre, grimaça et fit tomber la coupe du rebord.

Comme si le geste avait invoqué quelque malédiction, sa main commença à trembler. Elle ne cesserait jamais de trembler. Elle tremblerait jusqu'à ce qu'il meure.

Effrayé par l'attaque, il se leva et saisit le rebord de la fenêtre, baissant les yeux vers la coupe, comme s'il pouvait l'attraper au vol.

Il la repéra, traînant dans un enchevêtrement de rosiers morts depuis longtemps, le long de la lisière du petit jardin privé.

«Bêchez le jardin.» Même s'il n'avait pas vu depuis des années le mage qui, à l'époque, était intervenu, le conseil du vieil homme subsistait. «Bêchez-le. Laissez-le aller. Ne vous attardez pas sur le fantôme de votre femme.» Cela avait été un bon conseil. Le jardin était un cimetière, maintenant.

Sa coupe était posée parmi les épines sèches, fragiles, la boisson s'écoulant à travers les fêlures dans le cristal.

Il voulait ressentir du soulagement. Mais il ne ressentait rien. Rien du tout. Il avait éliminé le danger, mais le travail était à peine commencé.

Il s'effondra sur sa chaise et souleva une cloche. Il n'était pas nécessaire d'avoir de la volonté pour la faire sonner. Sa main tremblait déjà. Le garde vint immédiatement, prêt à recevoir ses instructions.

Un matin, au début du règne de Jaralaine, Scharr ben Fray s'était placé à cette même fenêtre, partageant la vue des roses.

— Sa Majesté possède un don véritable, avait dit le mage. Son amour de la beauté donne de la magie au jardin. Elle pourrait faire surgir la couleur de la cendre. C'est une honte qu'elle garde de telles merveilles pour elle-même.

Cal-marcus comprenait le besoin de la reine de garder le jardin privé.

Quand elle lui avait raconté les souvenirs de son enfance, alors qu'ils étaient allongés dans leur lit, au réveil, il avait été surpris par le nombre d'histoires lors desquelles elle errait parmi les fleurs sauvages. Son père l'avait toujours ramenée de force, arrachant des bouquets de ses mains. Ici, dans cette cour, elle pouvait cultiver les parfums, les paysages et les sons qu'elle aimait. Ici, Cal-marcus lui avait donné ce dont elle avait besoin. Il s'était assuré de sa sécurité et lui avait donné la paix.

Ou, du moins, il avait essayé.

Mais ce qu'il avait d'abord perçu comme des cicatrices étaient, il le réalisait maintenant, des blessures qui ne s'étaient jamais refermées.

— Les gens jugent les marchands, lui avait dit Jaralaine quand ils s'étaient rencontrés. Nous faisons du commerce, et ils nous disent sournois. Nous créons nos vêtements à partir de choses que nous trouvons dans la nature, et ils nous disent primitifs. Même les marchands jugent les marchands. Nous étions complètement seuls.

Quand Jaralaine était née, la plus jeune de quatre enfants, son arrivée avait mis à rude épreuve les maigres ressources de la famille, empirant encore les choses. Son père la méprisait pour avoir augmenté ses charges et sa mère ne pouvait croiser son regard. Elle n'avait jamais été proche de son frère, Jermin, puisqu'il reflétait l'expression et le mépris de son père.

Elle avait été laissée en compagnie de ses sœurs aînées, Jeriden et Jesimay, qui étaient souvent humiliées sur les places des marchés et parfois proposées lors d'échanges de commerce. Elles haïssaient leur vie et haïssaient d'avoir à travailler si dur, seules, le long de la route. Le travail le matin, le danger la journée, les disputes amères au-dessus des tables de négociation, les ombres en soirée. La faim. Les blessures. Les serpents. Jeriden et Jesimay en étaient venues à mépriser les personnes qui vivaient à l'intérieur des maisons et dont le jugement était sans pitié. Cependant, elles essayaient de séduire les garçons de la maison Abascar, dans l'espoir d'être saisies et enlevées, échappant à la route. Rejetées à chaque détour, elles étaient enclines à des accès de colère. Jaralaine était une proie facile.

Alors, elle trouvait ses propres chemins, des routes qui s'éloignaient des routes. Elle s'était fait des amis parmi les autres choses vivantes — des choses qui ne la condamneraient pas, des choses qui voulaient son attention et en avaient même besoin. Elle s'était autoproclamée jardinière de la forêt, et des jardins florissants naissaient dans la forêt.

Cal-marcus avait été attiré par sa passion pour la nature. Il l'avait persuadée par la ruse à le suivre, tout simplement pour ne pas la perdre, pour qu'il puisse échapper à ses propres responsabilités et jouer avec elle, loin du regard sévère de son père.

Sa vie était devenue dépendante de ses caprices, une vérité qu'il ignorait soigneusement. Il l'avait convaincue de venir et de vivre parmi les Cueilleurs, tout simplement pour la garder à sa portée. Il s'esquivait secrètement pour lui rendre visite, sa faveur suscitant plus de mépris de la part de ses nouveaux voisins, jaloux.

— Une exilée parmi les exilés, disait Jaralaine à propos d'elle-même, en soupirant.

Mais ce n'était pas seulement pour la sauver des Cueilleurs que Cal-marcus avait choisi de l'épouser. Elle était belle, et dans la robe d'une princesse, encore plus belle.

Il prenait un malin plaisir à s'asseoir près d'elle, aux banquets de la cour, pour qu'elle ne puisse parler à personne que lui, restant un mystère pour son père et le conseil. *Son* mystère.

Quand il fut roi et qu'elle fut reine, son cœur était le seul en sa faveur.

Lors d'un déjeuner en grandes pompes, ils s'étaient assis à des extrémités opposées du festin. Un grand ruban rouge était déroulé sur la longueur de la table abondamment remplie, décoré de bougies scintillantes. Alors que les sombres conseillers discutaient derrière leur assiette et leur verre de vin, Jaralaine avait tiré avec espièglerie sur le ruban, l'attirant centimètre par centimètre sur ses genoux. Il avait lentement transporté les bougies, les vases de fleurs, les bols d'assaisonnement et les olives vers elle, jusqu'à ce que les magistrats restent cois en découvrant toutes les décorations de la table regroupées autour de son assiette.

Il avait ri avec elle, ne voyant pas cela comme un présage des choses à venir.

Les jours avaient été bien différents, avant la mort des parents de Cal-marcus durant une épidémie hivernale dévastatrice. Trop immature pour la responsabilité du trône et effrayé d'avoir lui-même frôlé la mort par asphyxie, il avait travaillé jour et nuit, ordonnant aux gens de rester dans leur maison jusqu'à ce que la maladie eût arrêté de se propager.

Pendant ce temps, Jaralaine l'avait aidé à maîtriser la royauté et à préparer sa maison pour un avenir incertain. Prospérant là où elle avait été placée, elle sortait de son jardin avec des idées inspirées.

— La maison, la forêt, la rivière, tout cela est à nous, disait-elle parmi les oreillers, l'attirant vers elle. Personne ne peut les prendre.

— Attention, mon amour, murmurait-il, répétant des paroles qu'il se rappelait avoir entendues lors d'une leçon avec Scharr ben Fray. Le désir est un guide dangereux. Il ne respecte pas les frontières. Il y a des lois plus profondes que nous devons respecter.

— Mais qui peut énoncer une loi mieux que notre volonté?

Ses mains douces lui caressaient le dos, ses ongles pointus s'enfonçant entre ses épaules.

— Nous avons vu le monde et, de plus, nous avons appris ce qu'il peut être. Je n'étais qu'une fille de marchand et, maintenant, un roi est dans mes bras. Vois-tu? Suis le chemin… où ton cœur te mène.

En fait, là où le cœur de Jaralaine menait, la maison suivit bientôt. Les magistrats étaient malléables, le capitaine et le défenseur furent facilement conquis. Cal-marcus avait renforcé les murs et ordonné aux gens de la maison de rester à l'intérieur. Convaincu que les Cueilleurs conspiraient, il avait intensifié les restrictions et doublé la garde.

Alors que Jaralaine se plaisait à établir de nouvelles restrictions, elle refusait de respecter toute autorité que ces lois auraient pu avoir sur elle. Elle continuait de passer au-delà des murs pour faire de longues promenades le long de la sinueuse rivière Throanscall, accompagnée par un ou deux gardes seulement.

Une fois, elle revint pour dire à Cal-marcus qu'elle avait vu un voleur s'enfuir de la maison.

— Il aurait pu te tuer, avait-il grommelé.

Elle l'avait ignoré ; elle le défiait, en fait, portant des robes brillantes rouges ou jaunes à travers les bois.

Parmi les conseillers mécontents, seul Scharr ben Fray avait été compatissant. Mais il avait aussi émis des avertissements qui gardaient Cal-marcus éveillé.

— Il est possible que vous ne sachiez pas encore quelle sorte de fleur vous avez cueillie dans la nature, avait murmuré le mage. Elle est généreuse, selon votre expérience. Mais pensez à la raison pour laquelle elle vous a choisi — un prince, un homme qui pouvait offrir tout ce dont elle manquait.

Cal-marcus avait interdit au mage de le conseiller de nouveau au sujet de Jaralaine, mais ces paroles avaient déjà pris racine. Quand il l'avait de nouveau avertie au sujet de son vagabondage, elle s'était mise en colère.

— Pour me protéger du danger, tu me construirais une prison ?

Cette nuit-là, elle avait filé en douce, sans gardes, pour la première fois. Elle était restée dans la forêt alors que la lune se levait et elle n'était pas encore revenue quand le roi l'avait cherchée, à l'aurore.

Ce même jour, quelques vagabonds firent une attaque vindicative, massacrant une compagnie de Cueilleurs qui récoltaient des graines. Quand Jaralaine apparut le lendemain soir, des bourres et du sang tachant sa robe en loques, elle serra son ventre et tomba à genoux, pleurant.

— Je ne partirai plus. Pardonne-moi.

— Je te donnerai tout ce dont tu as besoin, répéta-t-il, plongé dans le souvenir.

Il baissa les yeux devant l'obscurité familière, mais, dans son esprit, il était encore agenouillé devant elle.

— Cal-marcus, avait dit Jaralaine, le surprenant avec un sourire. Je t'ai apporté un cadeau. Je t'ai apporté un héritier.

Les comptes-rendus de maraudeurs augmentèrent. Même si la reine était maintenant alitée, s'occupant de son fils Cal-raven, Cal-marcus lui racontait fidèlement toute information qu'il recevait sur ces étranges attaquants. Le fait qu'il s'en soit fallu de peu pour que Jaralaine évite le danger aurait dû la convaincre de rester chez elle. Mais les tentatives de Cal-marcus pour l'effrayer n'apportaient à son cœur aucune assurance qu'elle ne s'enfuirait pas de nouveau.

Il doubla les exercices de combat pour les cavaliers les plus rapides de son armée et les équipa des meilleures armes que sa forge pouvait produire. Il donna à Tar-brona une charge et l'envoya pour prospecter la forêt. Tar-brona trouva des maraudeurs et les jeta aux loups.

Certains que ce triomphe leur avait fait gagner le respect de la maison Abascar après des années d'agitation, Cal-marcus et Jaralaine avaient pris leur place devant le peuple. Mais les acclamations faisaient seulement l'éloge du capitaine Tar-brona et de son roi.

Jaralaine prononça ensuite les paroles qui le ruinèrent, confirmant les nombreux avertissements de Scharr ben Fray.

— La maison Abascar me traite avec reproche, déclara-t-elle, ne laissant aucune place à la discussion. Je ne pourrai jamais fuir le nuage noir qui m'a suivie le long des routes des marchands. Je vais aller à la maison Bel Amica, où les gens appellent leur reine bien-aimée. Et je vais apprendre ce qui les incite à l'aimer. Je vais apprendre comment briser cette malédiction.

Quand Jaralaine revint dans une rage de jalousie après ce qu'elle avait vu, elle fomentait déjà des manières d'égaler et même de surpasser la gloire de la reine Thesere.

Scharr ben Fray s'affolait, déclarant que la reine avait fait plier la volonté de Cal-marcus. Mais il était trop tard. Et tout fut perdu lors de la Proclamation des couleurs.

Le roi s'était caché avec confiance et plaisir alors que la maison livrait ses couleurs, ses trésors, sa vie et son avenir. Il présenta sa reine dans une robe neuve, avec une couronne neuve, pour inspirer l'amour du peuple. Mais ils n'applaudissaient maintenant que parce que cela leur rapportait des points d'honneur et du crédit pour la loyauté.

Le roi Cal-marcus ker Har-baron plaça les mains sur le cadre du miroir. *Une prison, en fait, que cette maison. J'ai élevé des murs à l'intérieur des murs.*

À l'époque de la Proclamation, alors que Cal-raven avait commencé à jouer avec ses jouets en forme d'épée et s'était déclaré soldat, des rumeurs circulaient au sujet d'une grande bête se cachant dans le lac Profond. Les histoires avaient captivé l'imagination du garçon.

— Fais semblant d'être le Gardien, papa ! avait dit le garçon en riant, sortant de sous la grande table des cartes et agitant une épée en bois.

Le roi s'était mis à quatre pattes, frappant son fils à toute volée avec des griffes imaginaires.

— Je pensais que tu avais dit que le Gardien te protégeait. Pourquoi me cours-tu après avec une épée ?

— Je veux protéger le Gardien ! avait annoncé le garçon. Le protéger des ours-crocs et des loups !

— Fils, avait murmuré Jaralaine, une chose aussi abominable ne se promène pas dans la forêt.

Quand le roi avait suggéré qu'elle devrait permettre au garçon des rêves aussi réconfortants, sa réponse avait été brutale.

— J'ai vu ce qui restait de ma famille après l'attaque des sauvages. Il n'y avait personne pour les aider. Rien n'est venu les aider. Les rêves sont des vœux pieux, du réconfort enfantin pour les faibles. Nous devons apprendre à nous sauver nous-mêmes.

À ce moment-là, Cal-marcus commença à soupçonner que Jaralaine s'aventurait à l'extérieur non pas pour le forcer à respecter sa volonté, mais pour défier l'obscurité dans la forêt, pour la maîtriser, pour prouver à tout le monde que l'Étendue lui appartenait.

Alors que Jaralaine enfreignait la loi, Scharr ben Fray osa dire :

— J'ai changé d'idée, bon roi. Je ne vais plus vous inciter à la retenir.

— Vous avez enfin compris. Elle ne peut être attachée.

— Non. Et c'est pourquoi vous devez la laisser partir. Il y a des limites que nous ne pouvons pas franchir, Cal-marcus. Elle apprendra peut-être seulement quand elle les aura franchies.

Cette étape était venue rapidement.

Moins d'un mois plus tard, il s'était éveillé pour la trouver partie. Sa resplendissante robe de couleurs, tissée à partir de fils qui avaient été tirés des trésors les plus beaux des gens de la maison, avait disparu.

Tout le palais avait entendu ses cris.

— Voleurs! Envahisseurs! Elle a été emmenée! Elle est partie!

Il fallut trois gardes et les potions de Scharr ben Fray pour le calmer.

Dans son jardin, les fleurs se fanaient, des feuilles jadis vertes se flétrissant, devenant grises. Elles ne furent jamais replantées.

Il voulait croire que Jaralaine avait été kidnappée, engourdissant son cœur de n'importe quel doute. Peu de temps après, il chassa Scharr ben Fray, car malgré le conseil du mage, Cal-marcus avait perdu sa reine.

La voix qu'il entendit dans sa mémoire pleurer la perte de sa reine était si semblable à la voix qui avait retenti dans le donjon, à peine quelques heures plus tôt. Était-il possible que cela fût seulement ce matin ?

Le miroir vibra contre le mur dans sa main tremblante. Tout ce qu'il touchait, il le brisait.

Une voix à la porte le fit sortir de sa torpeur.

— Mon seigneur, Lady Stricia, la promise du prince Cal-raven, est ici. Vous l'avez demandée ?

— La dame qui l'a convoquée lui a-t-elle remis les perles en cadeau ?

— Oui, maître. Elle les porte.

— Merci. Faites-la entrer.

Il ne se tourna pas pour regarder Stricia. Il continua de baisser les yeux vers le jardin trépassé.

— Je dois me dépêcher. Alors, écoutez attentivement, dit-il.

Même maintenant — avec cette magnifique femme pleine d'espoir, ambitieuse, qui attendait derrière lui. Il l'écraserait elle aussi.

— Je vous ai fait appeler, chère fille du capitaine, car je dois vous épargner. Mon fils est tout ce qu'il me reste. Il ne s'occupe pas de ce que je dis à votre sujet. Son cœur est plein de nœuds. Le projet de mariage était une erreur. En lui imposant, je le forcerais à suivre ce que me dicte mon cœur. Mais qu'est-ce que mon cœur ? Comment oserais-je faire confiance à un instrument aussi malavisé ? Quelles sortes de merveilles aurais-je pu voir dans ce monde, si j'avais écouté avant de parler, observé avant de comprendre, hésité avant de proclamer ? Je suis roi, préparant des déclarations de cette fenêtre. Cependant, rien ne s'offre à moi. Rien, sauf la beauté. Et l'amour de mon fils.

Il fit un geste vers le nord, sa main tremblante apparaissant pour saisir le dernier diamant flamboyant de la lumière du soleil derrière les montagnes.

— Il est tout ce qu'il me reste du monde que vous et moi avons jadis connu.

Vous et moi.

— Je suis désolé, madame. Je pensais à ma chère reine disparue. À ses perles. Il est juste que vous les ayez. Et les vêtements royaux que vous désirez tant.

Il désigna la penderie de bois dur d'un geste.

— Je vous donne tout cela. Vous pouvez porter tout ce que vous trouvez à l'intérieur sans craindre de punition. C'est mon cadeau pour vous. Puisque tout ce que j'ai détruit se trouve près de moi. Je ne peux pas laisser Cal-raven rejoindre cette lignée de fantômes pleins de ressentiment. Il doit être roi, après tout.

Il jeta un coup d'œil vers l'arrière et soupira.

— Merci d'accepter cela.

Elle était là, hésitante, dans une magnifique robe faite d'un tissu blanc et or. Déjà arrogante dans son assurance d'un mariage royal et d'un trône, elle était venue à lui dans des couleurs illégales.

Mais elle n'était pas seule. Des spectres glissèrent devant elle, remplissant la pièce, des ombres avec de pâles figures lugubres. Elle ne les vit pas, et il n'en fut pas surpris.

— Ah, ils sont venus pour moi.

Il étendit les bras en signe de bienvenue.

— Je me suis toujours demandé s'ils étaient évoqués par la boisson. Mais les voici de nouveau, venus observer et attendre. Et cette fois, enfin, je ne déteste pas leur regard.

Y avait-il du réconfort dans les mains des Enfants du Nord ? Peut-être n'étaient-ils pas aussi malveillants que le disaient les histoires, après tout ?

Stricia, regardant autour d'elle, mais ne voyant rien, inspira en frissonnant.

— Pourquoi ? Pourquoi retirer ce que vous avez proclamé ?

Il s'avança pour toucher les perles qui chatoyaient autour de son cou. Elle tressaillit.

Stricia s'approcha prudemment et lui prit la main.

— Ne prenez pas de décision à la hâte aujourd'hui.

— Vous me demanderez toujours pourquoi, chère fille du capitaine. Peut-être trouverez-vous un jour que quelque chose de beau a grandi autour de votre question. Je n'ai rien fait de mes questions. J'ai seulement causé plus de souffrance. Je n'ai rien de beau à donner. Rien, sauf ces choses. Simplement des vêtements vides, des peaux fragiles que la reine a perdues.

Elle se trouvait près de lui, une jeune Jaralaine distraite par ses bijoux. Ensemble, ils étaient comme des géants de l'histoire, des statues pour l'estrade des rites, de l'or dans la lumière d'une torche. Stricia saisit les perles. Comprenait-elle ?

Le roi soupira.

— Peut-être que là où j'ai échoué, Cal-raven réussira. Je n'entraverai plus son voyage. Vous voulez un cadeau du roi ? Écoutez cela : si vous accordez la liberté à Abascar, certaines personnes choisiront ce qu'elles ne devraient pas choisir.

Il lui agrippa les épaules, parlant avec insistance.

— Mais enlevez cette liberté, et aucune personne n'a plus l'occasion de choisir ce qu'elle devrait.

Il disait n'importe quoi, sa main tremblante lui secouant les épaules. Elle se dégagea, et il fut rempli de désespoir. Les Enfants du Nord s'entassaient autour de lui. Ils ne disaient rien, mais leur contact était réconfortant, pas froid, comme il l'avait craint.

Stricia ne pouvait-elle pas voir ces ombres?

Il continua de lutter, déterminé à ne pas bafouiller dans cette dernière proclamation.

— Nous pensions que nous nous aimions, Jaralaine et moi. C'était peut-être le cas.

Il parlait avec difficulté, luttant pour traduire un senti-ment écrit dans une langue étrangère. Il réussit à faire un léger sourire.

— Vous lui ressemblez, chère fille du capitaine. Mais vous avez encore le temps de choisir. Tout comme mon fils.

Il se détourna d'elle pour regarder par la fenêtre. Ne le haïssez pas. Punissez-moi à la place.

— Mais vous êtes le roi, dit désespérément Stricia. Votre volonté doit être faite, et non celle de Cal-raven.

— Mon fils est trop gentil pour insister sur sa propre volonté. Non, il trouve le chemin d'une plus grande volonté. Je pense que je connaissais ce chemin.

Il regarda par la fenêtre, mais le monde était noir, désormais.

— Il y a quelque chose de familier au sujet de son esprit.

Il entendit les perles heurter le sol alors que Stricia s'en-fuyait de la chambre. Il tressaillit, mais resta immobile, attendant la réponse à une question non formulée.

La réponse vint, puisqu'elle revint en courant dans la chambre, saisit le collier, puis s'en alla, pour ne jamais revenir.

— Va-t'en.

Le murmure fut discret.

— C'est terminé.

L'ombre se dissipa sous son regard.

— Non, murmura-t-il, pas encore. J'ai un dernier tort à redresser.

Il écarta le rideau et appela avec une force renouvelée pour qu'une escorte l'accompagne au donjon.

— S'il vous plaît, gronda-t-il alors qu'il se penchait sur le garde déconcerté et descendait les marches en titubant. S'il vous plaît, faites que je l'atteigne à temps.

∞

Roselinda venait de revenir d'une conférence avec les tailleurs et tisserands qui pareraient la fête du mariage et les bijoutiers qui fabriquaient les bagues royales et les bracelets de la reine. Cela avait été sa tâche, depuis l'époque de Jaralaine, de rassembler les meilleurs artistes de la maison et de les diriger, afin qu'ils tissent toutes sortes de vêtements. Il restait encore plusieurs jours avant le mariage royal, mais il y avait beaucoup à faire, et si Roselinda avait appris quelque chose pendant ses années passées en tant que couturière, c'était la valeur du travail qui était en avance sur l'horaire.

Aujourd'hui, cependant, elle s'était absorbée dans les plans du mariage, retardant la tâche qui l'attendait dans les toilettes.

Roselinda se pencha avec une main lourde sur le rebord d'un lavabo profond. Cela semblait cruel, ce qu'on lui avait ordonné de faire. Elle fit couler l'eau et tendit la main vers l'étagère au-dessus du bain. Le pot de poudre de teinture semblait petit dans sa main, mais, quand elle souleva le couvercle pour voir s'il était plein, elle sut bien ce que son contenu pourrait faire.

Elle déposa le pot près du lavabo.

Les couleurs d'Auralia étaient drapées au-dessus du séchoir, scintillant dans la lumière blanche et froide.

Roselinda inspira profondément, se tapota la poitrine avec consternation, puis, grinçant des dents, saisit le tissage d'Auralia par les lisières et le souleva au-dessus du lavabo, assez soigneusement pour ne pas faire tomber la teinture dans l'eau de façon prématurée. Des parfums s'épanouirent dans l'air, et elle enfouit son visage dans ses plis, d'où un sanglot s'échappa. Les couleurs sentaient comme une forêt, le matin, après la pluie.

«Jamais, avait-elle murmuré aux tailleurs et aux bijoutiers, jamais il n'y a eu quoi que ce soit de plus beau.»

Alors que Roselinda plaçait lentement la cape dans l'eau, elle lança un regard furieux au pot de teinture, se demandant quel accident pourrait faire disparaître la poudre, du moins jusqu'à ce que le roi retrouve la raison et retire ses instructions.

Le tissu coula dans l'eau et commença à se tordre, à se plier et à tourner comme une chose vivante, l'eau scintillant de sa lumière.

Sur un coup de tête, elle mit une distance prudente entre elle et le lavabo.

— Peut-être pourrais-je défaire certaines de ses mailles, avant qu'il soit détruit. Je devrais conserver ces mystérieux fils en sécurité.

Soulagée de constater que l'action n'avait pas encore été accomplie, Roselinda se précipita hors des toilettes et monta les marches pour aller chercher ses ciseaux. En chemin, elle fut interrompue et ramenée aux projets du mariage.

24

LA PROMESSE BRISÉE

Stricia franchit comme une somnambule la porte noire de la maison de sept bâtiments de sa famille.

Alors qu'elle entrait, elle se rappela qu'elle avait été la première à franchir cette porte dans la maison la plus désirée en dehors du palais d'Abascar, pendant une journée d'inauguration, après que son père eut été promu au rôle de stratège en chef et de capitaine de la garde. Une foule de soldats avaient tiré des charrettes avec les effets personnels de la famille sur le chemin, à travers les buissons de baies. Une couronne de roses décorait la porte. Alors qu'Aug-anstern faisait un discours, elle avait bondi de sa chaise, esquivé la prise de sa mère et couru sur le chemin, plongeant dans la maison qui sentait le bois, l'encens et les tapis d'herbe nouvellement tissés.

Elle avait couru à travers chaque pièce à la recherche de sa chambre, la plus jeune femme de la maison Abascar à avoir une chambre pour elle toute seule. Quand elle l'avait découverte, elle avait immédiatement réalisé que certains des ouvriers du bâtiment possédaient des huttes plus petites que sa chambre. Cela lui plut énormément.

Derrière elle, les gens de la maison avaient ri, mais elle n'était pas embarrassée. Cet endroit lui appartenait.

Elle ne rentra plus jamais précipitamment par la porte principale. Elle aimait être vue en train d'entrer, aimait s'attarder et saluer les vers-chimères de pierre sculptée qui gardaient la porte. Elle aimait saluer le garde, qui garantissait leur vie privée et patrouillait dans le périmètre des bâtiments adjacents, la nuit, au cas où il y aurait un incendie.

Mais, ce soir…

La nature de son entretien avec le roi fut évidente pour tous ceux qui la virent marcher depuis le palais, devant les gardes, sans plus d'un hochement de tête ou d'un clignement des yeux, devant les servantes se dépêchant de rentrer chez elles et les enfants recouverts de poussière grise, à qui l'on disait que ce n'était plus l'heure de jouer au ballon.

La domestique, occupée à faire des travaux à l'intérieur de la maison, faillit échapper une brassée de serviettes alors qu'elle esquivait la fille du capitaine. Stricia alla tout droit vers la tapisserie accrochée au-dessus de la cheminée, une récompense du roi pour leur maison, accordée parce qu'elle avait dénoncé plusieurs voleurs de l'entrepôt souterrain. Sans hésitation, elle l'arracha, heurtant des bougies froides placées sur le manteau de la cheminée, qui se brisèrent en fragments cireux. Elle chiffonna la tapisserie, qu'elle mit contre elle comme si elle pressait la vie de quelque chose à l'intérieur, en fit une boule compacte et l'enfonça dans le tas de cendres, à l'intérieur de la cheminée.

Là-dessus, elle dévala le couloir. La domestique, transportant maintenant un balai, dut sauter de nouveau pour rester hors de son chemin.

Alors que Stricia entrait dans la chambre de sa mère, un mouvement soudain attira son attention. Elle se tourna pour se regarder dans le miroir en pied. Son visage était figé dans l'horreur blafarde qui l'avait possédée depuis qu'elle avait fait face au roi. Elle se redressa et considéra sa position appropriée. Les perles autour de son cou étaient grosses, exquises.

Dans le reflet, elle vit la commode de sa mère. Sur elle se trouvait une sculpture d'argile vêtue comme le roi, un personnage qu'elle avait fait pour le donner en cadeau à son père, quelques années auparavant. Murmurant, elle se tourna et le brisa contre le bord de la commode. La tête se cassa et roula sur le plancher, et sa couronne de fleurs séchées se désintégra. Elle laissa tomber ce qui restait et la sculpture vola en éclats.

Se jetant sur le lit et tremblant, elle fut horrifiée par ce qu'elle avait fait. La statue était brisée en minuscules morceaux ébréchés, pointus comme l'information qui la transperçait. Un morceau du visage du roi, aux yeux aveugles, levait le regard vers elle.

Elle détourna les yeux de la tête brisée du roi, se souvenant qu'elle avait vu un autre visage brisé, au cours des derniers jours. Son père avait confisqué des preuves qui étaient dans la cour, après les rites. Le bras et la main en pierre sculptée — ceux qu'il avait remis au roi. Mais le visage, le masque de Scharr ben Fray, il l'avait gardé en souvenir.

— J'ai tout fait correctement, dit-elle au roi abîmé. Ce n'est pas ma faute ! J'ai suivi toutes les règles.

Si seulement sa mère avait été à la maison. Mais Say-ressa était à la maison de médecine, soignant ceux qui avaient été blessés pendant les émeutes. Sa mère était-elle déjà au courant ? La ville entière devait déjà le savoir. Ils devaient le savoir avant même qu'elle reçoive les convocations.

Elle se redressa bien droit comme une reine, ferma les yeux et dit à la domestique, qui sortait un chat de la chambre de son père :

— Tout cela n'est qu'un malentendu.

Elle toucha les perles autour de son cou.

— Vous voyez. Ce sont des perles pour une mariée. Elles appartenaient à la reine. Il me les a données.

— Je suis certaine qu'elles vous rendront très heureuse, dit la domestique.

Le chat se tortilla et miaula, la domestique secoua la tête et s'en alla. Stricia aurait voulu lui demander de revenir. Elle voulait avoir de la compagnie. Mais elle ne savait pas le nom de la femme.

En descendant le long escalier, dans le tonnerre grandissant de son pouls et de sa panique, elle avait entendu la voix lointaine du roi faisant retentir un ordre. Il irait aux prisons. Il libérerait Auralia.

Ce qui voulait dire que les rumeurs de l'après-midi étaient vraies. Cal-raven avait mentionné Auralia à son père d'une manière favorable et, maintenant, tout le monde était happé par un scandale insensé.

Elle entendit le son de la porte de l'entrepôt souterrain s'ouvrir en grinçant, puis un sifflement plein de ressentiment alors que la domestique tournait la manivelle et faisait descendre le chat importun dans les tunnels, sur les palettes de livraison. Elle entendit un grognement lointain, cruel, lorsque la porte se referma en claquant.

Stricia se leva, tirant le collier au-dessus de sa tête, et entra à vive allure dans la chambre de son père. La domestique prit un air renfrogné.

— Fichu animal.

Elle bouscula Stricia avec une pointe de mépris dans la voix et ne s'arrêta pas quand la fille se tourna pour lui demander son nom.

Les boucliers et le casque qu'Ark-robin avait portés pendant les jours où il servait le capitaine Tar-brona étaient suspendus sur un support à armure dans le coin, les flammes de la lampe à huile gribouillant des lignes d'argent sur leurs angles polis. Au bord du champ de vision de Stricia, le visage invisible du soldat lui sembla un fantôme de son enfance.

— Vous aviez promis.

Des larmes se précipitèrent de ses joues à son menton, puis coulèrent sur son cou. Ils étaient trop ridicules à porter, ces bijoux. *Des cailloux provenant de l'intérieur de la coquille d'une créature de la mer.* Elle les détestait. Mais si elle ne les portait pas, quelqu'un d'autre le ferait, c'est pourquoi elle ne pouvait pas supporter de les mettre de côté.

Dans l'ombre, elle dit :

— Qu'adviendra-t-il de moi ?

Elle s'approcha du casque de son père, le toucha et s'agenouilla, reproduisant le premier salut qu'ils lui avaient appris.

Elle avait espéré qu'un jour, d'autres s'agenouilleraient pour elle.

Quelque part, bien au-delà de cette maison, les femmes de service de Say-ressa avaient préparé la première robe de plusieurs couleurs depuis la Proclamation. Même si le roi lui permettait de les porter, elles seraient inutiles, n'évoquant aucune supériorité, aucun privilège. Les gens la regarderaient et se souviendraient d'Auralia, et leurs pensées se concentreraient sur le moment où la couleur avait rempli la cour.

— Sorcière. Arracheuse de mauvaise herbe. Tricheuse.

Et si cette enchanteresse avait revendiqué l'affection du prince ?

Stricia regarda la silhouette déformée réfléchie sur une botte détruite. Elle vit la garde du poignard dans l'étui. Jetant un coup d'œil par-dessus son épaule pour s'assurer qu'elle était seule, la fille du capitaine défit la boucle du fourreau, remonta ensuite la traîne de la robe élégante et resserra la courroie du couteau autour de sa cuisse. Elle avait besoin d'une manière de se rendre dangereuse. Elle avait besoin de quelqu'un à accuser, de quelqu'un à punir.

Le toit de jonc au-dessus siffla et fit un bruissement. Elle leva les yeux, imaginant que les espions du roi passeraient et reprendraient les perles.

Ils viendraient pour les perles, la robe et tout le reste. Elle en était certaine. Ils donneraient tout cela à Auralia.

Tombant à genoux sur le grand tapis rond, elle souleva le rebord pour découvrir la porte dans le plancher. Son père ne verrouillait jamais leur porte de l'entrepôt souterrain, puisque personne ne cherchait à l'ouvrir, à l'exception des servantes, qui faisaient descendre des livraisons... et des chats, apparemment.

Avec un bruit qui ressemblait à un halètement, la porte s'ouvrit facilement.

La lumière des lampes à huile transperça la poussière tourbillonnante, révélant les cordes, la poulie, la palette. Elle monta sur cette dernière. Avec une main sur la corde, elle libéra la prise et descendit dans la fosse.

Dans une chambre de rangement que seules les servantes avaient vue, Stricia chercha des signes des trésors préparés pour elle. Un hibou répugnant se lança, fit deux fois le tour et disparut dans le couloir de patrouille, des touffes de plumes traçant son passage et tournoyant lentement vers le bas. Elle se balada distraitement, les plumes se déposant légèrement sur sa tête et ses épaules.

Elle trouva le masque que son père avait rangé, le demi-visage de Scharr ben Fray, sur l'étagère, près d'un paquet de rouleaux. Elle le souleva, puis passa la main sur les rouleaux avec affection. Il s'agissait des parchemins sur lesquels elle avait appris à écrire les lois d'Abascar.

Elle entra dans le couloir, et, là, ondulant légèrement sur un chevalet de la même hauteur que Stricia, se trouvait la robe.

Stricia la ramassa et l'appuya contre son visage. Elle pleura dans le tissu, essayant d'aspirer les couleurs.

Alors, c'est ainsi, s'égarer au-delà de la loi, pensa-t-elle.

— Non, décida-t-elle. Elle avait travaillé trop dur. La loi ne la décevrait pas. Ce n'était pas une transgression. C'était seulement une manière de réaligner les choses, de mettre une pièce là où la loi avait été déchirée.

Elle enveloppa le masque du mage dans la robe de mariage. Elle le cacherait quelque part, profondément à l'intérieur de l'entrepôt souterrain. Quelqu'un le trouverait et tirerait des conclusions évidentes — le conseiller exilé avait comploté tout ce temps pour empêcher le mariage de la promise.

— Aujourd'hui, dit-elle, je dois être la loi.

Juste derrière la lourde herse qui bloquait la salle d'entrée du donjon, quatre gardes somnolents étaient assis en désignant du doigt leurs jetons de jeu, les lançant maladroitement dans des cercles concentriques dessinés dans la poussière.

— Oh, hé, je m'en souviens, maintenant, marmonna le plus vieux, qui avait lui-même fait sa peine dans les prisons. C'est ainsi : *Un homme d'Abascar fut jeté dans le Trou et torturé pour avoir écrit une lettre d'éloges pour le roi. Pourquoi fut-il puni ?*

Les trois autres se regardèrent, las des devinettes du vieil homme. L'un d'eux donna un jeton. Il heurta le bord d'un autre jeton, qui roula et disparut en bas de l'inclinaison escarpée menant vers les cellules en dessous.

— Nom d'un ver. Encore un autre.

— Aucune idée ? *Un homme d'Abascar. Va au Trou. Pour avoir écrit une lettre d'éloges pour le roi.*

— Nous renonçons, dirent-ils en chœur et pas pour la première fois. Pourquoi a-t-il été puni ?

— Ouvrez ! dit une voix provenant de l'avenue, à l'extérieur.

Les quatre gardes du donjon tâtonnèrent pour resserrer leurs attaches, remettre leurs pieds dans leurs bottes et cacher la bouteille qu'ils avaient fait circuler. Se bousculant au portail, ils déterminèrent finalement lequel d'entre eux transportait la clé de la herse. *Clac!* Le loquet se débloqua et deux gardes, un de chaque côté de l'entrée, tournèrent des manivelles récalcitrantes pour soulever la lourde grille.

Avant que la porte soit complètement ouverte, le roi Cal-marcus ker Har-baron entra à grands pas dans l'obscurité impénétrable du tunnel en pente, qui était comme une gorge de terre morte sans fond. Lorsqu'il souleva sa torche, ses trois gardes personnels firent la même chose. Ils marchèrent hâtivement, descendant dans les prisons de l'entrepôt souterrain.

Derrière, les gardes de la prison marmonnèrent entre eux, stupéfaits de la situation, la deuxième visite royale de la journée. Le roi faisait rarement une apparition ici, et il ne l'avait jamais fait avec une si petite garde et sans aucun conseiller à ses côtés.

Le vieux garde se pencha vers l'avant, encore préoccupé par sa devinette, et il sourit.

— La lettre..., elle avait été lue.

Au bout du couloir, au bord de la froideur noire du donjon, Maugam apparut, blanc comme un asticot, lent comme un escargot. Cal-marcus détestait cette forme graisseuse — un monticule pâle de corps nu qui n'avait pas l'air d'avoir grandi, mais plutôt d'avoir été déversé, lentement, comme du porridge coulant d'un bol.

Cal-marcus savait que Maugam le considérait comme le rejeton décevant d'une lignée jadis formidable. Le geôlier préférait se vautrer dans des souvenirs marinés dans le sang de la folie du roi Gere-baron. Mais ce survivant léthargique ne ferait jamais rien de moins que trembler de peur devant quelqu'un qui pourrait prendre son pouvoir et sa place.

Cependant, le roi n'était pas préparé pour le spectacle ébranlant, à pleurer, qu'il vit là.

— Maugam est parmi les plus grands imbéciles, maître, dit le geôlier.

Le roi se mit à rire.

— En effet, tu l'es, Maugam. Tu es parmi les plus grands imbéciles, et je le suis également. J'ai changé d'avis. Va chercher Auralia. Emmène-la-moi. J'ai quelque chose à annoncer.

La voix d'Aug-anstern, forte et perçante à l'oreille de Cal-marcus, le surprit.

— Je n'ai pas besoin de vous dire, monsieur, ce que feront les autres prisonniers, si vous...

— Comment se fait-il que vous soyez là?

Le ton du roi s'obscurcit, comme du sang se renversant dans l'eau.

— Ai-je sollicité votre présence?

Cal-marcus ne tourna même pas la tête. Il y aurait le jugement éclairant de la raison, de la loi, dans le visage dur de ce vieil homme.

Ce n'était pas l'heure de la raison ou de la loi.

Après un long silence, Aug-anstern s'écarta lentement du roi. Il dit clairement, pour que tout le monde puisse entendre:

— Très bien. Votre domestique, votre fidèle conseiller, prend son congé. Pour cette affaire importante, vous n'avez manifestement pas besoin de conseils.

Les insinuations étaient claires pour tous ceux qui étaient présents. Les paroles semblèrent ébranler la confiance de Cal-marcus, puisqu'il sembla s'enfoncer dans le sol.

Soudain, le roi dégaina son épée ornementale.

Les gardes reculèrent. Aucun conseiller n'avait jamais suscité un tel geste. C'était étrange, le poids de l'arme dans sa main. Il n'avait pas saisi de poignée depuis l'époque où lui-même avait combattu les hommes-bêtes. Cela faisait du bien. Il voulait frapper quelque chose et vaincre ce sentiment d'impuissance.

Mais Aug-anstern, ayant asséné son coup verbal, se tourna et partit en courant, disparaissant au-delà de la portée de la lumière de la torche. Quand le roi parla de nouveau, il était évident qu'il perdait le contrôle de la situation.

— Qu'est-ce qui ne va pas, geôlier ? Je vous ai ordonné de partir et de réveiller Auralia.

— Maître…

L'homme immense tomba à genoux et baissa la tête.

— Le silence répond aux appels de Maugam. Il n'y a pas de réponse provenant du Trou.

Le roi planta la pointe de l'épée dans le sol.

— Que veux-tu dire ?

Les muscles du cou du geôlier se fléchirent et se contractèrent alors qu'il ouvrait et fermait la mâchoire sans parler.

Le roi frappa l'épée contre l'allée en pierre — tac, tac, tac.

— Tu as peut-être été trop dur avec elle. Elle est inconsciente. Ou elle s'est peut-être évanouie.

— Maugam devrait être jeté dans le Trou, gémit le geôlier. Parce qu'il était un enfant idiot et imprudent. Il était faible et ne pouvait pas suivre les ordres. Vous avez dit à Maugam de torturer la prisonnière. Mais il n'a pas pu se résoudre à le faire. Il n'était pas assez fort. Il a décidé de mettre fin à ses souffrances. Il a utilisé une pelle, maître, au plus profond du Trou du donjon. Et maintenant, elle est partie.

— Une pelle ? Tu… tu as fait quoi ? Que veux-tu dire, Maugam ? Je t'ai dit de la punir, pas de la détruire. Fais-la sortir du Trou !

Les mains de Maugam étaient ouvertes et vides.

— Maugam l'a fait partir, maître. Il a apporté une pelle dans la fosse, et, maintenant, il n'y a plus de prisonnière à ramener. Elle est ailleurs, désormais. Punissez le geôlier, roi d'Abascar.

— Il y a eu suffisamment de punitions dans ces donjons.

Cal-marcus ne comprenait pas. Il avait entendu quelque chose au sujet du Trou, quelque chose au sujet de la pelle, et quelque chose au sujet de la fin des souffrances de la pauvre fille. Il avait entendu assez d'histoires au sujet des préoccupations perverses du geôlier. La peur l'empêcha d'oser demander plus de détails.

— Maugam doit être puni, insista le geôlier. Le Trou est pour les serpents, pas pour les petites sœurs. Mais il est trop tard. Elle est partie.

— Tu ne la ramèneras pas pour nous, geôlier?

— Maître, il n'y a plus rien à ramener.

Le gros homme se retourna, encore sur un genou, fit quelques pas en rampant, puis se traîna péniblement pour se lever avec le sanglot d'un homme marchant vers son exécution.

— Punirez-vous Maugam? Il l'a fait partir.

Tac, tac, tac.

L'obscurité devant eux n'offrit aucune rédemption, aucune réponse.

Le roi tourna lentement le dos à la prison.

— Seigneur? demanda un garde avec un ton interrogateur. Le geôlier...

— Est-il minuit?

Le roi cligna des yeux en levant le regard vers le pâle portail, comme s'il était perdu.

— Avons-nous fini ici?

Il remit l'épée dans le fourreau pour la dernière fois.

25

LE RIRE ENCHAÎNÉ

Peu de temps après que Maugam l'eut attachée et laissé tomber dans le conduit étroit du Trou, Auralia ressentit la sensation de brûlure dans ses poignets et ses épaules s'estomper. Ses bras devinrent engourdis, exsangues. Son corps, de la tête aux meurtrissures lancinantes de ses talons, semblait un fardeau, un poids, et elle avait très envie de se glisser hors de lui et de tomber.

Le charbon de la lanterne, loin au-dessus d'elle, ressemblait à une étoile dansant dans un chemin lent et circulaire.

Elle n'avait pas peur.

Car, tandis que Radegan était tombé dans un sommeil profond et paisible, et tandis qu'elle se pelotonnait sur le plancher humide près de lui, elle avait vu venir les Enfants du Nord. Ils chantaient pour elle à voix basse, comme les ondulations du lac Profond. Et elle s'était endormie.

Le rêve qui attendait là était tout à fait différent du cauchemar dont elle avait souffert dans sa cellule.

Dans ce rêve, les Enfants du Nord la transportaient vers la rive, la persuadaient de s'asseoir près de l'eau, rapportaient sa cape dans une étreinte enthousiaste, puis prenaient place autour d'elle. En leur compagnie, enfin, elle voyait qu'ils n'étaient pas tous aussi petits que des enfants, mais jouaient et murmuraient ensemble comme les orphelins des Cueilleurs. Ils étaient fascinés par le bois flotté, enchantés par les formes des pierres. Ils attiraient l'attention sur des étoiles et murmuraient parfois au sujet d'Auralia elle-même.

Mais, quand cela arriva, ils se turent, unifiés dans une crainte mêlée d'admiration.

Comme un rideau noir jeté sur la lune, les ailes de la créature se déployèrent au-dessus d'elle, dans le ciel, et quelque chose l'incita à se lever. Elle prit la cape de couleurs et l'enveloppa autour de ses épaules.

Comme un grand héron, la créature descendit en planant vers le lac. Elle plia ses pattes puissantes et descendit, la queue touchant l'eau d'abord, projetant en l'air des embruns des deux côtés et faisant rouler des vagues sur la plage, où elles se précipitèrent vers les genoux d'Auralia.

Alors que le Gardien repliait ses ailes vers l'intérieur comme des tentes translucides, de gigantesques épaules éclipsèrent la lumière d'une pleine lune rousse. Son énorme tête avait une crinière et était musclée comme celle d'un cheval sauvage, et il arqua un cou couvert d'écailles noires scintillantes pour abaisser son front près d'Auralia. De grandes narines se dilatèrent, soufflant du vent contre le visage d'Auralia.

Il aurait pu l'avaler.

Les pieds d'Auralia étaient enracinés au sol. Le Gardien examina l'agitation magique des couleurs. Il frôla la cape avec son museau, frappant son coude, respirant profondément les parfums des fils. Auralia regarda fixement les yeux ronds, limpides.

Sa bouche, cherchant à nommer cette créature, cette force de l'eau, du vent, ou du feu à laquelle la présence ressemblait si clairement. Mais, après un instant interminable, elle sut. Il lui rappelait tout. Ou peut-être, alors qu'elle regardait la forêt et le ciel, tout lui rappelait le Gardien. Toutes les choses dans le paysage semblaient se languir, se pencher vers la créature comme les fleurs se penchent vers le soleil. À travers le Gardien, toutes choses semblaient attirer la couleur et la vigueur. Et pour le Gardien, des vagues firent des éclaboussures, des arbres se balancèrent, des pierres protégèrent la connaissance et le vent attendit des ordres. Dans ses écailles, elle vit des millions de couleurs, et elle se sentit profondément honteuse de n'en reconnaître que quelques-unes.

— Vous ne venez pas d'ici, murmura-t-elle.

Puis, à moitié surprise d'elle-même, elle ajouta :

— Moi non plus, je crois.

Comme un coup de fouet, son cou recula avec un mouvement brusque. La créature s'éleva de l'eau pour étreindre la rive, ses jambes sinueuses ne se terminant pas par des sabots ou de froides griffes brillantes, mais par des pieds à doigts qui rappelèrent à Auralia les grandes mains rugueuses et tendres de Krawg. Des pieds qui, bien que lourds, laissaient des empreintes délicates et subtiles. La tête haute, le Gardien aspira deux nuages qui passaient et les souffla de ses lèvres. Des éclairs crépitèrent à travers sa crinière. Auralia était certaine que la créature bondirait vers le ciel dans un cataclysme d'eau, mais au lieu de cela, glissant comme un poisson, elle replongea dans les vagues. Ce grand visage, étrange, s'approcha de l'eau en clignant de ses grands yeux.

Le Gardien la regardait.

La terre frémit, puisque sa voix ne provenait pas de sa gorge, mais de tout ce qu'elle touchait. Un grondement profond commença comme un ronronnement. Auralia ressentit le plaisir de la créature alors qu'elle baissait les yeux sur la douce lueur de la cape. Elle remarqua ensuite quelque chose sur l'éclat de soleil des iris encerclant les fentes noires de ses yeux : ils étaient comme les siens, des éclairs de vert émeraude irradiant à travers des anneaux d'un rouge aussi sombre que le sang. Le Gardien était aussi redoutable de taille et de force que ce que l'on disait dans les récits, mais il était aussi familier.

— Vous m'avez amenée ici. Nous avons voyagé dans une rivière souterraine, sommes sortis dans le monde par un ruisseau secret.

Le Gardien regardait sa queue alors qu'un poisson sautait par-dessus d'une façon enjouée, dans les deux sens.

— Je dois ressembler à un de ces poissons idiots qui se tortillent, dit Auralia en riant. Ils voient mon ombre, mais ils n'ont jamais connu rien d'autre que leur monde aquatique. Ils ne savent pas à quoi ressemble mon monde. Et ils ne savent pas combien j'aime nager avec eux.

Ronronnant toujours, le Gardien se gratta le menton contre les pierres. Avec une main tremblante, elle tendit le bras et tira des débris des cordons de sa barbe, des épines chaudes et hérissées comme un épais paquet de roseaux de la berge. Dans les espaces sombres et profonds sous les cils touffus du Gardien, les étoiles se reflétaient comme des têtes d'épingle enflammées. Auralia pensa qu'elle les voyait bouger, comme si des constellations vivaient dans les yeux du Gardien.

— Vos yeux sont tellement remplis. Comment puis-je savoir ce que vous voyez ?

Alors, le Gardien se cabra, et un rugissement vint des arbres au-dessus, comme s'ils s'étaient fendus de leur tronc jusqu'à leur sommet. Mais ce n'était pas un défi, ni une menace. C'était un rugissement d'affirmation, d'achèvement. Elle ne pouvait pas le comprendre, ni le traduire en paroles. Mais on lui avait donné une réponse, une réponse qui fit disparaître toutes ses peurs, laissant seulement des rires.

Le nom d'Auralia était dans la musique de cette voix. Elle faisait partie de son plan secret. Il ne l'oublierait pas, ne l'avait jamais oubliée.

Le Gardien recula, l'observant intensément, et pénétra dans l'eau jusqu'à ce que seules les extrémités de ses ailes restent visibles, comme les voiles d'un bateau qui pourrait voyager sous les vagues. Les eaux se refermèrent par-dessus lui, tourbillonnant dans des milliers de cercles étincelants. Et, après cela, il disparut, les arbres tout autour d'elle fredonnèrent, frappés par le marteau du rire puissant du Gardien, résonnant comme des cordes.

Même ici, alors qu'elle se balançait, enchaînée, ce rire résonnait dans ses oreilles. Elle rit dans l'espoir que Radegan puisse entendre et que le son facilite son décès.

Dans ce donjon, rien n'avait si mal été que cela pût esquiver le son de ces rires.

Elle essaya de réunir ses mains enchaînées, et les poignets firent un bruit métallique comme des cloches dissonantes. Elle commença à chanter le *Vers du matin*.

Les attaches à ses mains avaient été faites pour des hommes, pas pour des enfants. Et alors qu'elle faisait retentir les chaînes pour mesurer la cadence du chant, elle les sentit glisser de ses poignets.

Elle était libre.

Elle tomba.

Elle palpa la bague d'émeraude sur son pouce. Quelque chose de tangible et de vrai.

C'était encore la maison Abascar. Auralia n'était pas tombée hors du monde.

Rien n'était fini. Pas encore.

Elle se trouvait parmi la boue, le sang et les os. Même si elle pouvait trouver la force de grimper, elle n'atteindrait jamais les chaînes ballantes. Les murs étaient lisses et glissants, n'offrant pas de prise.

Il y eut des murmures au sommet du Trou, des ombres qui baissaient les yeux vers elle.

— Va-t'en, disaient-elles.

— Pas encore, répondit-elle, car elle regardait par une ouverture que quelqu'un avait creusée dans le mur.

Puis, elle se souvint.

Avant que Maugam lui ait attaché les mains et l'ait soulevée en haut à l'aide des chaînes, il était lui-même sorti du Trou, grimpant sur une corde couverte de nœuds. Le bruit qu'il avait fait l'avait réveillée, et elle avait murmuré à Radegan : « N'aie pas peur. »

Alors que le geôlier s'écroulait, épuisé, près de la trappe de la fosse, elle avait vu la pelle dans ses mains. Il avait la respiration sifflante et parlait seul, marmonnant quelque chose au sujet de sa « plus grave erreur ».

Mais elle avait fredonné une chanson douce, trop distraite pour s'en occuper. Elle avait tenu les grandes mains écorchées de Radegan jusqu'à ce qu'elle sente son pouls faible s'évanouir et sa peau perdre sa chaleur.

Puis, Maugam l'avait soulevée pour la mettre debout et l'avait conduite aux chaînes, murmurant ce qui devait avoir été sa meilleure tentative pour la réconforter. Il l'avait persuadée d'aller au bord du Trou, fermant à clé les cadenas sur ses poignets.

Et maintenant, elle pouvait voir ce que Maugam avait fait.

Il lui avait donné une chance. Ne pouvant trouver le courage de la transporter vers la liberté, il s'était débrouillé pour qu'elle ait une échappatoire, si ténue fût-elle. C'était la chose la plus proche de la bonté qu'il avait pu trouver.

Elle saisit l'occasion et se glissa par l'ouverture.

Pendant un moment, elle réfléchit pour déterminer si elle se sentait davantage comme un rat ou comme un ver, se tortillant pour avancer à travers la terre. Mais elle se retrouva bientôt dans une chambre. Et, là, elle se mit à rire de nouveau.

Auralia se trouvait dans un enclos avec des barreaux. Il était rempli de pelotes de laine entassées. Rouges. Vertes. Violettes.

Elle leva les yeux et vit, loin, loin au-dessus d'elle, la lueur d'une lanterne à travers une grille et une palette suspendue par des cordes. Mais il était impossible de grimper vers elle, et elle ne savait pas très bien si elle devait crier pour demander de l'aide. Elle se faufila plutôt à l'extérieur, entre les barreaux, mais pas sans attraper quelques pelotes de laine au passage.

— Mieux vaut ne pas se perdre, dit-elle.

Alors qu'elle se promenait à travers un dédale de longs couloirs vides, elle déroula la laine derrière elle pour ne pas tourner en rond et juste au cas où elle devrait revenir sur ses pas.

Le fil se déroulant, elle entra, engourdie par le froid et presque nue, dans l'entrepôt souterrain.

Il était exactement comme les Cueilleurs l'avaient décrit. Elle avait souvent regardé les falaises des fondations de pierre d'Abascar, étonnée de penser que les gens voyageaient à l'intérieur. Elle avait pensé aux couleurs cachées ici, la vie bourgeonnant sous le sol.

Elle passa devant plusieurs rangées de cages empilées haut, remplies de vêtements et de linge, de tapis et de rideaux. Certaines étaient étiquetées avec des noms et des listes de ce qu'elles contenaient. Le passé. Les enfances. Des montagnes de couleurs. Des souvenirs de vies. Cela représentait les doublures intérieures de cœurs arrachés. Ses bras minuscules glissèrent entre les barreaux, et elle sentit ces vêtements, s'enveloppa de couleurs, absorba leurs motifs, qui sentaient le renfermé. Ces choses étaient aussi isolées que leurs fabricants, sèches, malheureuses et désirant la lumière.

Quand il n'y eut plus de fil, elle emprunta des trésors de ces boîtes oubliées. Elle les attacha bout à bout et les laissa s'éparpiller sur le plancher derrière elle.

26

L'ENTREPÔT S'OUVRE

Une fois, lors d'une journée de grande occasion, le roi avait ébouriffé les cheveux de Stricia. Il s'était baissé sur un genou et lui avait souri. Sa faveur rayonnait sans doute sur elle en raison de quelque chose que son père avait accompli. Elle ne se souvenait pas des détails; c'était l'honneur qui l'avait impressionnée.

« Votre père, avait dit Cal-marcus, est un homme aussi merveilleux que possible. Sans doute sa fille est-elle faite de la même étoffe. Travaillez au service de la loi, Stricia kai Ark-robin, et la loi vous servira. Les secrets du palais pourraient être vôtres, un jour. »

Elle avait dix ans, à ce moment-là, sans voix devant l'attention de ce géant. En riant, son père l'avait hissée avec le bras, la dernière fois qu'il la soulèverait comme un enfant, et ils avaient tous remarqué ses yeux écarquillés de crainte mêlée d'admiration. Quand elle avait baissé les yeux du haut de ses épaules, elle avait eu une vision fugitive du vrai but de sa vie.

Mais ici, elle était sous l'emprise d'une révélation plus sombre. Elle avait travaillé au service de la loi. La loi l'avait servie, mais seulement jusqu'à ce jour. Pas suffisamment.

Silencieusement, la bête invisible — cette menace anonyme de l'entrepôt souterrain — s'éleva du sol et s'enroula autour d'elle. Elle ressentit sa présence froide et insolite. Pendant un instant, elle fut terrifiée. Mais, ensuite, elle ressentit autre chose. Une force étrange et fascinante. Une confiance séduisante.

Elle pourrait passer sans être vue, planter le mensonge et le laisser prendre racine.

Elle inspira profondément et courut, étonnée de ne ressentir aucune peur. Au bout du couloir qui s'ouvrait sur un gouffre infini, de l'autre côté duquel elle pouvait voir une myriade de chemins, d'escaliers et de ponts, elle se retrouva exposée à la vue de tous, et personne n'y fit attention. Elle était invisible pour eux. Peu importe ce qu'elle avait consenti à accueillir, cela la cachait des gardes qui se trouvaient à chaque entrée et des ouvriers qui se déplaçaient sur les ponts et couraient comme des scarabées sur de longs escaliers en spirale.

Même le garde qui se trouvait près d'elle ne réussit pas à la voir, bien qu'elle eût sursauté et se fût tenue à l'écart, quand elle le vit. Il était perdu dans ses rêves, fumant une pipe qui sentait la cannelle.

Elle marcha sur la pointe des pieds devant lui et descendit précipitamment un escalier abrupt, prenant soin de ne pas marcher trop près du bord ou de baisser les yeux vers le vide chuchotant. Elle passa devant trois couloirs, se sentit attirée par le quatrième, et courut dans un long tunnel éclairé par des lanternes dorées, ses pas assourdis par l'herbe moelleuse étalée sur le sol.

Cela lui revenait, maintenant, un souvenir de son père lui faisant faire une visite. « Et ici, avait-il dit, c'est l'endroit où nous gardons l'histoire de notre famille, les choses que nous avons remises pour la gloire du palais. »

Près d'une des lanternes étincelantes, une tanière était sculptée dans l'argile. À l'intérieur, des tas de vêtements — des capes, des robes, des châles, des bas. Sa mère avait commandé une garde-robe entière pour son avenir en tant que princesse. Il y avait des choses plus anciennes, des trésors décolorés. Les tuniques rouges d'un homme, de riches capes bourgogne et vertes, de chics pantalons bleus. Elle pouvait voir ces couleurs endormies par la lumière fluctuante de la lanterne accrochée au mur, un sacrifice scintillant scellé au nom de l'honneur et de l'obéissance. Elle voulait les toucher toutes.

Une porte, bloquée et fermée à clé, refusa de s'ouvrir, retenant ces choses presque hors de portée.

Presque.

Elle plaça la robe de mariage dans l'herbe sèche. Elle ne l'essaierait pas. Elle n'avait pas le temps. Mais pourquoi ne pas prendre une de ces robes longues, sombres et élégantes? Soyeuses et légères, elles avaient l'allure des rumeurs scandaleuses, un magnétisme obscur.

Elle enleva la robe blanche qu'elle avait portée dans le palais et la laissa tomber. Nue, elle s'arrêta, pinçant la chair de ses bras et de ses poignets, perplexe devant une étrange morbidité, comme si elle avait pu enlever sa peau.

Frissonnant, elle tendit la main à travers la porte de la cage et chercha à tâtons, grinçant des dents, ses doigts se délogeant presque de leurs articulations. Le métal blessa son épaule. Un ongle accrocha le bord d'une robe de nuit ; elle la saisit avec précaution. Quand elle l'eut attirée à l'extérieur, elle s'en enveloppa le cou et respira à travers, épongeant des larmes alors même qu'elle ne s'était pas rendu compte qu'elle pleurait. Puis, elle la tira au-dessus de sa tête et la laissa tomber légèrement autour d'elle. Le couloir sembla s'assombrir alors qu'elle était drapée de ses ombres soyeuses. Cela lui plut, même si elle trouvait difficile de bouger. Comment une femme pouvait-elle marcher avec une robe collante aussi longue lui traînant sur les pieds ? Cela n'avait pas d'importance. C'était ce que l'on ressentait, quand on était une reine.

À travers ses larmes, elle vit une ombre traverser le couloir vers une piste adjacente, éclipsant momentanément la lumière d'une lanterne distante.

Elle se figea. Un soldat. Venant pour allumer les torches ou chercher des cambrioleurs. Elle serait découverte. C'était fini.

Mais alors que ses yeux discernaient les ombres, elle vit une petite personne en haillons, inconsciente de sa présence, titubant dans le passage illuminé. La silhouette s'arrêta et la regarda directement, mais ne la vit pas. La sensation enchantait Stricia. Puis, la forme tourna vers un autre embranchement de tunnels. Derrière elle traînait une corde faite de bouts de tissu noués.

Un voleur ?

Stricia fut attirée par la traîne de couleurs. Même si l'ombre frêle n'était plus visible, la ligne sinueuse de vêtements se déplaçait, roulait et se tordait sur le sol. Elle prit la robe de mariée, la serra pour s'assurer que le masque de Scharr ben Fray était encore enroulé à l'intérieur et suivit.

La traîne de tissu attaché s'étirait à perte de vue dans une direction et tombait ensuite au-dessus du bord d'une ouverture dans le sol. Le vagabond était descendu par une échelle vers le niveau inférieur.

Fascinée, Stricia s'avança vers le bord, regarda en bas, ressentit le frisson de force au-delà de la sienne — la force de ce spectre ténébreux qui avait en quelque sorte fusionné avec sa colère et son chagrin.

Comme un oiseau battant de l'aile saisi par un chien de chasse, Merya hurla, saisissant la main qui la tirait par les cheveux, donnant un coup de pied de manière tellement provocatrice que ses pieds s'enfoncèrent à travers le sol humide pour atteindre un sol plus sec et firent voler la poussière dans la lueur de la torche.

Ark-robin ignora les cris de protestation des autres Cueilleurs, qui rentraient chez eux après une journée de travail. Il cligna des yeux, lorsque sa prisonnière lui lança de la terre sur le visage. Puis, il se tourna calmement, libéra la femme et la frappa à l'arrière de la tête avec un bâton de bois de la grosseur de son avant-bras.

Merya s'effondra par terre et resta immobile.

Le capitaine rattacha la courroie de sa massue à sa ceinture, puis enleva de longues franges de cuir d'une poche à l'intérieur des plis de sa spectaculaire cape bleue. Il souleva Merya de l'endroit où elle était tombée, lui appuya le front contre l'écorce d'un arbre et lui attacha les poignets ensemble derrière le dos. Il hissa ensuite Merya par le dos de sa robe tissée et montra sa forme molle à la galerie lugubre des observateurs.

— Cette femme a été nommée par l'un des vôtres comme étant une complice dans une désertion planifiée. Cet homme, Radegan le Chien, repose maintenant dans l'entrepôt souterrain après avoir tenté de dérober le trésor du roi Cal-marcus. Heureusement pour le reste d'entre vous, cria-t-il, son regard balayant les Cueilleurs, Radegan n'a nommé personne d'autre. Merya fera son temps dans le donjon. Mais, puisqu'elle a un mari ici, elle finira par revenir vers vous. S'il est un mari de mérite, je m'attends à ce qu'il ait sa propre punition à donner dès leurs retrouvailles.

Corvah n'était pas présent parmi les Cueilleurs rassemblés ici, mais les regards inquiets qu'ils échangèrent confirmèrent qu'il ne serait pas content.

Le capitaine s'éclaircit la voix et lança Merya par-dessus son épaule.

— Vous avez été condamnés au dur labeur à l'extérieur de la protection des murs d'Abascar pour une raison. Pour apprendre quelque chose. Et jusqu'à ce que vous l'appreniez, vous ne reviendrez pas à l'intérieur. Radegan n'avait pas appris.

— Vous parlez de lui comme s'il était une chose du passé, dit une voix renfrognée.

Ark-robin sourit, examinant leur visage.

— Ah, une oreille attentive. Excellent. J'ai donc votre attention.

Son regard croisa celui d'un homme dont les épaules étaient voûtées vers l'avant, comme s'il tenait une charge. Haggard, se souvint le capitaine — naïf, aimant beaucoup boire, et une petite brute quand son humeur était enflammée.

Ark-robin s'avança vers lui, impassible, jusqu'à ce qu'il pût sentir la légère trace du plaisir du soir sur la moustache hérissée de l'homme.

— Maintenant, poursuivit-il, défiant ce regard ardent, toute créature qui se respecte, animal ou homme, gardera la bouche fermée jusqu'à ce que mes officiers et moi ayons transporté cette femme dans les donjons.

Il se tourna et lança Merya sur le dos de son vawn aux écailles argentées. Le long rideau noir de ses cheveux était suspendu par un étrier. Le vawn leva son museau tubulaire pour le sortir de la boue, jeta un regard torve à son maître et se retourna ensuite pour renifler la terre, à la recherche de scarabées. *Le pire est terminé*, Ark-robin soupira, remontant en selle. *La soirée peut seulement s'améliorer dorénavant.*

Même s'il y avait trois officiers de service à dos de vawn surveillant les ouvriers, Ark-robin était heureux de compter sur la présence des huit soldats qu'il avait amenés, parfaitement conscient de l'humeur agitée chez les Cueilleurs. Depuis l'émeute, il avait compris que la possibilité d'un soulèvement était trop dangereuse pour être ignorée.

C'est pourquoi, quand le vieux Warney voûté s'avança d'un air indigné comme un corbeau en colère, Ark-robin feignit l'indifférence, mais sa main pendait librement sous son fourreau.

— Retournez en rang! cria un officier de service nerveux. Vieil homme, tenez-vous à l'écart!

Ark-robin sourit et avertit l'officier de permettre la confrontation. Mais tout ce que Warney parvint à faire, ce fut ouvrir ses lèvres tremblantes et moites, secouer un poing noueux et lancer un regard furieux du seul œil valide dont il disposait.

— Radegan était un voleur et un menteur. Mais pourquoi gardez-vous Auralia, qui ne savait rien faire de mieux que de jouer comme un enfant? Faites-la revenir avec ceux qui en ont pris soin. Nous ne complotons contre personne. Alors, pourquoi nous démoraliser et répondre à nos efforts par la cruauté? Krawg est malade comme un chien et peut à peine sortir du lit. Si Auralia revient, il retrouvera la santé. Mais le roi doit nous manifester de l'équité, sinon...

— Sinon quoi?

Ark-robin fit un signe de la main. Le soldat près de lui ferma les doigts autour d'une massue. Si les prochaines paroles de Warney étaient déplacées de quelque manière que ce soit, le vieil imbécile le paierait.

Warney recula.

— Je vais grimper sur le toit de ma hutte et invoquer la malédiction la plus puissante de l'arrière-grand-père! Je vais abattre les murs d'Abascar, je vous le dis!

— Et vous pouvez parier que je me trouverai là, près de lui, ajouta une voix râpeuse.

C'était Krawg, se penchant lourdement sur une béquille, avançant clopin-clopant entre les arbres pour se placer près de Warney.

Ark-robin secoua la tête.

— Très bien. Pour vos remarques de trahison, je déclare par la présente…

Une pluie de feuilles et une branche brisée tombèrent des branches maîtresses au-dessus d'eux. Ark-robin et les Cueilleurs firent un bond en arrière et les vawns se déplacèrent lourdement de plusieurs pas. Un homme tomba du ciel, se trouvant sur une planche de bois suspendue par deux cordes. C'était un officier de service dans une tenue de camouflage verte. Il descendit du monte-charge, droit et trop empressé, et salua le capitaine.

— Un signal du nord-ouest, dit-il sans hésitation.

Ark-robin grogna, détournant son attention de l'altercation des Cueilleurs pour la ramener à l'interruption.

— Qu'y a-t-il, Everin?

Il ne s'était pas habitué à la présence des surveillances hautes de Cal-raven, mais elles avaient été une invention utile. Avec des guetteurs sur ces plates-formes, de simples nouvelles pouvaient être transmises à travers la forêt avec efficacité et clarté.

— Quelles sont les nouvelles?

— C'est Cal-raven, monsieur. Il signale des problèmes aux fouilles. Ses cavaliers ont intercepté une compagnie d'hommes-bêtes qui se dirigeaient vers la bataille. Vingt, peut-être trente de ces monstres. Ses cavaliers les chassent, et ils ont changé de direction. Les hommes-bêtes s'enfuient dans notre direction. Les cavaliers vont les diriger vers le mur ouest d'Abascar, se fiant à vous pour tendre une embuscade.

— Nous allons les piéger contre le mur.

— Cal-raven demande une alerte pour renvoyer tous les Cueilleurs à leurs campements. Ces hommes-bêtes vont probablement essayer de passer directement par Abascar. Mais je soupçonne qu'ils sont trop pressés pour s'arrêter et faire des bêtises. Ils vont se diriger vers leurs repères, au sud.

— Capitaine, nous avons fait ce que nous étions venus faire.

Wolftooth, le vice-commandant en chef d'Ark-robin, ne put dissimuler son excitation.

— Tendons une embuscade à ces porcs.

Ark-robin leva les mains pour ramener le silence. Il se retourna vers Wolftooth comme s'il écoutait.

Les feuilles bruissèrent.

— Qu'allez-vous faire, monsieur ? demanda l'officier de service.

Ark-robin tambourina des doigts sur le dos de Merya.

— Dites-leur de conduire les hommes-bêtes entre la corniche et le mur ouest d'Abascar. Nous attendrons sur la corniche. Quand nous descendrons sur eux, ils n'auront d'autre choix que de nous combattre sur un côté ou d'être tués par des flèches du mur sur l'autre. Si la poursuite de Cal-raven est forte, nous ne perdrons pas. Nous pouvons faire quelque chose de mémorable, ici.

Il se tourna et montra Warney du doigt.

— Pourquoi n'essayez-vous pas d'utiliser la malédiction de votre arrière-grand-père sur quelque chose qui le mérite ? Et, pendant que vous y êtes, vous êtes responsable de ramener ces misérables au campement.

Le capitaine se tourna ensuite et montra du doigt une silhouette recroquevillée qui se cachait derrière le tonneau de récolte des Cueilleurs.

— Galopin ! Ne devrais-tu pas être à l'intérieur des murs ? Le vers du soir est sur le point d'être entonné.

Ark-robin souleva l'inconsciente Merya du dos du vawn et la lança comme si elle était une couverture pliée. Haggard l'attrapa.

— Je reviendrai pour elle, avertit Ark-robin, essuyant ses mains gantées contre le cou de son vawn, comme s'il venait de toucher un rongeur malade. Et il vaut mieux qu'elle ne disparaisse pas mystérieusement avant mon retour, sinon vous finirez tous dans les donjons.

Il saisit le galopin effrayé et le souleva sur sa monture.

— Je n'ai pas le temps de te ramener aux portes, mon garçon. Je suppose que tu vas expérimenter ta première embuscade. Tiens-toi tout simplement à la crinière du vawn. Ne lâche pas prise. Et n'aie pas peur. Si un homme-bête s'approche assez pour que tu voies ses yeux, il sera déjà mort à la pointe de mon épée.

Comme s'ils voulaient faire circuler leurs propres rumeurs au sujet des hommes-bêtes, les arbres gémirent avec un vent soudain, se courbant. Les oiseaux voletèrent à travers la clairière avec des cris de frayeur et disparurent. Ark-robin les observa et gratta sa barbe épaisse avec sa main à trois doigts. «Quelle merveilleuse soirée», pensa-t-il.

Le capitaine de la garde conduisit sa compagnie vers l'est de la forêt, passant près du lac Profond, jusqu'à une portion de terrain surélevée. Au sommet de cette arête, extrêmement boisée, ils pourraient regarder en bas, vers la pente, et en haut, de nouveau, vers la longue ligne du mur de la maison Abascar, inondé de soleil.

À l'est, l'obscurité approchait, sur le dos des volées d'oiseaux de nuit.

Auralia marchait de cage en cage, aspirant aux couleurs enterrées, voulant les rassembler dans ses bras comme des enfants abandonnés. Chaque fois qu'elle atteignait une cage d'effets personnels oubliés, rejetés, elle voulait l'ouvrir. Elle voulait grimper à des cordes et à des chaînes, et ouvrir les portes au-dessus pour laisser entrer la lumière du jour, pour rendre aux gens de la maison ce qui leur appartenait.

Auralia sourit de voir la longue rangée de vêtements qu'elle avait réussi à sortir de la cage. Peut-être conduiraient-ils plutôt quelqu'un à la trouver, perdue dans le labyrinthe. Le prince avait juré de lui accorder sa protection. Il viendrait sûrement à la prison et découvrirait qu'elle avait disparu. Il la trouverait certainement ici.

Elle ne pouvait pas rester sous terre. Il était difficile de respirer, ici, à l'opposé de ses cavernes près du lac, qui s'ouvraient sur l'eau, la lumière des étoiles, et la voix de la forêt. Ce labyrinthe ne finissait pas. Il tournait en rond sur lui-même. Sans soleil, lune, ou étoiles, le temps devenait dépourvu de sens.

Que lui restait-il à faire sans les couleurs qu'elle avait apportées à cette maison?

— Je ne suis pas une Enfant du Nord. Je suis une Cueilleuse, se répéta-t-elle. Le mot «Cueilleuse», prononcé ici, semblait un réconfort. Elle ferma les yeux, lutta pour se souvenir.

— Nella Bye. Haggard. Krawg. Warney.

Elle rit.

— Wenjee.

Elle pourrait peut-être trouver son chemin pour se rendre vers eux. Elle avait payé le prix pour ce qu'elle avait fait. Maintenant, elle pouvait jouir d'un retour aux petites choses. Aux simples dons.

Elle repartit à la poursuite du mystère, passant au-dessus d'un pont de pierre étroit, laissant les longues rangées de cages et de cavernes. Ses mains travaillaient activement avec un baluchon de draps et d'écharpes, les attachant ensemble dans un compte-rendu de son voyage. Les murs diminuè-rent, le plafond disparut dans le noir, et un puits de mine incommensurable s'ouvrit sous le pont. Elle avança dou-cement, avec le sentiment étrange que ses pas avaient été posés pour elle.

Quelque chose battit des ailes devant sa tête.

Une fois arrivée de l'autre côté du pont, elle entra dans une énorme caverne où des rangées de six barils empilés se déployaient dans l'obscurité. Il n'y avait pas de lanterne, ici, seulement des miroirs qui saisissaient et rejetaient la lumière des lanternes qui se trouvaient ailleurs. Il y avait juste assez de lumière pour continuer, et, alors qu'elle le faisait, l'air devint épais et doux.

— Galopin?

Elle se retourna subitement.

Mais elle était encore seule, se trouvant dans les distille-ries, la demeure parfumée du galopin.

Elle regarda autour d'elle, comprenant mieux où elle se trouvait. Ce devaient être les chambres où il travaillait chaque jour. Les brasseries du roi, les caves où étaient stockés les alcools, la bière, le vin, l'hajka. Le garçon était peut-être proche. Il pourrait peut-être l'aider.

D'une main, elle s'appuya contre un baril; de l'autre, elle saisit l'extrémité de sa corde de vêtements.

Les miroirs étincelèrent et s'illuminèrent soudain. Quelqu'un approchait avec de la lumière et de la couleur. Une teinte rouge derrière elle. Une lanterne. Elle se tourna, prononçant presque le nom de Cal-raven.

Auralia pensa d'abord que la silhouette qui traversait le pont était un fantôme. Elle sourit et murmura :

— Magnifique.

La femme était vêtue comme une reine, portant une chemise de nuit noire et élégante. Elle tenait la lanterne dans une main et agrippait un baluchon de vêtements dans l'autre.

Auralia plissa les yeux dans la lumière de la lanterne, essayant de discerner le visage de sa visiteuse. Ce faisant, elle fut prise d'un vertige.

— Qui es-tu ? demanda une petite voix en colère.

Auralia se rappelait maintenant qu'elle était une évadée, une fugitive. Cette personne était peut-être venue pour la ramener au Trou. Mais vêtue comme ça ? C'était peu probable.

Elle s'effondra contre un baril, et tira ses genoux sales et écorchés jusqu'à son menton. Elle soupira une fois, ouvrit les mains, lâcha le cordon de couleurs.

— Je suis Auralia, répondit-elle.

※

Le chemin d'Auralia croisait enfin celui de la fille du capitaine.

Au-dessus d'elles, les gens de la maison dormaient, épuisés par leur travail, inquiets, sans espoir d'un jour meilleur à venir.

Au-dessus des gens de la maison fatigués, un roi désespéré et vaincu montait lentement les marches de sa tour, comme s'il ne devait jamais atteindre sa chambre.

Au-delà des épais murs de pierre, le long des lisières de la forêt, les Cueilleurs se dépêchaient d'atteindre leur campement, inquiets au sujet des hommes-bêtes. Ils ne pourraient pas dormir. Certains d'entre eux espéraient le retour de cette colorée fille de la rivière.

À des kilomètres de distance, au cœur de la forêt, un prince dégainait son épée et abattait des monstres, criant le nom de son père, de sa maison, de son professeur, puis un nom nouveau pour ses lèvres, celui d'une jeune femme, une femme qui avait confirmé ses soupçons les plus fous au sujet des mystères qui vivaient dans l'Étendue.

Le professeur du prince se trouvait dans la forêt, loin au sud, sculptant la pierre avec la magie, prenant soin de reproduire les détails des motifs qu'il pouvait se rappeler dans les couleurs d'Auralia, afin de pouvoir ensuite contempler le travail.

Il y en avait tellement d'autres, un monde de personnes dont la vie avait été étrangement modifiée par cette fille frêle, recroquevillée contre un baril d'alcool appuyé à une énorme colonne de pierre et de terre dans les caves de la maison Abascar.

Stricia ne bougeait pas. Elle regardait cette petite créature en loques, cette affreuse fille qui venait de prononcer le nom qu'elle en était venue à mépriser.

Elle se sentait blessée, comme si dans son moment le plus difficile, cette fille qu'elle détestait était apparue avec une méchanceté calculée.

Et malgré tout, elle gardait son sang-froid, et une possibilité fleurit dans son esprit. Elle pourrait donner la robe et le masque à Auralia. Elle pourrait unir tous les fils du blâme.

— Auralia, dit Stricia en riant. Bien sûr, chère petite Cueilleuse. Le prince…, il dit beaucoup de bien de toi.

— Le prince Cal-raven?

— Et il voudrait que tu aies ceci.

Stricia souleva la robe de mariée et la tint dans la lumière de la lampe.

Mais, alors qu'Auralia tendait le bras pour recevoir le cadeau, Stricia aperçut la bague d'émeraude qui lui encerclait le pouce.

Elle la reconnut et recula en titubant. Ses pieds s'empêtrèrent dans la traîne de la robe de mariée, qui lui glissa des mains alors qu'elle tombait sur le sol.

La lanterne s'envola de sa main et se brisa en tessons dentelés sur le sol pierreux, son huile se déversant et prenant feu.

Auralia fixa du regard la danse de couleurs brillantes.

— Où est le galopin? demanda-t-elle.

— Toi? demanda Stricia, frissonnant. Le prince t'a donné sa bague de protection?

Autour d'elle, des étincelles jetaient une brève lueur et s'élevaient haut vers les plafonds éloignés de l'abîme. Elle pensa s'enfuir. Mais le spectre qui avait ses griffes en elle lui murmura une idée différente, une solution à tous ses malheurs.

Stricia fut surprise par l'absence d'émotion quand elle envisagea cette possibilité.

Les étincelles de l'huile qui brûlait retombaient sur le sol humide comme des constellations. Elle observait, pendant que certaines des flammes se propageaient en lignes brisées, consumant des gouttelettes et des flaques de puissants alcools qui s'étaient répandus dans les couloirs. Çà et là, elles attrapaient des brins d'herbe sèche. Les flammes léchaient avidement le cordon de vêtements d'Auralia. S'enroulant autour du fil et le pénétrant, le feu se propageait et s'intensifiait. Il s'arrêta, comme s'il attendait la permission, et déferla ensuite, avançant rapidement dans les deux directions, le long de la ligne attachée.

Stricia ne regarda pas le feu remonter le couloir dans la direction par laquelle Auralia était venue ni ne le vit bondir comme une étoile filante de l'autre côté du pont, des étincelles se précipitant vers l'extérieur et retombant.

Elle était pétrifiée, hypnotisée par les flammes grandissantes qui se rassemblaient en un demi-cercle autour de l'étrange fille abasourdie.

Auralia ne manifesta aucun signe de douleur devant la chaleur qui augmentait. Elle semblait endormie, presque reconnaissante, palpant la bague de pierre du prince autour de son pouce. Souriant, elle dit :

— Je pense qu'il est enfin temps de chanter le *Vers du soir.*

Et elle commença, en effet, à le chanter.

Stricia ne pouvait pas atteindre Auralia. La chaleur était devenue fulgurante. Elle était horrifiée par ce qui était sur le point d'arriver et ne voulait cependant pas intervenir. Le souffle haletant de l'entrepôt souterrain bouillonnait en elle. Comme pour se défendre de l'obscurité et des flammes, elle plongea la main dans sa jupe et dégaina le poignard de son père.

Il y eut un rugissement soudain, lorsque le bois sec d'une vieille échelle appuyée contre le mur prit feu et se transforma en colonne de flammes.

La panique rompit sa transe. Elle se tourna pour fuir et hurla. Sa fuite fut interrompue. Elle baissa les yeux vers la longue rangée de barils. La fumée noircissait l'air autour d'elle.

Elle poussa des cris pour appeler son père.

Stricia regarda Auralia, qui n'était maintenant plus qu'une ombre derrière un mur de flammes. Elle tendit une main, approchant timidement, mais la chaleur la repoussa. Elle ne pouvait rien faire d'autre que crier.

— Le feu ! Auralia, vite ! Lève-toi ! C'est de l'hajka, dans ces barils. Nous devons trouver un moyen de sortir.

Sans attendre, Stricia monta sur une saillie qui menait à un niveau inférieur de l'entrepôt souterrain. L'abîme s'ouvrit, obscur et incommensurable. Plus elle irait profondément, plus elle serait en sécurité.

Avant de descendre, elle se retourna une fois de plus.

Des formes transparentes se déplaçaient en grand nombre à travers la fumée, encerclant Auralia pendant que le tunnel se remplissait de chaleur et de lumière. Le baril derrière Auralia prit feu, son couvercle s'ouvrant violemment dans une vague de flammes. Puis, celui qui était à côté explosa. Derrière lui, l'énorme pilier de pierre, large comme vingt arbres, craqua, se fendit et gémit alors qu'une section de forme triangulaire s'effritait dans les décombres et la poussière. Il bascula vers l'abîme, se brisant sous le poids du sol au-dessus.

Coup sur coup, les barils qui restaient projetèrent du feu vers tout ce qui les entourait, effaçant les murs, faisant s'effondrer les plafonds, déchirant la terre et détruisant les soutiens centraux qui soutenaient les fondations du palais d'Abascar.

Maugam s'était évanoui à cause de la perte de sang. Pour avoir enfreint la loi et libéré une prisonnière, il s'était condamné à la honte. Pour avoir creusé un chemin pour qu'elle fuie et s'être assuré que ses fers étaient mal ajustés, il s'était maudit comme un criminel.

Mais le roi ne l'avait pas condamné. Le roi avait demandé qu'il ramène Auralia du Trou.

— J'ai utilisé une pelle, avait de nouveau admis Maugam. J'ai mis fin à ses souffrances. Et je l'ai laissé partir.

Il avait rassemblé ses instruments pointus autour de lui. Il avait composé un message avec des bras, des jambes, des oreilles et des yeux, s'exhibant comme un testament pour le prochain geôlier. Les exigences de la justice étaient satisfaites. On se souviendrait de son nom. Maugam, l'artiste des donjons.

Dans les vagues de douleur lancinante provoquées par les punitions qu'il s'était infligées, il observa le monde osciller devant lui, illusoire.

La rangée de chaînes suspendues commença à vibrer et à grincer à l'intérieur de la fosse qui se trouvait à proximité.

Auralia s'était-elle libérée de ses chaînes? Avait-elle trouvé le tunnel qu'il avait ouvert pour elle?

Soudain, il eut envie de savoir.

Enfouissant toute peur, il se pencha par-dessus le bord de la fosse et tendit la main pour saisir les chaînes.

Elles se balancèrent légèrement, librement, s'entrechoquant. Il se sentit soulagé et sourit.

— Très bien. Tu es libre.

Mais, maintenant, le sol tremblait sous lui. De la poussière et des décombres commencèrent à pleuvoir. Les chaînes se tortillèrent dans ses mains comme des serpents.

L'explosion embrasant l'entrepôt souterrain fut si soudaine et puissante qu'il n'eut pas le temps de bouger avant que le feu remonte à travers le Trou, le réduisant en volutes de fumée transportées par les flammes.

27

LE TREMBLEMENT DE TERRE

Tendue comme la corde de ses arcs prêts à tirer, invisible comme un souffle retenu, la troupe d'Abascar attendait dans un bosquet, haut et touffu. Son capitaine regardait vers l'est, au-dessus de la pente du verger, de l'autre côté du versant d'herbes sauvages, vers la fondation de pierre et le mur long et sinueux d'Abascar, jusqu'aux immenses tours, au-delà.

Les tours. Hautes, dorées, encerclées par de grands balcons. Bientôt, le mariage les ouvrirait, et Ark-robin escorterait sa femme en haut et loin de leur passé, vers des chambres qui avaient déjà appartenu à la reine. Ils se lèveraient pour voir l'aurore inonder les terres montagneuses de l'est de couleurs plus brillantes que les vues ennuyeuses du travail et de la loi. Le vent traverserait les fenêtres, transportant les chants d'oiseaux, plutôt que le ronchonnement des vawns, les grondements des chiens, le bavardage des gens de la maison et les marchés.

Il se demanda si Say-ressa avait allumé les bougies de la chambre à coucher. Elle sirotait probablement du thé d'écorce de cornouiller et cédait au grattement du chat à la porte. Elle commencerait bientôt sa conférence annuelle avec les médecins du palais et leur apprendrait probablement une ou deux choses. Stricia était-elle déjà tombée malade sous les soins de sa mère?

Le galopin glissait d'un côté à l'autre sur le vawn, loin d'être assez vieux pour s'asseoir confortablement pendant des heures sur un si gros animal. Ark-robin sourit, l'observant entortiller et dégager ses doigts dans la crinière noire, à la recherche d'une prise solide.

Le capitaine s'était souvent promis d'enseigner un jour à son propre garçon. Il lui vint à l'esprit, et pas pour la première fois, qu'il devrait du moins réviser cette promesse — ses petits-fils. Des petits-fils royaux. Des princes. Ark-robin verrait ses rêves marcher dans les couloirs du palais, et ils auraient un nom et une réputation célèbres. Ils seraient tellement plus dignes pour le service que cet orphelin, qui avait si peu hérité de la force et de la stature de son père.

— Ce doit être un vrai plaisir pour toi, galopin. Mieux que de ramasser les baies, hein? Penses-y, tu fais maintenant partie de quelque chose d'important.

Le garçon se tourna et stupéfia le capitaine avec un air renfrogné provoqué par quelque chose de plus profond que le mécontentement. Le garçon ne l'aimait pas. Ne semblait même pas l'admirer.

Le capitaine fronça les sourcils, resserra sa propre prise sur les rênes. Radegan, Aug-anstern, les Cueilleurs... Il était entouré d'animosité, ces jours-ci.

Mais Ark-robin n'eut pas l'occasion d'approfondir la question. Parce qu'il y avait, volant bas du nord vers le sud, à peine visibles, puisque l'inondation de la nuit augmentait pour former une flaque sur l'herbe sauvage, trois oiseaux noirs, planant sans un seul battement de leurs ailes, volant habilement, ensemble, comme s'ils étaient reliés par la pointe des ailes et orientés par des fils de cerfs-volants. Ce qu'ils étaient, en un sens.

— Des éclaireurs, fit remarquer Wolftooth à ses camarades. Indiquant le chemin pour les monstres qui courent sous eux.

— Les oiseaux ne nous cherchent pas, ajouta Ark-robin. Ils n'ont aucune raison de soupçonner que nous sommes ici.

— Les oiseaux ne nous verront-ils pas venir?

— Quand ils nous verront, il sera trop tard. Les hommes-bêtes ne peuvent pas grimper au mur. S'ils reviennent sur leurs pas, ils tomberont sur les cavaliers de Cal-raven. Prêts?

Le bruit du piétinement de chaque vawn annonça que les hommes étaient prêts.

Ark-robin se pencha vers l'avant.

— Accroche-toi, galopin. Tu me remercieras, quand ce sera fini.

Il enfonça les talons et fit claquer sa langue, et les vawns partirent comme un seul corps.

Une fois qu'ils furent entrés dans les vergers, les grandes branches des arbres fruitiers assombrirent la lumière du soir. Les cavaliers se courbèrent, glissant occasionnellement de leur selle pour saisir les côtés de leur monture et baisser la tête sous les branches qui les auraient autrement décapités.

Dirigés par un sifflement presque imperceptible du capitaine, les vawns entrèrent dans un champ découvert et se tournèrent avec une précision impossible pour se mettre en file indienne, encadrant les ennemis invisibles.

Les hommes-bêtes apparaîtraient bientôt au grand jour, courant comme des chats sauvages, à quatre pattes.

Ark-robin mit la main sur la poignée de son épée, fit avancer son vawn en avant du reste de la compagnie et se pencha vers l'avant.

— Allons-y, cria-t-il à l'oreille du galopin.

Et, alors, quelque chose de complètement imprévu arriva.

La terre bougea comme une vague d'océan.

Elle saisit et souleva le verger. Puis, l'abaissa de nouveau.

Les arbres se tordirent, se brisèrent et tombèrent les uns contre les autres avec un fracas assourdissant.

Les vawns perdirent pied et trébuchèrent sur le sol frémissant. Les arbres, déracinés par une force impossible, dévalèrent la pente vers eux et autour d'eux.

Ark-robin entoura le galopin avec son bras et les deux furent projetés en l'air. Une branche heurta le côté de son casque. Il atterrit sur le dos et sentit l'impact propulser le garçon. Il fut de nouveau en l'air et retomba durement sur le ventre, des éclairs de lumière lui traversant la tête, du sang dans la gorge.

Durant les instants, ou les heures, qui suivirent — il n'en était pas certain —, le monde fut un nuage étrange et irréel. Alors que la douleur lui torturait l'intérieur et l'extérieur du corps, il pensa que les hommes-bêtes étaient sur lui avec des fouets et des bâtons. Il ne pouvait pas faire la distinction entre les sons émis par les hommes qui agonisaient et les grondements des arbres qui se fendaient, des roches qui craquaient et de la terre qui s'entrouvrait.

Il se retrouva en train de tituber autour du paysage d'arbres détruits dans l'engourdissement du crépuscule bleu, grimpant sur les carcasses d'arbres tordus vers le galopin, qui rampait sur un chemin d'herbes sauvages enchevêtrées. Le garçon était si noirci par la terre qu'il ressemblait à une sculpture inachevée. Le corps du vawn, du moins ce qu'il en restait, était étendu derrière le garçon. Le reste était suspendu à la branche cassée et pointue d'un arbre.

De la sorcellerie.

Ark-robin essaya de parler, mais il bafouillait. Lorsqu'il était tombé, son plastron avait été projeté vers le haut, le bord lui brisant presque la mâchoire, ses dents se fracassant les unes contre les autres. Il cracha du sang sur un arbre tombé.

— De la magie ! cria une voix à proximité, et il pensa que c'était peut-être la sienne.

Mais c'était Wolftooth, rampant vers l'avant et s'extirpant de sous un arbre.

— Par le grand Tammos Raak, qu'est-ce qui…

— Bon sang, tout le pays a explosé, répondit quelqu'un en criant.

— Je le vois bien, imbécile.

Tout autour de lui, des parties du coteau s'élevaient et retombaient, comme si un géant jetait sur eux des poignées de forêt. De petits oiseaux, qui avaient été projetés des arbres pendant le séisme, se posaient sur le sol brisé, donnant des coups de bec aux vers qui avaient été lancés en l'air. Il trembla.

— Les hommes-bêtes n'ont pas le pouvoir de faire pleuvoir les arbres sur nous !

— Alors, qui a ce pouvoir ? demanda Wolftooth, saisissant son épée comme si c'était une canne, le visage tordu par la hargne qui convenait à son nom.

— J'ai senti de la fumée, dit en gémissant le galopin.

Deux des trois officiers de service étaient visibles, vivants, l'un d'eux encore assis sur son vawn, comme s'il n'avait pas été ébranlé. Mais deux de ses hommes étaient étendus sur le côté, empalés par la même lame. Le plus étrange sort que les hommes avaient trouvé… mourir lors d'une victoire certaine en tombant par hasard sur une de leurs propres épées. Six hommes grimpèrent sur les troncs d'arbres qui étaient de travers tout autour. L'un d'eux pleurait.

— Attendez.

Il regarda vers le mur d'Abascar.

Il n'y avait pas de mur.

Ark-robin se retourna lentement, vérifia sa direction. Il vit seulement le ciel. Wolftooth réalisa la même chose.

— Avons-nous dévié de notre trajectoire ?

— Le mage.

Ark-robin retira son casque et essuya le sang qui se répandait sur son visage.

— Ce foutu mage. Il a fait cela. Il a assiégé la maison…

— Capitaine! Au feu!

Un des officiers survivants agitait les bras dans tous les sens, surexcité et terrifié, montrant la maison du doigt.

— Et le mur s'est effondré!

Ce n'était pas la nuit qui avait plongé le monde dans l'obscurité. C'était la fumée. De la fumée noire, qui s'élevait en volutes.

— Le galopin a raison.

Le capitaine Ark-robin saisit les branches d'un arbre immense qui était tombé et se hissa sur son tronc pour essayer d'apercevoir le palais.

Des ruines.

Des parties du mur du palais étaient encore debout, mais elles étaient brisées ou de travers, leurs fondations s'inclinant, les dômes étincelants noircissant alors que les flammes les prenaient d'assaut. Plusieurs choses avaient disparu… la plus remarquable étant le palais lui-même. Un énorme nuage de fumée avait remplacé les tours, surgissant assez haut pour saisir la lueur rouge du coucher de soleil. La terre avalait Abascar.

— L'entrepôt souterrain s'est effondré.

Les paroles étaient terriblement sensées, mais il regretta de les avoir prononcées, parce qu'elles le privaient de tout objectif pour déverser sa rage.

— Monsieur, murmura Wolftooth. Les hommes-bêtes.

— Que se passe-t-il avec eux?

— Je ne les vois pas ici.

Ark-robin étendit le bras pour saisir la poignée de son épée. Elle était là, comme elle se devait de l'être, mais cela apportait peu de soulagement.

— Nous allons entrer, dit-il en s'étouffant, se tenant la gorge. Les hommes-bêtes. Ils sont probablement entrés.

La terre remuait-elle encore sous ses pieds ?

— Il est de mon devoir de trouver et de défendre le roi.

Il balaya de la main des touffes d'herbe qui étaient collées au bord de ses jambières. Du sang-froid. Du maintien. Il devait retrouver son calme.

Mais il ne restait que trois de ses hommes et le galopin. Les autres se sauvaient, loin de la destruction ou à l'intérieur. Parmi ceux qui restaient avec lui, deux étaient d'excellents archers, mais ne maniaient pas très bien l'épée. Le troisième, un homme flegmatique et fidèle, pouvait combattre avec les meilleurs.

Puisqu'Abascar s'effondrait, il n'y aurait pas de refuge. Il n'y aurait que la fuite, la course pour sauver ce qu'on pouvait. Il pourrait peut-être sauver sa femme. Ou sa fille. Ou le roi.

Cela avait commencé par de simples secousses, ensuite, un véritable tremblement de terre, rapidement suivi par des affirmations mentionnant que l'entrepôt souterrain brûlait. Le chaos s'était propagé à travers la maison Abascar.

Les flammes s'étaient précipitées à travers les brasseries, et des débris enflammés avaient plongé à travers les couches du labyrinthe jusqu'à ce qu'ils atteignent les sombres inventions de guerre endormies que les rois Gere-baron et Har-baron avaient ensevelies. Quand ils furent touchés par le feu, ces barils d'huiles étranges et de poison concentré devinrent volcaniques. Des feux catastrophiques firent rage, se propagèrent dans un vacarme assourdissant à travers tout l'entrepôt souterrain, projetant des jets de lumière et de fumée vers le haut, à travers les planchers des demeures des gens de la maison.

Le roi Cal-marcus avait vu cela, se trouvant à sa fenêtre, observant sa maison qui tremblait, surveillant la fumée s'élever partout aux alentours.

Alors qu'il saisissait la bouteille vide d'hajka, sa raison confuse le convainquit que c'était une vision, une prophétie ou une punition placée devant lui pendant que son propre esprit s'effondrait.

Les demeures des gens de la maison brûlaient comme des meules de foin, l'une après l'autre. Le bruit de son nom retentit à travers les rues dans la panique. D'une manière ou d'une autre, c'était son œuvre.

— Partez.

On lui toucha l'épaule.

— Partez. Cela commence.

Plus tôt, les nouvelles avaient été bonnes : Cal-raven avait envoyé un grand nombre d'hommes-bêtes se diriger vers le sud, vers une embuscade et une défaite certaine. Mais, ensuite, moins d'une heure plus tard, un autre message. Les fouilles avaient subi un éboulis. Les monstres de Cent Regus étaient dans les tunnels. Les tunnels qui les mèneraient vers l'entrepôt souterrain.

Cal-marcus avait senti son pouls s'accélérer et, à ce moment précis, un tremblement de terre avait secoué sa chambre.

Maintenant, la tour s'inclinait avec la terre qui bougeait, et sa vue sur la forêt se transforma en vue sur le ciel nocturne. La fumée s'élevait en tourbillons et montait en l'air comme de l'encre dans l'eau.

Cependant, l'ombre avait une forme et un but, une silhouette menaçante comme un morceau de lune tombé, s'élevant au-dessus de la maison, vigilante et résolue. Il vit tout cela et comprit alors que des étincelles saisissaient les rideaux encadrant sa fenêtre.

— Maintenant? demanda-t-il.

Les ombres le poussèrent, trouvèrent des fils desserrés, le décousirent.

Secoués par le vent, les rideaux s'embrasèrent avec de brillantes couleurs, tombèrent, s'enveloppèrent autour de ses restes et recouvrirent ses cendres de braise.

Krawg et Warney toussèrent de la poussière. Warney avait une entaille juste en dessous du bandeau qui lui couvrait l'œil ; la moitié de son visage était un masque ruisselant de sang. Il sortit en rampant de sous le lourd mur de la hutte. Krawg l'aida à se lever, et ils s'agrippèrent mutuellement à la manche de l'autre, marchant lentement, loin de leur abri en ruines, à travers des enchevêtrements d'arbres, devant leurs camarades cueilleurs qui pleuraient, blessés et effrayés. Comme s'il avait étendu les bras pour le saisir, Haggard était écrasé sous un arbre, immobile.

Les yeux de Krawg étaient écarquillés, et il était bouche bée. Il avait été à l'intérieur de la hutte, grondant contre le plafond, appelant Warney pour qu'il descende du toit. Son ami furieux se trouvait là, au crépuscule, chantant des malédictions qu'il avait apprises de son grand-père, déterminé à faire un trou dans le mur du palais.

Tout d'abord, il y avait eu une secousse. Qui avait incité Krawg à se lever. Puis, des fissures s'étaient répandues sur les murs comme des lignes de vin renversé. Le sol avait ensuite vacillé. Krawg avait saisi sa béquille et était sorti à temps pour apercevoir d'énormes sections du mur d'Abascar s'effondrer.

— La malédiction de mon arrière-grand-père, murmura Warney après qu'il fut tombé. Sacrée peau d'asticot, je ne voulais pas que ce soit aussi grave.

Krawg, peut-être pour la première fois, ne sut quoi répondre. Il pivota lentement sur lui-même, détacha son regard de l'horizon de fumée, du bruit et de la fureur pour le poser sur la forêt où la nuit s'installait, indifférente, dans la nature.

Warney secoua la tête.

— Krawg, qu'est devenue Auralia?

28

À LA LISIÈRE DU NORD
DES MONTAGNES DE PEURAVEUGLE

Cal-raven conduisit son vawn à travers une parcelle enchevêtrée d'herbes sauvages, ses os secoués à chaque enjambée énergique. Lorsqu'il criait, la forêt volait sa voix, la tordait et la lui rendait brusquement. Les échos ressemblaient à des cris étouffés, lointains.

Sa troupe avait mis en déroute une vague d'hommes-bêtes avançant vers les fouilles de la rivière. Ces monstres avaient fait demi-tour et s'étaient enfuis, et la moitié de la troupe de Cal-raven les avait poursuivis.

Mais il devait encore atteindre les fouilles, où d'autres de ces créatures assoiffées de sang avaient organisé cette attaque sans précédent. Il avait donc fait demi-tour, menant le reste de ses soldats assoiffés de batailles.

Alors que Cal-raven parvenait à la dernière colline au-dessus de la vallée des fouilles, il vit, à sa grande consternation, les restes saccagés de la tour transitoire d'où jaillissait de la fumée noire. Des hommes munis de défenses, d'un groin semblable à celui des sangliers, et dont la tête et les bras étaient hérissés de poils noirs et raides, étaient groupés devant une rampe qui menait dans le tunnel.

Des clameurs s'élevaient et montaient de cette charogne, le long de la lisière des arbres, criant et titubant.

Alors que les vawns d'Abascar chargeaient en bas de la colline, l'air retentit de cris, et la moitié de la compagnie se concentra sur les gardes du trou, formant un anneau autour des bêtes accroupies, jurant, maniant la lance.

Le reste des cavaliers encercla la tour qui fumait. Cal-raven s'avança assez près pour voir, dans la lumière déclinante, que de lourdes haches avaient éventré les murs, ouvrant le refuge en bois pour des torches qui avaient rapidement trouvé du combustible. Des obscénités que les hommes n'avaient jamais entendues de la part de leur prince retentirent dans la clairière, mais diminuèrent peu à peu, lorsqu'il remarqua que son vawn passait entre des cadavres crispés et qui se consumaient. Ils arrivaient trop tard, bien trop tard.

Le prince essaya d'ignorer les boucliers éparpillés et ensanglantés, et les casques fendus. Il conduisit sa monture vers le feuillage fumant où les salves de feu des archers de la tour n'avaient pas été à la hauteur.

Les ouvriers des tunnels devaient maintenant avoir abandonné leurs énormes machines à creuser sur roues, et oublié leur but, atteindre le flux de la rivière Throanscall. Ils devaient être en train de lutter pour leur vie dans le passage bondé.

Cal-raven et ses hommes renforcèrent le cercle qui avançait autour de la porte en terre béante, leur bouclier prêt, se rapprochant. Trois hommes-bêtes gardant l'entrée des fouilles crachèrent, voulurent s'échapper, mais reculèrent finalement, piégés et désespérés. Les créatures n'étaient pas habituées à travailler ensemble ; leur volonté intéressée était encore trop mordante pour une telle coopération.

Distrayant les hommes-bêtes avec de brusques mouvements menaçants, le cercle intérieur des gardes tomba à genoux pour laisser le cercle extérieur déverser un torrent de flèches.

Se tordant de douleur, les hommes-bêtes tirèrent sur les flèches, mais les tiges étaient barbelées. Cal-raven pressa ses hommes de passer. Alors qu'ils s'exécutaient, il ressentit un élancement de peur. Il y avait si peu d'hommes-bêtes, ici. Combien y en avait-il de plus, en bas, dans le site des fouilles? S'étaient-ils aventurés dans les tunnels vers Abascar?

Les vawns tendirent le cou pour lancer des regards furieux à leur cavalier, mais les fouets étaient convaincants, et ils avancèrent d'un pas lourd sur la rampe inclinée pour entrer dans le couloir souterrain, en grondant.

Il devait monter observer les choses de haut, dans la forêt, et envoyer un signal par drapeau pour avertir Abascar.

— Prince Cal-raven!

C'était un cri provenant de sous le sol.

— Vous feriez bien de venir voir ça!

Dans la vaste caverne au plafond bas, des cadavres étaient tordus, entrelacés dans le combat, les lames toujours en main, les formes des hommes et des hommes-bêtes paralysées sur le plancher.

Mais quelque chose n'allait pas.

— Maître, ils ont perdu leurs jambes. Tous.

— Non, dit lentement Cal-raven. Non, ils n'ont pas perdu leurs jambes. Il s'est passé quelque chose. Quelque chose... a fait fondre le sol. Ils se sont enfoncés dans le sol.

«Quelqu'un, pensa-t-il. Quelqu'un a fait fondre le sol.» Il déplaça la torche autour de lui, perplexe et effrayé.

Le long d'une ouverture dans le sol, il trouva ce qu'il avait soupçonné. De longues lignes frénétiquement écrites, gravées dans la roche. Il s'agenouilla au-dessus et les suivit de la pointe de ses doigts.

— Monsieur?

Les soldats, pris de vertige, d'horreur, descendirent de leur vawn et se mirent à marcher, leur épée dégainée, poussant les cadavres à demi enfoncés dans le sol.

— Que s'est-il passé ici?

— Oh non.

Cal-raven se leva, se retourna et marcha vers deux des combattants à moitié enfoncés. Le corps portant la cuirasse d'Abascar était Blyn-dobed, le contremaître des fouilles, mort dans les bras d'un cadavre avec d'énormes épaules poilues. Le prince baissa le bras, saisit le monstre par la peau du cou et l'arracha brusquement.

Le déguisement glissa de sa main. Ce n'était pas du tout un homme-bête, mais un ouvrier d'Abascar, dont le visage était recouvert d'une couche de peinture noire.

— Des Rancuniers.

Cal-raven sanglota.

— Les Rancuniers ont attaqué les gardes.

Il regarda vers la rampe.

— Ce n'était pas une attaque des hommes-bêtes. Les hommes-bêtes sont seulement venus pour le butin.

— Les Rancuniers ont attaqué leur propre tour, dit Tabor Jan, bouillant de rage.

Cal-raven ramassa le déguisement rudimentaire, ensanglanté. Il toucha le visage du Rancunier couvert de peinture avec sa botte.

— Ils se sont déguisés en homme-bête pour semer la panique, pour détourner l'attention des gardes vers l'extérieur pendant qu'ils attaquaient de l'intérieur.

Les bras tremblants, il laissa tomber le déguisement.

— Abascar se retourne contre mon père.

Il regarda vers le tunnel.

— Non, maître, répliqua Tabor Jan. Seuls quelques idiots malavisés. Mais leur ressentiment les a rendus furieux et forts. Nous allons revenir et trouver le reste d'entre eux. Nous allons les extirper de la maison.

— Cal-raven, cria l'un des soldats secoués, ceux que nous avons criblés de flèches étaient des hommes-bêtes, n'est-ce pas ? Ce sont des hommes-bêtes que vos cavaliers pourchassent vers le sud. Nous les avons vus courir. Les Rancuniers ne se déplacent pas comme ça.

— C'étaient des hommes-bêtes, oui, cria Tabor Jan. Ils se sont approchés comme des vautours, sentant les difficultés.

Cal-raven regardait fixement le tunnel sombre, le passage prévu pour emporter un jour une rivière.

— Je dois envoyer un signal d'avertissement avec un drapeau à Abascar. Les Rancuniers complotent peut-être quelque chose à la maison. Et, même si je me trompe, il est probable que quelques hommes-bêtes soient entrés dans le tunnel. Cela les mènera à la maison.

— Prince, dit un des soldats, ces hommes, ces... Rancuniers. Ils sont enfoncés jusqu'aux côtes dans la pierre.

Cal-raven jeta un coup d'œil à Tabor Jan.

— Scharr ben Fray a fait cela, expliqua le prince.

— Le monstre, haleta Tabor Jan. Il a tué les Rancuniers et ceux qui luttaient avec eux?

— Il n'avait peut-être pas le choix. Il les a peut-être figés dans leur combat, les a laissés tels quels pour que nous les trouvions et les jugions. S'il ne l'avait pas fait, nous n'aurions peut-être jamais su ce qui était arrivé. Nous aurions pensé...

— Que les hommes-bêtes avaient fait tout cela.

Une voix râpeuse s'éleva soudain de l'un des Rancuniers à moitié enterré, qui fit un brusque mouvement en avant et saisit le bras de Cal-raven. Le prince tomba et lutta pour se libérer. Mais il vit le visage de l'homme qui l'avait attrapé. C'était Marv, le mineur barbu qui l'avait averti du mécontentement grandissant des Rancuniers.

— Dites-leur, siffla l'homme, ses doigts tachés de sang s'enfonçant dans le bras de Cal-raven. Dites-leur, à Abascar.

— Quoi?

Cal-raven réussit à libérer son bras, tira son épée et l'appuya sur le cou du Rancunier.

— Tu veux que j'envoie le message d'un Rancunier ? Je ferai ce que je peux pour écrire ton nom dans le livre des condamnés.

— Dites-leur...

Marv fixait d'un air absent le plafond de la caverne, sa vision déjà affaiblie.

— Dites aux gens d'Abascar...

Il lutta pour respirer, se serrant la poitrine.

— ... qu'ils étaient tellement obsédés par ce que les autres pouvaient penser... qu'ils ont oublié qui nous sommes vraiment.

— Et qui sommes-nous ? demanda Cal-raven.

L'homme tenta de s'agripper au sol. Sa prise se desserra ; il expira.

∞

Quand Cal-raven et Tabor Jan sortirent du tunnel, le silence autour d'eux semblait anormal.

— Cette tempête, dit Cal-raven.

— Il y a encore du tonnerre en elle.

— Je le pense.

Tabor Jan jura et fit avancer son vawn en contournant le corps étendu d'un homme-bête.

— Qu'allez-vous faire ?

— Je dois monter faire de la surveillance.

— Pour envoyer des avertissements à votre père ? Bien.

— Et pour faire appel à une autre troupe. Nous avons besoin de soldats pour protéger le site des fouilles jusqu'à ce que l'on puisse faire s'effondrer les tunnels. À moins que mon père persiste avec son plan. Et toi. Tu devrais...

— Passer la forêt environnante au peigne fin.

Tabor Jan détacha sa corne d'alarme et produisit trois notes rapides. Les vawns et les cavaliers s'avancèrent des lisières du champ de bataille.

— Les fouilles sont perdues, dit Cal-raven. S'il y a des survivants, ils sont dispersés, et les Rancuniers...

— Ils se seront enfuis.

— Si vous trouvez des hommes-bêtes...

— Nous les tuerons.

— Et si vous trouvez des Rancuniers...

— Nous les tuerons également.

— Non.

Cal-raven regarda son garde en fronçant les sourcils.

— Saisissez-vous d'eux, si vous le pouvez. Tuez-les seulement si vous y êtes obligés. Nous avons besoin de réponses.

Ils fixèrent la forêt, rassemblant leurs esprits déconcertés. Cal-raven posta plusieurs archers à l'entrée du tunnel des fouilles, leur donnant l'ordre de surveiller les hommes-bêtes jusqu'à ce qu'il revienne avec de nouvelles directives.

— Cal-raven, demanda tranquillement Tabor Jan, pensez-vous que cela fera réfléchir votre père ? Ou bien qu'il est trop tard pour qu'il change sa façon de gouverner ?

Cal-raven secoua la tête.

— Nous pouvons seulement espérer.

Tabor Jan soupira.

— Ce sera une longue route.

— Et il y a un long hiver devant nous.

— Vous rappelez-vous où est cachée la tour de guet ?

Cal-raven s'efforça de sourire.

— Bien sûr. Prépare ta corne. Je ferai retentir la mienne, quand le signal sera envoyé.

— Cal-raven.

— Oui ?

— Si vous voyez des Enfants du Nord...

— Ne les suivez pas.

419

Le prince éperonna son vawn pour qu'il se dirige vers le sud, en haut de la colline abrupte, vers les arbres de la forêt Cragavar. Il pensa à son arrivée chez lui et au fait que cela n'inspirerait pas la célébration que son père avait prévue. Cela empirerait plutôt une saison de problèmes. Il se demanda où était parti Scharr ben Fray.

Dans la forêt, il retrouva l'arbre géant, mit la main dans un enchevêtrement de racines et tira un levier caché.

Des cordes tombèrent, attachées à une petite marche en bois. Sans se retourner, il tira de nouveau le levier, sauta sur la marche et l'attrapa. Le monte-charge le fit s'élever rapidement dans les airs, s'arrêtant au cœur d'un large auvent de branches à aiguilles.

La trappe se referma brutalement et il descendit de la balançoire pour atteindre la plate-forme.

À mesure qu'il disparaissait, le soleil faisait roussir l'horizon, comme la lueur d'un feu le long d'un bord d'acier poli. De la brume commençait à s'élever de la cime des arbres.

C'est à ce moment qu'il vit la fumée qui s'élevait de la maison. C'est à ce moment qu'il vit sa silhouette en ruines.

La tour de son père ne transperçait plus le ciel.

La plate-forme sembla s'incliner et glisser sous ses pieds. Il eut la sensation de tomber. Mais la plate-forme était stable. Sa main droite s'enroula autour de la poignée de son épée et il la dégaina ; sa main gauche détacha sa corne d'alarme, mais il ne connaissait aucun signal pour évoquer les horreurs qu'il voyait à l'horizon.

— Assiégés, dit-il en haletant. Nous sommes assiégés à Abascar.

Un fracas dans sa tête. Une couronne d'épines lui transperçant le cœur. Dirigeant la corne en direction du nord, vers les fouilles, il souffla avec une telle force qu'il sut que Tabor Jan amènerait une compagnie à son aide. Tous les soldats d'Abascar à portée de voix convergeraient vers cet endroit.

Il laissa tomber la corne, voûté, et saisit le drapeau pour envoyer des signaux. Il en envoya à tous les veilleurs qui pouvaient rester, pour leur dire qu'il voyait, qu'il savait, qu'il était vivant.

Ce fut tout ce qui lui traversa l'esprit. Convoquer tous les pouvoirs sous ses ordres et les envoyer vers la maison.

— Aidez-moi pendant ce jour sombre ! murmura-t-il.

Le chagrin avait pris possession de sa gorge.

Il se trouvait seul entre ciel et terre, vulnérable et effrayé. Il n'avait jamais ressenti une telle détresse, ne s'était jamais senti aussi impuissant. Et il n'avait jamais eu de raison de craindre que la royauté lui fût transmise avant que son père fût vieux.

Mais il savait, d'une certaine manière, que c'était ce qui se passait.

29

UNE TEMPÊTE DE SOUVENIRS

Pendant que des rubans argentés miroitaient dans l'eau calme de la nuit, le radeau avait dérivé vers les rives d'Auralia, comme s'il avait été dirigé par un navigateur invisible. Et alors que le galopin le regardait arriver, alors qu'Auralia et lui s'accroupissaient au bord de l'eau, jouant avec la couleur et le feu, il l'avait senti : un grand changement approchait. Tous les signes étaient présents, les échos de ses premiers jours en ce monde — du feu, un tremblement et un changement.

La nuit au cours de laquelle la reine avait disparu, il était dans l'étreinte maternelle d'une vieille femme, dans les brasseries. Des hommes avec des torches avaient cherché dans toute la maison la cachette de Jaralaine. Du feu, un tremblement et un changement.

Le jour où Auralia était venue à Abascar, portant le fardeau de ses travaux : du feu, un tremblement et un changement.

Et maintenant, de nouveau, il traversait un monde en déséquilibre. Un changement. Du feu. S'agenouiller et trembler.

Incrédule, mais indemne, il fendit la fumée. Il passa sous les regards inquiets de survivants pris de vertige, aux yeux bouffis. Il était un spectre dans un cauchemar, vêtu de fumée, attendant que le monde tremblant redevienne immobile.

Sa première impulsion avait été de s'enfuir, de retourner vers les cavernes d'Auralia. Mais elle ne serait pas là, et il craignait que le chagrin l'accable. C'était la seule chose qu'il voulait faire, la revoir. Dans ce cataclysme, les donjons pouvaient bien s'être effondrés. Mais il devait savoir. Elle avait peut-être survécu. Elle était peut-être assise quelque part dans une cellule, effrayée, prise au piège, appuyant sa cape sur son visage pour pouvoir respirer.

Il tomba par hasard à la poursuite des soldats. La ruine du portail principal, les décombres de l'avenue principale, les maisons en flammes... il était témoin de merveilles et d'horreurs. Quand Ark-robin se tournait pour les encourager, il montrait les dents à travers sa barbe hérissée, les yeux rougis. Le garçon fut frappé fut étonné de constater qu'il avait passé sa vie à essayer de se dérober au froncement de sourcils du soldat, alors que, maintenant, il était contraint de le suivre, ne serait-ce que parce que cette impressionnante silhouette était la seule vision familière dans ce spectacle. Ou c'était peut-être parce qu'Ark-robin, contrairement aux autres qui se frayaient un passage tout autour d'eux, courait vers le feu. Le galopin savait qu'il devait le suivre. Dans le feu.

Le feu avait les réponses à ses questions.

Il y avait des gens partout, courant, blessés, pleurant, mourant, ou morts. Fuyant la destruction et le danger, se cramponnant les uns aux autres, cherchant des effets personnels ou de la famille. Des silhouettes dans la poussière, la fumée et la nuit tombante, des traces de peur et de désespoir. Marchant d'un pas chancelant vers le palais. Marchant d'un pas lourd vers l'extérieur, traînant de lourds sacs d'objets récupérés. L'un d'eux était chargé d'un grand chandelier doré. Une autre serrait son bébé nu et silencieux. Un autre encore tenait une autre main, mais il n'y avait personne qui y était rattaché.

De la cendre tombait à foison, se déposant dans des parcelles de terre englouties et des cratères fumants. Le feu léchait les bords de l'abîme, empirant alors qu'ils se rapprochaient du mur qui avait gardé le palais. Le galopin s'étonna alors qu'ils passaient devant le sommet de la tour de guet du palais, qui s'était effondrée vers l'extérieur. En le longeant, le galopin vit deux fois un bras dépasser des tas de pierres écrasées.

Ils atteignirent enfin le portail qui s'était tenu au pied de la tour renversée. Dans un acte surréel de défi ou d'ignorance, le portail était toujours debout.

Ark-robin tenta de l'ouvrir avec son épaule. Elle ne bougea pas. Mais le sol s'était effondré des deux côtés du portail, il put ainsi descendre sur l'escalier de fortune formé par les pierres renversées et le contourner. Il le fit et ordonna à ses trois soldats d'aider le galopin à descendre et à passer à travers les profondes crevasses. Les soldats obéirent, mais il put voir dans leur hésitation croissante que des questions s'élevaient.

Derrière le portail, les choses étaient bien pires.

Le sol était ouvert devant eux, un grand canyon, aux bords irréguliers, comme si la terre n'avait été qu'une simple coquille d'œuf et que quelque chose en était sorti. En dessous, des grondements lointains − un orage souterrain. Des feux étaient éparpillés dans le turbulent chaudron de fumée, brûlant à des profondeurs vertigineuses à travers les chambres de la maison évidée du roi Cal-marcus. Il reconnut la couleur de la flamme du bois dur mordillant les étais qui supportaient quelques parties du plafond de l'entrepôt souterrain. Il reconnut une autre sorte de feu brûlant les rideaux, les vêtements et les cordes. Et encore une autre, un feu jaune, brûlant l'huile des lanternes renversées.

Le galopin pouvait deviner ce qui était arrivé. Il avait passé une bonne partie de sa courte vie en bas, se demandant comment le plafond restait en place. Le réseau élaboré de colonnes de soutien semblait toujours annoncer une catastrophe imminente. Tout ça pour l'accumulation du trésor caché, pour le secret de la fabrication des armes, pour la capacité de se déplacer sous la ville et d'espionner les gens dans leur maison. Mais quelque chose avait renversé les supports centraux.

Des couleurs comme celles qu'il avait montrées à Auralia près du lac bondissaient dans le ciel, ne provenant pas de coupes, mais de fissures et de bâtiments effondrés. La force d'un tel feu... il était trop lâche pour l'imaginer. Cela avait dû se déplacer rapidement. Cela avait dû faire s'effondrer les plafonds, fondre les planchers et former des trous dans les murs de pierre. Alors que les pièces du dessus s'effondraient sur celles qui étaient situées plus bas, le fardeau avait dû augmenter... procurant davantage de combustible pour le feu affamé.

Dans les rares instants où une brise éclaircissait les nuages de la mort, Abascar ressemblait à une fourmilière brisée. Les gens couraient frénétiquement çà et là à travers les tunnels effondrés, mais des chemins qui avaient autrefois été des grandes allées menaient à des à-pics. Des survivants perturbés se cramponnaient aux murs ou rampaient le long de ce qui restait des planchers, regardant fixement l'abîme sculpté par le feu. Certains testaient leur poids sur les murs déchiquetés, tâtonnant pour trouver une prise solide. Un tunnel s'effondrait à proximité, faisant trembler la terre et leur faisant lâcher prise. Il vit un mur de terre solide ; des bras et des jambes étaient étendus en groupes comme s'ils étaient épinglés là pour une exposition effroyable.

Il y avait également des voix dans ce canyon, des sons qu'il n'avait jamais entendus sortir de gorges humaines.

Avec désespoir, il scruta l'obscurité pour essayer de voir quelque chose d'indemne, quelque chose qui n'avait pas été consumé par cet appétit féroce et sans fond. Tout ce qu'il vit fut la bravoure d'Ark-robin pour sauver ce qui ne pouvait l'être, sa hardiesse pour aller plus loin et risquer sa vie pour sauver celle d'un autre. Il n'avait pas remarqué cette couleur chez le capitaine, auparavant. Mais il réalisait maintenant qu'elle avait toujours été là, serpentant à travers l'arrogance et la cruauté, jadis latente, s'éveillant maintenant dans la chaleur.

Saisissant la quête du capitaine, le galopin remonta à la surface de son étrange méditation et, haletant dans les détails immédiats de sa situation, se souvint de la proximité du précipice, du bruit des hommes-bêtes dans une rage meurtrière, en bas. Il goûta l'amertume de la cendre entre sa langue et ses dents.

Deux des soldats d'Ark-robin détachèrent leur arc, durcirent leur mâchoire et lancèrent une poignée de flèches.

— Comme des loups chassant une proie blessée, dit Ark-robin en grognant. Les hommes-bêtes ne se demandent pas comment Abascar a été blessée. Ils bondissent, tout simplement.

— Que veulent-ils, capitaine?

— Ne sois pas stupide, Wolftooth. Leur poison leur a donné un goût pour un peu plus que le meurtre et le pillage.

Il se tourna avec un souffle frémissant et regarda ce qui avait été les quartiers des gens de la maison, et le galopin put interpréter les plis sur son front.

La femme et la fille du capitaine étaient perdues, quelque part dans tout cela.

Alors que le capitaine marchait vers les nuages noirs en bas, le galopin suivait, descendant un chemin tortueux vers l'un des quelques ponts qui restaient, lequel traversait une grande caverne, menant d'une station de l'entrepôt souterrain vers une autre. Pendant un instant, ils furent engloutis par la fumée, comme s'ils se déplaçaient à travers une tempête de fantômes aux robes noires, l'éclat de l'épée d'Ark-robin n'étant qu'une lumière parmi d'autres dans la myriade de feux d'Abascar. Les soldats le suivirent, les flèches prêtes à être lancées.

Le galopin leva une dernière fois les yeux vers le ciel, jetant un dernier coup d'œil au portail.

Une vieille femme, si frêle et si petite qu'il semblait même impossible qu'elle eût survécu, les dépassa sur le chemin. Elle ignora le capitaine, quand il essaya de l'arrêter. Dans une main, elle tenait une torche et, de l'autre, elle tirait un baluchon de vêtements multicolores de l'entrepôt souterrain, leurs teintes vives tachées de suie. Ark-robin l'aurait poursuivie, s'il n'était pas resté muet devant ce qui suivit : deux enfants tirant un fardeau bien différent — un homme, probablement leur propre père, immobile et sans vie. La plus petite des deux regarda le galopin avec des yeux tristes, effrayés, les cheveux remplis de poussière et de débris. Pendant un instant, il pensa que c'était Auralia. Mais non ; Auralia était bien plus bas, dans un endroit bien plus profond.

Dans les donjons.

Ils descendirent encore, marchant sur l'étroite arche de pierre et de terre qui enjambait le canyon, atteignant l'espace qui avait jadis été les caves du palais.

Il appuya sa manche sur son visage, marchant prudemment, de crainte qu'un pas trop lourd fît craquer l'arche. Comment parvenir aux donjons à partir d'ici, il ne pouvait l'imaginer.

Soudain — la sensation la plus étrange —, un vent du soir entra en bourrasque à travers les abîmes, écartant les nuages noirs. La vue devant eux était spectaculaire et terrible.

Le palais s'étendait devant eux, incliné, comme un bateau en train de couler, un côté enterré dans le sol, l'autre suspendu vers le ciel. Les dômes étaient brisés, se dissolvant dans la cendre. Les tours s'étaient brisées à leur base. Les fenêtres étaient garnies de flammes. Des cicatrices de suie et de terre enlaidissaient ses surfaces jadis immaculées. Des murs étaient tombés çà et là, laissant des cavités comme des blessures ouvertes.

— Non! rugit Ark-robin, descendant en courant vers le palais où le pont rejoignait la terre.

Le garçon savait où Ark-robin se dirigeait; il y avait une fenêtre brisée, non loin au-dessus de l'endroit où le palais rejoignait la terre. Le capitaine allait entrer pour trouver le roi.

La bourrasque de vent s'affaiblit, la fumée revint, et Ark-robin et ses hommes disparurent. Le galopin les suivit, lentement, avec précaution, s'accrochant aux bords du pont. Quelques pas plus loin, l'ouverture s'élargissait, et il appuya les mains sur le mur de terre. La lueur de la fenêtre, haute au-dessus de lui, était à peine visible à travers la fumée.

Ark-robin et les autres étaient montés à l'intérieur.

Il était trop effrayé pour monter et sur le point de repartir sur le pont quand trois ombres imposantes apparurent, rôdant comme des prédateurs.

— Des hommes-bêtes, dit-il, et une main puissante le saisit par l'arrière du col et l'entraîna plus haut, dans un couloir doré.

Ark-robin déposa le garçon, le saisit par les épaules et dit gravement :

— Reste avec moi. Reste proche. Tu comprends?

— Pourquoi, monsieur?

— C'est... c'est compliqué.

Ark-robin mena le garçon par la main, glissant sur le plancher incliné de la chambre enfumée.

Ils trouvèrent un couloir adjacent où le sol était presque de niveau. Les trois soldats arboraient des expressions ébahies, se déplaçant avec une précision mécanique, comme si ces manœuvres répétées étaient des lignes de sauvetage vers l'équilibre mental. Les archers s'agenouillèrent derrière des boucliers, les flèches placées sur leur arc ; derrière eux s'accroupit un soldat muni de lames qui saisissaient et renvoyaient la lumière.

Ark-robin entra à grands pas dans la fumée suffocante et commença à rugir comme un ours en pleine attaque. Le galopin sentit que quelque chose chez le capitaine était en train de mourir alors qu'il laissait ses hommes derrière lui pour affronter les hommes-bêtes. En toute autre circonstance, Ark-robin se serait trouvé avec eux et aurait combattu, mais son devoir envers le roi annulait ses émotions. Derrière eux, la vibration d'une corde siffla, à laquelle répondit presque instantanément un hurlement, d'une horreur pénétrante, qui s'éternisait, bientôt suivi par d'autres, dans une dissonance insupportable.

— Ma vie, marmonna le capitaine. Ma vie, à protéger cette maison. Et maintenant, ceci.

Ark-robin tangua subitement, comme s'il avait été frappé par-derrière. Il tomba sur le galopin. Des roches creusèrent des trous dans les joues du garçon, à quelques centimètres seulement d'un rideau de feu rugissant.

Il s'éloigna, le sol lui brûlant les mains et les genoux. Un instant plus tard, il se retrouva en train de ramper sur le capitaine, qui refermait les mains autour d'une flèche taillée à partir de quelque chose de noir et de poreux, comme un os. Elle était entrée dans sa jambe juste au-dessous du genou et ressortie derrière avec une arête de métal irrégulière. Il toussa des débris portés par le vent et laissa s'échapper un sanglot, regardant alors que le capitaine cassait net la pointe fourchue et retirait la tige de la flèche.

— Allez-vous mourir ?

— Pas à cause de ça, finit par dire le capitaine, comme s'il ordonnait à son propre corps d'obéir.

Il enleva sa cape, son plastron et ses épaulières et arracha sa tunique. Le garçon savait que le capitaine souffrait de plusieurs autres blessures; sa poitrine était maculée de sang, lequel était de plus en plus foncé. «Quelle sorte de mauvais rêve est-ce, une maison si lourde qu'elle s'enfonce dans la terre? Maudits soient cet entrepôt souterrain et tout son contenu.» Tout à coup, Ark-robin se mit à rire. «Vous voilà, misérable reine Jaralaine. On parlera bel et bien de votre maison à Bel Amica et on s'en souviendra à la maison Jenta. Votre monument sera vu à travers toute l'Étendue.»

— Nous pouvons nous enfuir, dit le garçon, ressentant une envie forte et mystérieuse de réconforter le capitaine. Je peux nous faire sortir.

— La carte a un peu changé, mon garçon.

Le capitaine enveloppa ses jambes avec les bandes et les noua fermement, serrant les dents jusqu'à ce qu'elles eussent l'air de pouvoir se fracasser.

— C'est ça. C'est le test.

— Le test, monsieur?

Le capitaine semblait répéter des choses qu'il avait entendues plusieurs fois auparavant.

— Voici une leçon de soldat pour toi, mon garçon : chaque homme vit pour un moment de mise à l'épreuve, un moment où tu n'as rien d'autre que tes propres ressources. À ce moment-là, tu découvres si tu as ce qu'il faut ou pas.

Ark-robin jeta un coup d'œil étrange et soupçonneux au garçon.

— Mais c'est une honte, n'est-ce pas? Nous allons tous échouer. Nous n'avons pas assez de ressources. À moins... à moins que nous ayons tous l'aide que tu as obtenue jadis.

Le galopin eut soudain peur d'une autre chose, de quelque chose qui menaçait derrière les mots du capitaine.

— Si tu sais quelque chose, mon garçon, n'importe quoi d'autre qui puisse nous aider ici, dis-le-moi maintenant.

Il avait le regard féroce d'un interrogateur, mais semblait regarder à travers le garçon, dans un autre temps et un autre lieu.

— Parlez-vous de quelque chose au sujet de l'entrepôt souterrain?

— Je parle de tes mystérieux gardiens. Où sont-ils, en ce moment?

— Mes gardiens, monsieur?

La voix du deuxième archer s'éleva, à l'agonie, balbutiant des cris de douleur depuis le couloir, derrière eux, puis s'arrêtant net.

— Lève-toi, Wolftooth, marmonna Ark-robin.

Il enveloppa sa blessure avec un autre bandage.

— Oh, je ressens l'urgence des choses.

Le galopin observa une explosion de noirceur et d'étincelles au centre des flammes, comme si un morceau du couloir s'était effondré.

— Ne trouves-tu pas cela étrange, poursuivit gravement le capitaine, que nous soyons encore ici, toi et moi, entourés par les flammes et les ombres?

De nouveau, cette mystérieuse terreur.

— Le roi a accepté de dissimuler que j'étais près de ce feu. Ce n'est jamais bon d'être le deuxième au commandement, quand le premier au commandement est en train de couler. Tout le monde te soupçonne. Certains pensent que j'ai assassiné tes parents. Tu ne te souviens probablement pas. Mais ton père, Tar-brona, était mon mentor. J'ai essayé de le sauver. J'ai échoué.

Le galopin, à quatre pattes, cligna des yeux et secoua la tête.

— Tu n'avais qu'un jour ou deux. Il y avait des cadeaux dans toute ta maison. Un voleur est entré par la fenêtre. A frappé la lanterne.

Ark-robin se donna un élan pour se mettre à genoux. De la sueur ruisselait à travers ses cheveux en bataille et dégoulinait sur le sol. Il remit son armure, son casque sur sa tête.

— J'étais le défenseur de la maison, deuxième seulement après ton père. Nous nous rencontrions souvent, la nuit, pour discuter des plans. Je rentrais chez moi, quand j'ai entendu des cris. J'ai vu le voleur et j'ai essayé de l'attraper. Radegan..., ce damné Radegan. S'il n'est pas mort dans la fosse de Maugam, il brûle maintenant. Enfin une punition adéquate.

Ark-robin s'étrangla avec ses rires amers et la fumée.

— Est-ce cela ? Une punition ?

Le galopin voulait poser la question qui achoppait à cet endroit. Puis, il ne voulut plus savoir.

La réponse vint tout de même.

— J'ai entendu tes parents crier ton nom. Ils ne pouvaient pas se rendre jusqu'à toi.

Ark-robin se força à se lever, affaibli par la chaleur cinglante et la fournaise, quelques pas derrière lui.

Cependant, rien ne traversa la fumée à l'entrée du tunnel, rien sauf des bruits de bagarre et quelque chose qui ressemblait à un grondement de chien déchaîné.

— J'ai essayé, mais je n'ai pu sauver Tar-brona ou ta mère, dit l'imposant soldat, baissant les yeux vers le garçon agenouillé. J'ai renoncé et j'ai couru. Mais, par la suite, j'ai entendu ton cri. Je ne pouvais pas partir les mains vides. Je voulais sauver quelque chose. Ton berceau brûlait, mais quelque chose était drapé sur toi. Un drap sombre, scintillant. Tu étais protégé par... Je n'étais jamais censé parler de cela ! Entassés autour de ton lit..., ils portaient d'étranges robes. Le feu ne les brûlait pas.

Les Enfants du Nord. Le galopin ressentit le désir de courir dans le feu. L'histoire d'Ark-robin entrait en lui comme un fantôme tenant fermement des clés et traversant une porte qu'il avait fermée. Il ne voulait pas savoir la suite.

— Ils se sont écartés, quand je me suis approché. Je pensais que je devenais fou. De la fumée dans mes poumons, j'étais pris de délire. Mais je me suis approché encore et j'ai perdu deux doigts dans le feu. Les étrangers formaient deux rangées et ont dégagé un chemin pour moi à travers le feu. Et je t'ai transporté à l'extérieur.

Il plia sa main à trois doigts.

— J'ai dit à tout le monde que j'avais perdu ces doigts contre un homme-bête.

Ark-robin tendit sa main nue.

Alors qu'il regardait fixement la main du capitaine, le galopin put aussi voir la main de ce fantôme anonyme qui traversait le temps, tenant fermement ces clés brûlantes. Il resta immobile, paralysé. Et ensuite, mû par un besoin plus grand que sa peur, il bondit vers l'avant et agrippa la main amputée d'Ark-robin avec les deux siennes.

Le soulagement déferla en lui, emportant la douleur.

Un autre hurlement transperça le tonnerre. C'était le dernier des archers d'Ark-robin. Le galopin avait déjà entendu des hommes mourir aux griffes des hommes-bêtes. Ils pleuraient toujours comme des enfants.

Le capitaine Ark-robin retira la main, se remit prudemment sur ses pieds, grimaçant en pensant à ce qui devait avoir été une douleur insupportable.

— Tes gardiens, mon garçon. Si tu sais comment les appeler, c'est le moment. Tu dois sortir d'ici.

— Je ne pense pas que les gardiens viennent, dit le galopin, ne sachant pas pourquoi. Je peux nous faire passer. Je peux vous faire sortir, capitaine.

Ark-robin, se tournant pour considérer cela, fit un geste en direction des flammes.

— Le roi est là-dedans. Il est de mon devoir de le défendre. Si tu connais un chemin pour sortir, sors. C'est ma place. C'est le fil de ma vie, jusqu'au bout. Je n'ai jamais eu de fils, hélas. Mais ma fille, ma magnifique fille.

Il fit deux impressionnantes enjambées vers l'avant, ses blessures apparemment oubliées.

— Elle aurait été reine. Elle aurait été reine.

Le fil. Le galopin fut effrayé par les paroles. Elles lui rappelaient quelque chose. Il regarda les flammes de nouveau. *Auralia.*

— Pourquoi? demanda-t-il impulsivement. Pourquoi ne m'avez-vous pas dit qui j'étais? Pourquoi ne l'avez-vous dit à personne?

— Les conseillers de Cal-marcus…, certains d'entre eux tenaient vraiment à trouver la preuve que j'avais allumé le feu. Ils voulaient me remplacer par quelqu'un qu'ils pourraient contrôler. J'ai dit aux brasseurs que je t'avais fait sortir d'une grange en flammes. J'ai mentionné le feu, tu vois. Pour expliquer ta cicatrice. Personne n'a posé de questions.

Il mit ensuite la main sur les cheveux emmêlés et couverts de suie de l'enfant et resta là un long moment.

— Tar-brona, dit-il, sa voix étrangement affaiblie, était si fier, le jour où tu es né. J'ai parfois souhaité que je…

Il s'arrêta brusquement, secoua la tête et s'éclaircit la voix. Avant de se tourner pour affronter la menace en progression, il leva le bras vers sa poitrine, prit le ruban de médailles qui donnait la mesure des accomplissements de sa carrière, détacha l'épingle et attacha le ruban sur la tunique du galopin.

Il lui attacha ensuite sa longue cape bleue autour des épaules.

— Ramène cette cape sur toi, étends-toi, et peut-être que les monstres ne te remarqueront pas.

Il entra dans la fumée et le galopin l'entendit marmonner pour lui-même :

— Ce que j'aurais donné. Une chambre dans la tour. Une vue sur la forêt.

Du feu. Un tremblement. Un changement.

La cicatrice sur le front du galopin brûlait. Il tendit la main vers la cape d'Ark-robin, comme ce dernier lui avait dit de le faire, mais la cicatrice devint encore plus chaude, comme si elle était soudain vivante. Il la toucha et se brûla le bout des doigts. Il se sentait mal, se noyant dans la chaleur. Pourtant, il n'avait pas peur. Il avait su qu'il retomberait dans le feu.

À travers le nuage brûlant qui descendait dans le tunnel derrière le capitaine de la garde, le galopin se souvint dans un éclair du mage exilé déguisé, Scharr ben Fray.

— « Si tu connais le secret qui consiste à passer à travers le feu, avait dit le mage, il y a plusieurs endroits où tu es seul à pouvoir te rendre, et beaucoup de choses que toi seul peux savoir. »

Le galopin se tourna et regarda dans le couloir aveuglant.

L'épée d'Ark-robin affrontait les lames des hommes-bêtes qui approchaient, et le son était comme le carillonnement d'une énorme cloche.

Le galopin ne put supporter d'attendre plus longtemps. Il plongea dans le feu.

Le fantôme le rencontra là-bas. Des images vives se précipitèrent dans son esprit ; il voyait ce feu de nouveau, après tant d'années.

Du blanc. Du bleu. De l'or. Il ne voit rien d'autre que de la lumière et des couleurs.

Il y a de la souffrance, mais c'est une chose lointaine, comme une douleur sourde ressentie à travers une lourde couche de sommeil.

Il y a des échos. Des cris. La voix d'un homme, paniqué et effrayé. La voix d'une femme, souffrante. Un nom crié encore et encore.

Une main le saisit, le retire de ses couvertures et de son berceau, le soulève à travers le feu. Un homme dans une armure étincelante, un grand homme avec une barbe, un homme hurlant, féroce. La puanteur de la chair brûlée. Appuyé au plastron du grand homme portant l'armure, le garçon serre ses minuscules poings de nouveau-né. Il pleure dans le feu.

Mais alors qu'ils avancent, il les voit. De hauts murs de flammes, plaqués pour ouvrir un chemin. Le soldat criant alors que le sang palpite dans ses mains rouges et cloquées.

Puis, les souvenirs se dissipent.

Il tombe ou, plutôt, il est attrapé par quelque chose qui ressemble à un filet et déposé sur ses pieds.

Il y a une noirceur devant lui. Ce n'est pas une porte. C'est une forme. Elle bouge. Elle sépare les flammes, créant un chemin. Il est entraîné dans son sillage. Il a déjà vu cette forme, sous l'eau, au fond du lac, alors qu'il luttait pour remonter à la surface, vers le clair de lune.

Il est dans un grand espace calciné. Tout autour, des râteaux de métal d'où émane de la fumée. Il reconnaît ces structures de métal qui se plient et fondent. C'était la distillerie. L'odeur qu'il connaît... des sucres qui noircissent, des alcools brûlés. Le feu a dévoré son contenu.

Il voit sur le sol, devant lui, un amas de cendres, d'os et de cheveux. Il a un mouvement de recul, ses yeux se fixant sur un étrange détail parmi les restes. Une mâchoire ouverte.

De petites mains, des os de doigts encore roulés en poings. Un collier de perles.

Il soulève les bijoux et les fourre dans sa poche.

Il y a des larmes dans ses yeux, lorsqu'il voit cette première victime des flammes. Il regarde autour de lui pour trouver du réconfort. Il trouve seulement d'étranges traces de pas floues dans les cendres.

Un son semblable à des tambours et à des battements de cœur attire son attention vers un coin éloigné, de l'autre côté du sol incliné, une masse regroupée de formes frémissantes. Il se souvient d'elles. Et il peut voir à travers elles la femme tombée avec les cheveux bruns et argentés.

Les silhouettes sont agenouillées, touchant le corps avec précaution. Quand elles retirent leurs mains, il voit qu'elles se sont emparées de fils étranges et chatoyants. Alors qu'elles prennent ces fils, le corps s'abandonne. Les nœuds sont défaits. Elles l'enveloppent d'un linceul noir. Le linceul prend de l'ampleur et se lève, les rejoignant dans une série d'étreintes. Mais le corps de la jeune femme est étendu, plus petit maintenant, évidé.

Il s'approche dans son propre nuage de fumée, tend une main tachée de suie. Elle pénètre le linceul de la silhouette fraîchement vêtue, et il sent une main douce, chaude et familière saisir la sienne. C'est la main d'Auralia, bien qu'il la voie sur le sol, roulée en boule, comme un enfant endormi.

Les Enfants du Nord reculent, observant, mais il ne les regarde pas. Elle ouvre les yeux, et ils reflètent le feu au-dessus d'elle, dans le plafond et au-delà.

Sa voix s'élève à travers l'étrange linceul fantomatique, aussi calme et apaisante qu'elle l'était sur la rive du lac.

— C'est toi, dit-elle en riant. J'aurais dû le savoir. Tu as traversé l'eau à la rame pour me trouver. Et maintenant, tu es venu à travers le feu.

Le linceul devient plus translucide alors qu'il le fixe, jusqu'à ce qu'il ne voie plus du tout de linceul. Il voit Auralia. Sa peau est pleine de la couleur qu'il n'a vue nulle par ailleurs que dans son tissage, la couleur qui contient toutes les couleurs.

Il lui lâche la main. Alors qu'elle glisse hors du linceul, elle est propre, toute la cendre essuyée.

— Les Enfants du Nord. Ils se souviennent de toi. Ils sont déjà venus te chercher, auparavant, pour découdre ta peau et t'emmener au loin, en secret. Mais quelqu'un t'a arraché à leur emprise.

— Tu es vivante ? dit-il pour se convaincre lui-même. Tout a explosé. Et qui est-ce, celle qui est étendue là ?

Elle se lève, resplendissante.

— J'en ai fini de cette peau. Elle n'est pas assez solide. C'est ce que disent les Enfants du Nord. Je me souviens, maintenant. Je me souviens de beaucoup de choses, tout à coup. À quoi ressemble ma maison et comment m'y rendre.

Il se permet de jeter un autre coup d'œil à sa forme pliée, couverte de poussière — une peau qui reste après qu'elle a mué, des cheveux brûlés et noircis, des os.

— Tu es... tu es différente du reste d'entre nous, dit-il. Tu viens d'ailleurs, n'est-ce pas ?

— J'ai été amenée d'ailleurs. Mais les quatre maisons..., elles viennent toutes d'ailleurs, galopin. Il y a très, très longtemps. Mais ils ont oublié. Une cinquième maison. Je leur aurais dit, mais j'avais également oublié cela. Je n'étais qu'un bébé, quand Krawg et Warney m'ont trouvée.

— Est-ce l'endroit d'où viennent les couleurs ? Emmène-moi, Auralia.

— Je ne peux pas t'emmener. Pas encore.

— Alors, dis-moi comment y aller.

— Personne ne peut t'emmener. Tu dois faire ton propre voyage, quand tu trouves les pistes. Et tu ne peux les voir à moins que tu te souviennes de ce dont elles ont l'air. Elles peuvent être partout. Sur la route ou hors de la route. Même dans les donjons. Elles sont différentes pour les Cueilleurs et pour les rois, et différentes pour tous ceux qui se situent entre les deux. Même un homme-bête peut les trouver, je pense. Elles peuvent t'emmener pour un long voyage. Mais ce ne peuvent également être que quelques pas.

Elle hausse les épaules et bâille avec une soudaine lassitude.

— De toute façon, je suis arrivée au seuil. Les Enfants du Nord ouvrent la porte. Mais n'aie pas peur, galopin. Je pense que tu te rappelles déjà comment trouver les pistes.

Il sursaute alors qu'elle le touche à travers le linceul pour lui ébouriffer les cheveux.

— Pauvre garçon, murmure-t-elle tristement, on dirait que tu as été dans le four de Yawny.

Il sent maintenant les larmes lui monter aux yeux.

— Auralia. La maison. Elle tombe en morceaux. Elle brûle en entier. Et, Auralia, ma mère et mon père. Ils…

— Je sais.

Elle tend la main vers lui et il tombe dans son étreinte. Alors que son voile étrange et scintillant l'enveloppe, il se souvient de sa texture piquante. Ce vêtement a déjà été déposé sur lui, quand il se reposait dans le berceau. Il tire quelque chose à l'intérieur de lui. Il le protège de la chaleur et de la douleur. Il veut le tirer autour de lui. Auralia le tient pendant qu'il pleure.

Elle aussi, les larmes lui montent aux yeux.

— Ils ne souffrent pas, galopin. C'est quelque chose qui remonte à très longtemps. Il est temps de regarder ce qui se trouve en avant.

— Auralia.

Il se libère de son étreinte et, tout à coup, il sourit.

— Quand j'étais dans le feu. Mes parents. Je les ai entendus m'appeler. Du passé.

— Oui.

— Et je me suis souvenu. *Mon nom.* Ils passaient leur temps à le répéter.

— La mémoire. C'est lent et très étrange. Mais, quand elle revient, tout est si clair. J'ai fait ce que j'étais venue faire. J'ai apporté les couleurs pour essayer de permettre aux gens de se souvenir.

Sa voix tremblota, étranglée par ses sentiments.

— Mais je pense qu'il faut faire plus que les montrer. Ils doivent être disposés à voir. Le souvenir sera long et douloureux.

Elle regarde au loin, là où les flammes tournoient comme des danseurs, comme un millier de fils ondulants.

— Quand je pense à Cal-raven…, ça me fait mal.

Elle est différente, en fait. Comme la reine. Elle n'est plus effrayée ou timide.

— Je dois rentrer chez moi avant de perdre la mémoire de nouveau. Quand tu atteins la fin du chemin tracé pour toi, ne t'attarde pas, galopin. L'Étendue… Elle peut te faire ça. Te distraire. Te faire oublier. Te faire croire que tu es chez toi et que c'est tout ce dont tu as besoin. Mais tu sais que ce n'est pas vrai. Tu veux tellement plus.

Elle redescend lentement sur un genou, jusqu'à ce que son regard soit au niveau du sien. Son visage est encore si petit, chatoyant, comme il était sur le bord du lac, sous la lune. Les larmes roulent sur ses joues et, quand elle baisse la tête, elles tombent sur les mèches de ses cheveux.

La lueur du feu lui apparaît, derrière lui, et une ombre soudaine s'étire sur le sol pour s'élever sur les murs. Les tambours se sont arrêtés. Les Enfants du Nord sont inclinés. Auralia lève les yeux vers ce qui projette cette ombre, la présence qui surgit derrière le galopin. Il peut entendre son souffle, comme des vagues soupirant contre les bords du lac. Il ne se tourne pas, mais il sait ce qui est là, ce qui est venu.

Soudain, elle rit.

— Oh, je me souviens de tout. Ce beau langage. La lumière. Oh, la lumière.

Il jette un coup d'œil aux Enfants du Nord. Ici, en présence du Gardien, à la frontière de la mort, ils semblent plus matériels, plus réels. Il voit des visages à travers leur voile sombre, entend des murmures comme si c'était à travers un mur. Ils semblent familiers.

Auralia embrasse la cicatrice sur son front, la rafraîchissant. Tant de mystères, ici, en un seul lieu. Elle sourit.

— Eh bien, me le diras-tu ?

— Madame ?

— Ne m'appelle jamais autrement qu'Auralia. C'est promis ? Et je ne t'appellerai jamais autrement que par ton propre nom. Alors, dépêche-toi, dis-moi ce que c'est.

— Mon nom ?

— Ton nom. Comment vais-je pouvoir parler de mon brave ami à ceux qui vivent chez moi, si je ne sais pas comment il s'appelle ?

Il baisse les yeux vers ses pieds couverts de cloques et noirs de suie.

— Tu ne me diras pas où tu vas ?

Elle lui adresse ce sourire taquin, la première chose qu'il avait vue quand il l'avait rencontrée parmi les Cueilleurs, quand elle l'avait protégé de la colère de Radegan.

— On ne me permet pas de le dire, galopin. Et, moi-même, je n'en suis pas encore certaine.

Il perd le contrôle de lui et pleure.

— Si tu ne me dis pas où je peux te trouver, je ne te dirai pas mon nom !

Elle l'embrasse. Son visage est frais contre le sien alors qu'elle murmure :

— Laisse-moi plutôt te dire autre chose.

Elle lui dit l'endroit où le voleur a dissimulé tous les cadeaux qu'elle a faits aux Cueilleurs.

— Va et trouve ce qui a été volé. Apporte ces choses à ceux qui en ont besoin. Pendant que je suis partie, je ne peux pas aider la maison Abascar comme je l'ai fait. Toi, galopin. Tu seras mes mains.

Elle se tourne ensuite et passe derrière lui. Il l'écoute partir. Un vent puissant se précipite autour de ses pieds, se levant, soulevant la grande ombre à travers la caverne, vers la fuite. Les Enfants du Nord vacillent et s'estompent, comme des bougies dans le vent. Le galopin jette un coup d'œil par-dessus son épaule.

Il voit Auralia, l'espace d'un instant, transportée dans l'ombre comme une feuille d'automne dans un orage, la bague du prince sur son pouce scintillant dans la lueur du feu.

Il s'éveilla, mais il ne savait pas combien de temps avait passé.

Et il resta immobile, se rappelant et pleurant dans les cendres.

30

LES SURVIVANTS D'ABASCAR

Des oies noires comme le corail s'élevèrent soudain en ligne droite, apparaissant d'un continent de nuages chargés, traversant une rivière de gris, disparaissant dans une île sombre, miasmatique, dans le ciel. Les tempêtes étaient des signes annonciateurs de l'hiver, chargées de mauvaises nouvelles.

Cal-raven les surveillait en marchant d'un bon pas parmi les chiens, qui flairaient, en silence. Ils n'avaient rien trouvé, ces douze chiens survivants de la grande armée de chasse d'Abascar. Mais cette race ne connaissait pas l'abandon, seulement l'importance et la faim.

Cal-raven admirait leur espoir inflexible. Pour lui, l'abandon était dangereusement séduisant.

Chaque jour, les survivants d'Abascar devenaient plus désespérés, luttant contre de grosses averses, la neige fondue, les animaux sauvages, la fatigue, les cauchemars et le découragement. Ils pouvaient faire appel à la maison Bel Amica et espérer être acceptés en tant que réfugiés. Ils pouvaient fuir vers le sud profond, pour offrir leurs services aux mages discrets de la maison Jenta. Cal-raven avait envoyé des messagers préparés pour les appels, mais les survivants seraient peut-être plus persuasifs s'ils arrivaient au pas de la porte tous à la fois.

Tabor Jan, dirigeant la compagnie sur son grand vawn, ne regardait pas les oiseaux migrateurs. Silencieux comme le sommeil, son arbalète préparée dans ses mains, le garde ne détourna jamais les yeux du chemin devant lui.

Cal-raven sentit que, même ici, dans cette multitude disparate, il était seul.

Derrière eux défilait la dure vérité : les survivants. Personne n'exprimait d'espoirs ou de plans. Pas encore. Ils parlaient de nourriture et de météo, de changer les bandages, ou de grimper sur un vawn pour reposer leurs pieds fatigués. De besoins immédiats. De refuges.

Certains, surtout les enfants, ramassaient des feuilles mortes, des baies et des pierres le long du chemin, des souvenirs de pays qu'ils n'avaient jamais vus auparavant. La fin de l'automne offrait un étrange réconfort, puisque les gens de la maison n'avaient pas vu une telle conflagration de couleurs pendant leurs années de conformité avec le code de Cal-marcus. Ils avaient imaginé un monde hargneux, avec des épines et des marais putrides.

Il y avait dix-sept vawns pour cent quarante voyageurs ; tous les chevaux d'Abascar étaient soit morts, soit devenus sauvages. Seize soldats encadraient la troupe, et quelques-uns se déplaçaient à travers les arbres à proximité.

Tabor Jan avait dressé les chiens pour qu'ils s'abstiennent de hurler pendant leur voyage furtif. Cependant, il savait que leur modération finirait par fléchir, quand ils deviendraient trop affamés pour résister à aboyer à la vue d'une proie.

Mais il n'y avait pas de proie. Ils ne trouvèrent aucun signe de lapins, de lièvres, de mulots ou d'oiseaux qui ne volent pas. Soit la population croissante d'hommes-bêtes avait chassé la faune de cette région, soit les animaux avaient prévu un hiver plus rigoureux que tous ceux des dernières années.

De temps à autre, une patrouille revenait silencieusement vers la compagnie avec un homme, une femme ou un enfant qui avait été trouvé errant seul entre les arbres, et il y avait de nouvelles larmes et étreintes.

La compagnie avait augmenté à près de deux cents personnes. Chaque nouveau venu apportait les noms de plusieurs autres qui n'avaient pas été trouvés ou avaient été trouvés tués. En ayant abandonné quelques-uns à leur sort, en arrière de la compagnie, certains étaient enclins à hésiter ou à regarder par-dessus leur épaule.

Cal-raven essayait de trouver les bons mots pour leur assurer qu'ils avaient fait le bon choix en laissant la maison en ruines. Mais quelques-uns prononçaient à voix haute ce qu'il pensait, avant qu'il eût trouvé le courage de parler.

— Nous aurions pu rester là-bas, combattre les hommes-bêtes et essayer de sauver notre maison, mais le sol d'Abascar n'est pas sûr.

— La maladie va se propager rapidement, là-bas.

— Les murs s'étant effondrés, nous serions vulnérables. Les gens de Cent Regus ne diminueront pas leurs attaques.

— L'aide peut venir de la maison Bel Amica, mais peut-être pas. Et si elle vient, il sera trop tard.

— Les neiges et les épidémies seront bientôt dangereuses comme les hommes-bêtes.

— Mais où irons-nous?

— Nous allons voyager vers les cavernes de Blackstone, dit Cal-raven, finissant par retrouver la voix. Les cavernes de Blackstone sont au-dessus des falaises de Barnashum, et nous devons les atteindre avant qu'arrivent les grands froids. Là-bas, nous pourrons entrer profondément. Barnashum dissimule un monde de cascades souterraines. Nous pouvons surveiller une cachette défendable, veiller aux besoins des blessés et préparer un plan.

« Les cavernes, avait pensé Cal-raven. Les cavernes où je courais jadis pour être seul ou pour me promener avec mon professeur et apprendre le travail lent et silencieux du façonnage de la pierre. J'apporte maintenant ma maison avec moi. J'en fais maintenant un lieu de cachette et, inévitablement, de survie. »

Alors qu'il parlait, les gens se calmaient, et ceux qui étaient loin derrière se dépêchaient de les rattraper. Il pouvait voir les airs renfrognés et le soupçon, mais il n'attendait rien de plus. Il devrait gagner leur confiance.

Il se tourna, s'éclaircit la gorge et songea à un discours. Il détestait les discours et savait que les gens avaient appris à s'en méfier.

Comme s'il anticipait l'intention de Cal-raven, Tabor Jan fit tout à coup tourner son vawn pour se placer près du prince et prononcer son propre discours.

— Vous regardez Cal-raven comme si vous voyiez le fantôme du roi Cal-marcus. Sachez ceci : le prince Cal-raven est aussi fatigué et craintif que vous l'êtes. Chaque perte dont vous souffrez, il en souffre avec vous. Vous êtes en colère. Et, je vous assure, votre colère n'est qu'une étincelle. Celle de Cal-raven est un feu.

Cal-raven n'avait jamais entendu son garde prononcer tant de mots en une seule fois.

— Rassemblez toute la force et le courage que vous avez, et, je vous jure, Cal-raven va vous égaler. Jour pour jour, risque pour risque, souffle pour souffle.

« N'allons pas trop loin », se dit Cal-raven, mais il n'était pas près d'interrompre cet élan de zèle. Tabor Jan avait étonné les survivants, qui montraient un silence attentif.

— Je suis le garde de Cal-raven. Mais je vais hésiter, de temps en temps. Reprenez-moi, par égard pour Cal-raven. Et lui aussi, il se fatiguera. Encouragez-le. Nous donnons pour notre bien mutuel, et personne ne donnera plus que Cal-raven. Essayez de me prouver que je me trompe. Essayez de donner plus qu'il donnera. Vous ne réussirez pas.

Leurs yeux se déplacèrent du garde au prince, et il sut qu'il semblait pâle et pathétique.

Tabor Jan plaça la main sur son cœur.

— Il est juste de dire que trop de mots provenant du trône d'Abascar vous ont donné des raisons de vous inquiéter. Mais Cal-raven n'est pas assis sur un trône ou ne se sépare pas de vous. J'ai combattu à ses côtés, et je peux vous le dire : il ne vous laissera pas tomber. Il continue d'avancer pour une seule raison : rectifier ce qui s'est mal passé à Abascar. Il est le roi dont nous avons besoin. Et si vous êtes sincères avec lui, comme je le suis, ensemble, nous deviendrons la merveille de l'Étendue.

Ce qui suivit fut loin d'être une acclamation, mais certaines personnes hochèrent la tête et les airs renfrognés s'adoucirent.

Tabor Jan se tourna et regarda fixement son ami avec une expression de menace furieuse.

— Vous feriez mieux de ne pas faire de moi un menteur, murmura-t-il.

Cal-raven s'éclaircit la gorge. Avec la sensation d'avancer sur un lac gelé, il commença à parler, se déplaçant prudemment dans le silence religieux que son garde avait préparé.

Il n'y eut pas de couronnement. Mais à partir de ce jour, les gens s'adressèrent à Cal-raven comme à leur roi.

∽✲∽

Le voyage des survivants toucha à sa fin dans les basses terres vallonnées, à travers les branches de la forêt Cragavar, mais les survivants se sentaient comme s'ils avaient escaladé une pente raide.

Les gens de la maison murmuraient entre eux, refusant de traiter les Cueilleurs comme des égaux. Mais les manteaux de poils, d'écorce et de chiffons devinrent les uniformes de la connaissance et de l'expérience. Les enfants les traitèrent bientôt avec la révérence due à de mystérieux professeurs.

Tabor Jan avait délégué avec succès des tâches pendant le réveil brutal du début du voyage. Ce fut avec un mélange d'étonnement et de peur que les Cueilleurs comme Krawg et Warney entendirent leur nom appelé pour apprendre aux autres comment construire des tentes improvisées, comment trouver des racines comestibles à partir des motifs des feuilles et comment reconnaître les poisons déguisés. Le respect apporta à Krawg la force et l'humour, et, bientôt, il se débarrassa de sa béquille.

Le plus grand fardeau de la caravane fut le salut de ceux qui ne pouvaient pas dormir. Une fois qu'elle eut épuisé un réservoir de larmes considérable, Wenjee — qui fatiguait rapidement, même quand elle montait un vawn — trouva assez de voix pour dresser les murs d'Abascar derrière les yeux clos de ses auditeurs. Elle ressentait de la fierté à pré-server l'héritage pour les gens de la maison, même si les histoires qu'elle décrivait avaient peu de ressemblance avec la maison qu'ils avaient connue. Pour la plupart d'entre eux, l'imagination bizarre de Wenjee fournissait une fuite bien-venue de leur chagrin.

Un soir, la voix de Wenjee devint rocailleuse et faible, et, le lendemain matin, ils la trouvèrent immobile et froide, la langue enflée, la gorge serrée, comme si les histoires étaient devenues trop grosses et avaient fait taire sa voix. Le reste des gens d'Abascar se rassembla autour d'elle alors que les soldats la soulevaient sur un grabat de branches robustes et la transportaient dans une procession solennelle, pour l'en-terrer hors de vue et d'odeur des chasseurs prédateurs.

— Les histoires devaient être lourdes, avait dit une petite fille.

Quand il était porté par le vawn, Cal-raven faisait s'entre-choquer ensemble deux petites pierres noires dans ses mains, ne pouvant trouver assez de paix pour les sculpter comme Scharr ben Fray le lui avait appris.

«Déplace-toi dans l'œil de ta tempête, avait dit le mage, où tu ne peux pas entendre le monde autour de toi, où tes peurs ne peuvent pas t'atteindre. Laisse ton pouce se déplacer sur la pierre jusqu'à ce qu'il trouve la forme à l'inté-rieur de la pierre, l'image attendant d'être révélée.»

Ici, il était impossible de fuir les peurs. Cette magie res-tait figée. Il se méfiait de la forêt, comme si une nouvelle menace y rôdait. Scharr ben Fray aimait à répéter : «Ton expérience ne t'a-t-elle pas appris qu'il y a plus de choses en action dans le monde que notre expérience peut nous l'ap-prendre ?» Cal-raven avait conclu qu'il n'avait pas expéri-menté assez — pas encore — pour nommer les ennuis qu'il percevait. Il se méfiait parfois du sol sous ses pieds. Sans le réconfort qu'il trouvait en façonnant la pierre, Cal-raven cherchait d'autres façons de donner forme à la fureur qui grandissait en lui.

La nuit, il armait des gardes avec des cornes d'alarme et sortait ensuite avec d'autres, sur leur vawn, patrouillant dans la région, chevauchant à vive allure, comme s'il pour-chassait des cauchemars pour les piétiner. Plus d'une fois, ils avaient surpris un homme-bête. Plus d'une fois, ils avaient mis leurs ennemis en pièces avec leurs épées, leurs flèches et leurs lances, jusqu'à ce qu'il ne reste rien d'autre que des taches de sang sur leur chair au matin.

— Cela ne m'aide pas à me sentir mieux, avait mar-monné Tabor Jan.

— Je ne cherche pas à me sentir mieux, avait-il répondu. Je cherche à envoyer un message. Nous pouvons être dangereux, nous aussi.

Pour les soldats, le fardeau de la dépendance des gens était accablant. Ils s'étaient rapidement fatigués des demandes constantes au sujet de leur destination et se demandaient s'ils pouvaient faire confiance aux cartes que Cal-raven avait esquissées de mémoire.

C'est pourquoi il y eut un grand soulagement dans la voix de Tabor Jan quand il rit à voix haute et dit :

— Les oies qui appellent ! On entend l'écho de leurs cris. Les falaises de Barnashum ne doivent plus être bien loin.

Il s'avança pour parler à Cal-raven, qui était devenu si calme et distant qu'il avait l'air d'un fantôme.

— Je sais à quel point vous souhaitez atteindre les cavernes de Blackstone, mais j'ai le froid de la neige dans mes os. Les chiens de chasse le connaissent aussi. Ils dorment pressés les uns contre les autres, et il y en a toujours un qui surveille le ciel. Il y a de vieux ours, dans les falaises. Nous pouvons certainement nous défendre contre eux pendant un petit moment, même si nous devons nous séparer en groupes pendant un certain temps.

Cal-raven n'hésita pas.

— Alors, nous allons établir notre campement ici, dit-il d'une voix qui ressemblait à un lambeau de brouillard, jusqu'à ce que nous voyions un ciel sans nuage. Mais nous devrons poursuivre notre route vers les cavernes de Blackstone avant l'hiver. Nos esprits s'étoufferont, si nous restons dans les grottes des ours-crocs trop longtemps. Nous avons besoin d'espace pour nous affairer, pour développer des relations, pour conserver la nourriture. Nous avons besoin d'une nouvelle maison. Mais tu as raison. La neige arrive. Et les grottes des ours-crocs valent mieux qu'un voyage dans des loques mouillées et glacées. Nous allons espérer que le temps change bientôt.

La météo s'avéra indigne de confiance.

Ils regardèrent fixement la forêt depuis les grottes des ours-crocs, en bas des pentes rocheuses, à travers des tourbillons de neige, tandis que, lentement, elle devenait blanche. Au-dessus d'eux apparaissait indistinctement un énorme plateau de pierre qui semblait se changer en glace, et il ne révélait aucun passage ni aucune retraite possible. C'était comme s'ils étaient arrivés à la fin du monde, devant un mur dans lequel on ne pouvait pas faire de brèche.

Quand une légère fumée atteignit les grottes, un soir, Tabor Jan disparut pour en vérifier la provenance. Cal-raven, furieux contre son ami parce qu'il était sorti seul et à pied, ne pouvait que faire les cent pas, attendre et regarder la neige, dehors, sous la lumière des étoiles. Il s'endormit finalement à l'entrée de la grotte.

Il se réveilla pour trouver une officière d'Abascar en train de chanter le *Vers du passage de minuit*. Une faible mélodie de murmures, constante, comme l'éveil du printemps sous les draps de l'hiver.

Le monde réapparaissait lentement.

Brevolo kai Galarand, l'officière, sourit de voir que son brave élan calmait, en fait, les tremblements qui avaient secoué le chef endormi.

Cal-raven s'appuya sur un coude, sa cape au-dessus de lui comme une couverture.

— Je pourrais vous tuer pour chanter des souvenirs de la maison…, pendant que nous mourons ici, dans ces cavernes, dit-il d'une voix rauque.

L'officière interrompit brusquement sa chanson.

— Mais cela m'a vraiment calmé pendant un cauchemar.

— Nous devrions peut-être, hasarda Brevolo, conserver cette tradition, mon seigneur, quand nous aurons enfin une nouvelle maison.

C'était la première fois que quelqu'un d'autre que Tabor Jan s'adressait directement à lui depuis des jours. Il laissa les mots tourbillonner dans sa tête pendant un long moment.

— Quand? dit-il enfin. Quand nous aurons une nouvelle maison? Vous vous permettez encore de rêver?

— Pas de façon aussi nette, sire, qu'il semble que vous le fassiez, répondit l'officière, dont l'impertinence fit rester bouche bée l'autre garde.

Brevolo sourit comme un enfant testant ses limites.

— Si vous me pardonnez, sire, il était difficile d'ignorer vos cris. Nous pensions qu'un peu de musique pourrait calmer…

— Je criais?

— J'espère que vous êtes aussi fort contre l'hiver que vous l'étiez contre le monstre qui vous menaçait dans votre rêve.

Il regarda soudain la nuit à l'extérieur, son pouls s'accélérant.

— Oubliez les rêves. Nous sommes menacés en ce moment même!

Oui, il y avait quelque chose. Des pas sur le sol rocheux en dessous. Lourds. Qui s'approchaient.

— Silence. Reculez, murmura-t-il d'une voix enrouée, tâtonnant pour prendre son arc. Des flèches!

Il s'accroupit alors que les gardes se retiraient. Il prépara son arc rapidement et sans bruit, attendant la première lueur d'une présence.

Cela donnait l'impression qu'il s'agissait de sabots de vawn.

— Tabor Jan n'a pas pris de vawn, murmura-t-il. Nous sommes découverts.

Ils cessèrent d'entendre les pas. Puis, ils entendirent le bruit sourd de cavaliers qui mettaient pied à terre.

Cal-raven jura. Il avait seulement une flèche. Brevolo était une bonne archère, meilleure que lui, mais elle ne maniait pas l'épée de façon fiable. Si ces visiteurs leur en voulaient et venaient trop près pour les flèches...

Soudain, le *Vers du passage de minuit*, s'élevant de nouveau. Une voix de femme.

Au moment même où le visage de la chanteuse émergeait de la mémoire de Cal-raven, il entendit une autre voix familière l'appeler.

— Bénies soient ces chanteuses !

Tabor Jan apparut, la voix basse et remplie de fatigue.

— Ces cavernes sont difficiles à localiser, sous un ciel sans lune. Ne tirez pas, Cal-raven. Je sais que vous êtes en colère, mais vous êtes également fatigué, et vous frapperiez probablement mes compagnons.

— Je te couvrirai de flèches à un point tel, Tabor Jan, que tu feras un merveilleux porte-cape.

Cal-raven se leva, baissant son arc.

— Tu mérites cela pour nous avoir laissé à moitié morts de peur. Et ce vawn mérite bien pire pour le vacarme qu'il a fait. Je devrais...

Une forme bondit de l'ombre, le heurta en pleine poitrine et le fit reculer.

— Hagah !

Le chien de chasse de Cal-marcus cloua Cal-raven au sol avec ses pattes de devant et appuya son nez humide sur la joue de Cal-raven, couvrant son visage avec sa langue épaisse et humide. Le vieux chien fit rire tout le monde avec ses hurlements et ses jappements extatiques, puis il bondit, essayant de renverser tout le monde avec ses pattes de devant et fourrant le nez entre les jambes des gardes. Cal-raven se leva, se nettoya le visage, puis essuya des larmes imprévues alors qu'il étreignait le garde.

Par-dessus l'épaule de Tabor Jan, il vit deux autres personnes.

La plus grande femme, familière dans sa cape blanche en lambeaux, était fatiguée et triste dans sa démarche chancelante.

— Il est bon de découvrir que le prince est encore capable de rire.

Elle s'avança dans la lumière de la torche.

— Je rirai peut-être de nouveau, un jour.

— Say-ressa! Bonne guérisseuse. Madame, vous êtes en vie.

Cal-raven tomba sur un genou, une réaction qui la surprit.

Elle s'agenouilla elle aussi, lui faisant face. Il lui prit les mains et les embrassa.

— Mon roi, lui dit-elle, je suis votre servante comme j'étais celle de votre père.

— Dites-moi que votre brave mari, le vaillant capitaine, nous reviendra également. Et, oh…, votre fille…

Il avait encore oublié le nom de la fille, et il regretta vivement tout le manque de respect qu'il avait exprimé à son père, par le passé.

— Écoutez ceci, murmura-t-il. Il est temps que nous vous offrions ce que vous nous avez donné si fidèlement. Nous vous apporterons la guérison.

— Des blessures comme celles-ci ne guérissent pas, mon roi.

Son rire était amer.

— Mais cela ne veut pas dire que je ne peux pas trouver de réconfort. La musique est utile, comme celle-ci me l'a appris.

Reconnaissant tout à coup la plus jeune femme alors qu'elle s'agenouillait avec respect, Cal-raven se mit à rire, la prit dans ses bras et les fit tourner en rond, tous les deux, pendant qu'elle pleurait sur son épaule.

— Vous écrirez une chanson, Lesyl! cria-t-il.

— Il y a peut-être un chant qui vous appartient et qui trouvera son chemin vers mes cordes, mon roi, dit-elle, et il remarqua qu'elle semblait différente, audacieuse et libre.

Tabor Jan lui saisit le bras et l'amena à l'écart.

— Il y en a d'autres qui sont en vie, Cal-raven. Peut-être deux cents de plus.

Cal-raven se retourna vers la veuve d'Ark-robin.

— Dans les cavernes de Blackstone, dit Say-ressa. Nous avons allumé un feu, ce soir, chose rare, afin de réchauffer les cavernes pour ceux qui ont attrapé un coup de froid.

— Deux cents de plus... ont atteint les cavernes de Blackstone? demanda Cal-raven.

— Le garçon nous a emmenés. Le garçon qui nous a sauvés des feux.

— Le garçon? Quel garçon?

— Je jure que j'aurai seulement la force de raconter notre histoire une fois de plus.

Elle appuya une main sur son front, repoussant ses cheveux ébouriffés.

Cal-raven se laissa tomber sur le sol. Hagah revint pour le pousser joyeusement, puis roula sur le dos, présentant son ventre couvert de neige pour qu'il le gratte.

— Seules quelques personnes savent comment trouver ces cavernes…

— Apparemment, vous l'avez dit à un galopin, dit Tabor Jan.

Say-ressa reprit le récit.

— Vous lui avez montré de petits personnages de pierre que vous avez sculptés dans les cavernes de Blackstone. Puis, vous lui avez montré une carte. C'est ce qu'il nous a dit.

— Le galopin. Bien sûr.

— Il est rempli de secrets, ce garçon, dit Lesyl. Il a dit que vous croyez encore au Gardien. Que vous en rêvez encore.

Say-ressa regarda Tabor Jan d'un air interrogateur. Il se mit à rire.

— Vous pouvez parler de ces choses, dit Cal-raven à la chanteuse pour la rassurer. Tant et aussi longtemps que je suis le roi. Dans notre maison, ce ne sera pas un crime d'admettre nos rêves. Nous aurons besoin d'eux, surtout pendant l'hiver. Mais comment… Vous dites qu'il vous a fait fuir les feux ?

— Il y avait du feu partout, dit la chanteuse. Il connaissait le chemin pour sortir, je ne sais comment. Nous étions si nombreux à être piégés là-bas.

— Je penserai à une récompense pour lui.

— J'aimerais que vous puissiez le faire. Mais le garçon est reparti à Abascar pour en chercher d'autres.

Lesyl baissa la tête.

— Mon chant nous aidera peut-être à nous souvenir de lui.

— C'est plus étrange que des rêves.

Cal-raven regarda dehors pour observer la nuit.

— Le pauvre enfant.

— Il a disparu, comme tant d'autres.

Les épaules de Say-ressa tremblaient, et Cal-raven se leva pour l'étreindre de nouveau.

Il la tenait, bouleversé par la perte incommensurable. Il aurait accueilli sa promise de nouveau, même avec tous ses défauts et ses imperfections. Il aurait accueilli ceux qui avaient mérité leur jugement dans les donjons. Il aurait accueilli tout le monde, s'il avait pu les arracher à la terre.

— Nous n'oublierons pas, dit-il alors qu'il la tenait. Votre courageux mari. Votre fille magnifique. Nous allons les honorer dans notre nouvelle maison. Et vous resterez notre guérisseuse en chef. Plusieurs vous ont fait demander dans leur fièvre.

— Mon seigneur, dit Tabor Jan, tendant un petit cadeau.

Une pierre froide tomba dans la main tendue de Cal-raven.

— Je vous ai dit que si je trouvais des Enfants du Nord, je les ramènerais avec moi.

Il reconnut la pierre à son contact avant de pouvoir la soulever dans la lumière.

— Les enfants avaient si peur, mais quand le galopin leur a donné ces personnages et leur a dit qu'ils appartenaient au prince Cal-raven, ils ont cessé de pleurer. Il leur a dit qu'ils seraient comme les bagues de confiance, et qu'ils les protégeraient de tout danger sur le chemin vers une nouvelle et meilleure maison.

— Et il avait raison, dit doucement Cal-raven.

Maintenant, il se souvenait du garçon. Ce garçon timide et taché de boue qui s'était émerveillé devant les sculptures, qui avait été si heureux d'entendre que le prince Cal-raven rêvait du Gardien. Le garçon qui lui avait parlé d'Auralia, qui avait vu le Gardien dans la forêt. Cela semblait s'être passé dans une autre vie, en des temps très reculés.

Cal-raven referma les mains sur la figurine.

— Nous quitterons demain ces grottes et nous vous rejoindrons dans ces couloirs de Blackstone. Certains des enfants auront peut-être le don de la sculpture de la pierre.

Il regarda dans les grottes des ours-crocs, pensa aux noms et aux visages qu'il avait si bien connus, aux centaines d'autres qu'il connaîtrait bientôt.

— L'Étendue sera notre maison, à partir de maintenant.

— Je me demande, hasarda Lesyl dans un murmure triste et pressant, si nous devons être une maison, mon seigneur... Nous devrions peut-être lui donner un nouveau nom, un nom que nous pourrions prononcer sans difficulté.

Un nom lui vint à l'esprit. Un nom, avec clarté, et il toucha le doigt qui avait porté sa bague de confiance royale.

Mais ils restèrent la maison Abascar en souvenir de ceux qu'ils avaient perdus et par loyauté envers un royaume qui avait combattu si fort pour son honneur. C'était une histoire pleine d'erreurs, d'avidité et de faiblesses, mais cette histoire était loin d'être terminée.

Les jours de neige abondante aux cavernes de Blackstone semblèrent interminables, c'est pourquoi les gens d'Abascar parlèrent souvent de leurs rêves.

Un de ces rêves, brûlant dans l'esprit de Cal-raven jour et nuit, devint réalité le premier matin où le ciel fut dégagé, lorsque la lumière du soleil prit la forêt par surprise et plongea les oiseaux endormis dans une frénésie de gazouillis. Alors que Cal-raven sortait prudemment des canyons silencieux et se dirigeait entre les arbres à l'écorce gelée, l'aube se leva également dans son cœur. Il tourna à un angle familier, sur un chemin dont il se souvenait en raison de ses aventures d'enfance avec son mentor. Hagah, bondissant autour de lui et flairant les arbres, aboya soudain et montra les dents. Une silhouette humaine apparut sur le chemin, devant lui, la main levée en guise de salutations.

C'était une statue, sculptée dans le filon noir, qui semblait réellement animée par la vie, mais aux traits si simples qu'elle semblait hantée. À moitié vivante.

Cal-raven sut qu'un art aussi maîtrisé ne pouvait provenir que d'une paire de mains. Il reconnut la clairière. Ici, Scharr ben Fray lui avait appris comment s'orienter quand aucune étoile n'était visible. Et maintenant, se trouvait ici une statue très ressemblante du mage, indiquant le chemin vers un mystère.

— Savait-il que je viendrais ici, Hagah ? demanda Cal-raven au chien, qui flairait prudemment la statue.

La familiarité de son visage, rond comme la lune et marqué par l'âge, fit monter les larmes aux yeux de Cal-raven pour la première fois depuis la réunion dans les cavernes de Blackstone. Mais il rit malgré elles, car il pouvait voir que Scharr ben Fray s'imaginait encore comme un bel homme.

Il lut solennellement, à voix haute, les inscriptions gravées le long de l'écharpe de pierre du personnage, une écriture qu'il pouvait lire, étant membre de la famille royale d'Abascar.

— *Au nord. Hâte-toi. À quinze passages du cerf. La douzième nouvelle lune. Entre le vieil arbre géant et le grand pin. À minuit. Attends.*

Il sourit, sortant son épée et cassant les glaçons qui pendaient des bras levés du personnage.

— Bien sûr que je serai là, dit-il, se tournant dans la direction du doigt pointé du mage. Nous reparlerons des rêves. Et nous n'aurons pas à murmurer.

Hagah se raidit et aboya contre quelque chose à travers les arbres, au nord.

— Tes sens te reviennent-ils, Hagah ? C'est bien. Nous avons des pistes à suivre.

Intrigué, il toucha les textures élaborées gravées dans l'écharpe et les reconnut.

Le mage l'avait vue, en fin de compte. Scharr ben Fray avait observé ces couleurs déployées. Il s'était interrogé sur les mystères d'Auralia et avait réfléchi au rôle qu'elle avait joué dans l'histoire de l'Étendue.

Cal-raven ne le réalisa pas tout de suite, mais quelque part, sur le chemin du retour vers les cavernes, il commença à chanter le *Vers du matin*. Il fut distrait, cherchant les textures et les couleurs du travail d'Auralia reflétées dans la forêt sauvage autour de lui tandis que la neige fondait et que la saison changeait.

ÉPILOGUE

Quand l'odeur de poussière et de mort de la chute d'Abascar atteignit les tanières de Cent Regus, les demi-hommes entrèrent en masse dans la forêt Cragavar. La plupart étaient entraînés par leur appétit puissant. Ils sentaient la fumée, les problèmes, le sang. Dans la bataille, ils chargèrent, se battant bec et ongles, tuant et se régalant partout où ils le pouvaient.

Mais certains possédaient un certain sens de la retenue, s'étant entraînés à conspirer pour une plus grande récompense. Ils rôdèrent sur les terres calcinées et effritées, piégeant ceux qui fuyaient et recueillant des trésors pour leur chef.

Les hommes-bêtes étaient des créatures dont la vie était de courte durée, à moins qu'ils s'abreuvent à la source du pouvoir qui les avait transformés. Ce réservoir secret, qu'ils appelaient respectueusement « l'Essence », était leur source. Le chef contrôlait l'Essence et déterminait qui méritait d'en boire.

C'est pourquoi ils s'efforçaient de plaire au chef afin de gagner plus de vie, plus de pouvoir. Il leur donnait de grandes rasades qui engourdissaient la douleur de leur évolution grotesque, même si cela alimentait de bien plus grandes déformations.

Comme tous les chefs de maison, il avait ses propres ambitions et appétits. La chute d'Abascar confirma sa conviction que la maison Cent Regus obtenait un avantage. C'était devenu sa stratégie : puisque les hommes-bêtes, de par leur nature, ne pouvaient pas s'élever, ils pouvaient peut-être faire tomber les autres maisons.

Ses subalternes pouvaient avoir perdu les avantages de l'esprit et de la sagesse, de la beauté et de l'ordre, mais ils avaient également perdu le *désir* de ces vertus. Ils voulaient seulement devenir plus forts, saisir et dévorer. Et maintenant, les survivants d'Abascar étaient ses esclaves.

Chaque jour, ses fainéants sans cervelle, comme des chiens, poussaient une rangée de prisonniers dans la chambre du trône avant de les emmener pour leurs corvées humiliantes. La lumière des torches projetait des ombres sur les traits des captifs, qui étaient creusés de chagrin, de faim et de peur.

Ce n'était pas un secret que le chef méprisait la compagnie de ceux qui n'étaient pas maudits. Il les emmenait dans sa chambre du trône seulement pour se moquer d'eux, les défigurer et les détruire. Bien qu'il ne pût imaginer remettre l'Essence, il y avait quand même une délicatesse et une pureté chez les gens des autres maisons qui l'exaspéraient.

Mais il y avait un prisonnier, un trophée qu'il gardait à proximité, prêt à l'exhiber aux nouveaux captifs.

Il savourait leurs réactions, s'ils la reconnaissaient. Certains tremblaient, l'appelaient et pleuraient. Certains rougissaient de rage et crachaient des reproches amers.

Il prêtait une attention prudente, autant qu'un homme-bête pouvait le faire, à ce que la survie de cette femme exigeait. Du pain. De l'eau. De la viande. Une chambre fermée à clé où elle pouvait dormir sur des fourrures et des peaux. Mais son désir de lui faire boire l'Essence — ce désir, il y avait résisté pour que les prisonniers la reconnaissent.

Et ce jour-là, alors qu'il sentait le sol autour de ses branches et de ses racines oublier la cruauté de l'hiver, un homme-bête qui agissait en tant que garde, pleurnichard, tremblant de peur, s'approcha de lui.

Le chef était assis haut sur un trône magnifique sculpté dans le tronc d'un arbre noir et tordu. Les racines de l'arbre, se boursouflant de veines bleues, traversaient l'estrade et disparaissaient dans le plancher. Ses branches se déployaient et appuyaient contre le plafond bien au-dessus, poussant dans la pierre à cet endroit et se dirigeant vers la surface. Dans le sol au-dessus de ces tanières, les branches se déployaient comme du lierre sauvage. Leurs branches empoisonnées se faufilaient dans le sol, prêtes à piéger toute chose vivante, retenant les animaux pour les prédateurs et les voyageurs pour l'esclavage. C'était l'influence grandissante du chef. C'était son plan.

Son corps était de bien des manières celui d'un homme — ou plutôt, d'un cadavre —, de par sa taille commune et sa chair pâle. Mais la malédiction était franchement évidente dans ses jambes desséchées et ses pieds pourris, qui pendaient, inutiles, devant lui. Et, dans sa double mâchoire, une bouche très humaine parlait d'une voix pincée, enfantine, tandis que l'autre souriait largement en dessous avec une centaine de dents emboîtées. Sa peau adhérait au trône avec des sécrétions collantes, à travers lesquelles il absorbait une nourriture malsaine. Les racines de son arbre-trône puisaient dans l'Essence bien en dessous, qu'il pompait à travers ses veines, augmentant ses pouvoirs subversifs.

Il fit signe avec une griffe longue et courbée.

— Plus près.

Le messager hésita. Alors que les prisonniers d'Abascar passaient à travers la chambre, le chef était agité, excité, assoiffé de sang. Sur un coup de tête, il pouvait dévorer ses propres serviteurs tremblants.

Le chef savait que ce garde minaudier avait peur de faire son compte-rendu. Puisque la créature était venue de la cellule de la prisonnière favorite du chef, ce ne pouvait être que de mauvaises nouvelles.

— Maître de l'Étendue, pleurnicha le garde comme un chien qui attend de recevoir une raclée, votre favorite, elle s'affaiblit, maître. Elle est malade et a de la fièvre. Nous la nourrissons ; cela ne fait aucune différence. Nous apportons de l'eau qui provient de derrière le bois ; cela ne fait aucune différence.

Le chef cligna des yeux, absent pendant un instant. Une des longues racines bulbeuses s'enroula autour de la poitrine du garde et le souleva, le transportant près des yeux sans paupières du chef.

— Gardez-la en vie, dit l'homme-bête sur le trône.

— C-c-comment ?

— Faites-la penser à Abascar.

Le chef laissa flotter le garde alors que son esprit tentait de trouver une idée.

— Donnez-lui… des choses d'Abascar. Des butins. Des jouets. Des babioles. Rappelez-lui qu'elle est la reine d'Abascar. Faites-la se sentir importante. C'est ce qu'elle aime.

Alors qu'un garde faisait claquer le chariot à deux roues contre les barreaux de la cage, le fracas tira la prisonnière de son sommeil. De nouveau, il projeta le chariot contre les barreaux.

Elle s'approcha pour voir ce qui se passait, ses chaînes serpentant derrière elle. Elle étendit le bras à travers les barreaux et commença à tirer l'amoncellement de restes dans la cellule, s'arrêtant pour examiner chaque morceau comme si elle en cherchait le nom. Deux chaudrons de cuivre. Une boîte de bijoux. Une modeste tasse d'argile. Trois instruments de musique dont elle ne savait pas se servir : une lynfr noircie de suie, une karyn avec une clé brisée et un perys qui n'avait plus que la moitié de ses cordes. Une marionnette d'enfant, molle et à qui il manquait un de ses yeux blancs comme une coquille d'œuf. Des cisailles de jardin rouillées, qu'elle tint longtemps dans ses mains tremblantes.

Puis, elle étendit le bras pour saisir le tissu qui se trouvait en dessous de tout cela. Et, lorsqu'elle le toucha, il émit une faible lumière, comme si elle avait fait s'échapper une poussière dorée.

— Oui, dit avec un sourire méprisant la créature au visage de rongeur. J'ai trouvé ceci… dans un baril d'eau. Le feu ne l'a pas brûlé. Tu vois ?

La bête mit la main dans l'étrange lueur et déroula le tissu devant elle ; une cape, un tissage si lumineux que Jaralaine ressentit de la peur et du désir.

Quelqu'un avait porté cela à Abascar. Soit Cal-marcus avait annulé la Proclamation des couleurs, soit… il avait choisi une autre reine.

L'éventualité ne lui avait jamais traversé l'esprit. Elle n'avait jamais songé que quelqu'un d'autre pourrait prendre sa place.

Le garde lança la cape dans sa cellule.

— Prends-la. Garde-la. J'espère que tu iras mieux. Le chef…, il a besoin que tu te portes bien.

Elle la considéra avec terreur pendant que le garde ramenait le chariot bringuebalant en haut du chemin sinueux.

Pendant plusieurs jours, elle marcha dans un tourment de cauchemars, rejetant la cape et tout ce qu'elle évoquait. Peu importe ce que la maison Abascar était devenue, elle en était débarrassée. Elle n'était soumise à personne, un fil flottant sur un courant d'air, fidèle à son cœur, niant les chaînes autour de ses poignets et de ses pieds.

Pendant qu'elle dormait, d'autres voix s'élevèrent dans une vive contradiction, la laissant impuissante et déficiente.

Elle vit avec émerveillement une multitude de méandres à travers un spectacle de couleur et de vie, leurs fils déployés sur le pays dans une tapisserie. Chaque participant était distinct et net. Cependant, ils étaient raccordés et donc plus forts et plus brillants, rassemblés dans la splendeur. Ils étaient tirés et guidés par des mains lumineuses, qui liaient les fils plus faibles aux cordes vigoureuses, les reliant dans une conception qui allait au-delà de ce qui était connu et qui puisait dans la source de toutes couleurs. Elle était mise de côté, effacée, oubliée, ne pouvant attirer le moindre regard, s'étant détachée.

Elle aurait pu se transformer en poussière à cet endroit, dans ce désespoir cruel.

Quand elle se réveilla, ses mains étaient serrées autour des cisailles rouillées. Tout autour d'elle, répandus comme des rayons de soleil, se trouvaient ses longs cheveux emmêlés. Du feu et de l'or. Elle mit ses mains froides et rugueuses contre son crâne nu et pleura.

Que des mains de compassion aient pu ouvrir cette prison ou que des yeux aient pu la considérer avec bienveillance dans cet état misérable, elle n'avait jamais osé l'espérer.

Pour trouver du réconfort, elle chercha la cape colorée à tâtons, la souleva, et la mit sur ses épaules. Alors qu'elle le faisait, un fil se libéra de la cape et flotta en l'air devant elle.

C'était un fil foncé, plus intense que le rouge. Il n'avait pas été tissé dans la cape, décida-t-elle, car elle ne pouvait trouver aucun fil brisé, aucune couture effilochée. Ayant attaché tant de capes au col de cette manière, elle tendit la main vers le fermoir de pierre à sa gorge et laça le fil autour pour l'attacher.

Et ce fut ainsi que les yeux de Jaralaine s'ouvrirent, et elle se complut dans les mystérieux chemins des couleurs d'Auralia.

Ainsi se termine *La fibre rouge dans le fil d'Auralia*.

L'histoire continuera dans *La fibre bleue dans le fil d'Auralia – Le minuit de Cyndere –*, récit au cours duquel un homme-bête de Cent Regus, hanté par le souvenir des couleurs d'Auralia, suit les pistes du Gardien dans une aventure invraisemblable avec une femme de la maison Bel Amica. Ce qui se passe entre eux changera le cours de leur vie, les tissant ensemble avec les fils du galopin, de Cal-raven, de Scharr ben Fray et des survivants d'Abascar.

À PROPOS DE L'AUTEUR

Jeffrey Overstreet a composé son premier roman fantastique sur une machine à écrire Royal noire lorsqu'il avait sept ans et a écrit des histoires pour tous les âges à partir de cette époque. Depuis 1996, ses critiques de films, ses critiques de musique et ses entrevues ont été publiées régulièrement sur son site internet, LookingCloser.org. Ses points de vue sont souvent publiés sur le site internet du magazine *Christianity Today* et dans plusieurs autres périodiques, parmi lesquels *Paste, Image : A Journal of the Arts and Religions* et *Risen*. Son ouvrage *Through a Screen Darkly* a été publié chez Regal Books en février 2007.

Jeffrey et sa femme, Anne, poète et correctrice pigiste, passent du temps à écrire dans les cafés de Shoreline, dans l'état de Washington, chaque semaine. Jeffrey travaille comme collaborateur pour le magazine *Response* de la Seattle Pacific University. Il travaille actuellement sur plusieurs nouvelles histoires, y compris trois autres fibres du fil d'Auralia.

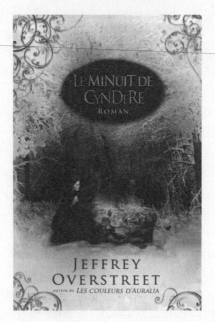

1

L'HÉRITIÈRE ET LE DRAGON DE L'OCÉAN

Cyndere descendit vers l'eau pour prendre sa décision quotidienne — se tourner et revenir à la maison Bel Amica, ou monter l'escalier de pierre et se jeter dans la mer.

C'était devenu une habitude. Quittant sa chambre de bon matin, tandis que les couloirs bordés de miroirs étaient vides de tout mis à part les domestiques, elle traversait plusieurs ponts, escaliers et passages et sortait sur les rives de la crique Rushtide, fuyant la gravité de la distraction. Aujourd'hui, dans les fulminations de l'automne, elle portait la cape de tempête de laine de son mari au bord de l'eau. Elle apportait sa colère. Elle apportait sa mort.

Tandis que le brouillard effaçait le paysage marin agité, les vagues explosaient ntre les dents de pierre dispersées dans l'océan, léchaient de larges bandes de cailloux et soupiraient dans le sable. Elles transportaient les murmures de son père depuis plusieurs années, des matins pendant lesquels il avait marché avec elle près de la mer et rêvé à voix haute. Sa barbe grise hérissée sentait le sel, la piquant quand il appuyait le menton sur sa tête. Il plaçait une main sur son épaule et, avec l'autre, portait un coquillage à son oreille pour écouter.

— Tu as entendu cela? disait-il. C'est ton propre pays lointain. Tu marcheras sur des terres que personne n'a jamais vues. Et je vais le trouver pour toi quand je m'aventurerai dehors pour dessiner la carte de la mer des Mystères.

C'est ce qu'il avait fait. Tandis que la mère de Cyndere, la reine Thesere, restait chez elle pour gouverner son peuple à l'intérieur de l'énorme demeure de pierre de la maison Bel Amica, le roi Helpryn découvrait des îles, des sites pour le futur village bel amicain.

Le roi avait fait naufrage alors qu'il essayait de traverser un espace houleux entre ces îles. Quelques heures après le compte-rendu des événements, les théories et les superstitions envahirent la ville de Bel Amica, couverte de nuages. D'une sphère de leur société à une autre, tout droit vers le chantier naval du bras de mer, les gens rivalisaient pour interpréter la disparition de leur ambitieux roi, leurs rumeurs pleines de mots comme «iceberg», «pirates» et «dragon de l'océan». Les devins, querelleurs comme des mouettes, se demandaient si cela pouvait être un présage de jugement par les esprits de la lune ou si le gardien céleste d'Helpryn était descendu du ciel et l'avait emporté pour vivre dans son propre paradis paisible.

Pendant ce temps, Cyndere pleurait la perte des yeux souriants de son père, de la confiance qu'il avait en elle, de la vision qu'il avait pour son avenir. « Tu marcheras sur des terres que personne n'a jamais vues. » À partir du jour de sa disparition, la jeune héritière ne grandit jamais plus, et le soleil disparut de son ciel.

Elle ne pleura pas. Étant donné qu'elle ne pouvait pas pleurer en privé, elle s'occupa de réconforter sa mère et son frère aîné, Partayn.

Partayn dormait avec la tête sur le rebord de la fenêtre, comme s'il écoutait un conseil du roi dans le grondement de l'océan. Ces berceuses composées de vagues se fracassant sur les rochers éveillaient-elles en lui la passion des voyages de son père ? Elle se le demandait. Le roi Helpryn avait répondu à l'appel de l'horizon, mais le garçon prendrait le large sur une mer différente, s'efforçant de maîtriser toutes sortes de musiques.

La quête de Partayn fut tragiquement brève. Quand une escorte en armure l'emporta au sud pour étudier la musique de la maison Jenta, une embuscade des hommes-bêtes de Cent Regus fit taire ses chants.

Les gens, venant à peine de retrouver leur équilibre, se retrouvèrent dans un état de désespoir. Même la reine Thesere crut que quelqu'un avait maudit la maison Bel Amica.

La pression d'une succession gênante était difficile pour Cyndere. On s'attendait maintenant à ce qu'elle reste près de sa mère et se prépare à prendre sa place un jour. De façon bien plus urgente, elle devrait trouver un mari, apporter une nouvelle génération à la royauté de Bel Amica et s'assurer que la lignée de Tammos Raak, le père des quatre maisons, se perpétue.

Mais Cyndere avait déjà décidé qu'elle ne deviendrait pas sa mère. Elle rêvait encore d'explorer des territoires inconnus par elle-même. Elle le pouvait. Elle avait le respect de son peuple et, dans les cours de Bel Amica, elle était célèbre pour son tempérament et sa ténacité. Son impuissance à sauver son père et son frère n'avait fait qu'entretenir ses passions, aider les autres et éviter d'autres calamités.

De telles ambitions l'avaient rendue solitaire. Alors que son peuple cherchait les distractions pour engourdir ses peurs, les devins fournissaient des potions pour des plaisirs imprudents. Ces charlatans fourraient leur nez partout et avaient même pris sa mère entre leurs griffes. La pensée d'hériter de tels conseillers incitait Cyndere à vouloir partir vers son pays lointain, où qu'il soit. L'appel de la mer était plus séduisant chaque matin. Ses jours étaient devenus des rituels pendant lesquels elle comptait les quelques cordons frêles qui la reliaient à Bel Amica. L'espoir de devenir ce que son père avait imaginé s'affaiblissait rapidement.

Si ce n'était pour Deuneroi, un jeune homme qui avait souvent combattu avec Cyndere dans la cour, elle aurait pu laisser l'océan la transporter vers son père. Même au milieu de leurs affrontements célèbres dans la salle du tribunal, Deuneroi discernait la tristesse de Cyndere. Il la comprenait bien et tissait de subtils fils de sympathie dans son éloquence. Percevant cela, elle conspira pour que leur querelle se propage dans le domaine privé et, bientôt, leurs esprits et leurs cœurs furent inséparablement entremêlés, dans un amour déchaîné.

Avant longtemps, Cyndere réalisa que même si deux cordons étaient brisés, un nouveau cordon avait été tissé. Deuneroi devint son prince consort, son refuge, assez fort pour la tenir éloignée de la mer.

Aujourd'hui, elle s'ennuyait d'entendre les pas de Deuneroi, qui marchait à grandes enjambées désinvoltes. Il était parti, mené par le courage qu'elle admirait et supportait mal, pour chercher des survivants enterrés dans la maison déchue d'Abascar. Elle avait essayé de l'arrêter. Les caractères s'étaient enflammés dans leur débat le plus chaud. Mais, à la fin, elle s'était rendue, émue par sa compassion et par sa promesse.

— Deuneroi, regarde ce que tu as fait. Ce chat était sauvage, auparavant. Maintenant, c'est un tas de fourrure paresseux.

Le dernier soir avant le départ de son mari, Cyndere bouda en conséquence de leur dispute. En regardant la cheminée de sa chambre à coucher, elle caressa le chat-huile noir, dont la tête lui couvrait les genoux et le corps, aux poils touffus, était étendu sur le tapis, les muscles relâchés. Le chat-huile ronronna, pétrissant l'air avec ses griffes.

— Je ne pense pas qu'il ait déjà été sauvage, dit Deuneroi, roulant une tunique de laine et la mettant dans son paquet. Une fois que je l'ai attiré dans mon campement avec du poisson, il s'est réchauffé rapidement, comme s'il avait connu quelqu'un qui l'avait traité avec bonté auparavant.

Quand la lueur du feu apaisa le chat jusqu'à ce qu'il s'endorme, Cyndere se mordit la lèvre et dégagea avec précaution le collet autour de la queue de l'animal. Un plaisantin y avait attaché un anneau de clés avec un fil, puis l'avait libéré pour courir, terrifié, avec les clés qui cliquetaient le long du couloir, derrière lui.

Alors que le nœud se dénouait, le chat leva la tête et gronda.

— Ça va, maintenant, murmura Cyndere. Tu es libre.

Son ronronnement revint lentement, résonnant. Elle considéra les clés, se demanda ce qu'elles ouvraient, et les déposa près d'elle sur le sol.

Elle toucha la cicatrice sur la patte de derrière du chat, où Deuneroi avait retiré la pointe d'une flèche.

— Je suis heureuse que tu l'aies trouvé. Cette blessure aurait pu le tuer.

— Je suis surpris qu'il m'ait fait confiance.

— Pas moi. Tu es un guérisseur né, Deun.

— Toi aussi.

Deuneroi s'assit sur le bord du lit, lui souriant.

— Alors, je devrais partir avec toi. S'il y a des survivants dans les ruines d'Abascar, ils auront besoins de soins particuliers.

— Ta mère ne te laissera jamais t'aventurer dans un tel danger.

— Que signifie la royauté, si nous ne faisons que nous asseoir dans notre palais quand les gens ont des problèmes ?

— Ta mère a déjà trop perdu. Elle ne risquera pas de te perdre.

— Elle n'est pas la seule qui a de la peine, Deun. J'ai de la peine, moi aussi. Et je ne peux supporter ce risque. Ne pars pas. Ne mets pas autant de distance entre nous.

— Tu as incité ta mère à envoyer des secouristes. Tu te rappelles ?

— Il y a des mois… et elle a refusé d'envoyer de l'aide quand cela avait de l'importance. Maintenant, elle fait seulement cela pour nous séparer, pour interrompre notre travail. Tu ne trouveras rien dans les ruines d'Abascar, à part des hommes-bêtes qui fouillent dans les ordures.

— Alors, je ramènerai quelques hommes-bêtes. Nous aurons de véritables sujets pour nos études.

Il essayait de la faire rire, mais c'était en vain. Il essaya une approche plus douce.

— Ne dormiras-tu pas mieux en sachant qu'il n'y a personne qui s'accroche à l'espoir dans les ruines d'Abascar ? Nous avons tous les deux fait des cauchemars, imaginant quelqu'un piégé là-bas, priant les esprits de la lune pour avoir un sauveteur.

— Les gens d'Abascar ne prient pas les esprits de la lune. Ne priaient pas.

— Ce n'est pas la fille du brave roi Helpryn qui parle. Où est l'héritière intrépide qui ose même rêver de guérir les hommes-bêtes de leur malédiction?

Cyndere pressa ses lèvres ensemble. Elle était en colère contre sa mère, la cible la plus facile. Mais elle savait qu'il avait raison. Elle attrapa un tisonnier et commença à taper avec imprudence le bois de chauffage, qui se consumait.

— La vie était tellement plus facile avant que mère ait vent de nos projets pour les hommes-bêtes.

— C'était dans le vallon près de Tilianpurth, n'est-ce pas? C'est là où nous avons rêvé pour la première fois de les apprivoiser.

— Ne parlons plus de Cent Regus, Deun. Pas si tu insistes pour t'enfuir dans leur territoire. Tu n'es pas prêt pour cette route. Tu es un spécialiste de la cour. Poignarderas-tu les hommes-bêtes avec un rouleau?

Il s'assit près d'elle.

— J'ai peur, moi aussi. Mais j'ai perdu la foi en mes peurs il y a longtemps, Cyn. Les gens avaient l'habitude de me dire : « Deuneroi, tu es une mauviette. Quand les soldats mangent ce qu'ils prennent à la chasse, tu dois te contenter d'un bouillon. Pendant que les autres courent le long du mur, tu ne peux monter une volée de marches sans perdre le souffle. Tu n'es pas fait pour une héritière. » Mais, ensuite, une héritière leur a prouvé qu'ils avaient tort.

— C'est différent, Deun. Tu n'es pas un soldat. Tu n'es pas un garde ou même un marchand.

— Et je n'ai pas d'habiletés avec les chevaux ou les vawns. Je ne pourrais pas chasser un cerf, si tu en libérais un ici même, dans cette chambre.

Il se tourna et la regarda dans les yeux.

— Mais je peux faire ça. Si nous tombons sur les gens de Cent Regus, eh bien, soit. Qu'est-ce que ce rêve d'aider les hommes-bêtes a de bon, si nous avons peur de leur faire face?

Cyndere ramassa un bout de bois de chauffage brûlé et commença à dessiner la silhouette du chat-huile sur une des tuiles de pierre.

— Tu sais ce qu'ils ont fait à mon frère.

— Ton frère se dirigeait vers le sud avec des gardes inex-périmentés. Ta mère envoie Ryllion avec nous. Il peut tirer dans l'œil d'un lapin qui court. Il peut entendre une puce sur un ours-crocs. Il me protégera. Et n'oublie pas...

La paume chaude de Deuneroi glissa sur le ventre de Cyndere.

— ... ta mère a une raison convaincante de me garder hors de danger.

— Elle veut seulement un petit-fils pour prolonger la lignée de Tammos Raak.

— Mais *je* veux un enfant, Cyn, parce que toi et moi accomplissons des merveilles, chaque fois que nous tra-vaillons ensemble.

Il lui prit le charbon fragile de la main et emmêla ses doigts aux siens.

— Ne désespère pas.

Elle retira ses mains, tendit le bras pour masser la nuque du chat-huile. Une ondulation de blanc bougea sous ses doigts alors qu'elle caressait la fourrure aux extrémités noires. Le chat se raidit à son contact, murmura avec plaisir et se rendormit.

Deuneroi se leva.